Joanna Cannon

Drei Dinge über Elsie

JOANNA CANNON

Drei Dinge über Elsie

Roman

Aus dem Englischen
von Susanne Keller

PENDO

Mehr über unsere Autoren und Bücher:
www.pendo.de

Wenn Ihnen dieser Roman gefallen hat,
schreiben Sie uns unter Nennung des Titels »Drei Dinge über Elsie«
an empfehlungen@piper.de,
und wir empfehlen Ihnen gerne vergleichbare Bücher.

FSC
www.fsc.org
MIX
Papier aus verantwortungsvollen Quellen
FSC® C014496

ISBN 978-3-86612-465-3

Titel der englischen Originalausgabe:
»Three Things About Elsie«, The Borough Press, London 2018

Redaktion: Martina Schwarz-Schlögl
Satz: Satz für Satz, Wangen im Allgäu
Gesetzt aus der Perpetua
Druck und Bindung: GGP Media GmbH, Pößneck
Printed in Germany

Für George und Florrie

16:48 Uhr

»Wie kam es, dass Sie gefallen sind, Flo?«, werden sie fragen, wenn sie mich finden. »Ist Ihnen schwindelig geworden? Hatten Sie Ihre Brille nicht auf? Sind Sie gestolpert?«

Während sie noch mit mir sprechen, werden sie sich schon an mir zu schaffen machen. Mir eine Manschette um den Arm legen und eine Plastikklammer an meinem Finger befestigen, die Kabel für eines ihrer Geräte auswickeln. Einer wird mir in die Augen leuchten, ein anderer wird in meinen Tabletten kramen und dann alle in einer seiner großen Taschen verstauen.

»Hatten Sie das Gefühl, in Ohnmacht zu fallen? Können Sie mich anlächeln? Können Sie einmal meine Hand drücken?«

Sie werden mich aus dem Flur tragen und ihre liebe Not damit haben, denn der ist kaum groß genug für mich, geschweige denn für die zwei Männer und ihre Uniformen. Sie werden mich hinten in ihren Krankenwagen hineinschieben, in die grellweiße, von Decken geschützte Welt, in der sie zu Hause sind, und ich werde blinzeln müssen und die Augen zusammenkneifen und versuchen, aus ihrem Gesichtsausdruck schlau zu werden.

»Alles in Ordnung, Flo«, werden sie sagen. »Das wird schon wieder, Flo.«

Dabei kennen sie mich gar nicht. Dabei habe ich ihnen gar nicht erlaubt, Flo zu mir zu sagen. Dabei hat mich überhaupt nie jemand so genannt außer Elsie.

Einer von ihnen wird sich neben mich setzen, während wir durch die Straßen fahren, über uns dreht sich das Blaulicht. Ich werde sehen, wie es immer wieder auf sein Gesicht fällt, und ab und zu wird er mir zulächeln, und irgendwie wird seine Hand in der Dunkelheit meine finden.

Wenn wir dann im Krankenhaus sind, werden sie mich ratternd durch die Notaufnahme rollen, durch rote Flügeltüren hindurch, und die Leute dort werden die gleichen Fragen in dem gleichen grellen Licht stellen und mich über leere Korridore schieben und all ihre Routineuntersuchungen machen. Eine junge Frau an einem Schreibtisch wird flüchtig aufblicken, wenn sie mich vorbeirollen, und wird sich gleich wieder wegdrehen, weil ich nur eine von diesen in Decken gehüllten Alten auf einer Trage bin, die krampfhaft versucht, am Leben festzuhalten.

Sie werden mich auf eine Station bringen, zu einer Krankenschwester mit ruhigen Händen. Sie wird sich ganz langsam bewegen und dennoch alles im Handumdrehen erledigen, und die Schwester mit den ruhigen Händen wird die Erste sein, die mir mit den Augen zuhört. Das Bett wird warm und weich sein, und wenn sie das Licht löschen, wird es mir überhaupt nichts ausmachen.

Was ich hier erzähle, muss allerdings erst noch geschehen. Nichts davon hat sich bisher ereignet. Denn im Augenblick liege ich hier auf dem Boden im Wohnzimmer und warte noch darauf, dass man mich findet. Ich warte darauf, dass jemandem auffällt, dass ich nicht mehr da bin.

Bis sie kommen, habe ich genügend Zeit, mir zu überlegen, was ich sagen werde. Genügend Zeit, mich genau an alles zu erinnern, von Anfang an, und es dann so wiederzugeben, dass sie es auch verstehen. So, dass sie es mir auch abnehmen. Man sollte meinen, die Stille hilft dabei, aber das stimmt nicht. Ich höre nur andauernd meinen Atem, der sich hinaus- und wieder hineinkämpft, und immer wenn ich denke, dass ich eine Idee am Wickel habe, flutscht sie mir aus den Fingern, und ich muss wieder ganz von vorn anfangen.

»Du musst dich konzentrieren, Flo«, sagt Elsie immer. »Immer ein Wort nach dem anderen.«

Aber Elsie ist nicht hier, um mir zu helfen, also muss ich mich ganz allein durch die Worte arbeiten, weil ich zwischen diesen Bergen aus Wörtern einen Platz für das Schweigen finden muss. Jeder trägt im Leben ein Geheimnis mit sich herum, etwas, über das er niemals spricht. Jeder hat Worte, die er für sich behält. Wichtig ist, wie man mit seinem Geheimnis umgeht. Zieht man es für immer hinter sich her, wie einen sperrigen Koffer, oder sucht man sich jemanden, dem man sich anvertraut? Ich hatte mir fest vorgenommen, es nie zu verraten. Es sollte für immer mein Geheimnis bleiben. Aber jetzt, wie ich hier so liege und darauf warte, dass sie mich finden, fürchte ich fast, dass hier gerade mein letztes Kapitel aufgeschlagen wird. Vielleicht wird der Schlusssatz in einem Zimmer gesprochen, das in erster Linie beige und voller Vergesslichkeit ist, und niemand wird ihn hören. Man weiß erst, welches die letzte Seite ist, wenn man sie aufgeschlagen hat, nicht wahr?

Ich frage mich, ob das jetzt das Ende der Geschichte ist.

Ich frage mich, ob es gekommen ist, mein Für-immer-und-ewig.

FLORENCE

Vor einem Monat hat das alles angefangen. An einem Freitagmorgen. Ich sah mich gerade im Wohnzimmer um und überlegte, wo ich bloß die Fernsehzeitung gelassen hatte, als es mir auffiel.

Er stand falsch herum. Der Elefant, auf dem Kaminsims. Er steht immer in Richtung Fenster, weil ich irgendwo gelesen habe, dass das Glück bringt. Ich weiß natürlich, dass das Unsinn ist. Es ist wie mit neuen Schuhen, die man nicht auf den Tisch stellen darf, oder mit der Regel, nicht die Treppe hochzugehen, wenn gerade jemand herunterkommt. Da ist eine Stelle ganz hinten im Kopf, die sich nicht richtig anfühlt, wenn man sich nicht daran hält. Normalerweise hätte ich vermutet, dass es einer von den Kitteln war, aber ich gehe immer noch einmal mit dem Staubwedel über alles, wenn sie wieder weg sind. Was meistens nicht nötig ist, aber es hilft dabei, sich die Zeit zu vertreiben. Ich hätte es also sofort bemerkt. Mir entgeht nichts.

»Fällt Ihnen etwas auf?«

Miss Ambrose war zu unserem wöchentlichen Plausch gekommen. Sie ist hibbelig. Riecht nach Haarspray. Hat einen Cousin in Truro. Ich beschloss, sie auf die Probe zu stellen. Sie blickte sich im Zimmer um, aber jeder Narr konnte sehen, dass sie nicht bei der Sache war.

»Sie müssen richtig hinsehen«, sagte ich. »Sie müssen sich konzentrieren.«

Sie wickelte sich den Schal vom Hals. »Das tue ich«, versicherte sie. »Ganz bestimmt.«

Ich wartete.

»Der Elefant. Der Elefant auf dem Kaminsims.« Ich deutete mit dem Finger auf ihn. »Er ist zum Fernseher hin ausgerichtet. Dabei sieht er sonst immer in Richtung Fenster. Er steht falsch.«

Sie meinte, ich hätte wohl Lust auf ein bisschen Abwechslung gehabt? Abwechslung! Ich zeigte wieder mit dem Finger und sagte: »Das war ich nicht.«

Sie nahm mich nicht ernst. Das tut sie nie. »Das muss jemand von den Reinigungskräften gewesen sein«, sagte sie.

»Es waren nicht die Reinigungskräfte. Als ich gestern Abend ins Bett ging, stand er noch richtig. Als ich heute Morgen aufstand, stand er falsch herum.«

»Haben Sie mal wieder Staub gewischt, Florence? Staubwischen ist doch unsere Aufgabe«, mahnte sie.

Ich wollte nicht, dass sie mir in die Augen sah. Deswegen blickte ich stattdessen den Heizkörper an. »Das fiele mir im Traum nicht ein«, sagte ich.

Sie saß im Sessel neben dem Kamin und seufzte leise. »Vielleicht ist er ja heruntergefallen?«

»Und dann von alleine wieder hochgeklettert?«

»Manchmal spielt uns unser Gedächtnis einfach einen Streich, nicht wahr? Wir tun Dinge ganz automatisch, ohne groß darüber nachzudenken. Sicher haben Sie ihn unbewusst andersherum hingestellt.«

Ich ging zum Kaminsims und drehte den Elefanten wieder mit dem Gesicht in Richtung Fenster, alles, ohne den Blick von Miss Ambrose abzuwenden.

»Es ist ja nur Deko, Florence. Es ist ja nichts weiter passiert. Soll ich Teewasser aufsetzen?«

Ich betrachtete den Elefanten, während sie sich in der Küche zu schaffen machte und Ingwerkekse suchte.

»In der Vorratskammer, ganz oben im Regal«, rief ich. »Nicht zu übersehen.«

Miss Ambrose kam mit einem Tablett zurück. »Genau genommen waren sie gleich auf dem untersten Brett. Manchmal ist man einfach zerstreut, nicht wahr?«

Ich musterte ihren Pullover. Er hatte untenrum ganz viele kleine Troddeln, in allen Regenbogenfarben. »Ja«, sagte ich. »Schon möglich.«

Miss Ambrose saß auf der äußersten Kante des Sessels. Sie hat ein Faible für farbenfrohe Kleidung, schade nur, dass ihr Gesicht irgendwie nicht dazu passt. Elsie und ich hatten uns einmal darüber unterhalten, wie alt Miss Ambrose wohl sein mochte. Elsie tippte auf Ende dreißig, aber ich glaube, dass dieser Zug schon vor langer Zeit abgefahren ist. Sie sieht immer so aus, als schlafe sie nicht genug und versuche, das mit einer Extraportion Lippenstift und Enthusiasmus auszugleichen, damit der Rest der Welt es nicht mitbekommt. Ich zog es vor, wieder die Heizung anzustarren, weil Miss Ambrose so ein Talent hat, Dinge in den Augen anderer Leute zu sehen, die niemand außer ihr bemerken würde.

»Also, wie ist es Ihnen ergangen, Florence?«

Der Heizkörper hat fünfundzwanzig Rippen.

»Mir geht es gut, danke.«

»Was haben Sie in der vergangenen Woche denn Schönes unternommen?«

Es ist gar nicht so einfach, sie zu zählen, denn wenn man länger hinguckt, machen die Augen, was sie wollen.

»Ich war ziemlich beschäftigt.«

»Im Tagesraum haben Sie sich ganz schön rargemacht. Dabei finden dort so viele Veranstaltungen statt – hatten Sie gestern keine Lust, am Kartenbasteln teilzunehmen?«

Ich habe eine ganze Schublade voll mit diesen Karten. Ein

Griff hinein, und ich könnte einem Dutzend Leute zur Geburt ihres bezaubernden Töchterchens gratulieren.

»Nächste Woche vielleicht«, sagte ich.

Ich hörte, wie Miss Ambrose tief einatmete. Das konnte nur Ärger bedeuten, denn das tut sie nur, wenn sie eine zusätzliche Dosis Sauerstoff benötigt, um irgendeine Diskussion anzuzetteln.

»Florence«, begann sie.

Ich reagierte nicht.

»Florence. Ich möchte einfach ganz sichergehen, dass Sie sich bei uns in *Cherry Tree* auch wirklich wohlfühlen?«

Miss Ambrose gehört zu den Leuten, deren Stimme am Ende ihrer Sätze immer nach oben geht. Als traue sie Gott und der Welt so wenig über den Weg, dass sie ständiger Hinterfragung bedürfen. Ich sah zum Fenster hinaus. Nichts als Ziegel und Beton, gerade Linien und tadellose rechte Winkel, außerdem winzige Fenster, die Licht in kleine Leben ließen. Kein Horizont. Ich hätte nie für möglich gehalten, dass man neben all den anderen Dingen auch den Horizont verliert. In welche Richtung man im Alter auch blickt – man hat immer eine Landschaft vor Augen, die aus nichts als Verlust besteht.

»Vielleicht sollten wir noch einmal darüber nachdenken, ob Sie in *Cherry Tree* wirklich gut aufgehoben sind?«, sagte sie. »Vielleicht würde es Ihnen anderswo ja besser gefallen?«

Ich drehte mich zu ihr um. »Sie werden mich nicht nach *Greenbank* schicken.«

»Aber *Greenbank* hat einen so viel höheren Pflegeschlüssel.« Miss Ambrose neigte den Kopf zur Seite. Ich konnte sehen, wie sich die vielen kleinen Fältchen an ihrem Hals mitbewegten. »Sie hätten dort viel mehr Einzelbetreuung.«

»Ich will keine Einzelbetreuung. Ich will überhaupt keine Betreuung. Ich will in Ruhe gelassen werden.«

»Florence, wenn wir älter werden, können wir nicht mehr so richtig beurteilen, was das Beste für uns ist. Das ist völlig normal. Sie würden sich in *Greenbank* bestimmt wohlfühlen. Wahrscheinlich fänden Sie es dort ganz toll.«

»Es ist nicht so toll, wenn einem niemand zuhört«, sagte ich zu dem Heizkörper.

»Wie bitte?«

»Ich gehe da nicht hin. Sie können mich nicht zwingen.«

Miss Ambrose wollte etwas sagen, entschied sich dann aber dafür, es herunterzuschlucken. »Was halten Sie von einem Kompromiss? Sollen wir abwarten, wie sich die Dinge entwickeln – sagen wir … einen Monat lang? Dann sehen wir weiter.«

»Einen Monat?«

»Dann beurteilen wir die Lage neu. Wir beraten uns erneut. Eine Art Bewährungszeit.«

»Bewährung? Was habe ich denn verbrochen?«

»Das ist nur so eine Redewendung, Florence, weiter nichts.« Miss Ambrose' Schuh tippte eine kleine beige Melodie auf den Teppich.

Sie ließ eine längere Stille eintreten, das tun sie immer, weil sie hoffen, dass man sie mit irgendetwas füllt, auf das sie sich stürzen können, aber darauf fiel ich nicht mehr herein.

»Morgen Nachmittag gibt es *Vom Winde verweht*«, sagte sie schließlich, nachdem das mit der Stille nicht geklappt hatte.

»Habe ich schon gesehen«, sagte ich.

»Jeder hat ihn schon gesehen. Darum geht es doch nicht.«

»Clark Gable konnte ich noch nie besonders viel abgewinnen.«

Ich fixierte immer noch den Heizkörper, aber ich konnte hören, wie Miss Ambrose sich nach vorn beugte. »Sie dürfen sich nicht hier drin verkriechen, Florence. Denken Sie daran: ein Monat Bewährung. Sie müssen mir schon ein wenig entgegenkommen.«

Ich wollte schon sagen: »Warum soll ich jemandem entgegenkommen? Und in welche Richtung?«, aber ich ließ es lieber. Stattdessen konzentrierte ich mich weiter auf den Heizkörper, und zwar so lange, bis ich die Wohnungstür ins Schloss fallen hörte.

»Clark Gable hatte Mundgeruch«, rief ich. »Das habe ich gelesen. In einer Zeitschrift.«

Drei Dinge sollte man über Elsie wissen, und eines davon ist, dass sie meine beste Freundin ist.

Die Leute wechseln ihre besten Freunde wie Kleidung, mal ist es der eine, mal der andere, je nach Laune oder je nachdem, mit wem sie gerade reden, aber meine beste Freundin war immer Elsie, und sie wird es auch immer bleiben. Das ist ja der Sinn einer besten Freundin, nicht wahr? Jemand, der zu einem hält, egal, was geschieht. Sicher, wir hatten im Laufe der Jahre auch mal Streit, aber das liegt daran, dass wir so unterschiedlich sind. Wir unterscheiden uns sogar äußerlich völlig. Elsie ist klein, und ich bin groß. Elsie ist zierlich, und ich habe große Füße. Größe einundvierzigeinhalb. Das kann ruhig jeder wissen. Elsie meint nämlich, dass einem ab einer bestimmten Schuhgröße nichts anderes übrig bleibt, als mit seinen Füßen anzugeben.

Wir verbringen fast die ganze Zeit zusammen, Elsie und ich. Wir essen sogar zusammen, was den Kitteln das Leben leichter macht. Es ist schön, Gesellschaft zu haben. Nichts klingt trostloser als das einsame Klappern eines Messers und einer Gabel beim Abendessen.

Später an dem Tag, an dem Miss Ambrose mir mein Ultimatum gestellt hatte, saßen Elsie und ich in meiner Wohnung am Fenster und aßen zu Mittag.

»Die haben sich noch nicht blicken lassen«, sagte ich.

Ich wusste, sie hörte mich, die Frau im rosa Kittel. Sie war gerade dabei, mir mein Essen auf Rädern auszugeben, und stand nicht mal zwei Schritte von mir entfernt. Ich spreche grundsätzlich laut und deutlich, komme, was wolle. Elsie findet immer, ich schreie, aber ich schreie nicht. Ich will nur, dass mich jeder versteht. Ich klopfte sogar gegen das Glas, um ganz sicherzugehen.

»Nummer zwölf«, klopfte ich. »Ich sagte, die haben sich noch nicht blicken lassen. Die müssen da schon ein paar Tage wohnen, denn ich habe gesehen, wie das Licht an- und ausgeht.«

Die Frau im rosa Kittel gab einen Schöpflöffel weiße Bohnen in Tomatensoße auf meinen Teller. Sie zeigte keinerlei Reaktion.

Elsie sah auf.

»Schrei nicht so, Flo«, sagte sie.

»Ich schreie ja gar nicht«, sagte ich. »Ich wollte nur darauf aufmerksam machen. Es gibt nicht mehr viel, was ich noch tun kann, aber ich kann noch auf Dinge aufmerksam machen. Außerdem steht der Container immer noch da. Man sollte ihnen einen Brief schreiben.«

»Dann schreib doch«, sagte Elsie.

Ich sah sie an und sah wieder weg. »Ich kann keinen Brief schreiben, weil sie mir ein Ultimatum gestellt haben.«

»Was haben sie?«

»Miss Ambrose sagt, ich bin auf Bewährung«, nuschelte ich in mein Glas.

»Was hast du denn verbrochen?«

»Das ist nur so eine Redewendung«, sagte ich. »Weiter nichts.«

»Der Container kommt bald weg, Miss Claybourne«, meinte die Frau.

Ich drehte mich zu ihr um. »Es ist nicht richtig, ein Leben einfach so wegzuwerfen. Man sollte jemanden benachrichtigen.«

»Wenn man erst mal tot ist, können sie tun und lassen, was sie wollen«, sagte Elsie. »Dann haben sie freie Bahn, Florence.«

Unten im Innenhof sammelten sich die Blätter an der Rasenkante, und orange und rote Tupfen wirbelten über die

Betonplatten. »Ich habe sie letzte Woche noch gesehen. Sie ging mit einer Einkaufstasche dort den Weg entlang.«

Die Frau im rosa Kittel blickte auf.

»Ich finde, das ist wichtig«, sagte ich. »Dass ich sie gesehen habe. Und jetzt liegt alles, was sie war, in diesem Container.«

»Sie mussten die Wohnung ausräumen«, wandte sie ein, »für den nächsten Bewohner.«

Wir beobachteten sie stumm. Sie ließ sich nichts anmerken.

»Wer das wohl sein wird?«, sagte ich.

Keine Reaktion.

»Das wüsste ich auch gern«, sagte Elsie.

Die Frau im rosa Kittel runzelte die Stirn, an sich selbst gerichtet. »Ich hatte frei. Und überhaupt, für solche Sachen ist Miss Bissell zuständig.«

Ich zog eine Augenbraue hoch, aber Elsie widmete sich wieder ihrem Fischstäbchen. Ich finde ja, dass Elsie immer viel zu schnell klein beigibt. Auf dem Kittel der Frau prangte ein Aufnäher: »Wie kann ich helfen?«

»Hilfreich wäre«, sagte ich zu dem Aufnäher, »wenn Sie uns an eventuellen Gerüchten teilhaben ließen.«

Die Worte hingen eine Weile in der Luft.

»Ich weiß nur, dass es ein Mann ist«, sagte sie.

»Ein Mann?«, sagte ich.

Elsie blickte auf. »Ein Mann?«

»Sind Sie sicher?«, fragte ich.

Ja, sagte sie. Ja, da sei sie sich ziemlich sicher.

Über das Tischtuch hinweg tauschten Elsie und ich einen Blick. In *Cherry Tree* gab es so gut wie keine Männer. Hier und da sah man einen, wie er in einer Ecke des Tagesraums hockte oder draußen auf dem Gelände umherging, einen Weg entlang, der nirgendwohin führte außer zurück zum Ausgangspunkt. Aber die meisten, die hier wohnten, waren Frauen. Frauen, die ihre Männer schon vor langer Zeit verloren hatten. Obwohl ich das Wort »verloren« immer schon seltsam fand – als ob sie ihren Ehemann versehentlich auf einem Bahnsteig vergessen hätten.

»Ich frage mich, wie viele auf ihrem Begräbnis waren«, sagte ich. »Dem von der Frau aus Nummer zwölf. Vielleicht hätten wir doch gehen sollen.«

»In letzter Zeit lässt die Anteilnahme generell zu wünschen übrig.« Elsie zog ihre Strickjacke enger um sich. Sie war aus mahagonifarbener Wolle. Die Farbe stand ihr nicht besonders. »Das ist das Problem mit Beerdigungen, wenn man alt wird. Die meisten auf der Gästeliste sind schon um Haaresbreite vor dir ins Ziel eingelaufen.«

»Sie war nicht lange hier«, sagte ich.

Elsie schob etwas Kartoffelpüree auf ihre Gabel. »Wie war noch mal ihr Name?«

»Brenda, glaube ich. Es könnte auch Barbara gewesen sein. Oder vielleicht Betty.«

Ihr Leben – das von Brenda oder Barbara oder vielleicht auch Betty – füllte jetzt den Container. Der Zierrat, der ihr lieb und teuer gewesen war, und die Bilder, die sie ausgesucht hatte. Die Bücher, die sie gelesen hatte, und die, die nun ungelesen bleiben würden. Fotografien, die aus ihren Rahmen geschleudert worden waren, als sie auf das Metall des Containers trafen. Fotos, die sie stets liebevoll von Staub befreit hatte, von Leuten, die ganz offensichtlich nicht mehr zur Stelle waren, um sich davor zu retten, zwischen Gerümpel zu landen.

Wie schnell ein Leben weggeworfen werden konnte, wie einfach es war, es in Einzelteile zu zerlegen. Eine kleine Existenz, im Nu verschwunden. Nichts war geblieben, das davon zeugte, dass sie hier gewesen war. Alles war wieder wie vorher. Als hätte jemand ein Lesezeichen in ihr Leben eingelegt und es zugeknallt.

»Ich wüsste gern, wer mein Foto abstaubt, wenn ich nicht mehr da bin«, sagte ich.

Ich hörte, wie Elsie ihr Besteck am Rand des Tellers ablegte. »Wie meinst du das?«

Ich musterte das Pflaster des Gehsteigs. »Ich frage mich, ob ich mit meinem Leben Spuren hinterlassen habe.«

»Ist das denn wichtig, Flo?«, fragte sie.

Meine Gedanken entwischten mir, in ein Flüstern hinein. »O ja, das ist wichtig. Sogar sehr wichtig.«

Als ich mich umdrehte, lächelte Elsie mich an.

»Welche war das eigentlich?«, fragte ich.

Der rosa Kittel war wieder gegangen, zurück blieben ein *Tunnock's Tea Cake* und das *Light Programme* auf BBC. Elsie sagte immer, dass es jetzt *Radio 2* heißt, aber sie schien aufgegeben zu haben, mich ständig zu korrigieren.

»Die mit dem Freund namens Daryl und dem Sodbrennen«, sagte sie. Wir beobachteten den Kittel, wie er im gegenüberliegenden Treppenhaus die Stufen hochstieg – rosa Flecken, die vor beigem Hintergrund aufblitzten. »Macht gern aus einer Mücke einen Elefanten.«

»Ist das die Neunmalkluge?«, fragte ich.

»Nein.« Elsie rührte in ihrem Tee. »Die kommt samstags. Blauer Kittel. Kleine Ohren. Du musst dir das merken. Das ist wichtig.«

»Warum ist das wichtig?«

»Einfach so, Florence. Weil es so ist. Wenn ich mal nicht da bin, musst du das auch ohne meine Hilfe wissen.«

»Ich kann die unmöglich alle auseinanderhalten«, sagte ich. »Es sind zu viele.«

Es waren wirklich viele. Miss Bissell unterstand eine ganze Armee von Pflegekräften. Sie marschierten durch *Cherry Tree,* sorgten dafür, dass die alten Leute satt und sauber waren, und schoben sie hin und her wie Spielkarten. Einige der Bewohner benötigten mehr Hilfe als andere, aber Elsie und ich hatten Glück. Wir waren Einser. Wir wurden gefüttert und getränkt, aber darüber hinaus waren wir üblicherweise uns selbst überlassen. Miss Bissell pflegte zu sagen, mit ihrem Dreihundertsechzig-Grad-Blick behalte sie auch die Einser immer im Auge, was eine komische Vorstellung war – als rotierten ihre Augen ständig, um auch ja alle auf Spur zu halten. Wer Pflegestufe drei überschritt, wurde weitergeschickt, wie unerwünschtes Publikum im Leben anderer. Die meisten, die die Gastfreundschaft des Hauses überbeansprucht hatten, wurden nach *Greenbank* verfrachtet, das weder grün noch für seine Bänke berühmt war, sondern ein Ort, an dem die Leute, während sie in durchnummerierten Zimmern auf Gott warteten, nach der Vergangenheit riefen – als ob die Vergangenheit plötzlich aus dem Nichts erscheinen und sie retten würde.

»Ich frage mich, welche Pflegestufe er wohl hat.« Ich spähte hinüber zu Nummer zwölf. »Der Neue.«

»Bestimmt Stufe zwei«, sagte Elsie. »Wahrscheinlich eher drei. Du weißt doch, wie Männer sind. Einfach nicht robust genug.«

»Hoffentlich ist er kein Dreier, sonst bekommen wir ihn nie zu Gesicht.«

»Warum, um alles in der Welt, sollte das eine Rolle spielen, Florence?« Elsie lehnte sich zurück, und ihre Strickjacke verschmolz mit der Anrichte.

»Es hilft, die Zeit totzuschlagen«, sagte ich. »Wie das *Light Programme*.«

Wir saßen in meiner Wohnung am Fenster, weil Elsie meint, dass man von dort den besten Blick hat, und der Nachmittag zog vor unseren Augen vorüber. Im Hof war eigentlich immer etwas los. Wenn ich nicht weiß, was ich machen soll, sehe ich immer aus dem Fenster. Das ist das Beste seit der Erfindung von Brot in Scheiben. Viel unterhaltsamer als Fernsehen. Gärtner und Reinigungskräfte und Briefträger. Keiner nimmt auch nur die leiseste Notiz von den anderen. All diese einzelnen kleinen Leben, und alle beeilen sich, so schnell wie möglich hindurch- und auf die andere Seite zu kommen, wobei ich überhaupt nicht sicher bin, dass es ihnen dort gefallen wird.

Ich glaube nicht, dass die Frau, die uns unsere Bohnen serviert hat, etwas damit zu tun hatte, aber kurz nachdem sie gegangen war, holten sie den Container ab. Ich habe ihnen dabei zugesehen. Sie haben das ganze Leben eines Menschen auf einen Lkw geladen und sind davongefahren. Es hat nicht einmal einen Fleck auf dem Gehsteig hinterlassen.

Ich beobachtete, wie jemand über die Stelle lief, wo der Container gestanden hatte. Alles ging seinen Gang, als wäre nichts geschehen. Leute hasteten auf der Flucht vor dem Regen von einer Überdachung zur nächsten, Kittel stiegen die Treppen hinauf und wieder hinunter, Tauben zählten ihre Zeit an den Regenrinnen ab und warteten auf den richtigen Augenblick, um woanders hinzufliegen. Es war, als wären die Spuren, die die Frau von gegenüber hinterlassen hatte, so unbedeutend, dass sie sich in dem Moment, in dem sie nicht mehr da war, in nichts aufgelöst hatten.

»Du bist aber ganz schön gefühlsduselig heute Nachmittag, Florence.«

»Ich sag nur, wie es ist«, verteidigte ich mich. »Es bleibt mir ja nicht mehr viel, was ich noch tun kann, aber ich darf doch wenigstens noch meine Beobachtungen machen.«

Ich hätte schwören können, dass sie lächelte, aber ganz sicher war ich nicht, weil ich mir nicht die Blöße geben wollte hinzusehen.

Ich behielt Nummer zwölf im Auge, aber nichts passierte. Gegen drei kam Miss Bissell mit einem Klemmbrett die Treppe hochmarschiert. Ihrer Miene nach zu urteilen, war sie in einer Sache von gewisser Dringlichkeit unterwegs.

»Miss Bissell«, sagte ich und deutete mit dem Finger auf sie.

»Tatsächlich«, sagte Elsie.

»Sie hat ein Klemmbrett dabei, Elsie. Sicher will sie seine Pflegestufe prüfen.«

»Ja, sieht ganz danach aus.«

Wir maßen den Nachmittag in Teekannenfüllungen, aber das Septemberlicht spülte über die Stunden hinweg und schien sie zu dehnen und den Tag bis zum Zerreißen zu spannen. Ich fand immer schon, dass September ein eigenartiger Monat war. Man tat nichts anderes, als auf die Kälte zu warten, das Ende vom Lied, und wir vertrödelten dann meist die Zeit damit, in den Himmel zu starren und auf die Bestätigung unserer Vorahnungen zu warten. Die Sommerzeit war vorüber, doch der Frost ließ noch auf sich warten und mit ihm die Glätte der vereisten Fußwege und der stechende Hauch eines Wintermorgens. Stattdessen befand sich unser gehsteiggraues Leben in einer Art Schwebe unter porridgefarbenem Himmel. Ein Nachmittag verging wie der andere. Gegen vier Uhr stellte für gewöhnlich eine von uns fest, dass es nun früher dunkel wurde, und unweigerlich nickte die andere zustimmend. Dann widmeten wir uns der Frage, wie viele Tage noch bis Weihnachten blieben, um daraufhin regelmäßig anzumerken, wie schnell die Zeit doch verging, und anzumerken, wie schnell die Zeit doch verging, half wiederum ein wenig, die Zeit weiter totzuschlagen.

Die Winter in *Cherry Tree* waren länger als anderswo, und dieser war mein fünfter. Es nannte sich *Leben in geschütztem Umfeld,* aber ich habe nie ganz herausfinden können, wovor wir eigentlich geschützt werden sollten. Die Welt existierte noch, wenn auch außerhalb von *Cherry Tree*. Über Zeitungen und das Fernsehen schlich sie sich zu uns herein. Sie glitt durch die Ritzen in den Gesprächen der anderen und sang ihr Lied auf ihren Mobiltelefonen. Wir waren diejenigen, die man versteckt hielt, die man aufgelesen und rasch außer Sichtweite gebracht hatte, und ich fragte mich oft, ob es nicht eher die Welt war, die vor uns geschützt werden sollte.

»Es wird jetzt früher dunkel, nicht wahr?«, sagte Elsie.

Wir sahen zu, wie in den Wohnungen gegenüber das Licht eingeschaltet wurde. Ganze Reihen von Fenstern. Ein Puzzle aus Menschen, deren Abende in die Septemberdämmerung sickerten. Zu dieser Tageszeit konnte man in unterschiedliche Leben schauen, ein Stück von den anderen erhaschen, bevor sich der Vorhang vor ihrem Kosmos schloss und sie sich den fremden Blicken wieder entzogen.

»Da ist jemand«, sagte ich.

Die meisten Kittel hatten bereits Feierabend, und auch Miss Bissell und ihr greiser *Mini Metro* waren längst an den Lichtern am Ende der Straße vorbeigerauscht und auf die Umgehungsstraße eingebogen, aber im Wohnzimmer von Nummer zwölf hatte jemand eine Glühbirne angeknipst. Sie flackerte wie die Spule eines Kinofilms, und ich verfolgte Bild für Bild, wie ein Mann den Raum durchquerte. Ein Mann mittleren Alters, schätzte ich, aber in der schlechten Beleuchtung war das schwer zu sagen.

Ich spürte, wie mir der Atem stockte.

»Wie viele Tage sind es noch bis Weihnachten?«, fragte Elsie. »Willst du sie mit mir zählen?«

»Nein«, sagte ich. »Will ich nicht, kein Interesse.«

»Es sind achtundneunzig«, sagte sie. »Achtundneunzig!«

»Ach ja?«

Ich beobachtete den Mann. Er trug Hut und Mantel und stand mit dem Rücken zu uns, doch ab und zu zeigte er sich von der Seite, und mein Gehirn versuchte zu verstehen, was ihm meine Augen sagen wollten.

»Wie überaus sonderbar«, flüsterte ich.

»Ich weiß.« Elsie wischte ein paar Krümel vom Tischtuch. »Mir kommt es vor, als sei letztes Weihnachten erst gestern gewesen.«

Der Mann ging im Raum umher. Da war etwas in der Art, wie er seinen Kragen hochzog, mit den Schultern zuckte – dass mir ganz anders wurde, als drehte sich die ganze Welt in meinem Magen um. »Sehr sonderbar. Aber das kann nicht sein.«

»Doch. Achtundneunzig. Ich habe gezählt, während du deine Zeit mit Löcher-in-das-Fenster-Starren vergeudet hast.«

Stirnrunzelnd sah ich Elsie an. »Achtundneunzig was?«

»Tage bis Weihnachten.«

»Das meinte ich nicht …« Ich sah wieder hinüber, aber die Glühbirne hatte aufgegeben, und der Mann mit dem Kragen und dem Schulterzucken war verschwunden. »Ich dachte, ich hätte jemanden gesehen, den ich kenne.«

Elsie spähte in die Dunkelheit. »Einen von den Gärtnern vielleicht?«

»Nein, in Nummer zwölf.« Ich sah sie an. Ich überlegte es mir anders und drehte mich wieder weg. »Ich habe mich bestimmt geirrt.«

»Es ist dunkel, Florence. Da kann man sich leicht irren.«

»Ja, so muss es sein«, sagte ich. »Ich habe mich geirrt.«

Elsie widmete sich wieder ihren Krümeln, und ich schob die Ärmel meiner Jacke herunter.

»Sollen wir den Heizlüfter etwas höher stellen?«, fragte ich. »Es ist ein bisschen kalt geworden, findest du nicht?«

»Aber Florence, das ist der reinste Backofen hier.«

Erschauernd starrte ich hinaus in die Schatten, und das Fenster von Nummer zwölf starrte zurück. »Wo ein Gespenst ist, ist der Teufel nicht weit.«

»Gespenst?«

Ich musste mich einfach geirrt haben.

Denn eine andere Möglichkeit gab es nicht.

»Das ist nur so eine Redewendung«, sagte ich. »Weiter nichts.«

Wir hatten den Dienstag schon halb geschafft, als ich ihn wiedersah.

Elsie ließ sich gerade ihre Fußnägel machen, was für gewöhnlich einige Zeit in Anspruch nimmt, weil das bei ihr immer ein Staatsakt ist. Ein Kittel war dabei, in meinem Apartment Staub zu wischen, also behielt ich das Mädchen im Auge, denn ich habe festgestellt, dass die Leute ihren Job viel gründlicher erledigen, wenn jemand auf sie aufpasst.

Außerdem scheinen sie durchaus dankbar für Hinweise zu sein, wenn sie etwas übersehen haben.

»Was würden wir nur ohne Sie tun, Miss Claybourne?«, sagen sie dann.

Dieser spezielle Kittel arbeitete besonders schluderig. Plattfüße. Schmale Handgelenke. Ohrringe in der Nase, den Lippen, den Augenbrauen – überall, nur nicht in den Ohren.

Draußen hing der Nebel. Die Sorte Nebel, die den Himmel am Horizont festtackert, damit ja kein Tageslicht durchkommt, aber ich habe ihn sofort gesehen, gleich in dem Moment, in dem ich aus dem Fenster geblickt habe. Er saß mitten im Hof auf einer der Bänke und starrte zu Nummer zwölf hoch. Er trug wieder denselben Mantel und denselben Hut, aber das war nicht der Grund, weshalb ich ihn sofort erkannt habe. Es war die Art, wie er den Kragen hochzog. Die Art, wie er seinen Filzhut trug. Seine ganze Erscheinung. Jemand, den man kennt, fällt einem auch an einem ungewohnten Ort oder in einer großen Menschenmenge ins Auge. Irgendetwas an der Person drängt sich einem in den Blick.

Ich wollte ihn dem Mädchen mit den Ohrringen zeigen. Ich wollte sicher sein, dass es ihn auch sah. Solche Dinge sollen ja vorkommen, nicht wahr? Alte Leute beschwören Sachen aus der Vergangenheit herauf und erfinden allen möglichen Unsinn, nur um die Leere zu füllen, aber das Mädchen war gerade in ein Selbstgespräch vertieft und fuhr mit dem Staubtuch über den Kaminsims. Und ich war auf Bewährung. Miss Ambrose hatte nichts Genaueres erwähnt, aber ich war mir ziemlich sicher, dass sich Halluzinationen überhaupt nicht gut machen würden.

Ich sah wieder aus dem Fenster, und der Mann saß immer noch da, nur dass er inzwischen seine Ellbogen auf die Rückenlehne gestützt hatte, ganz wie früher. Während ich zu ihm hinunterblickte, spürte ich, wie mir die Farbe aus dem Gesicht wich. Ich wollte an die Scheibe klopfen, damit er sich umdrehte, aber ich brachte es nicht fertig.

»Miss Claybourne?«

Wer weiß, ob ich meinen Blick dann je wieder hätte abwenden können.

»Miss Claybourne? Ist alles in Ordnung?«

Ich konnte mich nicht vom Fenster wegrühren. »Nein, nichts ist in Ordnung«, sagte ich. »Es ist so wenig in Ordnung, wie man es sich nur vorstellen kann.«

»Aber ich habe den Kaminsims schon zweimal abgestaubt. Wenn ich es noch einmal mache, komme ich zu spät zum nächsten Bewohner.«

Das Mädchen stand vor dem Fernseher, die Möbelpolitur in der Hand. Die Ohrringe verteilten sich in ihrem Gesicht wie Satzzeichen.

»Nicht der Kaminsims«, sagte ich. »Dort draußen. Ronnie Butler. Auf der Bank. Sehen Sie ihn?«

Manchmal fallen einem die Wörter mir nichts, dir nichts aus dem Mund. In dem Moment, in dem sie den Mund verlassen, weiß man, dass das keine gute Idee war, aber dann ist es schon zu spät, und man hat keine andere Wahl mehr, als sich selbst zuzuhören. Das Mädchen sagte: »Wer ist Ronnie Butler?«, und die Neugier sorgte dafür, dass sich die Ohrringe in ihrem Gesicht neu formierten.

»Jemand aus der Vergangenheit. Jemand, den ich früher einmal kannte.«

Ich zog am Saum der Gardine, obwohl sie schnurgerade hing.

Das Mädchen fing an, ihre ganzen Sprühdosen und Lappen und Staubwedel einzusammeln und alles in einem rosa Körbchen zu verstauen. »Aber das ist doch etwas Gutes, nicht? Dann können Sie sich doch prima über die alten Zeiten austauschen.«

Ich blickte wieder hinunter in den Hof. Er war aufgestanden, und ich beobachtete, wie er den Weg entlangging, der zum Haupttor führte. »Nein«, sagte ich. »Das ist überhaupt nicht gut. Ganz und gar nicht gut.«

»Aber warum denn nicht?«

Ich ließ mir Zeit mit meiner Antwort. Ich wartete, bis

alles im Körbchen war, bis ich die Wohnungstür ins Schloss fallen hörte und die schlurfenden Schritte des Mädchens draußen auf dem Flur. Ich musste warten, bevor ich die Frage des Mädchens beantworten konnte. Und als ich die Worte endlich sagen konnte, brachte ich nur ein Flüstern zustande.

»Weil Ronnie Butler 1953 ertrunken ist.«

»Bildest du dir manchmal ein, etwas zu sehen, was nicht da ist?«

Elsie war zurück vom Fußpfleger und bewunderte das Werk seiner kundigen Hände durch ihre Strumpfhose. »Aber ja, die ganze Zeit«, sagte sie.

»Ist das wahr?«

»O ja.« Elsie wackelte mit den Zehen, die in ihrem Dreißig-Denier-Gefängnis knacksten. »Ich bilde mir ein, es regnet, und wenn ich rausgehe, stelle ich fest, dass das gar nicht stimmt. Und ganz oft bilde ich mir ein, dass noch viel mehr Milch im Kühlschrank ist, als ich in Wirklichkeit habe.«

»Nein, ich meine Leute. Bildest du dir jemals ein, jemanden zu sehen, der gar nicht da ist?«

Elsie hörte mit dem Zehengewackel auf und blickte mich an. »Du stellst vielleicht Fragen. Ich glaube nicht«, sagte sie. »Aber im Zweifel würde ich es auch gar nicht merken, oder?«

Ich hatte mich nicht vom Fenster wegbewegt, seit ich ihn gesehen hatte. Oder meinte, ihn gesehen zu haben. Ich hatte beobachtet, wie Angestellte in den Gebäuden verschwanden und Besucher unwillig mit verblassenden Angehörigen über das Gelände schlichen, aber der Mann war nicht mehr aufgetaucht. Nummer zwölf war dunkel und verlassen, die Bank leer. Vielleicht hatte ich ihn mir nur eingebildet. Vielleicht war der Moment gekommen, in dem meine Gedanken begannen, die Brücke zwischen Gegenwart und Vergangenheit zu überqueren, und zwar auf Nimmerwiedersehen.

Jetzt hatte ich Elsies Aufmerksamkeit. »Wen glaubst du denn gesehen zu haben?«

»Niemanden.« Ich fing an, die Zierfiguren und Andenken auf der Anrichte wieder ordentlich hinzustellen. »Ich muss mal wieder zum Optiker. Ich brauche neue Gläser.«

»Du hast dir doch gerade erst neue einsetzen lassen«, sagte sie. »Und wieso nimmst du dauernd Sachen hoch, nur um sie gleich wieder an denselben Platz zu stellen, an dem sie vorher waren?«

Ich ließ die Strandpromenade von Brighton stehen und blickte sie an. Elsies Sorgen passten bequem in eine Streichholzschachtel. »Hast du jemanden gesehen?«, fragte ich. »Als du hergekommen bist?«

Sie runzelte die Stirn. »Niemand Besonderen«, sagte sie. »Warum, wen hast du denn gesehen?«

»Miss Bissell«, sagte ich. »Einen Mann, der Briefe brachte.«

»Den Postboten?«

Ich nickte. »Und diese eigenartige kleine Frau aus Nummer vier. Rundes Gesicht. Spricht nie ein Wort. Hat Probleme mit Treppen.«

»Mrs Honeyman?«

»Ich glaube schon. Und ich habe Dora Dunlop gesehen. Sie hatte aber ausnahmsweise nicht ihr Nachthemd an. War vollständig angezogen.«

Elsie zog die Augenbrauen nach oben. »Sie schicken sie nach *Greenbank*, weißt du. Das habe ich zufällig mitbekommen.«

Ich spürte, wie sich der Raum hinter meinen Augen füllte. »Sie wird dort nicht klarkommen«, flüsterte ich.

Elsie antwortete nicht, aber ich meinte zu sehen, wie sie leicht die Achseln zuckte.

»Also hast du niemand besonders Interessanten gesehen?«, fragte ich.

»Nein, niemanden.«

Ich nahm einen Schluck Tee.

»Warum spuckst du es nicht einfach endlich aus, Florence?«

»Ich dachte nur, ich hätte jemanden gesehen, den wir früher mal kannten«, sagte ich in die Tasse hinein. »An seinen Namen kann ich mich nicht erinnern.«

»Oh, aber wer könnte das gewesen sein? Jemand aus der Schule? Aus der Fabrik?«

Ich schluckte noch etwas Tee. »Ich weiß es nicht genau. Ich bringe ihn irgendwie nicht unter.«

»Ich weiß es bestimmt noch.« Elsie inspizierte den menschenleeren Hof durch die Scheibe. »Mit Gesichtern war ich immer schon besser als du.«

Sie war die Letzte, die noch übrig war. Die Einzige, die beurteilen konnte, ob sich mein Kopf auf den Weg gemacht und mich im Stich gelassen hatte. Aber vor sechzig Jahren hatten wir die Vergangenheit in eine Kiste gepackt und sie fest verschlossen, und wir hatten einander geschworen, nie wieder davon zu sprechen. Jetzt waren wir alt. Jetzt waren wir zu anderen Menschen geworden, und es fühlte sich an, als ob alles, was geschehen war, jemand Fremdem passiert wäre und wir nur von der Zukunft aus dabeigestanden und zugesehen hätten.

Sie versuchte, etwas tiefer in die Dunkelheit zu spähen. »Ich hoffe, ich bekomme ihn auch noch zu Gesicht.«

»Ich auch«, sagte ich in die Tasse hinein.

17:06 Uhr

Nicht zu fassen, wie viel Kram da unter der Anrichte liegt.

Was nicht alles hinter die Möbel fällt, wenn man einmal kurz nicht hinsieht. Ich hätte es nie bemerkt, wenn ich nicht hier läge, aber jetzt, wo ich nun mal hier bin, kann ich nicht aufhören hinzustarren. Die Kittel machen ihre Arbeit nicht richtig. Haben immer Kopfhörer auf und fuchteln mit Sprühdosen herum. Manche von denen schalten sogar einfach den Fernseher an, während sie arbeiten. Einfach so, ohne zu fragen. Ich sehe von der Zimmerecke aus zu und weise sie auf vergessene Stellen hin, und sie sehen weg und saugen um meine Füße herum. »Lass sie doch machen«, sagt Elsie. »Genieß einfach das faule Leben, Florence.« Aber Faulenzen ist mir nicht gegeben. Elsie liegt es eher, die Hände in den Schoß zu legen, aber ich musste immer etwas zu tun haben. Deshalb verstehen wir uns auch so gut.

Manchmal kommt zweimal dieselbe. Eines der Mädchen immer donnerstags. Vielleicht ist es auch der Dienstag. Jedenfalls ein Tag mit »D« am Anfang. Dunkles Haar, blaue Augen. Die eine Hand am Staubsauger, die andere hält das mobile Telefon ans Ohr. Nettes Lachen. So ein Lachen, bei dem man gleich mit einstimmen möchte, nur dass ich von dem, was sie sagt, kein Wort verstehe. Ich glaube, sie kommt aus Deutschland. In dem Laden in der Nähe des Haupttors hatten sie neulich eine Schachtel mit Shortbread. *Made in Germany*, stand auf der Rückseite, also habe ich sie gekauft, weil ich dachte, das erinnert sie vielleicht an zu Hause. Wir könnten eine Tasse Tee zusammen trinken, dachte ich – das könnte ein bisschen das Eis brechen. Wir könnten einander etwas kennenlernen. Ich machte ihr den Vorschlag, aber sie sprach die ganze Zeit in ihr kleines Telefon, und die Wohnungstür knallte zu, bevor ich auch nur die Hälfte meines Satzes vorgebracht hatte. Alle haben es immer so eilig, nicht wahr, das ist das Problem. Aber wir können es ein andermal nachholen, wenn ich mich von meinem Sturz erholt habe. Es macht gar nichts, die Packung ist ja noch zu.

Vielleicht wird sie diejenige sein, die mich findet. Die junge Frau aus Deutschland. Wenn sie merkt, was los ist, wird sie ihr Telefon vergessen. Es wird zu Boden fallen, aber sie wird es gar nicht beachten und sich neben mich auf den Teppich knien. Sie wird sich über mich beugen, ihr Haar wird nach vorne fallen, und sie wird es hinter ihr Ohr streichen. Ihre Hände werden warm und sanft sein, und sie wird meine Hand in ihre nehmen.

»Alles in Ordnung mit Ihnen, Florence? Was haben Sie denn nur angestellt?«

»Kein Problem, halb so wild«, werde ich sagen. »Machen Sie sich nur keine Sorgen.«

Wir werden auf den Krankenwagen warten, und währenddessen wird sie mich fragen, wie es kam, dass ich gefallen bin, wie das alles passiert ist, und ich werde nicht so recht damit herausrücken und weggucken. Ich bin nicht sicher, was ich ihr sagen werde. Ich weiß noch, wie die Nachrichtensprecherin mir zulächelte und ihre Zettel zusammensuchte, und ich erinnere mich an die Stille, nachdem ich den Fernseher ausgeschaltet hatte. Da ist diese besondere Stille, wenn man allein lebt. Sie ist überall und wartet darauf, dass man sie findet. Man versucht, sie mit allen möglichen anderen Geräuschen zu übertönen, aber sie ist immer da, und am Ende, wenn alles andere verstummt ist, erwartet sie einen schon. Womöglich nimmt man diese Art von Stille aber auch nur mit anderen Ohren wahr. Vielleicht habe ich ein Geräusch gehört. Oder eine Stimme? Ich versuche, mich zu erinnern, wie es dazu kam, dass ich gefallen bin, aber ich weiß nur noch, wie ich die Augen aufmachte und mich an einer Stelle wiederfand, an der ich nicht hätte sein sollen.

Die Sanitäter werden eintreffen, und dem deutschen Mädchen wird anzusehen sein, wie erleichtert es ist, denn wenn Leute in Uniform kommen, hat man sofort ein gutes Gefühl. Das stimmt natürlich nicht immer. Niemand weiß das besser als ich. Einer der Männer wird die Möbel aus dem Weg rücken, und der andere wird mir eine kleine Maske auf das Gesicht setzen. Die Elastikbänder werden nicht richtig hinter meinen Ohren halten, und es wird ein Riesenbrimborium geben. Sie werden mich in einen dieser Sitze schnallen, die mit den Gurten, und eine Decke über mich breiten, und das deutsche Mädchen wird dafür sorgen, dass sie auch schön gerade liegt.

»Geht es so, Florence? Können wir noch etwas für Sie tun?«

Wenn sie mich nach draußen rollen, wird die Kälte mir in Nase und Ohren zwicken, und meine Augen werden zu tränen beginnen.

»Gleich sind wird da, Flo. Gleich haben Sie es geschafft, Flo«, werden die Sanitäter sagen, und es wird mir gar nichts ausmachen, dass sie mich Flo nennen, weil sie so freundliche Augen haben.

Sie werden mich hochheben und die Außentreppe hinuntertragen, und von dort aus werde ich die Stadt sehen, die Nacht, flüssig wie Tinte, und die Lichter, die das Leben der anderen Leute aussendet, und es wird sich anfühlen, als ob ich fliege.

Und ich werde mich leichter fühlen als Luft.

FLORENCE

Freitag war Bingotag. Elsie bestand darauf, dass ich hinging, unter dem Vorwand, dass es mir guttun würde, aber ich wusste, dass es ihr nur um den Jackpot ging.

»Du hast nur einen Monat, um dich zu bewähren«, betonte sie überflüssigerweise. »Warum fängst du also nicht gleich damit an?«

Und so saßen wir in einer Ecke des Gemeinschaftsraums und wurden Zeugen, wie die Spieler sich bei den Zahlen verhörten. Die Leute saßen mit offenen Mündern da, die Beine hochgelegt, starrten auf die Pappkarten vor ihnen und fragten sich, was sie damit anfangen sollten. Miss Bissell war nirgendwo zu sehen und hatte es ihrem Ersten Offizier überlassen, die Pingpongbälle aus der Trommel zu ziehen.

Miss Ambrose hielt einen Ball in die Höhe. »Zweiundzwanzig«, rief sie.

Das Publikum fing an zu quaken.

»Wie bitte?«, fragte sie.

»Quack, quack, die kleinen Enten«, schrie jemand.

Miss Ambrose hielt den nächsten Ball in die Höhe. »Nummer elf.«

Prompt fingen natürlich alle an, anzüglich zu pfeifen.

»Elf Beine«, rief jemand anderes.

Miss Ambrose blickte ratlos auf den Ball. »Dieses Bingolatein ist offenbar eine Sprache für sich.«

»Es ist die Sprache der Alten«, sagte ich. »Wie Hüfthalter und Lichtspielhaus.«

»Und woher soll ich die dann bitte können?« Miss Ambrose spielte mit dem Verschluss eines Ohrrings. »Ich bin gerade mal Ende dreißig.«

Wir alle starrten Miss Ambrose an. Ich wollte gerade etwas sagen, als Elsie mich warnend mit ihrer typischen hochgezogenen Braue ansah.

»Sie kommen auch noch dahin«, sagte ich stattdessen. »Es ist, als würde man in einem fremden Land aufwachen.«

Miss Ambrose zog eine neue Kugel. Es war eine Zwei.

»Ich schätze mal, das ist dann eine kleine Ente?«, sagte sie.

»Sehen Sie. Sie sprechen die Sprache schon fließend.«

Miss Ambrose hörte auf, an ihrem Ohrring herumzuspielen, und hüstelte.

Wir waren kaum zehn Minuten da, und schon begannen meine Gedanken, sich selbstständig zu machen. Sie können einfach nicht anders. Sie haben sich angewöhnt, auf eigene Faust loszumarschieren, und ehe ich mich's versehe, sind sie schon wer weiß wo. Ich weiß nicht genau, wann das angefangen hat. Elsie sagt immer, ich solle sie mir als Schmetterlinge vorstellen, aber die Sache beunruhigt mich. Früher war ich nicht so, und wenn man nicht im Griff hat, was in seinem Kopf vor sich geht, was hat man dann überhaupt noch im Griff? Miss Ambrose sagt, das sei nicht nur eine Frage des Alters. Es könne auch Menschen passieren, die Depressionen haben. Vielleicht ist es ja so, dass in Zeiten, in denen das Leben unerträglich wird, der einzige Teil von uns, der sich davon frei machen und dem Elend entkommen kann, unsere Gedanken sind.

In diesem vermaledeiten Tagesraum passiert es mir jedenfalls ständig. Ich starrte gerade hinaus auf den Parkplatz und überlegte, wieso silberne Autos nur so beliebt waren, obwohl man bei der Farbe jedes bisschen Schmutz gleich sieht, als ich sie bemerkte. Dora Dunlop. Vollständig angezogen. Ein Kittel auf jeder Seite und ein Koffer und drei Einkaufstaschen zu ihren Füßen. Oben aus den Taschen ragten Stücke ihres Lebens heraus. Strickzeug, ein Paar Hausschuhe und die umgeknickte Ecke einer Zeitschrift.

»Sie können mich nicht dazu zwingen«, rief sie, und ihre Stimme drang durch ein offenes Fenster zu uns herein. »Von Ihnen lasse ich mir gar nichts sagen!«

Die Kittel sahen angelegentlich zu Boden und in alle erdenklichen Himmelsrichtungen, Hauptsache, sie mussten ihre Augen nicht auf Dora Dunlop richten.

»SIE KÖNNEN MICH NICHT DAZU ZWINGEN.«

Einige Leute blickten von ihren Bingokarten auf, und Miss Ambrose lehnte sich zum Fenster und schloss es. Als sie den Griff losließ, hatte ich das Gefühl, dass ihre Augen kurz auf mir verweilten.

Dora war zum Schweigen gebracht worden. Eine kleine, graue Gestalt mitten auf dem Parkplatz, die immer noch ihre Wut und Verzweiflung hinausschrie, nur dass man sie nicht mehr hören konnte.

Ich stieß Elsie sacht mit dem Ellbogen in die Seite. »Sie bringen sie nach *Greenbank*«, sagte ich. »Sieh nur. Da draußen auf dem Parkplatz.«

»Ich muss mich gerade auf die Zahlen konzentrieren. Eine brauchen wir noch, dann haben wir eine Reihe voll.«

»Aber sie hat Angst. Wir sollten zu ihr gehen und etwas tun. Wir sollten ihr helfen.«

Ich sah wieder aus dem Fenster, aber der Parkplatz war leer. Dora Dunlop war mitsamt ihren Einkaufstauschen verschwunden.

»Jetzt ist sie weg«, sagte ich.

Ich sah zu Elsie hinüber.
Sie schaute mich ratlos an.

Als die Bingorunde überstanden war (es gab wie immer keinen Gewinner), mussten die meisten von uns erst einmal das stille Örtchen aufsuchen, und jemand von den Kitteln reichte Ei-Sandwiches herum. Raumtemperatur. Zu viel Kresse. Zu wenig Mayonnaise. Elsie verschwand in Richtung Damentoilette, und ich überlegte gerade, ob ich ihr Sandwich essen sollte, um ihr die Enttäuschung zu ersparen, als Miss Ambrose sich in der Mitte des Raums aufbaute und energisch in die Hände klatschte – für meine Begriffe reichlich übertrieben, da zu diesem Zeitpunkt lediglich das Eintauchen von Gebissen in gebuttertes Brot zu hören war.

»Es gibt Neuigkeiten«, verkündete sie, während eine plötzliche Röte unter ihrem geblümten T-Shirt hervorkroch und in Richtung Gesicht wanderte. »Seit dieser Woche haben wir einen neuen Mitbewohner.«

Ein Bissen Ei-Sandwich war in exakt diesem Moment im Begriff, meine Speiseröhre zu passieren, doch diese Worte ließen ihn innehalten. Einige sahen von ihren Tellern auf, und zwei Leute auf der gegenüberliegenden Saalseite versuchten, einen zaghaften Applaus in Gang zu setzen. Die Einzige, die die Ankündigung kaltließ, war Mrs Honeyman, die weiter leise in ihren Teller schnarchte.

»Wie Sie alle wissen, ist es uns hier bei *Cherry Tree* ein besonderes Anliegen, jeden neuen Gast sehr herzlich willkommen zu heißen, damit sich jeder von Anfang an bei uns wohlfühlt.« Miss Ambrose verschränkte die Hände willkommen heißend vor der Brust. »Ich bin mir sicher, es ist auch in Ihrem Sinne, wenn wir unseren neuesten Mitbewohner und Freund nun mit großem Jubel begrüßen.«

Bis er nach vorn trat, hatte ich gar nicht bemerkt, dass er schon die ganze Zeit über am Schwarzen Brett gestanden hatte.

Im Laufe der Jahre war meine Sehkraft so unzuverlässig geworden, dass ich ihr nicht mehr über den Weg traute. Auch mit Brille glaube ich ihr normalerweise kein Wort, aber in diesem Fall bestand kein Grund, an ihr zu zweifeln.

Er war es.

Ronnie Butler.

Ich wusste es sofort. Es gibt nicht mehr viele Dinge, bei denen ich mir absolut sicher bin, aber dass er es war, stand todsicher fest. Er war natürlich älter geworden, man sah ihm an, dass er nicht mehr ganz taufrisch war. Ein wenig verlebt. Doch diese Veränderungen spielen unterm Strich keine Rolle. Sie sind das Kleingedruckte. Was zählt, sind die Augen. Das Lächeln. Die Art, wie jemand einen quer durch den Raum ansieht, als wäre er nie weg gewesen.

Ich habe oft Angst gehabt in meinem Leben. Ich habe jedes Mal Angst, wenn ich allein im Dunkeln sitze und es wage, ein Stück Vergangenheit freizukratzen. Wann immer sein Name plötzlich unerwartet fiel oder irgendeine beiläufige Bemerkung. Eigenartig, bis zu diesem Tag war es seine Abwesenheit gewesen, die mich immer wieder in Angst und Schrecken versetzt hatte. Doch als er nun tatsächlich vor mir stand, keine drei Meter von mir entfernt, verstand ich erst, wie sich echte Angst anfühlt. Es war, als risse mir jemand das Herz aus der Brust.

Denn er war zurück.

Und hatte mich gefunden.

»Eine glückliche, zufriedene Gemeinschaft …«, hörte ich Miss Ambrose über den Rand meiner Gedanken hinweg sagen. Ronnie hatte sich keine Spur verändert. Manche Gesichter lösen sich im Alter auf, und die vergangene und die gegenwärtige Person sind zwei völlig unterschiedliche Menschen, doch Ronnies Gesicht hatten die Falten nur noch markanter gemacht. Sogar die Narbe war noch da. Das winzige Mal, das verschwand, wenn er lächelte.

»Ein sicherer Hafen für den Lebensabend«, sagte Miss Ambrose.

Lebensabend ist ein ganz abscheuliches Wort. Man denkt an Dämmerung oder gar Dunkelheit, in der man orientierungslos herumstolpert. Ich konnte es nicht beschwören, aber ich hatte fast den Eindruck, als habe er erwartet, mich hier zu sehen. Es war vor allem sein Blick. Der gleiche Blick wie damals auf dem Hof der Fabrik, im Bus, über den Küchentisch hinweg. Wer diesen Blick einmal gesehen hat, vergisst ihn nicht mehr. Auch nicht, wenn ein ganzes Leben dazwischenliegt.

»Daher möchte ich Sie alle bitten, mit mir zusammen ganz herzlich den neuen Bewohner von Nummer zwölf willkommen zu heißen, Mr Gabriel Price.«

Einen Moment lang herrschte vollkommene Stille, und dann hörte ich meine eigene Stimme.

»Gabriel Price?«

Die Luft, die ich die ganze Zeit über angehalten hatte, schoss mit diesem Schrei aus meinen Lungen, und ich hörte, wie ein Stuhlbein über den Boden scharrte, als beugte sich jemand vor, um mich besser sehen zu können. Miss Ambrose neigte den Kopf zur Seite und blickte mich an.

»Zu Ihren Diensten.« Ronnie Butler tippte an den Rand seines Filzhuts. Er machte einen Schritt nach vorn, und ich fühlte, wie sich die Stuhllehne in meinen Rücken bohrte. Ich konnte sie förmlich riechen, die Nacht, in der er gestorben war. Ich konnte förmlich mit den Händen über die Jahre hinweggreifen, sie packen und aus dem Raum tragen. Mein Herz schlug mir mit solcher Macht bis zum Hals, dass es eigentlich jeder im Saal hätte hören müssen.

Ronnie sah mir direkt in die Augen und lächelte, und als er das tat, verschwand die kleine Narbe an seinem Mundwinkel.

Wie von Zauberhand.

»Wir gehen schon?«

Ich hatte vor der Damentoilette auf Elsie gewartet. Sobald sie herauskam, nahm ich sie am Ellbogen.

»Wir gehen«, sagte ich.

»Können wir nicht noch etwas bleiben? Ich hatte mich schon auf die Mandarinen gefreut.«

»Ich mach dir eine Dose auf, wenn wir zu Hause sind.«

»Und was ist mit der Verlosung? Diese Woche geht es um den Jackpot.«

»Im unteren Küchenschrank ist noch eine kleine Packung Shortbread. Die kannst du gern haben.«

»Es geht nicht ums Gewinnen, Florence. Es geht um Spannung und Vorfreude«, sagte sie. »Das Jagdfieber.«

»Ich muss dringend hier raus.« Nach der Hälfte des Weges, der hinter den Apartments verlief, ließ ich ihren Ellbogen los. Diesen Weg nahm kaum jemand. Laub sammelte sich an seinem Rand, und das Gras schien das Wachsen vergessen zu haben. Die meisten Leute bevorzugten den vorderen Weg mit den kleinen Beeten, weil er Gelegenheit zu ein wenig Zeitvertreib bot – schließlich nehmen Menschen offensichtlich gern den Weg, den alle nehmen. Mir gefiel dieser hier besser. Der vergessene Weg. Ein Weg, auf dem man Dingen auf den Grund gehen konnte.

In Elsies Augen spiegelte sich ihre Verwirrung. »Was, um alles in der Welt, ist denn los, Flo?«

»Nichts. Rein gar nichts. Wie kommst du darauf, dass etwas sein könnte?«

Ihr Blick senkte sich. »Deine Hände zittern«, sagte sie.

MISS AMBROSE

»Die hat sie nicht mehr alle, wenn Sie mich fragen.«

Es hatte ihn aber niemand gefragt. Nicht dass Simon, dienstbarer Geist und Mädchen für alles, auf Fragen angewiesen gewesen wäre. Für Simon war die Welt ein Ort, den nur ständige Kommentare am Laufen hielten, für die er sich bereitwillig zur Verfügung stellte, rein vorsorglich für den Fall, dass jemand auf seine Meinung Wert legte.

»Hmmm?« Anthea Ambrose starrte in ihren Taschenspiegel. Sie hatte ihn gekauft, weil er alles um das Zehnfache vergrößerte. Das war auch der Grund, weshalb sie den Kauf bereits bereute, aber sie konnte den Blick nicht abwenden. Es war wie bei einem Unfall auf der anderen Seite der Autobahn.

»Na, wie die von ihrem Stuhl hoch ist und rumgeschrien hat.« Simon zog einen Tisch an seinen ursprünglichen Platz, und das Scheppern eines zurückgelassenen Tellers mit Ei-Sandwiches klang durch den Raum. »Die Wieheißtsiedochgleich …«

Miss Ambrose klappte den Spiegel zu, und mit dem Klicken verstummten augenblicklich ihre Sorgen. »Florence«, sagte sie. »Miss Claybourne. Ich denke, es ist nur eine Frage der Zeit, bis sie nach *Greenbank* kommt.«

»Ich frage mich, wie Sie die alle auseinanderhalten.«

Miss Ambrose verstaute den Spiegel wieder in ihrer Handtasche. »Das ist mein Job.«

Simon nahm sich ein Ei-Sandwich und ließ es in seinem Mund verschwinden. »Es sind so viele, und alle sehen gleich aus«, erklärte er, bevor er dem Sandwich Gelegenheit gegeben hatte, auch verschluckt zu werden. »Ich mach dann mal draußen weiter, wenn Sie nichts dagegen haben. Die Regenrinnen müssen mal vom Dreck befreit werden, sonst verstopfen die noch.«

Es hatte gewisse Momente gegeben, in denen Miss Ambrose sich genauere Gedanken über die Vorzüge von Simon gemacht hatte. Schließlich konnte man Turnschuhe wieder sauber bekommen. Für Haare gab es Friseure. Im Fernsehen sah man das die ganze Zeit. Leute gingen zu *John Lewis* und kauften sich eine komplett neue Garderobe, zogen den Scheitel auf der anderen Seite und waren mit einem Mal völlig verändert. Das waren die Momente gewesen, in denen Miss Ambrose den Horizont nach einem passenden Ehemann abgesucht hatte, wie eine Gestrandete ihn nach einem rettenden Schiff aus der Ferne absucht.

»Weil das Regenwasser dann nämlich nicht richtig abfließen kann.« Er nahm sich ein weiteres Sandwich. »Und das kann zu dauerhaften Schäden führen.«

Tatsache war, dass es Schiffe gab, die man ziehen lassen sollte.

»Das kann sogar an die Bausubstanz gehen, wenn man da nicht rechtzeitig handelt.«

Andernfalls könnte es passieren, dass einem für alle Zeiten das Leben erklärt wird, von vorn bis hinten und bis zum bitteren Ende.

Anthea Ambrose ging zurück in ihre Dienstwohnung am Rande der Anlage. Das Gebäude lag getrennt von den Senioren-Apartments, aber unter ihren Füßen hatte sie dort den gleichen beigen Teppichboden (»Klassisch beige geht immer«, pflegte Miss Bissell zu sagen.), und die Türen schlossen sich mit dem gleichen, leicht schuldbewussten Klicken. Ihre Wohnung bot auch den gleichen Blick durch die gleichen, nur wenige Zentimeter zu kippenden Fenster, da sich die Befürchtung, die Bewohner könnten sich durch einen Spalt in die Tiefe werfen, offenbar auch auf die Angestellten erstreckte. Wenn Anthea Ambrose aus dem Küchenfenster sah, entfaltete sich vor ihr ein Panorama des Alters in all seinen Facetten, das ihr aus der Zukunft zuwinkte. Sie hatte ursprünglich nur zwölf Monate hier in *Cherry Tree* bleiben wollen. Sie hatte sich für andere Jobs beworben und war sogar zu einem Vorstellungsgespräch eingeladen worden, aber an dem Tag des Gesprächs hatte ein Neuzugang beschlossen, das Haus gleich wieder auf eigene Faust zu verlassen, und sie hatte ihre liebe Not gehabt, die arme alte Frau, die bis zur Ampel gekommen war, wieder zu beruhigen, sodass sie den Termin verpasst hatte. Man hatte sie nicht wieder angerufen.

Miss Ambrose hatte einen eher gemächlichen Gang und war sich nicht sicher, ob das daran lag, dass es ihr womöglich (angesichts all der Gehstöcke und Rollatoren) peinlich war, dass sie eigentlich auch raschen Schrittes hätte gehen können, oder daran, dass es dem Alter, das sie umgab, irgendwie gelungen war, ihr in die Knochen zu kriechen, und sie zwang, sich anzupassen. Sie hatte nie vorgehabt, mit alten Leuten zu arbeiten. Sie hatte einen Beruf wie Stewardess im Sinn gehabt oder irgendetwas im Verlagswesen. Etwas Schickes. Etwas, zu dem schnelles Gehen passte. Doch es war, als schwämme sie in ihrem Leben ständig gegen die Strömung, und sosehr sie auch versuchte, die Richtung zu wechseln, kam sie doch nie wirklich von der Stelle. Wie viel einfacher wäre alles, dachte sie, wenn man von Anfang an wüsste, was das Leben mit einem vorhat. Wie viel Energie man sparen könnte. Anstatt immer nur so vor sich hin zu paddeln, könnte man voller Zuversicht sein Ziel anvisieren, an all den Versuchungen und Ablenkungen einfach vorbeigleiten, während die anderen Schwimmer sich weiter mit den Gezeiten abplagen.

Auf dem Gelände war alles ruhig. Sie ging an den verlassenen Bänken und dem menschenleeren Pavillon vorbei. Weiter hinten lag der Japanische Garten. Es hatte eine Ewigkeit gedauert, Miss Bissell von ihrer Idee zu überzeugen. In einer Zeitschrift hatte sie etwas über japanische Gärten gelesen und wie sie den inneren Frieden und die Selbstreflexion förderten, doch Miss Bissell war der Ansicht gewesen, dass es vielleicht unklug sei, die Bewohner in dieser Phase ihres Lebens zu übermäßigem Nachdenken über sich selbst zu ermutigen.

Streng genommen hatte Miss Bissell sich auf ein schlichtes »Lieber nicht, Anthea« beschränkt, und in dem Bestreben, eine Diskussion zu entfachen, hatte Miss Ambrose die Gegenargumente von sich aus geliefert. Miss Ambrose widersprach Miss Bissell nur selten. In diesem Fall jedoch war sie mehrere Monate für ihre Sache eingetreten, bis Miss Bissell schließlich nachgegeben hatte. Nur bei den Laternen war sie hart geblieben, wegen der Motten. Miss Ambrose fragte sich, ob der Garten je genutzt wurde oder ob er nur ein riesiges japanisches Denkmal für jene Zeit darstellte, in der sie noch geglaubt hatte, hier etwas verändern zu können. Im Moment jedenfalls war dort niemand zu sehen, natürlich, denn zu dieser Tageszeit glich *Cherry Tree* immer einer Geisterstadt. Die Bewohner dösten vor ihren Radios und einer kalt gewordenen Tasse Tee, und es war überhaupt nichts dagegen einzuwenden, dass sie in den Schlaf fielen, solange sie dabei immer schön in der Vertikalen blieben. Die Vorstellung, ihrem Beispiel zu folgen, war verführerisch. Für Miss Ambrose war jeder Nachmittag ein Kampf. Ein Kampf zwischen Leugnen und Akzeptieren. Das Akzeptieren der Tatsache, dass in ihrem Apartment zwar noch keine Haltestangen angebracht waren, der Platz dafür aber schon ausgespart war.

Als Miss Ambrose um die Ecke bog, entdeckte sie Gabriel Price. Er saß auf der allerletzten Bank vor ihrer Eingangstür, über sich den grauen, papierdünnen Himmel, die Ellbogen auf die Rückenlehne gestützt. Miss Ambrose war so verblüfft, so spät am Nachmittag einem menschlichen Wesen zu begegnen, dass ihrer Kehle ein kleiner Laut entwich. Als sie näher kam, hatte sie den Eindruck, dass er lächelte, doch sie hatte inzwischen festgestellt, dass man sich bei Gabriel Price da nie ganz sicher sein konnte.

»Miss Ambrose.«

»Nennen Sie mich doch Anthea, Mr Price.«

Er zog es vor, davon abzusehen.

Sie beschloss, sich davon nicht entmutigen zu lassen.

»Ich bin überrascht, Sie hier draußen zu sehen«, sagte sie. »Die meisten unserer Bewohner ruhen um diese Zeit.«

»Ich halte nicht viel vom Ruhen, Miss Ambrose. Müßiggang ist aller Laster Anfang, meinen Sie nicht auch?«

Miss Ambrose begann, mit dem Verschluss ihres Ohrrings zu spielen.

»Aber wem sage ich das, nicht wahr? Eine Einrichtung wie diese zu leiten ist vermutlich wie ein Vierundzwanzig-Stunden-Marathon.«

»Nun ja, ich würde nicht sagen, dass ...«

»Aber natürlich ist es das. Wenn ich nur daran denke, wie Sie diesen unglücklichen Zwischenfall im Tagesraum gemeistert haben.«

»Miss Claybourne? Nun, ich denke ...«

Er lächelte erneut. Seine heimliche Art, ihr das Wort abzuschneiden.

»Diese alten Leutchen neigen zu Verwirrtheit.« Es klang, als spräche er von einem seltenen Volksstamm, den er aus der Ferne beobachtete. »Sie bringen schon mal leicht etwas durcheinander.«

Miss Ambrose wollte gerade eine ihrer Standard-Kopfneigungen zum Einsatz bringen, mit denen sie üblicherweise Verständnis signalisierte, doch die Art, wie er die Arme über den Bankrücken legte, brachte sie aus dem Konzept. Die Art, wie das Licht die Falten aus seinem Gesicht filterte und das Grau seines Haars hell erscheinen ließ.

»Was sagten Sie doch gleich, wie alt Sie sind, Mr Price?«

»Ich erwähnte nichts dergleichen, Miss Ambrose.« Er setzte seinen Filzhut auf und erhob sich so mühelos, als wäre ihm die Bank beim Aufstehen behilflich gewesen. »Jedenfalls bin ich für das Verlöschen des Lichts noch nicht bereit.«

»Äh, nein. Schon klar. Natürlich nicht.«

»Aber eine Frau in der Blüte ihrer Jahre kann da selbstverständlich noch nicht mitreden.«

Miss Ambrose merkte, wie sie errötete. Ein buntes Knäuel aus Worten schoss ihr in den Mund, doch bis sie es zu einem Satz geordnet hatte, war Mr Price auch schon um die Ecke verschwunden.

»Wie außergewöhnlich ungewöhnlich«, sagte sie.

Miss Ambrose setzte ihren Weg nach Hause fort. Erst als sie aufgeschlossen hatte und das Türschloss schuldbewusst geklickt hatte und sie den beigen Teppichboden unter ihren Füßen spürte, wurde ihr bewusst, dass sie etwas schneller und energiegeladener gegangen war als sonst.

FLORENCE

Ich wartete erst einmal ab. Ich wartete, bis die Mäntel aufgehängt, die Dosenmandarinen in eine Schüssel gefüllt und in Kondensmilch ertränkt waren und der Wasserkessel aufgesetzt war. Ich wartete, während Elsie tief versunken ihre Mandarinen löffelte. Ich wartete, bis der richtige Moment gekommen war.

»Ich muss mit dir über jemanden sprechen«, sagte ich. »Über jemanden von früher.«

Sie kaute etwas langsamer.

Oft wird etwas, das einen bedrückt, erst dadurch ein richtiges Problem, dass man jemand anderem davon erzählt. Es gibt ihm mehr Gewicht, wenn man es ausspricht, als wenn man es nur in seinem Kopf hat, und mitunter ist es einfacher, es dort zu lassen, wo niemand anderes davon weiß. Wenn man es nur lange genug wegschließt und es nicht nach außen gelangen lässt, kann man nach einer Weile vorgeben, es hätte nie existiert. Sobald ich Elsie von meinem Problem erzählte und es damit gewissermaßen in die Freiheit entließ, würde ich die Kontrolle darüber verlieren. Ich könnte es nie wieder zum Schweigen bringen.

»Ich habe jemanden gesehen«, sagte ich.

»Wen?« Elsie legte den Löffel neben der Schüssel ab und wurde plötzlich ganz still.

Ich musste die Worte mit Gewalt aus meinem Mund holen. Ich musste sie von mir stoßen.

»Ronnie«, sagte ich schließlich.

Angespannt beobachtete ich ihre Miene. Doch sie blieb völlig ausdruckslos.

»Ronnie Butler«, sagte ich.

Sie sah mich einen Moment wortlos an, und dann lächelte sie. »Du hast ja einen Knall. Das kann gar nicht sein. Ronnie ist mausetot. Man hat ihn begraben, erinnerst du dich?« Sie griff wieder nach dem Löffel, aber ich hielt ihr Handgelenk fest.

»Nein«, sagte ich. »Er ist hier, jetzt, da draußen. Ich habe ihn gesehen.«

»Und wie kannst du bitte schön jemanden gesehen haben, der seit sechzig Jahren tot ist? Du wirst eben ein wenig senil auf deine alten Tage.«

»Aber er ist es!« Ich schlug mit der Hand auf den Tisch. Die Schüssel wackelte, und Elsie zuckte zusammen. »Er ist zurückgekommen. Wegen mir.«

Als Elsie antwortete, hüllte sie ihre Worte in ein Flüstern. »Er ist tot, Florence. Und er ist nicht zurückgekommen. Schon gar nicht wegen dir.«

»Und wer ist es dann, den ich gesehen habe?«

»Es war wohl jemand, der ihm ähnlich sieht. Wir haben alle einen Doppelgänger, so sagt man doch. Du hast dich einfach nur geirrt, mehr nicht.«

Ich ging ans Fenster und lauschte der grünen Stille im Hof. »Das wird es sein, ich werde langsam senil. Er kann es ja auch gar nicht gewesen sein, nicht wahr? Nicht nach all der Zeit, oder?«

Sie hatte schon immer die Gabe besessen, Menschen von den Sorgen zu befreien, die sie drückten. Das ist die zweite Sache, die man über Elsie wissen sollte. Sie weiß immer genau, was sie sagen muss, damit es mir wieder besser geht. »Natürlich nicht, Florence. Wie soll denn das auch gehen – Leute können doch nicht wieder von den Toten auferstehen.«

»Du hast recht. Natürlich geht das nicht. Vergiss einfach, was ich gesagt habe.«

»Gut. Denn wenn Miss Ambrose davon Wind bekommt, kannst du von Glück sagen, wenn du noch zwei Wochen Bewährung bekommst, ganz zu schweigen von einem Monat.«

Ich wollte gerade nach der Fernsehzeitschrift greifen, als mein Blick auf den Kaminsims fiel. Unwillkürlich hielt ich die Luft an.

Der Elefant.

Er stand schon wieder falsch herum.

»Jetzt reg dich mal wieder ab«, meinte Elsie. »Du hast dir das sicher nur eingebildet.«

Das ist typisch Elsie. Immer sagt sie mir, dass ich mich völlig unnötig aufrege, dass ich mich nicht immer gleich in alles so hineinsteigern soll. Ich kenne sie, seit wir Schulkinder waren. Wir haben uns im Bus kennengelernt. Im Bus! Wie viele Menschen lernen sich wohl heute noch im Bus kennen? Es mag ein Schuss ins Blaue sein, aber ich würde so weit gehen zu behaupten, dass es nicht sehr viele sind. Heutzutage sind alle immer viel zu sehr damit beschäftigt, sich gegenseitig zu ignorieren.

Das mit dem Elefanten kaufte sie mir genauso wenig ab wie die Sache mit Ronnie. Das war mehr als offensichtlich.

»Du spinnst dir da schon wieder etwas zusammen«, sagte sie. »Du machst dir einfach zu viele Gedanken und befürchtest immer nur das Schlimmste.«

Zum Schein stimmte ich ihr zu, nur um des lieben Friedens willen. Ich hörte sogar auf, nach Ronnie Ausschau zu halten, und ging vom Fenster weg. Trotzdem konnte ich nicht anders, als hin und wieder hinauszusehen. Was Elsie natürlich nicht entging – sie bedachte mich mit einem bedeutungsvollen Blick.

»So warst du schon in der Schule«, sagte sie. »›Ich glaube, dem Mädchen dort geht es nicht gut, was meinst du? Ob wir ihr vielleicht helfen können?‹, oder ›Norman wird von seinem Vater geschlagen, habe ich gehört. Wir müssen das jemandem sagen‹.«

Ich antwortete nicht. Stattdessen machte ich aus Trotz einen Schritt in Richtung Fenster.

»Du solltest dir nicht immer so viele Gedanken um andere Leute machen«, sagte sie. »Norman konnte schon auf sich selbst aufpassen.«

»Eben nicht«, widersprach ich. »Norman war klein und dünn, und er hatte niemanden, der für ihn eintrat. Er sagte, dass er abhauen wollte, nach London. London wäre sein Untergang gewesen.«

»Das ist alles so lange her.«

»Für mich fühlt es sich an, als wäre es erst gestern gewesen«, sagte ich. »Manchmal denke ich, da gibt es eine Abkürzung zwischen der Vergangenheit und der Gegenwart, und niemand erzählt einem etwas davon, bis man alt ist.«

»Früher hast du dich dauernd um das Leben anderer Leute gekümmert, und für dein eigenes blieb dir kaum Zeit.«

Ich wandte mich wieder dem Fenster zu, aber ich konnte hören, wie sie mit den Fingern ihre Meinung dazu auf das Tischtuch klopfte.

»Erinnerst du dich? So haben wir uns kennengelernt. Du wolltest mal wieder das Richtige tun.« Sie beugte sich vor, um meine Aufmerksamkeit auf sich zu lenken.

»Ich habe im Moment genug anderes im Kopf, ich kann mich nicht mit diesen alten Geschichten abgeben«, sagte ich.

»Weißt du noch, das Mädchen im Schulbus, das sich den Knöchel verstaucht hatte?« Sie beugte sich noch etwas weiter vor. »Du hast ihr deinen Platz angeboten, stimmt's?«

Ich merkte, dass sie auf meine Hände sah. Sie lagen in meinem Schoß und falteten sich ineinander und auseinander.

Manchmal fällt mir gar nicht auf, dass ich so etwas tue, bis sie mich darauf aufmerksam macht. »Nein, das war ich nicht«, sagte ich. »Ich erinnere mich an kein Mädchen mit verstauchtem Knöchel. Du verwechselst mich mit jemand anderem.«

»Das warst du, Florence. Sie hat sich mühsam in den Schulbus gequält, und niemand ist aufgestanden. Niemand außer dir. Ein paar Haltestellen später hast du dich dann neben mich gesetzt. Und so haben wir uns kennengelernt.«

»Du denkst dir das nur aus.« Ich presste meine Lippen so fest aufeinander, wie ich konnte, und die vielen kleinen Fältchen hielten sie wie Nähte zusammen.

»Nein, das tue ich nicht. Es war eine lange Sekunde, erinnerst du dich nicht?«

Mitten in der Bewegung hielten meine Hände inne. »Was soll das sein – eine lange Sekunde?«, fragte ich.

Sie erklärte es mir. Obwohl sie es mir schon viele Male zuvor erklärt hatte. Irgendwie scheine ich es immer wieder zu vergessen. Man hält die Uhr an, sodass eine Sekunde einen Bruchteil länger ist als sonst. Dadurch erhält man ein wenig mehr Zeit, um die richtige Entscheidung zu treffen. Lange Sekunden gibt es ständig. Wir bemerken sie nur nicht immer. »Aber diese hast du damals bemerkt, Florence. Du hast deine Entscheidung getroffen und dem Mädchen deinen Sitzplatz gegeben. Und so haben wir uns kennengelernt.«

»Ich kann mich gar nicht erinnern, dich irgendwann nicht gekannt zu haben«, sagte ich.

»Wir waren gerade in dem Alter, in dem man beginnt, andere Kinder wahrzunehmen. In dem man beginnt, sich nach Freunden umzusehen. Ich wollte schon lange mit dir befreundet sein, bevor du mich bemerkt hast.« Sie lächelte. »Du hattest damals schon so etwas Freundliches. Als ob jemand alle Freundlichkeit, die andere Menschen ablegen oder ignorieren und achtlos liegen lassen, eingesammelt und dir gegeben hätte, damit du sie aufbewahrst.«

Mein Gedächtnis suchte nach dieser speziellen Erinnerung, um sie näher heranzuholen, doch es war nicht elastisch genug, wie ein ausgeleiertes Gummiband.

Sie sah mir in die Augen. »Denk nach, Florence. Es gibt Dinge in der Vergangenheit, an die du dich erinnern musst. Es ist wichtig.«

»Meinst du?«

»Wir mussten lachen, weil neben deinem alten Platz ein Junge saß, der bei den Pfadfindern war und dem Mädchen haarklein alles über Erste Hilfe erzählt hat. Sie hing förmlich an seinen Lippen. Ich weiß ihren Namen nicht mehr. Groß. Dunkles Haar. Ihre Eltern hatten den kleinen Schuhladen auf der Hauptstraße.«

Das Gummiband spannte sich leicht an. »Sie sind ausgewandert, die ganze Familie.« Ganz langsam entließ ich die Worte aus meinem Mund, für den Fall, dass sie nicht die richtigen waren. »Nach Australien.«

»Stimmt genau!« Elsie war sichtlich zufrieden mit mir – das sehe ich immer an diesem gewissen Blitzen in ihren Augen. »Aber das Mädchen ist hiergeblieben. Es ist nicht mitgegangen.«

»Männer für die Landwirtschaft, Frauen für Arbeiten im Haus. Garantierte Arbeitsstellen. Und alles für nur zehn Pfund. Zehn Pfund für ein neues Leben.«

Ich sah wieder aus dem Fenster.

»Ronnie Butler war auch in dem Bus«, sagte ich.

SIMON

Simon, dienstbarer Geist und Mädchen für alles, trug immer einen St. Christophorus um den Hals, und das, obwohl er bisher über Sutton Coldfield nicht hinausgekommen war. Sein Vater hatte ihm den Anhänger zu seinem achtzehnten Geburtstag geschenkt, und Simon hatte ihn seither nur ein einziges Mal abgenommen: als ihm 1995 der Blinddarm entfernt worden war. »Der soll dich beschützen«, hatte sein Vater gesagt. »Damit dir nichts zustößt.« Im Großen und Ganzen hatte das funktioniert. Ob das jedoch das Verdienst des heiligen Christophorus war oder eher Simons angeborener Vorsicht zuzuschreiben, blieb abzuwarten. Er legte seine Finger um das Medaillon und blickte zur Dachrinne empor. Sein Weg führte ihn zwar nur eine Leiter hinauf, doch das Prinzip war das gleiche.

Simon hatte nichts übrig für Höhen. Sämtliche schlechten Erfahrungen in seinem Leben hatte er gemacht, als er die Füße nicht auf dem Boden gehabt hatte. Außerdem war seine Mutter in einem Flugzeug ums Leben gekommen. Ein Herzanfall in neuntausend Metern Höhe auf dem Weg zurück von Spanien. (»Wenigstens ist es auf dem Heimweg passiert«, hatte sein Vater später beim Leichenschmaus gesagt.) Es war ihr erster Urlaub im Ausland gewesen. Simon fragte sich oft, ob sie vielleicht noch am Leben wäre, wenn sie sich für Margate statt für Málaga entschieden hätten. Aber sie hatte immer eine Schwäche für süßen Sherry gehabt und war bei Büfetts alles andere als zurückhaltend gewesen, sodass das vermutlich keine Rolle gespielt hätte. Das war das Problem mit Eltern, die um einiges älter waren als die anderer Leute. Es führte zu dem Risiko, dass sie vielleicht starben, bevor man sie so richtig kennengelernt hatte.

»War ich geplant?«, hatte er seine Mutter einmal gefragt.

»Du warst eine Überraschung«, hatte sie ihm erklärt. »Ein Wunder.«

»Wie Jesus?«

»Nicht ganz«, hatte sie geantwortet.

Vorsichtig prüfte er die Belastbarkeit der ersten Sprosse mit dem Absatz seines Stiefels. Die Arbeit hier bei *Cherry Tree* beinhaltete ein überdurchschnittliches Maß an Leitereinsatz. Einmal hatte er im Gemeinschaftsraum Miss Bissell gegenüber das Stichwort »Arbeitsschutz im Betrieb« fallen gelassen, doch sie hatte nur wortlos die Braue hochgezogen und sich wieder ihrem Sudoku gewidmet. Genau das war das Problem mit den Leuten heutzutage, dachte Simon. Niemand hörte mehr richtig zu. Alle waren ständig damit beschäftigt, sich an ihrer eigenen Stimme zu erfreuen, und brachten sich auf diese Weise um eine Fülle an nützlichen Informationen. Nicht etwa um irgendwelche Geschichten oder Anekdoten, sondern um Statistiken und Hintergrundinformationen. Harte Fakten. Fakten waren wichtig. Fakten waren beständig und keiner Mode unterworfen. Ohne Fakten würde die Welt zu einem schrecklichen Durcheinander aus Gerüchten und Vermutungen verkommen und unweigerlich ins Chaos stürzen.

Eine frische Brise kam auf, und er schlug den Kragen hoch. Nordostwind. Schlechte Aussichten. Laut Vorhersage sollte die Bewölkung im Verlauf des Tages zunehmen. Wenn der Wind erst einmal in *Cherry Tree* gelandet war, bekam man ihn so schnell nicht mehr hinaus. Die Architektur war schuld. Der Wind nahm stets den Weg des geringsten Widerstandes, fegte an den Gebäuden entlang und versteckte sich in den Ecken. Die Leute dachten immer, dass sie in den Häuserwinkeln am besten vor Wind geschützt seien, aber oft genug war es dort besonders gefährlich. Das war simple Physik. Er hatte das einmal Miss Ambrose erklären wollen, aber ihr Blick war auf einmal ganz glasig geworden, was ihr nebenbei bemerkt überhaupt nicht gestanden hatte. Doch so leicht gab er nicht auf. Das lag nicht in seiner Natur. Stattdessen hatte er eine Seite aus dem Internet ausgedruckt, auf der das Phänomen erklärt wurde. Schließlich gab es auch den visuellen Lerntypus. Immerhin dreiundvierzig Prozent aller Menschen gehörten zu dieser Gruppe.

Auf der siebten Sprosse wurde Simon klar, dass er einen Fehler gemacht hatte. Er merkte, wie die Leiter zur Seite wegrutschte, und hörte das Schrammen von Metall auf den Steinplatten. Er fragte sich, ob sein Leben jetzt im Bruchteil einer Sekunde an ihm vorbeiziehen würde, zumindest die wichtigsten Momente, aber alles, was er sah, war ein angebrochener Dachziegel und eine Taube, die ihn mit lebhaftem Interesse beobachtete. Vielleicht gab es gar keine wichtigsten Momente. Vielleicht sollten die ja erst noch kommen und würden nun gar nicht mehr eintreten, und alles nur wegen des Nordostwindes und seiner Entscheidung, sich noch ein Ei-Sandwich zu genehmigen. Er war gerade dabei, sich mit der Unabänderlichkeit seines Sturzes und der ungewollt jähen Rückkehr zur Erde abzufinden, als eine Stimme sagte: »Ruhig Blut, junger Mann«, die Leiter sich wieder aufrichtete und die Welt wieder in die Senkrechte fand.

Simon zwang sich hinunterzusehen (was ihn überraschend viel Überwindung kostete) und erblickte einen Filzhut und einen Unterarm im Mantel, der seine Leiter festhielt. Der Neue. Der aus dem Tagesraum. Wiehießerdochgleich?

»Price«, sagte der Mann und schüttelte Simon die Hand, als er wieder sicheren Boden unter den Füßen hatte. Mit dem Kopf deutete er in Richtung Leiter. »Mangelnde Sicherheitsvorschriften, wenn Sie mich fragen.«

»Genau meine Worte.« Simon versuchte zu schlucken, wusste aber gerade nicht, wie er es anstellen sollte. »Habe ich denen auch schon gesagt.«

»Das ist das Problem mit den Leuten heutzutage. Niemand hört mehr richtig zu.«

»Ganz genau«, pflichtete Simon ihm bei und wiederholte es zur Sicherheit gleich noch ein paar Male. »Diese Leiter muss gesichert werden, ich muss sie an der Hauswand befestigen können.«

»Ich kann Ihnen helfen, wenn Sie möchten.« Mr Price rückte seinen Filzhut zurecht. »Ein zweites Paar Hände kann nie schaden.«

Simon war nicht ganz im Bilde, was das genaue Durchschnittsalter der Bewohner von *Cherry Tree* anging, doch die meisten konnten von Glück sagen, wenn sie ihren Gehstock festhalten konnten, geschweige denn eine Leiter. Aber dieser Mann im Filzhut wirkte ausgesprochen fit. Als ob seine Sprungfedern im Alter eher noch straffer geworden wären, anstatt auszuleiern.

»Nun gucken Sie mal nicht so sorgenvoll, Simon«, sagte er. »Sehe ich so aus, als wollte der Sensenmann mich jeden Moment holen?«

Eine Flut von Neins schoss aus Simons Mund und tanzte in kleinen Wellen zwischen ihnen. »Oscar Swahn hat noch mit Anfang siebzig eine olympische Medaille geholt«, sagte er. »Fauja Singh ist beim London-Marathon mitgelaufen, als er zweiundneunzig war. Die Geschichte ist gespickt mit Menschen, die auch im hohen Alter noch Großes vollbracht haben.«

Gabriel Price rückte die Leiter von der Regenrinne ab.

»Das sind hochinteressante Fakten, Simon. Darüber würde ich zu gern mehr erfahren.«

Das ließ sich Simon nicht zweimal sagen.

FLORENCE

Elsie hielt den Vorschlag für vollkommen verdreht, das war offensichtlich, doch sie ließ sich davon trotzdem nicht abschrecken. Das gehört zu den Seiten an Elsie, die ich so liebe.

»Natürlich komme ich mit. Wozu hat man denn sonst Freunde?«, sagte sie.

»Du willst mich nicht davon abbringen?«

»Manchmal ist es einfacher, nicht zu widersprechen«, meinte sie. »Andernfalls würdest du den Rest des Tages versuchen, mich umzustimmen.«

Ich hatte die Idee mit dem Geräteschuppen gehabt. »Wenn wir im Geräteschuppen sitzen und warten, muss er früher oder später vorbeikommen, und du kannst dich selbst davon überzeugen, dass er es ist«, hatte ich gesagt. Ich wollte beweisen, dass er kein Hirngespinst war, dass ich nicht den Verstand verloren hatte.

»Natürlich hast du nicht den Verstand verloren«, sagte sie.

Ich war da nicht so sicher. Ich finde, es ist eine so törichte Redewendung – so als ob man selbst schuld sei. Als habe man fahrlässig gehandelt, nicht richtig aufgepasst und ihn mal eben aus den Augen verloren, als handele es sich um einen Schlüsselbund oder einen Jack-Russell-Terrier. Oder vielleicht einen Ehemann. Aber vielleicht ist es auch gar nicht so schlimm, seinen Verstand zu verlieren, denn das bedeutet ja, dass eine – zugegebenermaßen geringe – Wahrscheinlichkeit besteht, dass man ihn wiederfindet.

Im Geräteschuppen roch es nach Holzschutzmittel. Nach Holzschutzmittel und Erde. Zu unserer Überraschung war der Schuppen nicht abgeschlossen, aber das war typisch für *Cherry Tree*: In mancher Beziehung war es hier noch wie in den Fünfzigerjahren, als niemand irgendetwas abschloss und auch niemand auf die Idee kam, etwas zu stehlen. Außerdem war es drinnen ziemlich dunkel. Es herrschte ein diffuses Licht, das aber nicht bis in die Ecken reichte. Ganz hinten standen Regale mit allen möglichen Flaschen und Behältern – ich bezweifelte, dass in vielen noch das drin war, was außen draufstand. Unterhalb der Regalbretter lehnten die verschiedensten Gartengeräte an der Holzwand und warfen bizarre Schatten an die Wände ringsum. Von den meisten hätte ich nicht sagen können, wie man sie nennt, aber es war auch ein riesiger Spaten darunter, an dem noch Erdklumpen klebten. Elsie wollte, dass ich ihr aufzählte, was die anderen Sachen für Geräte waren, denn sie lässt keine Gelegenheit aus, Kopfgymnastik mit mir zu treiben. Ich sagte ihr, ich sei nicht in der Stimmung für Gymnastik, und wenn sie unbedingt wissen wolle, wie die anderen Werkzeuge hießen, solle sie es bitteschön selbst herausfinden. Ich zerrte zwei alte Liegestühle hervor, damit wir uns setzen konnten. Beim Auseinanderklappen bemerkte ich, dass sie nicht mehr sicher waren, aber Elsie meinte, es würde schon gut gehen, solange wir still säßen und uns nicht zu viel bewegten. Also ließen wir uns auf dem zerschlissenen Stoff nieder und spähten durch das verschmierte Fenster, das schon mehrere Sommer keinen Lappen mehr gesehen hatte.

»Wir könnten jetzt gemütlich zu Hause sitzen«, sagte sie. »Mit einer vollen Teekanne und *Radio 4* hören.«

Ich schenkte ihr keine Beachtung. Das war sie mittlerweile gewohnt. Während ich sie ignorierte, hörte ich einer Amsel zu, die vor dem Schuppenfenster sang. Man sollte es nicht für möglich halten, dass ein so kleines Wesen so viel zu erzählen hat.

»Wir könnten zu Hause sein«, wiederholte Elsie etwas lauter, »anstatt hier herumzusitzen.«

Ich drehte mich zu ihr um, und das matte Licht fing sich in meinen Brillengläsern. »Ich möchte, dass du ihn mit deinen eigenen Augen siehst, Elsie.«

Einen Moment lang herrschte Stille. Sogar die Amsel schwieg.

»Ich kenne den Namen«, sagte ich nach einer Weile. »Gabriel Price. Ich habe den Namen schon einmal irgendwo gelesen.«

»Du sagst andauernd, dass dir dieser oder jener bekannt vorkommt, Florence. Das ist so ein Tick von dir.«

Ich lehnte mich zurück, und der Liegestuhl protestierte knarrend.

»Von hier aus kann man ihn am besten beobachten«, sagte ich. »Und ich habe den Namen wirklich schon gehört. Das ist kein Tick, sondern die Wahrheit.«

Der Geräteschuppen stand strategisch überaus günstig. Die Apartments von *Cherry Tree* waren in vier Gebäuden untergebracht, die die fantasievollen Bezeichnungen A, B, C und D trugen. Miss Ambrose hatte einmal eine Initiative gestartet, um die Häuser mit etwas romantischeren Namen zu versehen, aber wie so viele von Miss Ambroses Ideen war auch diese zum Scheitern verurteilt gewesen. Die Hauptgebäude drängten sich in der Mitte, und links und rechts von ihnen war Garten. Von unserem Versteck aus hatten wir beide Teile davon im Blick: ein Sammelsurium aus mehrjährigen Stauden und bepflanzten Keramiktöpfen, dazwischen Kieswege ohne wirkliches Ziel – es wirkte wie ein kompliziertes Brettspiel. Wir beobachteten, wie die alten Leutchen sich von Bank zu Bank schleppten und portionsweise Konversation machten, um ihren Nachmittag ein wenig zu schmücken. Auch Miss Ambrose kam vorbei, die wie üblich zu ihrer Wohnung trottete, als läge die Last der ganzen Welt auf ihren Schultern. Wir sahen auch Gloria aus der Küche, die an der Hintertür rauchte. Von Ronnie Butler keine Spur.

»Oder von wem auch immer du denkst, dass er es ist«, bemerkte Elsie.

»Er könnte jeden Augenblick hier aufkreuzen«, gab ich zurück. »Und dann sollten wir auf unserem Posten sein.«

»Wir hätten Sandwiches mitbringen sollen«, sagte sie.

Ich begann, die Beine zu strecken, aber dann fiel mir der Liegestuhl wieder ein, und ich hörte damit auf.

»Und einen Flachmann. Den hatten wir früher immer dabei, wenn wir irgendetwas unternommen haben, erinnerst du dich?«

Ich bejahte, aber ich hatte meine Aufmerksamkeit auf das Fenster gerichtet und hörte nicht richtig zu. Ich spürte, wie eine dunkle Vorahnung in mir keimte.

»Hoffentlich entdeckt uns nicht vorher einer der Gärtner«, sagte ich. »Oder dieses Mädchen für alles. Ich komme gerade nicht auf seinen Namen.«

»Simon«, sagte sie. »Du weißt sehr gut, dass er Simon heißt. Es wäre dir eingefallen, wenn du nur lange genug nachgedacht hättest. Du musst länger nachdenken und nicht immer gleich aufgeben, Florence.«

Ich antwortete nicht, und eine Weile trugen wir ein stummes Wortgefecht aus.

»Kannst du dich noch an die Sandwiches erinnern, die wir als Kinder mitgenommen haben, wenn wir in Urlaub nach Whitby gefahren sind?«, fragte sie schließlich. »Erinnerst du dich noch an Whitby?«

Ich erinnere mich, sagte ich, aber sicher war ich mir in Wahrheit nicht. Sie hat es natürlich sofort gemerkt, Elsie entgeht so schnell nichts.

»Denk nach, Florence«, sagte sie. »Denk nach.«

Ich gab mir Mühe. Manchmal fühlt man eine Erinnerung, bevor man sie richtig vor Augen hat. Auch wenn man sie nicht sieht, kann man sie doch riechen und schmecken – und das ist dann ihre Art, sich aus dem hintersten Winkel des Gedächtnisses bemerkbar zu machen.

»Schinken-Tomate«, sagte ich. »Mit hart gekochten Eiern!«

»Ja, stimmt haargenau!«, sagte sie. »Wir haben sie am Strand von Saltwick Bay gegessen, wo wir nach Fossilien gesucht haben.«

Ich überlegte kurz. »Aber wir haben nie welche gefunden, stimmt's?«

»Nein«, sagte sie. »Da hast du recht. Wir haben nie welche gefunden.«

Einen Moment lang herrschte wieder Stille.

»Wie kann es sein«, fragte ich schließlich, »dass ich noch genau weiß, was damals auf meinem Sandwich war, mir aber partout nicht einfallen will, wie der Hausmeister heißt?«

Sie musste etwas lauter sprechen, um trotz des leichten Zitterns in ihrer Stimme durch den Satz zu kommen. »Wenn wir das wüssten, würden wir jetzt wahrscheinlich nicht hier sitzen, nicht wahr?«, sagte sie.

»Nein, wahrscheinlich nicht.«

»Sag mir seinen Namen, Florence. Wie heißt der Hausmeister? Du darfst nicht so schnell die Flinte ins Korn werfen. Wie ist sein Name?«

Ich zog es vor, nicht zu antworten.

Nach weiteren zehn Minuten tauchte er endlich auf. Zuerst trat der Hausmeister ins Bild. Er hielt ein Ende einer Leiter in der Hand und ging mit schwerem Schritt über den Rasen, aber in der Dunkelheit des Schuppens und durch das schmutzige Fenster konnte ich nicht erkennen, wer am anderen Ende der Leiter war.

Aufgeregt tippte ich Elsie an. »Schau nur. Siehst du ihn? Kannst du ihn sehen?«

»Nicht so schnell«, sagte sie, griff nach ihrer Brille und spähte nach draußen. »Von hier aus kann ich nur Simon erkennen. Sie müssten schon ein bisschen näher kommen.«

»Warte nur einen Moment«, sagte ich.

Und schon waren sie da.

Nahe genug.

In unmittelbarer Nähe, denn welches Ziel hätten sie wohl sonst ansteuern können?

Sie sah ihn immer noch nicht. Natürlich nicht. Erst als die Tür geöffnet und der Schuppen von Licht durchflutet wurde. Da war er nicht mehr zu übersehen, auch wenn er hinter Simon stand. Er schien den Türrahmen ganz auszufüllen und zeigte nicht die geringste Spur von Überraschung – als hätte er nichts anderes erwartet, als uns hier vorzufinden. Simon sagte keinen Ton. Er sah uns nur wortlos an und wendete seinen Blick auch nicht ab, als er nach einem Seil im Regal griff. Was mir mehr Sorgen machte, war der Mann in der Tür.

Als Simon gegangen war und wir plötzlich wieder in völliger Dunkelheit saßen, konnte ich hören, wie mein Atem sich mit der Tintenschwärze des Schuppens verwob.

»Und – was sagst du?«, fragte ich.

Wir starrten beide die Stelle an, an der er gestanden hatte. Es folgte ein langes Schweigen.

»Aber das ergibt überhaupt keinen Sinn«, sagte Elsie schließlich.

Ich hörte auf zu starren und drehte mich zu Elsie. »Aber er ist es, nicht wahr? Es ist Ronnie!«

Sie meinte, sie sei nicht sicher. Sie meinte, er sehe aus wie er, aber er könne es unmöglich sein. Ich erinnere mich nicht mehr, was genau ich darauf antwortete, aber ich weiß noch, dass ich am Schluss herumgeschrien habe. Denn manchmal hat man so viel Angst, dass man nicht weiß, wohin damit, und kann sich nur davon befreien, wenn man laut wird. Geduldig wartete Elsie, bis ich alles ausgespuckt hatte, und als ich endlich fertig war, griff ihre Hand im Dunkeln nach meiner.

»Deine Hand war die erste, die ich je gehalten habe«, sagte sie.

Ich war immer noch wütend und blaffte zurück: »Nicht die deiner Mutter?«

»Die Hände meiner Mutter waren immer viel zu sehr damit beschäftigt, auf meinen Vater zu warten. Wahrscheinlich habe ich irgendwann die Hände meiner Schwestern gehalten«, sagte sie. »Aber deine ist die erste, an die ich mich erinnere.«

Es stimmte. Wir hielten uns bei den Händen, wenn wir Hügel hinaufkletterten, wenn wir auf Bürgersteigen warteten oder durch Felder und Wiesen rannten, und wir hielten uns bei den Händen, wenn wir uns im Leben Dingen stellen mussten, von denen wir nicht wussten, ob wir sie allein bewältigen konnten.

»Bist du da, Elsie?«, fragte ich.

Ihre Hand war gealtert. Die altersfleckige Haut hatte ihre Spannkraft verloren, und ich konnte spüren, wie knochig die Hand geworden war, aber sie passte immer noch genau in meine – so war es immer schon gewesen. Ich musste ihre Stärke fühlen, und Elsie drückte meine Hand, damit ich wusste, dass sie bei mir war.

»Ich bin da«, sagte sie.

Dann schwiegen wir sehr lange.

»Was will er nur hier – was glaubst du?«, fragte ich irgendwann.

»Wir wissen nicht, ob er es ist.«

»Aber wenn er es ist?«

»Ich weiß es nicht.«

»Was sollen wir deiner Meinung nach tun?«

»Ich weiß es nicht«, wiederholte sie. »Aber ich denke, dass es im Augenblick das Beste ist, gar nichts zu tun.«

»Aber wieso denn?« Im Dunkeln konnte ich schwach erkennen, wie sich ihre Silhouette bewegte. »Wir müssen jemanden informieren.«

»Was sollen wir denn bitteschön sagen?«, fragte sie. »Willst du ihnen erklären, dass Ronnie von den Toten wiederauferstanden ist? ›Nein, nein, wir können es nicht beweisen, Sie müssen uns das einfach glauben.‹ Du bist auf Bewährung, Florence. Du solltest vorsichtig sein.«

Es wurde wieder still.

»Sie werden mich nach *Greenbank* schicken«, sagte ich.

Ihr Flüstern drang durch die Schwärze des Schuppens zu mir. »Vielleicht ist das der Grund, warum er hier ist.«

SIMON

»Im Geräteschuppen?«

Anthea Ambrose legte den Taschenrechner zur Seite und verschränkte die Arme so fest, dass sie in ihrer Jacke verschwanden. »Warum, um alles in der Welt, sollte jemand im Geräteschuppen sitzen?«

Simon sah sich im Zimmer nach etwas um, auf das er seinen Blick richten konnte, um nicht in Miss Ambroses Augen starren zu müssen, auch wenn es ihm vorkam, als füllten sie den ganzen Raum aus.

»Schwer zu sagen«, antwortete er.

»Und weshalb waren Sie im Geräteschuppen?«

»Wir brauchten einen Strick für die Leiter.«

»Wir?«

»Mr Price und ich.« Simons Füße wurden unruhig. Wenn ihn etwas verunsicherte, schien ihm die Nervosität immer auf direktem Wege in die Füße zu schießen.

»Das war ja die reinste Party da im Schuppen!«

»Ja, Miss Ambrose.«

Er hatte einen Fehler begangen, das war ihm klar geworden, als er bemerkt hatte, dass Miss Ambrose mit der Buchhaltung beschäftigt war. Die monatliche Finanzbuchhaltung machte Miss Bissell stets außerordentlich gereizt, und egal, in welcher Stimmung Miss Bissell sich auch gerade befand – sie übertrug sich unweigerlich auf alle anderen. Sein Arbeitsvertrag sah vor, dass er solche Zwischenfälle meldete. Fürsorgepflicht wurde das dort genannt. Bei seinem jährlichen Mitarbeitergespräch wurde betont, dass jede Meinung zählte. Nur weil er hier dienstbarer Geist und Mädchen für alles war, bedeutete das nicht, dass seine Worte wertlos waren. Hier bei *Cherry Tree* war jeder wertvoll. Niemand wurde nur an seiner Stellenbeschreibung gemessen.

»Völliger Schwachsinn«, hatte sein Vater gesagt.

»Findest du?« Sie hatten auf der Terrasse gesessen, vor etwas mehr als fünf Jahren, als Simon seine Stelle bei *Cherry Tree* gerade erst angetreten hatte. Ein Windstoß war in den Fliegenvorhang gefahren, und die bunten Bänder hatten gegen den Türrahmen geklatscht, als wollten sie applaudieren. »Meinst du, wir sind, was wir arbeiten?«

»Und ob ich das meine«, hatte sein Vater gesagt, den alle sein Leben lang als John den Feuerwehrmann gekannt hatten. »Deine Arbeit ist deine Identität – ist doch so. Was glaubst du, wie Nachnamen entstanden sind?«

Simon hatte nicht geantwortet.

»Wagner.« Sein Vater hatte in die Sonne geblinzelt. »Müller, Weber, Schneider?«

»Stimmt schon«, hatte Simon gesagt. »Aber bei mir ist das anders. Ich werde nicht mit dem gleichgesetzt, was ich arbeite. Bei *Cherry Tree* ist das anders.«

»Völliger Schwachsinn«, hatte sein Vater wiederholt.

Simon beobachtete Miss Ambrose, die jetzt wieder nach dem Taschenrechner griff. Bei ihr wusste er nie, ob er gehen sollte. Manche Leute ließen einen da einfach im Unklaren. Die Tasten des Rechners klickten, und er rutschte ein wenig mit den Füßen hin und her, um Miss Ambrose daran zu erinnern, dass sie noch existierten.

»Sie können dann gehen, Simon«, sagte sie.

»Jawohl.«

Er wollte gerade die Tür von außen schließen, als sie ihn zurückrief.

»Simon, was genau hat Mr Price eigentlich heute Nachmittag gemacht, als er mit Ihnen am Schuppen war?«

»Er hat mir geholfen, eine Leiter zu tragen, Miss Ambrose.« Er erkannte die Verblüffung an ihren hochgezogenen Brauen. »Er ist sehr fit für sein Alter.«

»Was würden Sie schätzen, wie alt er ist?«

»Schwer zu sagen, Miss Ambrose.«

»Ja«, sagte sie. »Das ist wirklich schwer zu sagen.«

Kurz bevor er die Tür ins Schloss zog, sah er noch, wie sie den Taschenrechner wieder weglegte und die an der gegenüberliegenden Wand aufgereihten Ordner scharf fixierte.

Simon schlug den Kragen hoch und bohrte seine Fäuste tief in die Taschen. *Cherry Tree* hatte manchmal diese Wirkung auf ihn. Er wollte sich dann am liebsten in seiner Kleidung verkriechen und unsichtbar machen. Als kleiner Junge hatte er davon geträumt, Feuerwehrmann zu werden, wie sein Vater, aber schon als Teenager war ihm klar geworden, dass er nicht den nötigen Mut dafür besaß. Sein Vater hatte einmal fast eine komplette Familie gerettet, da war Simon noch nicht einmal geboren. Er hatte sie einen nach dem anderen aus dem brennenden Haus gezogen, wie Zähne aus einem Mund. Mit achtzehn war er schon ein Held. Unbekannte schüttelten ihm die Hand und wollten ihm einen ausgeben. Wo auch immer er hinkam, wurde Riesenaufhebens um ihn gemacht. Noch Jahre später wurde das Ereignis regelmäßig aus der Versenkung geholt und herumgereicht, damit es gebührend bewundert werden konnte. Sein Vater ging dann immer aus dem Zimmer. Er sagte, er müsse in solchen Momenten an die eine Person denken, die er nicht hatte retten können. Seine Heldentat hatte ihn dennoch zu dem gemacht, was er war. Alles, was er vorher oder nachher getan hatte, hatte sich in dem Moment in nichts aufgelöst, als er sich den Flammen entgegenwarf. Als ob er sich gehäutet und sein restliches Ich einfach abgestreift hätte. Jedermann erwartete, dass Simon – geleitet von einer Spur aus unsichtbaren Genen – in die Fußstapfen seines Vaters treten würde. Aber er konnte einfach nicht. Er wusste, dass er der Typ war, der bei einer Katastrophe die Beine in die Hand nehmen würde, statt sich ihr zu stellen. Er würde nichts anderes retten wollen als seine eigene Haut.

»Nicht jeder kann ein Held sein. Niemand wird deswegen schlecht von dir denken«, hatte seine Mutter gesagt.

Ihren Freundinnen hatte sie erzählt, es wäre wegen seines Asthmas.

»Aber ich habe doch gar kein Asthma.«

»Es wird das Beste sein, wenn wir das für uns behalten«, hatte sie geantwortet.

Als Simon am Tagesraum vorbeikam, sah er kurz hinein, die Hände immer noch tief in den Taschen. Hier und da saßen schon einige ältere Herrschaften in ihren Sesseln und warteten auf die Abendschicht. Der Fernseher schrie aus Leibeskräften Gartentipps heraus, die von Untertiteln begleitet wurden, weil eine ganze Reihe von Bewohnern auch von Megafonen nicht mehr erreicht werden konnte. Bei *Cherry Tree* war maximale Lautstärke an der Tagesordnung. Radios, Fernseher, auch die Angestellten brüllten aus Prinzip. Man fand sich damit ab, dass ständig geschrien wurde, ja, es wurde sogar erwartet. Die Pfleger brüllten selbst dann, wenn gar keine Bewohner in der Nähe waren, als wäre ihr Lautstärkeregler bei der Einstellung neu justiert worden. Erst in der Stille seiner Wohnung, die er an den Abenden mit Tee und Schweigen tapezierte und in der das Summen des Kühlschranks die einzige Musik war, wurde sich Simon bewusst, wie laut der Rest der Welt wirklich war.

17:49 Uhr

Ich habe noch nie etwas besonders Bemerkenswertes vollbracht. Ich habe nie einen Berg bestiegen oder eine Medaille gewonnen. Ich habe noch nie auf einer Bühne gestanden und vor Publikum gesungen oder gesprochen, ich habe nie als Erste eine Ziellinie überquert. Zurückblickend muss ich sagen, dass ich ein ganz gewöhnliches Leben geführt habe. Es gibt Momente, in denen ich mich wundere, was ich überhaupt auf der Welt mache. »Hat Gott einen Plan, und wenn ja, was hat er mit mir vor?«, habe ich einmal einen Pfarrer gefragt. Er war mit einem Stapel Broschüren nach *Cherry Tree* gekommen, die er an alle verteilte, und versuchte, uns zu überreden, religiös zu werden.

»Uns allen kommt eine Rolle zu, Miss Claybourne«, sagte er. »Jesus liebt jeden Einzelnen von uns.«

»Das glaube ich gern«, sagte ich. »Aber Liebe ist schließlich nicht alles, nicht wahr? Man muss doch auch irgendeinen Zweck in seinem Leben erfüllen. Und ich wüsste zu gern, welchen er mir da zugedacht hat?«

Ich sah ihn an und hoffte auf eine aufschlussreiche Antwort. Eine, die tröstlich und beruhigend zugleich wäre.

Doch er sah nur auf seine Uhr und begann, mit Mrs Honeyman über das Erntedankfest zu reden.

Nicht einmal der Pfarrer weiß also, was ich hier soll.

Elsie sagt immer, dass ich nicht so viel über solche Sachen nachgrübeln soll, aber wenn man so alt ist wie ich, ist das gar kein übler Zeitvertreib.

»Es muss doch einen Grund geben, meinst du nicht?«, sagte ich einmal zu ihr. »Oder habe ich die letzten vierundachtzig Jahre bloß im Publikum gesessen?«

»Natürlich hast du nicht im Publikum gesessen. Niemand sitzt im Publikum. Selbst die Plätze im Theater sind Teil der Bühne.«

Keine Ahnung, was sie damit sagen wollte. Bei solchen Gelegenheiten nicke ich meistens einfach, weil es Zeit spart und die Sache für uns beide leichter macht. Ich weiß nicht, aus welchem Ärmel sie so was immer zieht. Wie mit dem Mädchen und dem verstauchten Knöchel. Ich bin mir sicher, dass sie die Hälfte davon einfach erfindet. Und doch macht es mich nachdenklich. Was, wenn jedem ein bestimmter Zweck im Leben zukommt und der dann eines schönen Tages wie ein Stück Holz im Wasser an einem vorbeitreibt und man gar nicht auf die Idee kommt, danach zu greifen?

Wenn man hier so liegt, bleibt einem nicht viel anderes übrig, als nachzudenken. Und am meisten muss ich über Ronnie nachdenken. Im Geräteschuppen stand er unmittelbar vor ihrer Nase, und doch wollte Elsie es nicht wahrhaben. Schon in der Schule war sie so. Sie sagte immer sofort, ich solle mir keine Sorgen machen, noch ehe ich ihr alle Fakten geschildert hatte. Noch ehe sie überhaupt die ganze Geschichte gehört hatte. Aber dieses Mal wird niemand die ganze Geschichte hören, niemals. Ich hätte nie gedacht, dass es einmal so kommen würde. Ich dachte immer, man trägt ein Geheimnis eine Weile mit sich herum, und irgendwann kommt der Tag, an dem man jemanden trifft und sagt: »Ich habe das noch nie jemandem erzählt, aber …«, und dann ist das Geheimnis keines mehr, sondern verwandelt sich in etwas anderes. Doch erst wenn man am Ende seines Lebens angelangt ist und ganz allein auf einem pflegeleichten Teppichboden liegt, wird einem bewusst, dass man die Person, der man das Geheimnis hätte anvertrauen wollen, nie gefunden hat.

FLORENCE

»Justin kommt heute Nachmittag und bringt sein Akkordeon mit.«

Sie hatte sich in der Mitte meines Wohnzimmers aufgebaut, obwohl es genau genommen zu klein ist, um von so etwas wie einer Mitte sprechen zu können.

»Vielleicht nächste Woche«, sagte ich.

Miss Ambrose atmete tief durch. »Nur für fünf Minuten, Florence. Wir gehen zusammen hin.«

»Da muss ich mir gar nicht erst den Mantel ausziehen.«

»Von mir aus«, sagte sie. »Ganz wie Sie wollen.«

»Seine Augen stehen ganz eng beieinander.«

»Wie bitte?«

»Justins Augen«, sagte ich. »Das deutet auf eine kriminelle Veranlagung hin. Der Abstand der Augen zueinander sagt viel über einen Menschen aus. Ich habe davon gelesen. In einer Zeitschrift.«

Ich starrte in ihr Gesicht.

»Florence, ich bin mir absolut sicher, dass Justin ...«

»Und schlanker wird er auch nicht gerade, nicht wahr?«

»Florence!«

Während sie sich wieder in ihre verschiedenen Schichten wickelte, wanderte mein Blick durch das Zimmer. Die Stühle waren dicht an den Esstisch gerückt, an dessen Rand die Zeitung lag, fertig gelesen und zusammengefaltet. Die Vase stand in der Mitte der Anrichte. Wenn man genau hinsah, stand sie vielleicht einige Zentimeter zu weit links. Die Zeitung lag am rechten Tischrand. Die Vase stand einige Zentimeter zu weit links. Oder war es umgekehrt?

»Ich habe es mir anders überlegt«, sagte ich. »Ich bleibe hier. Ich habe zu tun.«

»Aber Florence, ich dachte, wir wären uns einig.«

»Sie waren sich einig«, sagte ich. »Ich war daran nicht beteiligt.«

»Soziale Kontakte sind so wichtig wie Essen und Trinken. Sie müssen mehr unter Leute. Wenn Sie das nicht tun …« Der Satz blieb unvollendet.

»Wenn ich das nicht tue, dann was?«, fragte ich.

Sie lächelte mit gerunzelter Stirn. »Wenn Sie das nicht tun, dann sind Sie in *Greenbank* vielleicht doch besser aufgehoben.«

Ich kniff meinen Mund so fest zusammen, wie ich nur konnte, aus Angst vor dem, was sonst aus ihm herauskommen könnte.

»Sie sind so weit?« Miss Ambrose steckte ihren Schal in ihrer Jacke fest.

Ich nickte.

Mein letzter Gedanke, bevor sie die Tür hinter uns ins Schloss zog, galt dem Elefanten. Er sah zum Fenster hin. Und wartete darauf, dass ich zurückkam.

Das Erste, was ich tat, als ich den Tagesraum betrat, war, mich nach ihm umzusehen.

Ich ging alle Gesichter durch, eins nach dem anderen. Und dann ein zweites Mal, weil alle dauernd in Bewegung waren und ich fürchtete, dass ich jemanden übersehen haben könnte. Ich schritt sogar beide Seiten des Raums ab. Hier und da sprach mich jemand an, aber ich ging nicht weiter darauf ein, denn wenn man nicht aufpasst, wird man unversehens in ein Gespräch hineingezogen und verbringt dann die nächsten zwei Stunden neben irgendjemandem, für den man sich Gesprächsthemen aus den Fingern saugen muss. Nach einer Weile fand ich einen Stuhl etwas abseits, wo ich meine Ruhe hatte. Eine Tasse Tee wurde mir in die Hand gedrückt – es muss wohl Miss Ambrose gewesen sein –, und ich balancierte die Untertasse auf meinen Knien.

Nach und nach füllte sich der Raum mit anderen Bewohnern, mit Gehstöcken und Mänteln, und wenig später hatte sich um mich eine Mauer aus Konversation gebildet. Ich hätte nicht sagen können, wovon die Rede war, denn alle standen, und ihre Stimmen gingen kreuz und quer, aber ab und zu fing ich ein Wort auf, das dem Getümmel entkam und zu mir fand. Gartenarbeit, glaube ich. Und Fernsehen. Wetter vielleicht auch. Alles, was ich dazu zu sagen hatte, hatte ich vor langer Zeit schon gesagt, also blieb ich, wo ich war, und hielt mich im Hintergrund.

So saß ich schon einige Minuten, als ich merkte, dass Elsie neben mir Platz genommen hatte.

»Du bist also doch gekommen?«, sagte sie. »Ich hatte gar nicht mehr mit dir gerechnet.«

Ich hielt mich an der Untertasse fest. »Ich hatte keine andere Wahl. Miss Ambrose hatte mal wieder eine ihrer Anwandlungen. Du weißt ja, wie sie ist, wenn sie kein Nein gelten lässt.«

»Es wird dir gefallen, Florence. Dieser Justin ist wirklich gut. Es gelingt ihm immer, alle zum Singen zu bringen. Sogar Mrs Honeyman.«

»Mich bestimmt nicht«, sagte ich. »Er ist noch nicht da, ich habe mich umgesehen.«

Elsie blickte sich im Raum um. »Da drüben steht er doch, neben der Birkenfeige. Er holt gerade sein Akkordeon heraus.«

»Nicht Justin.« Ich sah mich vorsichtig um, bevor ich flüsterte: »Ronnie.«

Elsie schüttelte den Kopf. »Ich dachte, wir hätten uns darauf geeinigt, dass es zwecklos ist, sich über ihn den Kopf zu zerbrechen, solange wir nicht sicher sind, dass er es wirklich ist.«

»Nein«, sagte ich. »Ich habe nichts dergleichen gesagt. Das musst du mit dir selbst vereinbart haben. Wie kannst du sagen, wir sollen uns nicht den Kopf zerbrechen, wenn du ihn mit eigenen Augen gesehen hast?«

»Selbst wenn es Ronnie ist – und es ist sehr wahrscheinlich, dass es nur jemand ist, der so aussieht wie er ...«

»Genau aussieht wie er«, sagte ich.

»... wäre es vielleicht besser, erst einmal ganz ruhig zu bleiben und abzuwarten. Womöglich will er gar nichts von uns. Es könnte sich einfach um einen Zufall handeln.«

»Er war bei mir in der Wohnung.«

»Woher weißt du das?«

»Weil er dauernd Gegenstände umstellt. Ich hätte große Lust, zurückzugehen und ihn auf frischer Tat zu ertappen.«

Urplötzlich wurde es still um uns herum, und einige Leute sahen zu uns herüber.

»Florence, hör auf, so zu schreien. Wenn Miss Ambrose das mitbekommt ...«

»Ich schreie nicht, ich sage nur meine Meinung. Ich denke nicht daran, ihn ungestraft davonkommen zu lassen.«

Elsie schüttelt wieder den Kopf. »Du musst dich geirrt haben. Sicher hast du vergessen, wo du die Sachen hingestellt hast.«

»Ich habe es aber nicht vergessen. Es war der Elefant.«

»Es kann nicht der Elefant gewesen sein, Elefanten vergessen nie etwas.«

Das war General Jack. Ehemaliger Militär. Verhaspelte sich dauernd und trug ständig denselben traurigen grauen Regenmantel. Ich sah auf, und er stand unvermittelt vor mir, auf seinen Gehstock gestützt, und lächelte, wobei sein Lächeln an den Rändern immer leicht zittrig war. Wenn ihm gerade kein eigenes Thema einfiel, drängte er sich gern mitten in die Unterhaltungen anderer hinein. Für mich war er immer General-Jack, mit Bindestrich, aber er sagte, dass ihm das nichts ausmache, weil General-Jack so klang, als wäre er noch zu etwas nütze.

»Welch seltenes Vergnügen, Florence. Ich hatte schon ganz vergessen, wie Sie aussehen.«

»Sie haben mich erst Dienstag gesehen. Beim Herz-Kreislauf-Training.«

»Nein«, sagte er. »Ich habe extra Ausschau nach Ihnen gehalten, aber Sie sind zu Hause geblieben.«

Elsie seufzte. »Du hast Miss Ambrose gesagt, sie könne es sich an den Hut stecken.«

»Tatsächlich? Daran kann ich mich gar nicht erinnern.« Suchend sah ich mich nach ihr um. »Dann sollte ich mich wohl entschuldigen.«

»Ich bin mir sicher, sie hat schon Schlimmeres zu hören bekommen«, meinte Elsie.

Ich blickte mich immer noch nach Miss Ambrose um, als ich ihn sah. Ronnie. Er stand ganz am Rand, lehnte an der Wand und beobachtete die anderen. Er hatte die Arme verschränkt und trug genau den gleichen Gesichtsausdruck wie vor all den Jahren im Fabrikhof. In der Mittagspause hatte er immer abseits gestanden. Wenn er fertig gegessen hatte, hatte er ein Streichholz an seiner Schuhsohle entzündet und sich eine Zigarette angesteckt. Schon damals hatte seine Miene jeden Versuch einer Unterhaltung im Keim erstickt, und jedermann hatte lieber einen Bogen um ihn gemacht.

»Da drüben steht er.« Ich dachte, ich hätte geflüstert, aber die Leute drehten sich schon wieder nach mir um, und Elsie schloss kopfschüttelnd die Augen.

Jack blickte über die Schulter. »Der Neue?«

»So neu ist er nun auch wieder nicht.«

»Florence.« Elsie nahm mich beim Arm. »Ich dachte, wir hätten beschlossen, die Sache erst einmal für uns zu behalten. Und wissen wir nicht aus Erfahrung, dass es manchmal klüger ist, nicht immer gleich mit allem herauszuplatzen?«

»Wie meinen Sie das?« Jack beugte sich noch etwas weiter vor.

»Ich kenne ihn«, sagte ich. »Ich kenne ihn von früher.«

»Dann bitten wir ihn doch zu uns.« Jack begann, seinen Gehstock zu schwenken, und ich beeilte mich, ihn zu packen und der Sache Einhalt zu gebieten. Jack saß auf dem Stuhl mir gegenüber und sah mich aufmerksam an, offenbar erwartete er eine Erklärung. Ich weiß nicht, was mich dazu brachte, es ihm zu sagen. Vielleicht lag es an der Sorge in seinen Augen, die ganz offensichtlich ein Zuhause suchte. Vielleicht lag es daran, dass Elsie immer gleich beschwichtigte und ich jemanden brauchte, der meine Befürchtungen teilte. Oder es lag daran, dass er mich an meinen Vater erinnerte, mit dieser Sicherheit, die von Männern eines gewissen Alters ausgeht. Was auch immer mich dazu veranlasst hatte, es lief darauf hinaus, dass ich ihm von dem Elefanten erzählte, und auch von der Narbe in Ronnies Mundwinkel. Aber ich habe ihm nicht alles erzählt. Manche Dinge trägt man so lange mit sich herum, dass sie immer mehr an Gewicht zunehmen und man irgendwann keine Erklärung mehr findet, die noch passen könnte.

Er sah mich an.

»Nun, was denken Sie?«, fragte ich.

»Es tut mir leid, dass Sie die Sache derart mitnimmt, Florence.«

»Das ist keine Meinung«, sagte ich.

Einer der Kittel kam mit einem Tablett vorbei. Es war nicht das deutsche Mädchen, sondern die mit dem dicken Zopf, der ihr über den ganzen Rücken hing. Rotes Gesicht. Die Armbanduhr viel zu groß für ihr Handgelenk. Ich hatte überhaupt keinen Appetit, aber ich wollte nicht unhöflich sein, also nahm ich ein paar Sandwiches, wickelte sie in eine Serviette und verstaute sie in meiner Handtasche.

»Nun?«, wiederholte ich, nachdem der Kittel weitergegangen war.

»Ich denke ...« Die Worte zeigten keine besondere Eile, ihren Weg aus seinem Mund zu finden. »Ich denke, wenn Ihnen die Angelegenheit nicht geheuer ist, geht uns das alle an.«

Ich atmete laut aus und verschränkte die Arme. »Siehst du«, sagte ich zu Elsie. »Jack ist nicht der Ansicht, dass ich spinne.«

»Niemand hat jemals auch nur im Entferntesten angedeutet, dass du spinnst«, sagte sie.

»Wir sollten jemanden informieren.« Ich presste die Arme etwas fester ineinander. »Miss Bissell. Die Polizei. Die Regierung.«

»Denk an deine Probezeit«, mahnte Elsie. »Was, um alles in der Welt, glaubst du, werden die denken, wenn du damit zu Miss Bissell rennst?«

»Ich bin auf Bewährung«, sagte ich zu Jack. »Ich habe nur einen Monat, um Miss Ambrose zu beweisen, dass ich nicht von allen guten Geistern verlassen bin.«

Jack sah uns beide an und streckte die Hand aus. »Ich sage Ihnen was, Florence. Warum machen wir nicht einfach, was mein Arzt immer zu mir sagt?«

Ich ließ meine Arme verschränkt. »Und das wäre?«, fragte ich.

Er tätschelte mein Knie. »Wir beobachten das Ganze erst einmal und warten ab, was passiert.«

Ich drehte eine weitere Runde. Während alle anderen von betrunkenen Seeleuten sangen, konnte ich hören, wie Jack und Elsie sich unterhielten, obwohl ich mich auf der anderen Seite des Raums befand. Da, wo Ronnie stand. Beziehungsweise gestanden hatte, denn er war nicht mehr da. Der Servierwagen und die Infotafel waren noch an ihrem Platz, und Mrs Honeyman saß immer noch in ihrem Polstersessel, aber die Stelle, an der Ronnie Butler gestanden hatte, war verlassen.

»Wo ist er hin?«, flüsterte ich.

Niemand reagierte.

Ich ging in den Flur. Nichts, außer dem deutschen Mädchen, das in einem der Zimmer verschwand. »Suchen Sie mich?«, rief ich ihm laut hinterher. Als wollten sie ihm nachwinken, schwangen die zwei Flügel der Doppeltür noch, als es schon lange nicht mehr zu sehen war. Sogar der Empfang war unbesetzt. Nur das Telefon klingelte vor sich hin, bis schließlich Miss Bissells Stimme antwortete, auch wenn von Miss Bissell selbst weit und breit nichts zu sehen war.

Vielen Dank für Ihren Anruf bei Cherry Tree, *der Seniorenresidenz für den sorglosen Lebensabend. Alle Anrufe werden zu Trainings- und Kontrollzwecken mitgeschnitten.*

Zurück auf dem Flur folgte ich dem Gesang, bis ich wieder Jacks und Elsies Stimmen ausmachen konnte. Auf meinem Weg schaute ich durch die kleinen Fenster aller Türen, an denen ich vorbeikam. Auf Höhe des Küchenbereichs sah ich ihn. Er stand neben einem der Tabletts mit den Sandwiches und holte etwas aus der Tasche.

»Er will uns vergiften.«

Jack begleitete uns zurück zu meiner Wohnung. Ich hatte ihm gesagt, dass das nicht nötig sei. Ich war so überzeugt davon, dass es nicht nötig sei, dass ich es schon sagte, bevor er es angeboten hatte, aber er bestand dennoch darauf.

»Warum, um alles in der Welt, sollte er das tun?« Elsie zog den Mantel aus und nahm ihren gewohnten Platz am Kamin ein. »Was für einen Grund sollte Ronnie haben, jemanden vergiften zu wollen? Du verlierst dich mal wieder in einem deiner Hirngespinste.«

»Was hätte er sonst da gewollt? Er hat sich an den Schnittchen zu schaffen gemacht!« Schnurstracks ging ich zum Fenster und zog die Vorhänge zu. »Was hatte er in der Küche verloren?«

»Wahrscheinlich wollte er noch ein Sandwich«, sagte sie. »Oder ein Glas Milch. Schließlich geizen sie ganz schön damit. Sie sparen, wo sie können.«

»Es ist uns verboten, die Küche zu betreten.« Ich setzte mich in den anderen Sessel und schaute zu den Vorhängen hinüber. Durch einen schmalen Spalt drang noch ein Streifen Tageslicht. »Das steht so an der Tür. Nur für Personal. Alles wird zu Trainings- und Kontrollzwecken mitgeschnitten. Vielleicht haben sie ihn in der Küche aufgenommen. Womöglich überwachen sie ihn bereits. Wir können uns ja mal erkundigen.«

Elsie kniff sich in die schmale Stelle zwischen den Augen, und ich sah wieder zum Fenster.

Jack streckte die Hand aus und zog die Vorhänge richtig zu. »So besser?«, fragte er, und ich nickte. »Dann überlegen wir jetzt mal in aller Ruhe, wie wir am besten vorgehen.«

»Etwas Licht wäre vielleicht keine schlechte Idee«, meinte Elsie. »Ich sehe die Hand vor Augen nicht.«

Es fiel mir erst auf, als ich die Lampe einschaltete und der Lichtschein der Glühbirne sich in den Zimmerecken ausbreitete. Ich war in Gedanken zu sehr bei den Schnittchen gewesen, um es gleich zu bemerken.

»Der Elefant«, sagte ich.

Wir blickten alle zum Kaminsims.

Der Elefant war verschwunden.

SIMON

»Siebenundneunzig?« Simon sah sich nach einem Stuhl um, auf den er sich hätte sinken lassen können, aber da war keiner. »Siebenundneunzig?«, fragte er erneut.

»Siebenundneunzig.« Miss Ambrose pochte mit ausgestrecktem Zeigefinger auf den Schnellhefter aus Recyclingkarton. »Er wirkt überhaupt nicht wie siebenundneunzig. Ist das zu glauben?«

Simons Stirnrunzeln erstreckte sich über sein ganzes Gesicht, er musste erst einmal gründlich nachdenken. Er dachte an seinen Großvater, der noch mit weit über achtzig bei den St-John's-Sanitätern gewesen war, und dann an die Frau aus dem Laden an der Ecke, die eine ganze Bande Rowdys in die Flucht geschlagen hatte, mit nichts bewaffnet als ihrem Gehstock und einem Spruch, den sie im Fernsehen aufgeschnappt hatte. »Ich bin nicht sicher«, sagte er.

»Ist das zu glauben?«, wiederholte Miss Ambrose, und Simon begriff, dass das die Art von Frage war, die Leute stellten, wenn sie gar keine reiflich überlegte Antwort, sondern lediglich die Zustimmung aller im Raum befindlichen Personen erwarteten.

»Nein«, sagte er also und zog das Gesicht wieder glatt. »Nein, wirklich nicht.«

Simon sah hinüber in den Tagesraum. Miss Ambroses Büro hatte eine Glaswand, die aber in Sprossen unterteilt war, sodass man immer den Eindruck hatte, die Welt durch ein Schachbrett zu betrachten. Nachdem Justin sein Akkordeon verstaut hatte, hatten sich die meisten Bewohner wieder um den Fernseher geschart. Gabriel Price saß mit dem Rücken zu ihnen, auf einem der unbequemeren Stühle, die in der Regel dem Personal vorbehalten waren. Der Haltung seines Kopfes nach zu schließen, blickte er in Richtung Bildschirm, aber es war offensichtlich, dass er in Wirklichkeit woandershin sah.

»Irgendetwas Seltsames geht hier vor«, sagte Miss Ambrose gerade. »Ich kann nur noch nicht den Finger darauflegen.«

Tatsache war, dass Miss Ambrose und ihr Finger nicht besonders verlässlich waren. Miss Bissells Finger hingegen war zu jeder Tages- und Nachtzeit von nahezu atemberaubender Treffsicherheit.

»Vielleicht sollten wir Miss Bissell fragen.«

Kaum hörte Simon sich diese Worte sagen, wusste er, dass es die falschen gewesen waren. Es gab Momente, da hatte er das Gefühl, als klaffe bei ihm zwischen Gehirn und Mund ein riesiges Loch und es gebe keinerlei Schutzvorrichtung, die seine Gedanken daran hindern konnte, einfach ungebremst durchzurauschen.

»Wir müssen Miss Bissell nicht wegen jeder Kleinigkeit belästigen, nicht wahr, Simon?«

Simon überlegte, ob er etwas sagen sollte, entschied dann aber, dass es sicherer war, stattdessen nur den Kopf zu schütteln.

»Behalten Sie ihn im Auge.« Sie deutete mit dem Kopf in Richtung Schachbrett. »Und wenn Sie schon dabei sind, können Sie auch gleich auf alle anderen ein Auge haben. Florence Claybourne benimmt sich in den letzten Tagen ausgesprochen seltsam. Vielleicht ist es allmählich an der Zeit, dass wir sie für *Greenbank* testen lassen.«

Und so kam es, dass Simon, dienstbarer Geist und Mädchen für alles, auch noch die Funktion einer Mata Hari zufiel. Was ihm in gleichem Maße schmeichelte, wie es ihn mit Abscheu vor sich selbst erfüllte.

Simon war noch nie ein großer Freund von Verantwortung gewesen. Den größten Teil seines Lebens war es ihm gelungen, sich immer rechtzeitig vor ihr in Sicherheit zu bringen, obwohl er dafür mitunter ganz schön hatte rennen müssen, doch das nur nebenbei.

Er durchquerte den Hof in Richtung Parkplatz, und seine Sportschuhe drückten eine lang gezogene Spur in den Kies. Der Motor seines Wagens startete exakt in dem Moment, als die Uhr auf die halbe Stunde sprang und aus dem Radio die Wettervorhersage plätscherte und sich im Innenraum verteilte. Grau. Bewölkt. Kälter. Während er das Haupttor passierte, wusste er, dass dort die Frau mit dem Patterdale-Terrier stehen und den Verkehr beobachten würde, der über den Zebrastreifen rollte, und der Mann, der immer in dem Geländewagen wartete, würde sich eine Zigarette anzünden. Am Ende der Straße würde der Metzger gerade dabei sein, die Auslage leer zu räumen, und die Frau aus dem Obst-und-Gemüse-Geschäft würde wie gewöhnlich den Aufsteller in den Laden tragen. Wenn die erste Ampel Grün zeigte, würde Simon nur kurz in den Showroom des Autoverkäufers gucken können, andernfalls würden daraus volle drei Minuten werden. Doch wenn es ihm gelang, bis zum Blumenladen in den zweiten Gang zu schalten, würde er es über die zweite Ampel schaffen, ehe es wieder Rot wurde. Er würde genau im richtigen Augenblick das Schlagloch hinter dem Tor zum Park umfahren und mit etwas Glück gleich vor dem Imbiss halten können. Der Mann hinter der Theke würde »Guten Abend, Mr Simon« sagen und ihm eine weiße Plastiktüte reichen, und bis zur folgenden Woche würden sie kein weiteres Wort miteinander wechseln. Simon würde auf der Couch zu Abend essen. Seine Mutter konnte nichts mehr dagegen sagen, und auch wenn sich diese Tatsache schon reichlich abgenutzt hatte, musste er immer noch jedes Mal daran denken. Danach würde er die weiße Plastiktüte und die leeren Kartons in den Treteimer werfen und in der Küche das Licht ausmachen. Dann würde er noch einen kurzen Blick auf die Uhr an der Mikrowelle werfen und zuhören, wie der Kühlschrank linoleumstill vor sich hin brummte. Simon hatte keine Probleme mit dem Einschlafen, doch an diesem Abend würde er noch eine Weile wach liegen und über den bunten Reigen von Fremden nachdenken, mit denen er tagsüber zu tun hatte, und überlegen, ob diese Menschen ihrerseits gelegentlich wohl auch an ihn dachten. Irgendwie hatte es nämlich den Anschein, als sei jeder mit jedem verbunden, auch wenn sich dessen vielleicht kaum einer bewusst war, und diesen Gedanken fand Simon eigenartigerweise ausgesprochen beruhigend, obwohl er bereits eingeschlafen sein würde, bevor er den Grund dafür herausgefunden hatte.

FLORENCE

Mir entging nicht, wie Elsie Jack ansah. Aus ihrem Blick sprach inzwischen deutlich weniger Zweifel. Von einer Entschuldigung keine Spur, aber ich beließ es dabei. Mir war es lieber, wenn sie zu gegebener Zeit von selbst zugab, dass sie falschgelegen hatte.

»Ich habe doch gesagt, dass er in meine Wohnung kommt. Oder habe ich das etwa nicht gesagt?«

Jack ging zum Kaminsims. »Ich frage mich, warum er sich den Elefanten ausgesucht hat.«

»Weil Elefanten niemals etwas vergessen«, sagte ich. »Das ist seine Botschaft. Er lässt uns wissen, dass er sich an alles erinnert.«

Elsie warf mir einen scharfen Blick aus dem Augenwinkel zu.

»Ich sage nur, wie es ist«, schrie ich.

»Aber das könntest du auch leiser tun«, sagte sie. »Wir müssen jetzt ganz ruhig bleiben, Florence. Wir müssen nachdenken.«

»Ich will nur die Dinge beim Namen nennen«, schrie ich. »Es gibt nicht mehr viel, was ich noch tun darf, aber man wird ja wohl noch die Dinge beim Namen nennen dürfen.«

»Wenn er tatsächlich nicht ertrunken sein sollte und es tatsächlich Ronnie ist«, sagte sie, »was will er dann deiner Meinung nach hier? Jetzt, nach all den Jahren?«

»Ich weiß es doch nicht.« Die Worte schossen nur so aus meinem Mund, und Elsie bedachte mich mit einem Stirnrunzeln.

Jack untersuchte immer noch den Kaminsims. »Das ist ein Fall von Einbruchdiebstahl, obwohl es zumindest auf Einbruch keinen Hinweis gibt.«

»Vielleicht ist er ja noch hier.« Abrupt stand ich auf, aber meine Beine gaben mir zu verstehen, dass ich nicht auf ihr Einverständnis hoffen durfte, also sank ich wieder in den Sessel. »Vielleicht hat er die Wohnung ja noch gar nicht verlassen. Sehen Sie in den anderen Zimmern nach. Nur um sicherzugehen.«

Ich hörte, wie Jack durch die Wohnung ging und Türen öffnete.

Elsies Blick ruhte auf mir. Ich versuchte, darin etwas zu finden, etwas, das meine Angst besänftigen konnte. Die zweite Sache, die man über Elsie wissen sollte, ist, dass sie immer weiß, was sie sagen muss, damit es mir besser geht, und genau darauf wartete ich in diesem Moment. »Alles wird gut, Florence«, sagte sie. »Wenn er es wirklich ist, dann hat er jetzt wenigstens seinen ersten Zug gemacht. Wir haben schon Schlimmeres überstanden, meinst du nicht?«

Ich nickte. Allerdings. Viel, viel Schlimmeres.

»Aber wenn er es ist«, sagte ich, »dann gibt es da etwas, das mir wirklich Sorge bereitet.«

»Und zwar?«

Ich zögerte einen Augenblick, bevor ich antwortete. »Wen, um alles in der Welt, haben wir 1953 beerdigt?«

Meine Frage hing noch in der Luft, als Jack zurückkam. »Die Luft ist rein«, sagte er und zog einen Stuhl vom Esstisch heran.

»Vielleicht glaubst du mir jetzt endlich auch die anderen Sachen«, sagte ich. »Anstatt dauernd an mir zu zweifeln, könntest du mir helfen, Beweise zu finden, bevor sie mich nach *Greenbank* schicken.«

»Niemand hat je an dir gezweifelt.« Elsie wollte mir die Hand reichen, aber ich hielt meine Knie fest umklammert.

»Die Schnittchen!« Die hatte ich ganz vergessen. »Glaubst du mir endlich das mit den Schnittchen? Ich habe noch welche in der Handtasche. Die müssen weg. Wir müssen sie irgendwie einwickeln und in den Müll werfen, bevor sie jemandem schaden können.«

Jack griff nach meiner Tasche, die auf der anderen Seite des Esstischs lag. »Die hier?«, fragte er.

»Ja«, sagte ich. »Machen Sie das. Sie müssen die Sandwiches entsorgen. Ich will sie gar nicht mehr anfassen.«

Er öffnete die Tasche und sah hinein.

»Nun machen Sie schon«, sagte ich.

Doch er starrte nur weiter unverwandt in meine Handtasche. Als er endlich hineingriff, holte er jedoch keine Sandwiches heraus. Ich wusste, was er in der Hand halten würde, ich wusste es, noch bevor ich es sah.

Es war der Elefant.

Ich saß in meinem Sessel mit einer Tasse gesüßtem Tee, den Jack mir gemacht hatte, bevor er gegangen war, und der sehr wahrscheinlich inzwischen kalt war, denn ich konnte bräunliche Flecken am Rand sehen, die versuchten, aus der Tasse zu schwimmen. Schweiß stand mir auf der Stirn, und ich hatte eine Laufmasche in der Strumpfhose, die jedes Mal, wenn ich mich bewegte, größer wurde. In der Wohnung schwirrte immer noch eine seltsame Energie umher, auf der Suche nach einem Platz, an dem sie sich niederlassen konnte. Wir waren allein, Elsie und ich, und im Zimmer war es dunkel geworden. Meine Augen hatten Mühe, in dem schummerigen Licht die Konturen der Möbel auszumachen, die ihre Form veränderten, während der Tag zur Neige ging.

»Soll ich das Licht wieder anmachen?«, hörte ich Elsie fragen.

Ich reagierte nicht. Kaum war Jack aus der Tür gewesen, hatte ich das Licht gelöscht. Warum, kann ich nicht genau sagen, aber ich fand, es fühlte sich sicherer an. Geschützter irgendwie.

»Soll ich vielleicht den Rundfunk anstellen, was meinst du?«, fragte sie. »Er könnte uns ein wenig Gesellschaft leisten.«

Mein Mund ließ sich nicht dazu bewegen, eine Antwort zu formulieren.

»Früher hast du Musik geliebt. Als du das erste Mal bei uns zu Abend gegessen hast, haben wir über Musik geredet. Meine Mutter war auch dabei, erinnerst du dich?«

Wortlos sah ich sie an.

»Und meine Schwestern waren da. Weißt du noch – Dot und Gwen?«

»Ich kann mich an ihre Gesichter erinnern«, sagte ich.

Sie lächelte, und ich lächelte zurück.

»Na, siehst du, Florence. Komm, wir spielen *Drei Dinge!* Lass uns mit Gwen anfangen!«

Mit ein bisschen Ruckeln und Zerren bekam ich mein Gedächtnis wieder frei und merkte, wie es in Schwung kam.

»War nicht aus der Küche zu kriegen«, sagte ich. »Strickte andauernd. Sie hat dir einen Schal gestrickt, stimmt's? Und Gwen war die Einzige, der es meist gelang, zu deiner Mutter durchzudringen.«

»Stimmt, genau so war sie. Und jetzt Dot!«

»Ständig in Bewegung. Unheimlich betriebsam. Hat sich dauernd für etwas Neues engagiert. Hat sie nicht geheiratet und ist weggezogen?«

»Genau«, sagte Elsie. »Du machst das sehr gut, Florence.«

»Es sind die Namen«, sagte ich verdrießlich und starrte auf meine Hände.

»Mach dir nichts draus – Namen sind Schall und Rauch!«

»Vielleicht hast du recht. Mit Namen hatte ich immer schon meine Schwierigkeiten.«

Mein Kopf konnte sie noch nie richtig behalten. Selbst in jungen Jahren fielen die meisten neuen Namen, die ich hörte, gleich wieder durch die Maschen und waren verschwunden. Und Elsies viele Schwestern hatten mich von Anfang an verwirrt.

Elsie, Gwen, Hazel und Dot.

Als hätte Elsies Mutter sich durch die Notenlinien des Violinschlüssels gearbeitet.

Eine Gans Hat Dünne Füße.

Danach wäre womöglich noch ein F gekommen, aber da war Elsies Vater schon in den Krieg gezogen und nur als Telegramm zurückgekehrt, das fortan sein Dasein auf dem Kaminsims fristete. Ihre Mutter war überzeugt davon, dass es sich um einen Irrtum handelte, und bedachte das Telegramm stets mit Augenrollen und missbilligendem Zungenschnalzen, als ob es ihr aus purer Bosheit vorgaukeln wollte, blutjung und schon Witwe zu sein.

»Wie können die sich so sicher sein, dass er es ist?«, pflegte sie ihre Schwester und uns zu fragen, aber auch sich selbst, wenn niemand im Zimmer war. »Woher wollen die das denn wissen?«

Keiner von uns konnte die Frage beantworten, wie sehr wir auch an die Decke oder auf den Boden oder einander in die Augen starrten. Niemand guckte Elsies Mutter an. Das war zu gefährlich. Das war, als drehte man an einem Glücksrad – man wusste nie, was man bekommen würde. In der Zwischenzeit steckte das Telegramm in dem Briefhalter auf dem Kaminsims und sah zu. Aber ob Elsies Vater nun gefallen war oder nicht, fest stand, dass die Schwestern von nun an nur noch zu viert waren und sich damit abfinden mussten, dass kein F mehr dazukommen würde. Zumindest nicht, bis Elsie mich im Bus aufgabelte. Als sie mich das erste Mal zu sich nach Hause mitnahm und wir alle um den Abendbrottisch saßen, rief sie: »Wir haben ein F! Wir haben die Füße!«

Alle schwiegen. Auch ihre Mutter.

»Wir sind jetzt ein richtiger Violinschlüssel, versteht ihr? Eine Gans hat dünne Füße.«

»Und was ist mit mir?«, fragte ihre Mutter. »Wo passe ich da hinein?«

Ihr Name war Isabel.

»Ich weiß nicht«, sagte Elsie. Hazel sah sie finster über den Tisch hinweg an. Sogar Gwen schüttelte unmerklich den Kopf.

»Und Charlie. Was ist mit eurem Vater? Was wird er dazu sagen, wenn er das hört?«

Stumm blickten alle zum Briefhalter hinüber. Ich wagte nicht zu schlucken, denn ich wusste, dass man mit dem Geräusch Tote wieder zum Leben erwecken konnte. Sogar ihren Vater (für den Fall, dass ihr Vater vielleicht doch tot sein sollte).

Stattdessen schob ich das Stück Victoria Sponge Cake zur Seite, das ich gerade aß, wischte mir mit der Serviette über den Mund und sagte: »Wissen Sie, Mrs Colecliffe, Charlie ist ein C, und das eingestrichene C ist die wichtigste Note überhaupt. Ohne sie würden die anderen Noten gar nicht existieren.«

Elsies Mutter bedachte mich mit einem strahlenden Lächeln. Und von diesem Moment an waren alle immer nett zu mir.

Während meine Erinnerung diese Geschichte hervorkramte, behielt ich Elsie im Blick.

»Eine Gans hat dünne Füße«, sagte ich. »Deine Mutter hatte mich gern, nicht wahr?«

»Und wie! Wir hatten dich alle gern.«

»Dot und Gwen mochten mich auch?«

»Aber das weißt du doch.«

»Auch Hazel?«

Da war ein winziges Zögern, und sie wusste, dass ich es

bemerkt hatte. »Soweit Hazel überhaupt jemanden mochte«, sagte sie schließlich.

Ich fuhr mit dem Finger das Muster des Sesselbezugs nach. Vorwärts, rückwärts und dann möglichst wieder zum Ausgangspunkt zurück. »Ich denke oft an Hazel«, sagte ich. »An all das Leben, das wir in der Zwischenzeit hatten. All das Leben, das sie nie haben sollte.«

Elsie atmete heftig aus, doch mit dem Luftstrom kamen keine Worte.

Mein Finger folgte immer noch dem Muster, und ich fand wieder zum Anfang unseres Gesprächs zurück.

»Wir können ihn nicht einfach so gewähren lassen«, sagte ich. »Wir müssen beweisen, dass er es ist, bevor es zu spät ist.«

18:39 Uhr

Man müsste sich an die Gemeinde wenden. In der Anrichte liegt ein frisches Set Briefpapier, und sobald ich wieder auf den Füßen bin, werde ich es holen und einen Brief schreiben.

Es geht um den Müll. Er nimmt einfach überhand. Nur weil die Leute ihrer Sachen überdrüssig sind, werfen sie sie weg, und bald werden wir keinen Platz mehr haben, wo wir das alles hinschaffen können. Ich habe davon gelesen. In einer Zeitschrift. Wenn etwas nicht mehr gebraucht wird, sollte es nicht entsorgt, sondern wiederverwendet werden. So stand es in der Zeitschrift. Ich habe so vielen Leuten davon erzählt, aber niemand hörte richtig zu.

»Machen Sie sich keine Gedanken, Miss Claybourne. Lassen Sie den Müll nur unsere Sorge sein«, bekam ich immer zu hören.

Aber irgendjemand muss sich schließlich Gedanken machen, oder etwa nicht? Sonst tut es niemand. Hinter der Küche stehen riesige Abfallbehälter. Ich habe sie selbst gesehen. Und die sind voll mit Müll. Mit Lebensmitteln, für die andere dankbar wären. Auch mit Kleidung. Man muss sie nur etwas flicken, dann ist sie wieder einwandfrei, aber heutzutage nimmt ja keiner mehr Nadel und Faden in die Hand. Ich hatte schon eine ganz ordentliche Sammlung zusammengetragen, als Gloria mich damit ertappte.

»Darum müssen Sie sich nicht kümmern, Florence«, sagte sie, nahm mir die Sachen aus der Hand und warf sie zurück in einen der Container.

Ich verzichtete darauf zu protestieren, denn sie hatte nicht mitbekommen, dass das schon meine zweite Tour gewesen war. Die Risse im Anorak habe ich bereits genäht. Und die Socken geflickt. Die alten Zeitungen habe ich für die Nächte zur Seite gelegt, in denen es kalt und zugig wird, und in den Eierkartons kann ich meinen diversen Kleinkram verstauen. Elsie behauptet, sie riechen – sie war immer schon überempfindlich. Wir trennen uns viel zu schnell von Dingen, erklärte ich ihr. Wir sollten nicht immer alles gleich wegwerfen. Man muss sich nur Mühe geben, dann fällt einem schon noch ein Verwendungszweck ein.

Am besten ich frage Gloria, ob sie mir hilft, den Brief zu schreiben. Sie ist ein sehr nettes Mädchen, diese Gloria. Immer ein Lächeln auf den Lippen. Freundliche Augen. Und die hübschesten Zähne, die man sich vorstellen kann. Einen schlechten Tag kann schließlich jeder mal haben, nicht wahr, und den hatte ich bei ihr offenbar erwischt. Womöglich ist es Gloria, die mich finden wird, und wenn sie kommt, werde ich ihr die Angelegenheit mit dem Müll noch einmal erklären. Wenn sie klopft, werde ich rufen. Ich möchte nicht, dass sie erschrickt, deshalb werde ich so etwas sagen wie: »Gloria, ich falle Ihnen nur ungern zur Last, aber ich fürchte, ich habe hier ein kleines Problem.« Ich werde ihr sagen, dass sie keinen Krankenwagen rufen muss, aber sie wird darauf bestehen, denn sie ist ein gutes Mädchen. Wenn die Sanitäter dann da sind, wird sie hinten bei mir mitfahren, und obwohl der Wagen so schaukelt und all die Schläuche und kleinen Behälter mit der ganzen Ausrüstung hin und her schwanken, wird sie meine Hand auf dem ganzen Weg nicht loslassen. Nicht ein einziges Mal.

»Machen Sie sich keine Sorgen, Florence. Ich weiche nicht von Ihrer Seite.«

Der Sanitäter wird auf dem Platz gegenüber sitzen. Seine Hände werden auf den Knien ruhen, und ich werde seine Stiefel sehen und denken, wie müde sie wirken, und ich werde ihn fragen, ob seine Schicht bald vorbei ist.

»Fast geschafft«, wird er antworten und mir zuzwinkern, und ich werde überlegen, wann mir zuletzt jemand zugezwinkert hat, und es wird mir beim besten Willen nicht einfallen.

»Das ist wieder mal typisch für Sie, Florence. Immer denken Sie zuerst an die anderen«, wird Gloria sagen und meine Hand drücken.

Und ich werde sagen, dass sie mich gern Flo nennen kann, wenn sie möchte.

Ich bin mir nicht sicher, wann Gloria mit der Arbeit fertig ist. Um fünf, glaube ich. Womöglich ist es schon später, aber manchmal muss sie sicher Überstunden machen. Heutzutage tun das ja offenbar alle, nicht wahr?

FLORENCE

Dienstagnachmittags gehe ich immer zum Friseur, und Cheryl wäscht mir die Haare und hantiert dann eine Weile mit dem Kamm herum, bis mein Kopf wieder mal völlig anders aussieht. Cheryl mit *schhh* wie in Shampoo, nicht wie in Tschüs. Allerdings vergesse ich dauernd, wie rum es richtig ist, und ich weiß auch nicht, was das für einen Unterschied machen soll.

Es ist kein richtiger Friseurladen, sondern ein Zimmer an der Rückseite des Tagesraums, aber sie versuchen, ein bisschen so zu tun, als ob, auch wenn es bei uns niemanden gibt, der je so aussehen könnte wie die Leute, von denen hier Poster an der Wand hängen. Das kleine Tischchen bei der Tür haben sie mit Haarspraydosen dekoriert. Ein eigenartiges Mädchen, diese Cheryl. Kurzes, blondes Haar. Immer Dackelfalten auf der Stirn. Tätowierung an der Innenseite ihres Handgelenks. Wahrscheinlich der Name ihrer kleinen Tochter, obwohl niemand sie jemals erwähnt. Beim letzten Mal hatte ich die Tür gerade hinter mir geschlossen, als ich merkte, dass Ronnie im Raum war, und dann wusste ich nicht, wie ich da wieder herauskommen sollte.

Er saß in dem anderen Stuhl und lächelte mich an. Sein Lächeln war aber nicht sichtbar genug, um es zurückzugeben, selbst wenn ich gewollt hätte.

»Miss Claybourne.« Cheryl stemmte sich von einem der Frisierplätze hoch, an dem sie gelehnt hatte, und zog einen Stuhl heraus. »Was darf es heute für Sie sein?«

Sie fragte immer das Gleiche. Was darf es heute für Sie sein? Ich überlegte, ob ich sie einmal überraschen und sagen sollte, bitte einmal das Rita-Hayworth-Rot, oder einen Pony wie Veronica Lake, aber ich wusste, dass Cheryl-mit-schhh dann nur noch finsterer dreingeschaut hätte, und so sagte ich das, was ich immer sage. Das Übliche, Cheryl. Und dann zückte sie ihren Kamm und legte mir ein kleines Cape um die Schultern.

Um Ronnies Haar kümmerte sich ein anderes Mädchen. Niemand wusste, wie sie hieß, und da immer nur diese beiden kamen, nannten sie alle Nicht-die-Cheryl. Wenn man »Wer hat Sie heute frisiert und geföhnt?« gefragt wurde und man antwortete: »Nicht-die-Cheryl«, wussten alle Bescheid. Nicht-die-Cheryl klemmte nacheinander Strähnen von Ronnies Haar zwischen die Finger und schnitt die Enden ab. Ich beobachtete sie über die Spiegel.

»Haben Sie sich schon eingelebt, Mr Price?«, fragte Nicht-die-Cheryl.

»Alles bestens«, antwortete er. »Ich fühle mich, als hätte ich schon mein ganzes Leben hier verbracht.«

Seine Stimme. Sie hatte sich keine Spur verändert. Ich versuchte, die Ohren gegen den Klang seiner Stimme zu verschließen, aber es half nichts: Sie drängte sich in meinen Kopf, und jedes seiner Worte sorgte dafür, dass sich mir der Magen umdrehte. Für einen derart gewalttätigen Menschen hatte er eine erstaunlich säuselnde Wisperstimme, fast wie eine Frau. Wenn man gut hinhörte, bemerkte man sogar ein leichtes Lispeln.

»Wo, sagten Sie gleich, haben Sie vorher gelebt?« Die junge Frau zog eine zweite Schere aus der Tasche.

Es dauerte einen Augenblick, bevor er antwortete. »Heute hier, morgen da.« Ich konnte hören, wie er sein Lächeln lächelte. Nach all den Jahren redete er immer noch genauso aufgeblasen daher wie früher.

»Wie nett«, sagte Nicht-die-Cheryl.

Cheryl kämmte mir das Haar, während ich in den Spiegel blickte und mich fragte, seit wann ich so alt aussah. »Im Tagesraum ist immer etwas los, Mr Price«, sagte sie, »dort können Sie jede Menge Kontakte knüpfen«, und ich dachte, ich bin doch ihre Kundin, also soll sie gefälligst auch mit mir sprechen und nicht mit dem da.

Ich konnte hören, wie Ronnie in seinem Sitz herumrutschte – das Kunstleder protestierte quietschend unter seinem Gewicht. »In letzter Zeit bin ich zu sehr mit ... anderen Dingen beschäftigt.«

»Oh, und womit?« Nicht-die-Cheryl war zu jung, um nicht in offensichtliche Fallen zu tappen.

Wieder quietschte der Stuhl. »Bestimmte Umstände haben dazu geführt, dass ich ein wenig Ahnenforschung betrieben habe.«

Ich war mir sicher, dass sein Spiegelbild mich anstarrte, aber Cheryl in ihrem Overall geriet ständig dazwischen.

»Das wollte ich auch immer schon mal machen.« Cheryl arrangierte Haarsträhnen um meine Ohren. »Das stelle ich mir sehr spannend vor.«

»O ja«, sagte Ronnie. »Das kann man wohl sagen.«

»Wie weit zurück sind Sie gekommen?« Cheryl gab die Sache mit den Ohren auf und mühte sich stattdessen mit meinem Scheitel ab.

Ronnie ließ sich Zeit mit seiner Antwort. Das war typisch für ihn. Als wolle er sich seine Meinung erst selbst genüsslich zu Gemüte führen, ehe er alle anderen daran teilhaben ließ. »Gerade so weit zurück wie nötig.«

»Ich wüsste gar nicht, wo ich anfangen sollte«, sagte Nicht-die-Cheryl in den Spiegel. »Ich weiß gerade noch, dass meine Urgroßmutter in Prestatyn lebte, aber der Kontakt ist später völlig abgerissen.«

Ronnie musste sich wieder in seinem Stuhl bewegt haben, denn als ich aufsah, schien sein Spiegelbild näher gekommen zu sein. »Es ist wirklich erstaunlich, was man alles herausfinden kann, wenn man nur ein bisschen nachforscht. Jeder lässt sich aufspüren, wenn man nur hartnäckig genug sucht.« Er lächelte. »Sogar Urgroßmütter, die früher mal in Prestatyn gelebt haben.«

»Meinen Sie?«, fragte das Mädchen.

»Man kann jeden finden heutzutage.« Er stand auf und strich sich einige Haare von der Jacke. »Es gibt keine verborgenen Winkel mehr, in denen sich jemand verstecken könnte, nirgendwo.«

Er sah mich an, während er das sagte. Ich hatte Angst, dass mein Atem zu laut sei. Ich hatte Angst, Cheryl würde mich fragen, ob alles in Ordnung sei mit mir und warum ich plötzlich so blass aussehe und ob sie mir ein Glas Wasser bringen solle. Aber nichts dergleichen geschah. Im nächsten Augenblick war Ronnie auch schon aus der Tür und in Richtung Tagesraum verschwunden, während seine Friseurin die letzten Spuren von ihm wegfegte und Cheryl ein Handtuch aus dem Regal zog, um meine Schultern legte und sagte: »Dann wollen wir Sie uns mal vorknöpfen.«

Ich schwieg. Ich saß einfach nur da und versuchte, mich ganz auf das Radio zu konzentrieren, aber es lief kein Lied, das mir gefiel. Stattdessen hörte ich zu, wie Nicht-die-Sheryl über ihre Urgroßmutter in Prestatyn erzählte und Cheryl so tat, als würde es sie interessieren. Ich konzentrierte mich auf das Schnippen der Schere, das Rauschen des Haartrockners und das Gurgeln des Wassers im Waschbecken. Ich wollte, dass diese Geräusche meine Gedanken übertönten, aber ich erreichte damit nur, dass sie umso lauter in meinem Kopf dröhnten.

Beim Zahlen versuchte ich mich abzulenken, indem ich

mir die Tätowierung an Cheryls Handgelenk genauer ansah, während sie in der Kasse nach dem Rückgeld kramte.

»Ein schöner Name«, sagte ich. »Alice. Vor langer Zeit hatte ich einmal eine Tante, die so hieß.«

Ich war noch mitten im Satz, als ihr die Münzen aus der Hand fielen. Es dauerte ewig, bis sie alle wieder eingesammelt hatte, und als sie sich wieder aufrichtete, sah sie mir zum ersten Mal in die Augen.

»Ich danke Ihnen sehr, Miss Claybourne«, sagte sie.

»Gern geschehen, Cheryl«, antwortete ich. Ich war mir allerdings ganz und gar nicht sicher, worüber wir eigentlich sprachen.

Nach dem Friseurbesuch ging ich zu dem kleinen Laden in der Nähe des Haupttors. Ich hatte Lust, mich dort ein wenig umzusehen. Mir ein bisschen was zu gönnen. Ronnie würde ich dort nicht begegnen, da war ich mir sicher, denn Miss Bissell schien ihm die Erlaubnis erteilt zu haben, auf eigene Faust zum richtigen Supermarkt zu gehen. Ich habe ihn gesehen. Schwer beladen marschierte er mit seinen Einkaufstaschen über den Hof. Obwohl ich wirklich nicht weiß, was es dort so Interessantes zu kaufen geben soll. Ich hoffte jedenfalls, in dem Laden am Tor auf Jack oder Elsie zu treffen und vielleicht mit ihnen in meine Wohnung zurückzugehen.

Doch leider war ich die einzige Kundin. Außer mir befand sich nur der Mann hinter der Ladentheke im Geschäft, der nie hochguckt, wenn er die Leute bedient, geschweige denn, wenn sie hereinkommen. Anfangs hatte ich versucht, etwas Konversation mit ihm zu machen, bis ich merkte, dass er immer diese kleinen Kopfhörer im Ohr trug. Außerdem hört er meistens gar nicht richtig zu.

»Ich schaue mich nur ein wenig um«, schrie ich, als ich hineinging. »Beachten Sie mich einfach gar nicht.«

Was er auch tat.

Ich gab mir wirklich Mühe, aber der Laden war so winzig,

dass es mit dem Umschauen nicht weit her war. Wie lange kann man schon einen Laib Brot ansehen? *Qwick Stop* nennt sich das Geschäft. Ich habe mich schon des Öfteren bei Miss Bissell beschwert, aber sie hat immer nur gesagt, das falle nicht in ihr Ressort. Was auch immer ein Ressort genau beinhaltet – sollte Miss Bissell ein solches innehaben, wird sie es mit Sicherheit exakt so weit ausdehnen, wie es ihr in den Kram passt. In dem hell erleuchteten Geschäft ist alles in Primärfarben gehalten, und trotzdem wirkt es irgendwie müde, als könnte ihm eine ordentliche Grundreinigung nicht schaden. Man bekommt dort das Nötigste. In den Regalen stehen Milch und Brot und Klopapier. Es gibt eine Tiefkühltruhe mit Fertiggerichten und Eiscreme und eine kleine Auswahl an Kuchen und Keksen. Ich studierte das Angebot so eingehend, wie es nur ging, ohne dass der Mann an der Kasse misstrauisch wurde. Nach langem Überlegen entschied ich mich für den Schachbrettkuchen. Es kann nie schaden, etwas Kuchen vorrätig zu haben, für den Fall, dass einmal unangekündigter Besuch ins Haus schneit, und mit Schachbrettkuchen kann man nichts falsch machen. Auch wenn ich das vage Gefühl hatte, in irgendeiner Dose noch eine ungeöffnete Packung gesehen zu haben.

Als ich zur Kasse ging, hatte der Mann seine Hörkapseln aus den Ohren genommen, aber er schrie dennoch. »Ein Pfund vierundsiebzig!«

»Danke!«, schrie ich zurück. Ich verstaute das Wechselgeld in meiner Geldbörse und fragte: »Was meinen Sie, soll ich hier vielleicht mal alles ordentlich auf Vordermann bringen?« Verständnislos starrte er mich an.

»Ob ich Ihre Regale einmal feucht durchwischen soll«, erklärte ich.

»Danke, dafür haben wir eine Putzfrau.«

»Sie müssen mich auch nicht bezahlen«, sagte ich. »Wie es der Zufall will, hätte ich gerade Zeit. Ich könnte recht kurzfristig anfangen.«

»Das ist wirklich nicht nötig«, sagte er.

Ich wollte gerade etwas deutlicher werden und ihm verklickern, dass es sehr wohl nötig war, als das Mädchen mit dem geflochtenen Zopf hereinkam. Sie trug keine Uniform, sondern hatte einen Schal um den Hals und steckte in einem Mantel, der um mindestens zwei Größen zu weit war.

»Suchen Sie etwa mich?«, fragte ich.

Stirnrunzelnd schüttelte sie den Kopf und legte drei Tafeln Schokolade auf die Theke.

»Hunger?«, fragte der Mann. In ganz normaler Lautstärke.

»Mir ist einfach nach etwas Süßem zumute«, antwortete sie.

Ich lächelte ihr zu. »Ich habe mir eben einen herrlichen Schachbrettkuchen geholt. Kommen Sie doch mit zu mir. Ich mache uns einen Tee und schneide Ihnen eine schöne Scheibe davon ab.«

Sie sah mich über den Schal hinweg an. »Nein danke, Miss Claybourne.«

»Sie sollten sich lieber ranhalten«, sagte ich, »sonst esse ich alles alleine auf.« Ich fügte ein kleines Lachen hinzu, aber sie reagierte nicht.

Ich wartete noch einen Moment, doch sie fingen an, sich über etwas zu unterhalten, das sie im Fernsehen gesehen hatten, und da ich nicht wusste, wie ich mitreden sollte, überließ ich die beiden sich selbst. Auf dem Weg nach Hause machte ich den Umweg über die Gartenanlagen. Eine Weile setzte ich mich auf eine der Bänke und sah zu den Fenstern meiner Wohnung hinauf. Ich hatte das Licht angelassen, aber es war trotzdem nicht viel von außen zu erkennen, selbst wenn man sich hinstellte und den Hals ganz lang machte. Ich wollte gerade hochgehen, da fiel mir ein, dass ich noch kurz im Tagesraum vorbeischauen und einen Blick auf die Infotafel werfen könnte. Das letzte Mal hatte ich nachgesehen, als ich mir die Haare hatte machen lassen, und vielleicht war ja inzwischen etwas aufgehängt worden, das wichtig war.

Als ich hereinkam, lief der Fernseher in voller Lautstärke,

und Jack lachte gerade über etwas, das dort gezeigt wurde, während Elsie in einer Ecke saß und durch die Terrassentüren die Vögel beobachtete. Ich ging zur Infotafel, aber es gab keine Neuigkeiten, und keiner von beiden nahm Notiz von mir. Sie hätten mich wahrscheinlich überhaupt nicht bemerkt, wenn ich mir nicht noch an dem kleinen Tisch eine Zeitschrift ausgesucht hätte, die ich mit nach Hause nehmen wollte.

»Florence!«, rief Jack über das Konservenlachen hinweg. »Was treiben Sie denn immer so?«

»Ich war beim Friseur«, sagte ich, ohne ihn eines Blickes zu würdigen.

»O ja, natürlich«, sagte er. »Jetzt sehe ich es auch. Sie sehen ganz reizend aus.«

»Ich wollte mir nur eine Zeitschrift holen. Ich habe jede Menge zu tun und muss gleich wieder weiter.«

»Wollen Sie nicht den Mantel ablegen und sich einen Moment setzen?«

»Nein danke, Sie sind ja beschäftigt.« Ich machte eine Kopfbewegung in Richtung Fernseher.

Ich war schon fast aus der Tür, als er mir hinterherrief: »Florence, Sie haben Ihre Zeitschrift vergessen.«

Als ich umkehrte, griff er nach der Fernbedienung und schaltete den Fernseher aus. »Bitte seien Sie so nett und leisten mir ein wenig Gesellschaft.«

»Ich dachte, Sie sehen fern«, sagte ich.

»Nur solange sich nichts Besseres ergibt.« Er deutete auf den anderen Sessel.

Von ihrer Ecke aus rief Elsie: »Um Himmels willen, jetzt setz dich endlich hin, der Raum wirkt sonst so unordentlich.« Dann schüttelte sie lachend den Kopf.

»Also gut«, sagte ich. »Aber ich kann nicht lange bleiben.«

Während ich mir den Mantel auszog, erzählte ich es ihnen.

»So hat er herausgefunden, wo ich wohne«, sagte ich und zog an einem der Ärmel. »Er hat mich ausgekundschaftet.«

»Sicher hat er nur seine eigene Ahnenforschung gemeint.« Elsie sah mich über den Rand einer Tasse hinweg an. »In einem Friseursalon kann man schon mal leicht etwas in den falschen Hals bekommen. All diese eigenartigen Gerüche, und ständig läuft irgendwo das Wasser.«

»Nein«, sagte ich, »er hat nach mir gesucht. Weil er mich finden wollte.«

»Aber warum sollte er das tun?«, fragte Jack.

Bewegte Elsie ihren Kopf ganz leicht hin und her, oder bildete ich mir das ein?

»Wegen dem, was passiert ist«, sagte ich. »Wegen dem, was mit Hazel passiert ist.«

Jetzt schüttelte Elsie ganz eindeutig den Kopf, aber ich beschloss, dass ich ruhig darüber hinweggehen konnte.

Ich kann nichts dafür, sagt Elsie immer. Das ist immer schon so gewesen mit mir, sagt sie. Sie sagt, es sprudelt einfach alles aus mir heraus, und ehe man sichs versieht, habe ich, schwuppdiwupp, alles ausgeplaudert.

»Es gibt Dinge, die gehören der Vergangenheit an«, sagte sie, »aber du willst partout alles wieder ausgraben und jedem auf die Nase binden.«

»Hazel war Elsies Schwester«, erklärte ich Jack. »Ihr ist etwas zugestoßen. Etwas Furchtbares.«

»Jack will davon bestimmt nichts hören«, sagte Elsie. »Warum erzählst du ihm nicht lieber von der Fabrik? Das waren doch schöne Zeiten, findest du nicht? Trotz allem?«

»Ich hatte nie in der Fabrik arbeiten wollen«, sagte ich. »Wir beide nicht.«

Das war die Wahrheit. Wir hatten das nie gewollt. Aber manchmal führt einen das Leben einen Weg entlang, auf den man nur einen kurzen Blick werfen will, weil man ja eigentlich in einer anderen Richtung unterwegs ist, und wenn man später zurückblickt, wird einem bewusst, dass man nicht die gerade Strecke gegangen ist, die man sich vorgenommen hatte. Wenn man Glück hat, ist man trotzdem wenigstens ein Stück vorangekommen, aber die meisten von uns bewegen sich nur von einer Seite zur anderen, während sie sich zögerlich durchs Leben tasten. So war ich nie gewesen. Ich hatte immer schon gewusst, was ich mit meinem Leben anfangen wollte, schon als kleines Mädchen.

»Hat Hazel auch in der Fabrik gearbeitet?«, fragte Jack.

Ich schüttelte den Kopf. »Ganz offensichtlich ist es nicht erwünscht, dass wir über Hazel sprechen.«

Jack runzelte die Stirn. »Und was war mit der Fabrik? Wenn Sie dort eigentlich nicht arbeiten wollten, was wollten Sie dann tun?«

»Ich wollte Wissenschaftlerin werden«, gab ich zur Auskunft. »Ich wollte meinem Leben eine besondere Bedeutung geben.«

Und so war es wirklich gewesen. Als ich der Welt meine Absicht zum ersten Mal kundtat, saßen wir gerade alle gemeinsam um den Küchentisch. Im ganzen Haus duftete es nach der Wärme des Ofens und Gebäck, und unter dem Tisch lag mein Hund Seth zu unseren Füßen und schlug mit seinem Schwanz einen Rhythmus auf den Teppich. Elsie sagte, dass sie sich manchmal meine Familie auslieh, um für eine Weile zu fühlen, wie das war. Sie sagte, dass nur bei uns das Besteck ordentlich links und rechts von den Platzdeckchen lag.

»Wenn ich groß bin, werde ich Sachen erfinden.« Ich räumte meine Schulbücher zur Seite, um dem Löffel für den Nachtisch Platz zu machen. »Sachen, die die Welt verändern.«

»Und du, Elsie, was möchtest du einmal werden?«, fragte meine Mutter.

Elsie bückte sich und strich Seth über den Kopf. »Hazel sagt, wir werden beide in der Fabrik arbeiten, und ich weiß nicht, ob man von da aus die Welt verändern kann.«

»Hazel hat keine Ahnung«, sagte ich. »Hazel redet zu viel.«

Das stimmte auch. Hazel redete wirklich zu viel, und das

viele Reden sollte ihr schließlich zum Verhängnis werden, aber das konnten wir damals natürlich noch nicht wissen.

»Wenn ihr wollt, könnt ihr die Welt von diesem Küchentisch aus verändern.« Meine Mutter griff in den Küchenschrank und holte einen Stapel Teller heraus. »Es kommt nur darauf an, die richtigen Entscheidungen zu treffen.«

»Sie hatte recht«, sagte Jack, als er das hörte. »Ihre Mutter hatte recht.«

Meine Mutter hatte immer recht. Meine Mutter wirkte stets wie die Sorte Frau, die ihr ganzes Leben lang die richtigen Entscheidungen getroffen hatte. Ihr Haar war immer adrett hochgesteckt, ihre Kleidung immer frisch gebügelt. Wann immer ich durch die Haustür trat, kam sie mir schon aus irgendeinem Winkel des Hauses entgegen und wischte sich die Hände trocken oder hatte irgendetwas Interessantes, das sie mir zeigen wollte. Sie war eine regelrechte Muster-Mutter, als wäre sie einem der Schnittmusterbögen entsprungen, die Elsies Schwester ständig auf dem Esstisch herumliegen ließ. Ich glaube, sie hatte nie etwas anderes gewollt, als Mutter zu sein. Die Mutter von Florence. Anderen Leuten stellte sie sich immer so vor und gab mir das Gefühl, ich hätte durch meine Geburt alles, was sie bis dahin gewesen war, irgendwie einfach geschluckt.

Ich wandte mich Jack zu. »Ich wollte, dass wir auf die Universität gehen. Ich hatte schon alles fertig geplant, aber Elsie wollte nicht mitkommen.«

»Sie wollte nicht?«, fragte Jack behutsam mit sanfter Stimme.

»Es ist nicht so, dass ich nicht gewollt hätte«, sagte Elsie. »Du weißt, wie die Dinge damals standen. Du wusstest genau, warum ich nicht mitgehen konnte.«

An jenem Abend hatten wir auf dem Rasen gesessen und Seth dabei zugesehen, wie er Falter jagte. Es gelang ihm nie, welche zu fangen, und er kläffte sie stattdessen wie verrückt an. Ein schräges Bellen, in dem diese seltsame Art von Dringlichkeit lag, die Hunde stets antreibt und die alle anderen vermissen lassen. Wir hatten noch keine Lust, uns schon vom Sommer zu verabschieden, und uns deshalb in Jacken eingewickelt und es uns auf den Liegestühlen bequem gemacht. Die Abende waren bereits kalt und unerbittlich, und ich konnte fühlen, wie eine neue Jahreszeit in der Luft lag.

Kerzengerade setzte ich mich in meinem Liegestuhl auf. »Woher willst du wissen, dass die Universität nichts für dich ist?«, fragte ich. »Wir sind gerade mal vierzehn. Wir wissen doch überhaupt noch gar nicht, wer wir sind.«

In den entfernteren Winkeln des Gartens hatte sich der herbstliche Abend über das Licht hergemacht. Wir mochten erst vierzehn sein, aber ich wusste, dass Elsie bereits im Bilde war, wer sie einmal sein würde. Sie hatte sich in ihrer Mutter gesehen. In deren Wutausbrüchen. Wie sie sich manchmal tagelang weigerte zu essen. Wie man sie wie ein Kind aus dem Bett holen musste. Elsie hatte ihr künftiges Ich gesehen, wenn ihre Mutter in den frühen Morgenstunden das Haus putzte und wenn ihre Mutter die Sachen ihres Vaters weggab, nur um Stunden später vor der Haustür der Leute zu stehen und sie zurückhaben zu wollen. Sie sah sich in ihren Schwestern, die eine nach der anderen die Flucht zu ergreifen schienen. Gwen machte eine Ausbildung zur Lehrerin. Hazel hatte angefangen, sich auffällig für Hochzeitskleider zu interessieren, obwohl es nicht den kleinsten Hinweis auf einen Mann in ihrem Leben gab, und Dot war in die Midlands gezogen, um einen kleinen Holzkopf namens Harold zu heiraten, der den lieben langen Tag nichts tat, als anderen vorzuschreiben, was sie zu denken hatten. Elsies Mutter meinte, sie habe das aus purem Trotz getan.

»Man hat immer eine Wahl, oder etwa nicht?«, sagte ich. »Egal, in welcher Situation du dich befindest, es gibt immer eine Alternative.«

Sie antwortete nicht.

»Meinst du nicht«, sagte ich, »dass wir imstande sind, mit unseren täglichen Entscheidungen die Dinge im Kleinen zu verändern?«

Sie antwortete immer noch nicht. In die Zukunft zu blicken war für Elsie, als läse sie ein Buch, das ihr schon beim ersten Lesen nicht besonders gefallen hatte, noch ein zweites Mal – das wusste ich.

»Man weiß nie, was das Leben für einen bereithält, nicht wahr?«, sagte ich. Seth hatte sich zwischen unsere Liegestühle gelegt und sah zu uns hoch.

Elsie starrte die Bäume an, in deren Ästen der Herbst auf den richtigen Moment wartete. »Nein«, sagte sie. »Wahrscheinlich nicht.«

Im Januar darauf starb meine Mutter.

»Die Lunge«, sagte Elsies Mutter. »Liegt in der Familie.«

Ich wollte erwidern, dass Lunge in jeder Familie liegt, genauso wie Nieren und Leber und Herz, aber nachdem Elsies Vater gestorben war, hatte ihre Mutter eine eigenartige Vorliebe für alles entwickelt, was mit dem Tod zusammenhing. Je gewaltsamer das Leben eines Menschen geendet hatte, desto besser. Einmal lief sie beinahe fünf Kilometer durch den strömenden Regen zu einem Baum, an dem einem Motorradfahrer bei einem Unfall der Kopf abgetrennt worden war. »Es ist wichtig«, sagte sie. »Man muss sich das ansehen.« Zuerst konnte ich nicht verstehen, was sie an so einem schrecklichen, makabren Ort wollte, aber dann begriff ich, dass es ihr Trost gab. Sie wollte sich ins Gedächtnis rufen, dass sie nicht die Einzige war, deren Leben Gott in eine Tragödie verwandelt hatte. Auch andere Menschen erlitten Schicksalsschläge. Irgendwie half ihr die Vorstellung, dass wir alle auf unsere Bestimmung zutreiben, ohne viel dagegen ausrichten zu können. Als ich das zu erklären versuchte, sagte Hazel nur: »Wenn du mich fragst, sollte sie sich mal ihren Kopf ansehen lassen.« Sie hob dabei nicht einmal den Blick von ihrer Zeitschrift. Wahrscheinlich hätte sich tatsächlich einmal jemand den Kopf von Elsies Mutter ansehen sollen, aber das wäre sicher ein endloses Unterfangen geworden. In ihrem Kopf waren so viele Geschichten, dass sie selbst wohl nicht genug Worte für sie fand.

In jenem Sommer fingen wir in der Fabrik an.

»Das ist nur vorübergehend«, sagte ich, als ich mich auf den Stuhl neben Elsie setzte. »Bis es meinem Vater wieder besser geht.«

Auf diesem Stuhl sollte ich die nächsten vierzig Jahre verbringen.

»Sie haben also beide nicht studiert?«, fragte Jack.

Ich schüttelte den Kopf. »Nein, wir haben stattdessen für diesen schrecklichen kleinen Mann gearbeitet. Diesen Zwerg, der dauernd auf und ab marschierte und alle anbrüllte.«

»Mr Beckett«, sagte Elsie. »Der Vorarbeiter.«

»Mr Beckett. Du musst mir Zeit zum Überlegen lassen. Wenn du mich nicht immer so hetzen würdest, würde ich schon selbst darauf kommen.«

Elsie zog eine Braue hoch, aber ich beachtete sie einfach nicht.

Jack streckte die Hand nach seiner Teetasse aus. »Was haben Sie in der Fabrik hergestellt?«

Ich musste lachen. »Korsetts.« Er stimmte in mein Lachen ein. »Sie bestanden ja nur aus Stäben, Schnüren und Ösen«, sagte ich. »So ein Ding zu nähen war, als müsste man einen Feind niederringen.«

»Du warst sehr gut darin«, sagte Elsie. »Mr Becketts Musterschülerin.«

Gedankenverloren blickte ich vor mich hin und ließ mich in die Vergangenheit fallen. Sie war so viel sinnvoller als die Gegenwart. Manchmal fühlte sich die Gegenwart so unwichtig, ja unnötig an. Sie war nur ein Ort, an dem ich mich gelegentlich blicken lassen musste, aus reiner Höflichkeit. Als ich aus der Vergangenheit zurückkam, wartete Jack auf mich. »Es gab da eine junge Frau«, sagte ich. »Sie saß neben

Elsie und mir. Sie hat den Bogen einfach nicht rausbekommen. Wann immer sie versuchte, Garn in eine Nadel einzufädeln, zitterte sie wie Espenlaub.«

»Meinst du Clara?«, fragte Elsie.

Ich nickte. »Sie sagte, Beckett sei wie ihr Vater. Hatte eine Heidenangst vor ihm.«

»Wie ging es weiter mit Clara?«, fragte Jack.

»Sie hat sich erhängt«, flüsterte ich.

»Hat sie nicht!« Elsie setzte abrupt ihre Tasse ab, die daraufhin Ärger mit der Untertasse bekam. »Woher hast du diesen Unsinn?«

Ich reagierte nicht und wandte mich wieder an Jack. »Elsies Mutter sagte, dass sie noch hin- und herbaumelte, als sie sie fanden.«

»Es hat sich überhaupt keiner erhängt!« Elsie hatte nichts mehr, das sie auf den Tisch knallen konnte, deshalb erhob sie die Stimme. »Du bringst alles durcheinander. Warum, um alles in der Welt, hätte sie so etwas tun sollen?«

»Sie hatte Angst«, sagte ich. »Mr Beckett hat sie ständig drangsaliert.«

»Der Vorfall hatte aber doch hoffentlich Konsequenzen für ihn?«, fragte Jack.

Elsie beugte sich vor und versuchte, meinen Blick aufzufangen. »Aber du hast ihr geholfen, Florence. Weißt du das nicht mehr? Du hast ihr gezeigt, wie man den Faden einfädelt und wie man das Korsett auseinanderziehen muss. Mit der Zeit hatte sie den Dreh raus.«

Ich starrte sie an. »Daran kann ich mich nicht erinnern.«

»Stundenlang hast du mit ihr geübt. Wir haben sie dann auch samstagabends mit zum Tanzen genommen. Sie hat den Jungen aus dem Fischgeschäft geheiratet. Sind später nach Wales gezogen, wenn ich nicht irre.«

Ich wollte etwas sagen, schluckte es aber wieder hinunter.

»Denk nach, Florence. Du weißt doch, die lange Sekunde. Wofür hast du sie genutzt?«

»Lassen Sie sich nur Zeit«, sagte Jack. »Und machen Sie

sich keine Sorgen. Wir kommen alle mal ein bisschen durcheinander.«

Wie bei einem Kartenspiel deckte ich Gedanken auf und versuchte herauszufinden, welche zusammengehörten. Ich hatte meinen Mantel noch auf den Knien und merkte, wie sein Stoff sich zwischen meinen Fingern hin und her wand. »Ich kann keine Erinnerung finden, der ich traue«, sagte ich schließlich.

»Oh, ich bin mir ganz sicher, dass Sie das können.« Jack griff nach meinen Händen. »Erzählen Sie mir etwas, dessen Sie sich vollkommen sicher sind.«

Ich ließ den Stoff los und sah ihm direkt in die Augen. »Ronnie Butler hat in der Fabrik gearbeitet«, sagte ich.

»Wo haben Sie es denn zuletzt gesehen?«

Die junge Frau in dem mandarinenfarbenen Overall hatte Dienst. Von allen idiotischen Fragen, die man jemandem stellen kann, der etwas verloren hat, hat diese den ersten Preis verdient.

»Wenn ich das wüsste«, sagte ich, »wüsste ich ja, wo ich nachsehen müsste, nicht wahr?«

Eigenartig sieht sie aus. Kleine Augen. Kleine Ohren. Trägt immer ein Kreuz um den Hals. Obwohl ich freiwillig die Treppe bis ganz nach unten hinuntersteigen will, wenn sie je eine Kirche von innen gesehen hat.

»Wie sieht es denn aus?«, fragte sie.

»Es ist ein Buch.« Ich schloss die Augen. »Buchförmig. Mit Worten innen drin.«

»Aber welche Farbe hat es?«

»Ich weiß nicht. Blau. Vielleicht auch grün. Ich erinnere mich nicht. Das Äußere beachte ich eigentlich nicht, was mich interessiert, ist der Inhalt.«

»Meine Mum sagt immer, man soll da suchen, wo man die Dinge am wenigsten erwartet«, meinte das Mädchen. »Wie wäre es, wenn wir da anfangen?«

»Also im Kühlschrank? Oder im Spülkasten vom Klo?«

Das Mädchen lächelte. »Ja, genau!«

Ich schloss wieder die Augen.

Das Buch sollte genau an der Stelle sein, an der es zuletzt war. Auf dem Tischchen neben meinem Sessel. Dort lege ich es jeden Abend hin, wenn ich ins Bett gehe, und jeden Morgen nehme ich es wieder zur Hand und lese da weiter, wo ich aufgehört habe, bis Elsie vorbeischaut.

»Sie müssen es gestern Abend woanders hingelegt haben.« Das Mädchen tastete hinter den Kissen. »Vielleicht waren Sie mit den Gedanken woanders.«

»Weder ich noch meine Gedanken pflegen noch zu verreisen«, sagte ich. »Wir sind alle im Hier und Jetzt und ganz bei der Sache. Wir sind nur alt, weiter nichts.«

Das Mädchen stand mitten im Zimmer, die Hände in die Hüften gestemmt. »Es wird schon wieder auftauchen«, sagte sie. »Wahrscheinlich, wenn Sie am wenigsten damit rechnen.«

Was wohl so viel heißen sollte wie »Ich habe keine Lust mehr weiterzusuchen«.

»Das ist noch längst nicht alles.« Vom Sessel aus sah ich ihr zu, wie sie Staubtücher aus ihrem Körbchen holte. »Letzte Woche ist ein Karton mit Milch aus meinem Kühlschrank verschwunden – ich weiß genau, dass er da war, weil ich ihn am Morgen erst aufgemacht hatte –, und in der Woche davor habe ich die Fernsehzeitschrift unter meinem Kissen gefunden.«

Keine Reaktion.

»Es ist jemand von Ihnen gewesen, oder? Sie dürfen es mir ruhig sagen, dann kann ich aufhören, mir darüber den Kopf zu zerbrechen.«

Wieder nichts.

»Wenn das so weitergeht, werde ich ein Wort mit Miss Ambrose sprechen müssen.«

Das Mädchen rieb ungerührt Möbelpolitur in die Oberfläche der Anrichte.

»Vielleicht sogar mit Miss Bissell.«

Abrupt hielt das Staubtuch inne. »Was halten Sie von einer schönen Tasse Tee, Miss Claybourne, und dann sehen wir uns noch einmal um.«

Ich wusste, dass die bloße Erwähnung von Miss Bissell die Alarmglocken zum Läuten bringen würde. Ich habe meine festen Gewohnheiten. Die Fernsehzeitschrift lese ich am Fenster, mein Buch im Sessel. Montags kaufe ich einen halben Liter Milch, und der reicht für fünf Tage. Mein Leben verläuft in geregelten Bahnen. Wenn die Tage kleiner und bedeutungsloser werden, ist Routine das Gerüst, das einen zusammenhält.

Ich konnte hören, wie das Mädchen den Wasserkocher befüllte und in einer Schublade herumkramte.

»Legen Sie alles wieder dahin, wo Sie es vorgefunden haben«, rief ich. »Ich weiß genau, wo alles hingehört.«

Ich hörte, wie der Kühlschrank geöffnet wurde.

»Ich habe erst ein Drittel der Milch verbraucht.« Seltsamerweise war ein Zittern in meiner Stimme, obwohl sie meine Kehle mit großer Entschlossenheit verlassen hatte. »Glauben Sie nicht, ich weiß das nicht.«

Die Kühlschranktür wurde nicht geschlossen.

»Und machen Sie die Tür wieder richtig zu, sonst handeln wir uns hier ein kleines Problem ein.«

Nichts passierte, und kurze Zeit später kam das Mädchen zurück ins Wohnzimmer.

»Ist das das Buch, das Sie suchen, Miss Claybourne?«, fragte sie leise.

Ich nahm es ihr aus der Hand. Es fühlte sich kalt an.

Ich bestand darauf, dass das Schloss ausgewechselt wurde. Es gab ein Riesentheater. Zwei geschlagene Stunden versuchten sie, es mir auszureden, aber ich dachte gar nicht daran nachzugeben.

Als sie wissen wollten, warum, sagte ich nur: »Aus Sicherheitsgründen.« Ronnie erwähnte ich nicht, aber auch nur deshalb, weil Elsie den ganzen Vormittag auf mich eingeredet hatte, dass ich das auf gar keinen Fall tun sollte.

»Ich habe genauso viel Angst wie du«, sagte sie, »aber ich habe auch Angst, dass er es schafft, dass wir nach *Greenbank* kommen. Eine von uns muss einen kühlen Kopf bewahren.«

»Es ist dir egal. Dir ist völlig gleichgültig, was er im Schilde führt.« Offenbar hatte ich die Kissen vom Sofa geworfen, denn als ich mich umdrehte, lagen alle kreuz und quer auf dem Boden verteilt. »Ich bin allen völlig gleichgültig«, sagte ich.

»Es war schließlich meine Schwester, wenn ich dich daran erinnern darf! Es war meine Schwester, nicht deine.«

Elsie schrie. Elsie schreit nie. Ich hörte auf, mir Gedanken über die Kissen zu machen, und sah zu ihr hinüber, und dann fing ich an zu zittern. Ich fühlte mich auf einmal ganz klein, als sie mich in den Arm nahm. Als ob ich schrumpfte, weil sie so lieb zu mir war.

»Lass uns fortgehen, Elsie«, flüsterte ich in ihre Strickjacke. Sie roch nach Wolle und Trost. »Wir gehen einfach weg von hier. Irgendwohin, wo er uns nicht finden kann.«

So standen wir beieinander, und das Beige, zu dem unser Leben geworden war, bildete einen engen Kreis um uns. Es war ein vorübergehender Aufbewahrungsort. Ein Wartezimmer. »Wo sollen wir denn hin, Florence?«, fragte sie. »Es gibt keinen Ort, wo wir hinkönnten.«

»Aber was sollen wir denn tun?« Nun war ich es, die schrie, aber das Zimmer war so klein, dass mein Schrei nicht weit kam.

Sie trat einen Schritt zurück und fasste mich bei den Schultern. »Wir werden tun, was wir immer getan haben – wir lassen uns nicht kleinkriegen«, sagte sie. »Wir lassen ihn nicht den Sieg davontragen. Nimm es als Spiel.«

»Ich bezweifle sehr, dass ich die Regeln kenne.«

Ihre Hände packten fester zu, ihre Finger bohrten sich bis

in meine Knochen. »Du darfst ihm nicht zeigen, dass du Angst hast. Diese Genugtuung darfst du ihm nicht geben.«

»Aber ich habe Angst«, sagte ich. »Und mir ist einerlei, wer das merkt und wer nicht.«

Sie sah mir in die Augen. »Was glaubst du, weshalb er das tut, Florence? Ist etwas vorgefallen, von dem du mir nichts erzählt hast?«

Ich wollte gerade antworten, aber die Worte verschmolzen zu einem Gedanken, und im nächsten Augenblick waren sie verschwunden.

Dann kam Jack, und zusammen warteten wir auf den Schlüsseldienst. Jacks Anwesenheit schien zu helfen, auch wenn er kein Wort sagte. Er zog die Vorhänge zu und machte die Lampe an und stellte eine Tasse Tee auf das Tischchen neben meinem Sessel. Von Zeit zu Zeit sah er zu mir herüber und erinnerte mich daran, den Tee auch zu trinken.

»Sie müssen gleich da sein«, sagte er. »Die Leute mit dem Schloss. Wir müssen bestimmt nicht lange warten.«

»Ich wünschte, wir hätten Ihre Ruhe, Jack«, sagte Elsie.

Ich sah ihn an. »Das muss am Militär liegen. Ehemalige Soldaten lassen sich so schnell nicht aus der Ruhe bringen.«

Er erwiderte meinen Blick. »Das kann wohl sein. Obwohl es auch ganz andere Momente in meinem Leben gab.«

»Immerhin sind Sie zurückgekommen«, sagte ich.

»Um ein Haar wäre es anders ausgegangen.«

Der Punkt, mit dem er den Satz beendete, entging uns beiden nicht.

»Beim Tanztee im Bürgersaal war es nicht zu übersehen«, sagte ich. »All die Männer, die fehlten. Elsie und ich haben dann immer miteinander getanzt.«

Elsie sah zu mir herüber. So war das damals. Junge Männer verschwanden wie Elsies Vater im Krieg, und anstatt sich zu überlegen, ob sie lieber Foxtrott oder Tango tanzen wollten, wurden sie in den kalten Stein des Kriegerdenkmals im Park gemeißelt, während das Leben der anderen um sie herum weiterging. Ich fragte mich, wie viele wohl stehen blieben, um ihre Namen zu lesen.

Eines Tages waren Elsie und ich im Park spazieren. Der Krieg war noch nicht lange vorbei, und wir standen vor dem Denkmal, während es schon dämmerte. »Glaubst du, sie fanden sich tapfer?«, fragte ich.

»Tapferkeit beweisen heißt, eine Wahl zu haben, oder nicht?«, sagte sie. »Tapferkeit bedeutet, dass man auch einfach gehen könnte, sich aber dagegen entscheidet.«

Ich betrachtete die Namen. Es waren so viele, dass wir die Köpfe in den Nacken legen mussten, um auch die ganz oben lesen zu können.

»Ich glaube nicht, dass auch nur einer von denen hier eine Wahl hatte«, sagte sie.

»Nein«, sagte ich und studierte die Altersangaben der Gefallenen. »Das glaube ich auch nicht.«

»Tapferkeit ist nur ein Wort, das wir für sie verwenden, damit es uns besser geht«, sagte sie.

Der Krieg hatte Löcher in unser Leben geschlagen. Noch lange nachdem er zu Ende war, waren überall die Lücken zu sehen, die er hinterlassen hatte, Lücken, wo eigentlich junge Männer hingehörten. So gut es ging, versuchten wir, diese Lücken zu schließen, uns neu zu organisieren, irgendwie weiterzumachen und andere Menschen zu werden, aber die Leere, die sich um uns herum ausdehnte, erinnerte uns ständig an das, was wir verloren hatten. Am deutlichsten war es an den Samstagabenden. In den Bürgersaal kamen fast nur Frauen, die in einer Welt, in der sich alle neu zurechtfinden mussten, auf der Suche nach einigermaßen verwertbaren Partnern waren, um dann doch wieder nur mit anderen Frauen zu tanzen. Damals ahnten sie noch nicht, dass sich dieser Tanz im Alter wiederholen würde, dass sie am Schluss, wenn der letzte Walzer begann, wieder unter sich sein würden und sie – ihrer Männer beraubt – erneut versuchen müssten, das alles zu begreifen.

»Sie haben früher getanzt?«, erkundigte sich Jack.

»Und ob«, sagte ich. »Elsie liebte Foxtrott, aber mir war Tango lieber. Bei Tango weiß man, woran man ist. Bei Foxtrott kann man sonst wo landen.«

»Das ist ja gerade das Tolle daran.« Elsie lehnte sich zurück, und ein Sonnenstrahl fand den Weg durch das Fenster auf ihr Gesicht und wanderte über all ihre Falten. »Obwohl du nicht immer mit mir tanzen wolltest. Manchmal hast du mir glatt einen Korb gegeben.«

Jack klopfte mit seinem Gehstock einen Rhythmus auf den Teppich. »Ich war mal ein ganz passabler Foxtrott-Tänzer«, sagte er, »bevor der hier dazwischenkam.«

»Man muss wissen, wann man einen Tanz auslassen sollte«, sagte ich.

Der Mann vom Schlüsseldienst traf ein. Elsie meinte, ich solle ihm nicht so viele Fragen stellen. Jack machte Tee und versuchte, mich von ihm abzulenken. Nicht, dass ich das nicht bemerkt hätte, ich bin schließlich nicht von gestern. Aber ich musste Bescheid wissen. Woher das Schloss stammte, wie viele Schlüssel es gab und ob die Firma Kopien der Schlüssel behielt. Nach einer Weile hörte der Mann auf, auf meine Fragen zu antworten, und starrte, ohne die Augen zu bewegen, ununterbrochen auf dieselbe Seite der Zeitung, während er seinen Tee trank.

»Ich kann nicht behaupten, dass ich von ihm besonders angetan war«, sagte ich, sobald sich die Wohnungstür hinter ihm geschlossen hatte.

Jack sah ihm nach, als er die Außentreppe hinunterging. »Die Unterlagen waren alle in Ordnung, ich habe sie mir angesehen.«

»Er kann dich noch hören!«, sagte Elsie.

»Das soll er ruhig«, sagte ich. »Außerdem hat er den Teppich praktisch ruiniert.«

Was nicht stimmte, aber mir fiel nichts ein, über das ich mich sonst beschweren konnte. Jack ging trotzdem einmal kurz mit dem Kehrer über den Teppich, während er erklärte, dass es heutzutage keine echten Handwerker mehr gebe, und so hatten wir wenigstens ein Thema, bei dem wir uns einig waren.

Dann setzten wir uns wieder und nahmen zu dritt den Schlüssel in Augenschein, der in der Mitte des Esstischs lag und sich ganz offensichtlich keine Vorstellung davon machte, welch enormen Aufwand er verursacht hatte.

Um Viertel vor stieß Miss Ambrose zu uns. Mehrere Minuten lang inspizierte sie das neue Schloss, bevor sie das Wort an mich richtete.

»Sind Sie jetzt zufrieden?«, fragte sie. »Das war ein ziemlicher Kraftakt, wenn man bedenkt, dass noch nie jemand in Ihre Wohnung eingedrungen ist.«

Ich heftete meinen Blick auf die Heizung.

»Diese Aktion ist ganz und gar nicht hilfreich in Ihrem Fall, wissen Sie. Ich hoffe doch sehr, dass in der Angelegenheit nun Ruhe einkehrt.«

Ihre Worte bogen sich am Ende zu einer Frage, aber ich zog es vor, sie zu ignorieren. Jack starrte nur auf seine Hände.

Dann ging Miss Ambrose. Kaum war die Tür zu, konnte ich meinen Blick wieder von der Heizung nehmen.

»Es wird sowieso nichts nützen, verdammt noch mal«, schrie ich ihr hinterher.

Elsie presste die Handflächen gegen die Augen.

»Du weißt doch, wie er ist«, sagte ich. »Schon als junger Mann bekam er jedes Schloss auf und konnte kommen und gehen, wie es ihm gefiel. Ein wahres Naturtalent auf diesem Gebiet. Und wenn er das nicht schafft, besorgt er sich einfach einen Nachschlüssel. Von dem neuen Schlüssel.«

»Und wie soll er das anstellen?«, fragte Elsie, ohne die Hände herunterzunehmen. »Er kann ihn ja kaum wie ein Kaninchen aus dem Hut zaubern.«

»Miss Ambrose bewahrt alle Zweitschlüssel in ihrem Büro auf. In einem kleinen Blechschrank an der Wand«, sagte ich.

Jack runzelte die Stirn. »Tatsächlich?«
»Gleich neben den Aktenschränken.«
Er beugte sich vor. »Und was ist in den Aktenschränken?«
»Wir«, sagte ich.

Wir saßen im Tagesraum, die Augen auf das Büro von Miss Ambrose geheftet.

»Bis jetzt habe ich noch nie etwas Ungesetzliches getan«, sagte ich.

Elsie sah zu mir rüber. »Versuch doch bitte, normal zu sitzen, Florence.«

»Ich sitze völlig normal.«

Ich wusste, dass Elsie recht hatte. Ich balancierte auf der äußersten Kante des Stuhls, und als ich auf meine Hände herabsah, waren die Knöchel kalkweiß. Ich konnte hören, wie der Regen gegen die Terrassentüren hämmerte und unbedingt hereingelassen werden wollte. Es war die Art von Regen, die wie ein dicht gewebtes Tuch ist, durch das man nicht mehr hindurchsehen kann.

»Vielleicht wird sie den ganzen Tag da drinsitzen«, sagte ich. »Vielleicht ergibt sich gar keine Gelegenheit.«

Ich strich eines der Kissen glatt und sah wieder in Richtung Büro. Miss Ambrose saß an ihrem Schreibtisch und studierte eingehend die gegenüberliegende Wand, als wäre die Lösung für alle Probleme des Lebens dort in den Putz eingearbeitet.

»Irgendwann wird sie sich schon von der Stelle rühren«, sagte Elsie. »Es ist nur eine Frage der Zeit.«

Außer uns war niemand im Raum, wenn man mal von Mrs Honeyman absah, die an das Rankgitter gelehnt vor sich hin döste. Miss Ambrose versuchte, die Wand mit Efeu bewachsen zu lassen. Warum sie das wollte, wusste niemand außer ihr selbst. Jack harrte auf dem Stuhl neben der Infotafel aus, und wir starrten gemeinsam auf den Fernsehbildschirm, ohne wirklich hinzusehen. Die Sendung hatte etwas mit Gärtnern zu tun. Jemand stand in makellos sauberen Gummistiefeln auf einer Terrasse und erklärte, wie man Samen aussäte.

Jack deutete mit seinem Stock auf den Bildschirm. »Wenn jemand in unserem Alter noch etwas sät, zeugt das von erheblichem Optimismus.«

Meine Knöchel waren immer noch weiß.

»Es ist gleich vorbei«, sagte Elsie. »Danach kommen Antiquitäten. Die Sendung, wo sie Sachen vom Dachboden schätzen lassen.«

»Vielleicht bekäme ich mehr Besuch, wenn ich einer dieser alten Kulissentische mit Rollladenfunktion wäre«, sagte ich, und alle guckten mich an.

Sogar Mrs Honeyman.

MISS AMBROSE

Anthea Ambrose blickte hinaus in den Tagesraum. General Jack war offenbar gerade dabei, seine Meinung kundzutun, und Florence Claybourne hatte die letzten zwanzig Minuten damit verbracht, sie anzustarren. Jack leistete ihr dabei nun Gesellschaft, er drehte sich auf seinem Stuhl und sah stirnrunzelnd zu ihr hinüber.

Miss Ambrose zog ihr Notizbuch hervor. Sie hatte beschlossen, ihre eigenen Beobachtungen zu notieren, denn sie war nicht ganz überzeugt davon, dass sie sich in diesem Punkt auf Simon verlassen konnte. Hinzu kam, dass es Dinge gab, die sich nicht so einfach in Worte fassen ließen. Worte reichten manchmal nicht aus. Hier ging es mehr um ein Gefühl. Sie hatte den Eindruck, dass hier etwas nicht mit rechten Dingen zuging, und das bereitete ihr Kopfzerbrechen.

»Ob ich Sie wohl einen winzigen Moment belästigen dürfte?«

Die Stimme war buchstäblich aus dem Nichts gekommen, und vor Schreck flog ihr der Stift aus der Hand. Sie ließ sich auf die Knie fallen und kroch über den Boden, um nach ihm zu suchen.

»Mr Price. Aber sicher. Was kann ich für Sie tun?«

Gabriel Price wartete mit seinem Anliegen, bis sie des Stifts wieder habhaft geworden war, ihren Platz eingenommen und sich eine Haarsträhne von der Oberlippe gestrichen hatte.

»Ich fürchte, ich komme in einer etwas heiklen Angelegenheit.« Er warf einen bedeutungsvollen Blick durch das Schachbrettfenster in den Tagesraum. »Dürfte ich die Sache mit Ihnen unter vier Augen besprechen?«

Nach kurzem Zögern antwortete sie: »Natürlich«, und er griff hinter sich und schloss die Bürotür.

Und im selben Augenblick war der Tagesraum verschwunden. Eigenartig, wie das Einschnappen eines Türschlosses den Rest der Welt in weite Ferne rücken konnte, obwohl sie doch nur eine Glasscheibe von ihr trennte. Das Fernsehen spuckte Bilder von antiken Möbeln aus, Mrs Honeyman dämmerte immer noch in der Ecke vor sich hin, und Jack fuchtelte mit seinem Gehstock herum, offenbar ohne sich an jemand Bestimmtes zu wenden. Sogar der Regen hatte aufgehört, und die plötzliche Stille vermittelte Miss Ambrose das Gefühl, die Welt sei ein hochkomplexes Theaterstück, das zu ihrer Unterhaltung verfasst und aufgeführt wurde, auch wenn ihr darin nie eine andere Rolle zukam, als Teil des Publikums zu sein.

»Miss Ambrose?«

»Entschuldigung, ich war wohl in Gedanken. Was sagten Sie gerade?«

»Die große Frau.« Er deutete mit dem Kopf in Richtung Tagesraum. »Ich bitte um Nachsicht, aber ich habe mir noch nicht alle Namen merken können.«

»Miss Claybourne?«

Er nickte. »Ja, ganz recht, das ist die, um die es mir geht.« Er prüfte kurz, ob die Tür auch richtig zu war. »Die Sache ist die – ich habe den Eindruck, dass sie Probleme hat.«

»Probleme?«

»Mit dem guten alten Oberstübchen.« Er tippte sich mit

dem Finger an die Schläfe. »Meschugge, plemplem, balla-balla.«

»Wie bitte?«

Er seufzte und stützte sich mit den Händen auf den Schreibtisch. »Ich glaube, dass sie geistig leicht verwirrt ist.«

»Tatsächlich?« Miss Ambrose sah zu ihrem Notizbuch hinüber. »Was bringt Sie denn auf diesen Gedanken?«

»Sie wissen ja, dass mir nichts ferner liegt, als mich ständig zu beschweren.«

»Selbstverständlich.«

»Nun ist es aber so, dass die Dame – ich will es einmal freundlich formulieren – andere Leute ausspioniert.«

»Andere Leute?«

»Mich, um genau zu sein«, sagte er. »Mit einem Fernglas.«

Miss Ambrose ließ sich in ihren Stuhl zurücksinken.

»Eigentlich wollte ich es gar nicht erwähnen. Ich möchte Florence auf keinen Fall in Schwierigkeiten bringen, und ich habe auch nichts weiter dagegen, wenn sie hinter mir her spioniert.« Er lachte, aber Miss Ambrose fiel auf, dass das Lachen nicht seine Augen erreichte. »Aber dann dachte ich, es sei vielleicht besser, Sie zu informieren. Alte Leute werden so hilflos, wenn sie in dieses Stadium kommen, nicht wahr?«

»Da haben Sie wohl recht«, sagte Miss Ambrose mit grüblerischer Miene.

»Sie werden sicher wissen, was zu tun ist«, meinte er.

Sie hatte erwartet, dass er nun den Raum verlassen würde, doch er blieb noch einen Moment lang stehen, das Beinahe-Lächeln auf seinen Lippen und das Beinahe-Starren in seinen Augen. Schließlich ging die Türklinke, und er verschwand. Miss Ambrose holte tief Luft und stellte erleichtert fest, dass sie wieder atmen konnte.

Sie musste nachdenken, doch ihre Gedanken hatten gegen das Klopfen von Jacks Gehstock, Mrs Honeymans

Schnarchen und Florence Claybournes lautstarke Ausführungen keine Chance, und so packte sie Notizbuch, Stift und für alle Fälle auch ihren Lippenstift und beschloss, einen Spaziergang zu machen.

FLORENCE

»Sie geht«, sagte ich.

Elsie sah ihr nach, als sie ihr Büro verließ. »So ist es.«

Jack bezog auf dem Gang Stellung.

Das Büro von Miss Ambrose glich in meinen Augen eher einem Trödelmarkt. Alles lag offen herum. Schubladen waren nur halbherzig geschlossen, Schranktüren lediglich angelehnt und ihre ganzen Siebensachen über den Schreibtisch verteilt, als handelte es sich um eine Ladentheke und die Dinge würden zum Verkauf feilgeboten.

»Wo sollen wir bloß anfangen?« Ich griff nach einer Heftzange, die ihr Maul weit aufgerissen hatte und ihre silbernen Zähne zeigte.

»Ich frage mich, wie sie so arbeiten kann«, sagte Elsie. »Bei dem Durcheinander kann sie sich doch gar nicht konzentrieren.«

Ich betrachtete eine Sammlung aus verstreuten Stiftkappen und Büroklammern, die aus einer Plastikdose am Rande des Tisches quollen. »Vielleicht spiegelt es ihren Geisteszustand wider?«

»Stress?«

»Tohuwabohu«, sagte ich, und Elsie lachte.

Durch das Fenster konnte ich sehen, wie Jacks Schiebermütze den Gang auf und ab patrouillierte. Elsie sah es auch. »Wir sollten uns beeilen«, sagte sie.

Also suchten wir. Kurioserweise ist es viel schwieriger, die Sachen eines unordentlichen Menschen zu durchsuchen, weil man ja nie weiß, ob derjenige nicht eine bestimmte Ordnung in seinem Chaos hat. Womöglich nimmt er es ja sehr genau damit, welcher Abfall wo auf den Boden landet oder wie viele Zentimeter eine Schublade offen zu stehen hat. Wir gingen mit äußerster Sorgfalt vor, doch sosehr wir uns auch anstrengten, wir förderten nichts Interessanteres zutage als ein halbes Dutzend Kassenzettel von *Sainsbury's* und die Team-Weihnachtskarte vom vergangenen Jahr.

»Sieht Miss Bissell nicht ganz reizend aus?«, sagte ich. »Das Elfen-Kostüm ist wie für sie gemacht.«

»Bleib bei der Sache, Florence. Konzentrier dich.«

»Ein Jammer, dass sie nicht lächelt.«

»Florence! Wir sind hier, um Beweismaterial zu sammeln, oder hast du das schon vergessen? Etwas, das uns dabei hilft zu verhindern, dass sie dich nach *Greenbank* schicken. Uns läuft die Zeit davon.«

Ich legte die Weihnachtskarte wieder weg. »Da sind die Aktenschränke, die ich meinte.« Ich deutete auf die gegenüberliegende Wand. »Da finden wir sicher etwas.«

Die Aktenschränke standen in der Ecke. Silberne Schrankmonster. Die Sorte Aktenschrank, die aus der Mode gekommen war und bei der man immer nur eine Schublade auf einmal aufziehen konnte, damit der Koloss nicht umkippte und unbeteiligte Zuschauer erschlug.

Außerdem waren sie abgeschlossen.

»Das gehört sich auch so für eine gute Schublade«, sagte ich, weil ich wusste, dass Elsie keine Zeit hatte, es zu hinterfragen. Stattdessen sahen wir uns suchend im Raum um. Es gab so viele mögliche Verstecke für einen Schlüssel, dass mich der Gedanke, ihn suchen zu müssen, regelrecht lähmte.

»Stell dir vor, du wärest Miss Ambrose«, sagte Elsie. »Was würdest du tun?«

Ich blickte mich um. »Ich würde wahrscheinlich erst mal aufräumen.«

Elsie presste die Handflächen auf ihr Gesicht. »Mit dem Schlüssel«, sagte sie.

»Schlüssel?« Ich musste einen Moment warten, bis meine Augen sich wieder erinnerten, und dann sagte ich: »Der könnte überall und nirgends sein.«

»Schätze, sie hat ihn unter die Tischplatte geklebt.« Jack stand in der Tür.

Ich tastete die Unterseite der Tischplatte ab.

Elsie hob die Brauen. »Woher wussten Sie das?«, fragte sie.

»Der Krieg hat ganze Kerle aus uns gemacht.« Er zwinkerte uns zu.

Elsie ging mit dem Schlüssel zu den Aktenschränken. »Dann sehen wir doch mal, ob der passt.«

Er passte. Als wir die erste Schublade herauszogen, stöhnte sie, als hätten wir sie aus einem tiefen Schlaf gerissen. Da waren wir alle und steckten in unseren braunen Schnellheftern, Reihe um Reihe voll stummer Menschen mit stummen Vergangenheiten, die darauf warteten, gehört zu werden.

»Sollen wir nachlesen, was über uns drinsteht?« Ich griff hinter den C-Reiter und zog mich heraus.

»Nein, das lassen wir schön bleiben.« Elsie stopfte mich wieder zurück. »Die Akten gehen uns nichts an, auch nicht unsere eigenen. Wir wollen nur seine sehen. Du weißt alles, was du über dich wissen musst, also wäre das sowieso nur vertane Zeit.«

»Ich dachte, es wäre vielleicht nett, die Erinnerung aufzufrischen«, sagte ich.

Ich schob die oberste Schublade zu und zog die nächste heraus. Ich griff hinein. »P, Price, Gabriel.«

Wir begannen zu lesen.

»Siebenundneunzig?«

Wir waren nur bis »geboren am« gekommen.

»Ist Ronnie nicht genauso alt, wie Hazel jetzt sein müsste?«, fragte ich.

Ich hatte sie damit überrumpelt, glaube ich, denn Elsies Augen röteten sich mit einem Mal, als sie den Namen ihrer Schwester hörte. Man muss über die Menschen sprechen, finde ich. Man muss ihre Namen in Gesprächen erwähnen und nebenbei fallen lassen. Manchmal ist der Name alles, was von uns übrig bleibt, und wenn die Leute sich nicht trauen, ihn zu benutzen oder laut auszusprechen, dann verblassen wir mit der Zeit und gehen für immer verloren, einfach nur, weil niemand mehr über uns spricht.

»Seltsam, die meisten Leute machen sich doch jünger«, sagte ich.

Elsie klappte die Akte auf, und ein Zeitungsausschnitt flatterte zu Boden.

»Ich wusste, ich habe den Namen schon mal irgendwo gehört«, sagte ich. »Das habe ich doch gesagt, stimmt's?«

Beherzter junger Mann rettet Rentner (97)
Dan Carter (18) wurde gestern als Held gefeiert, nachdem er einen Mann überwältigt hatte, der den Rentner Gabriel Price (97) am helllichten Tag überfallen hatte (Bild siehe unten).
Mr Price hatte gerade seine monatliche Rente abgeholt, als er zu Boden gestoßen wurde. Seine Rufe alarmierten Mr Carter, der ihm zu Hilfe eilte und dem es gelang, den Angreifer bis zum Eintreffen der Polizei festzuhalten. Dieser Vorfall erregte nationales Interesse, und Mr Carter wurde sogar von der BBC interviewt. »Jeder andere an meiner Stelle hätte das Gleiche getan«, sagte er.
Mr Price stand für eine Stellungnahme nicht zur Verfügung.

»Jeder andere an seiner Stelle hätte sicher darüber gesprochen, meinst du nicht?«, sagte ich. »In einer der Zeitungen in meinem Altpapierstapel gab es eine Schlagzeile darüber, und im Radio habe ich auch etwas gehört. Sie haben sogar eine ganze Sendung über gute Taten gebracht.«

Ansonsten gab die Akte nicht viel her. Ein Arztbrief zu Cholesterinwerten. Ein zahnärztlicher Bericht über eingesetzte dritte Zähne. Eine knappe Mitteilung vom Sozialamt. Minderung der Selbstständigkeit. Eingeschränkte Alltagskompetenz. Körperlicher Pflegebedarf.

»Auf mich macht er noch einen ziemlich rüstigen Eindruck«, sagte ich.

Wir sahen uns den Rest an.

»Ronnie Butler ist nicht in Whitby geboren«, sagte Elsie.

»Nein, aber möglicherweise Gabriel Price. Wenn Gabriel Price überhaupt existiert.«

Wir studierten noch einmal das Foto auf dem Zeitungsausschnitt. Es war einige Wochen zuvor aufgenommen worden, und trotz der körnigen Druckqualität stand außer Frage, dass es sich bei dem Mann, der uns da ansah, um Ronnie handelte.

»Kaum zu glauben, dass niemand ihn erkannt hat«, sagte Elsie. »Nachdem sein Bild in allen Zeitungen war.«

Ich starrte auf das Foto. »Vielleicht hat ihn ja doch jemand erkannt«, sagte ich.

19:10 Uhr

Fotografien sind etwas Eigenartiges. Sie fangen uns in einem bestimmten Augenblick ein, aus dem wir uns dann nie wieder befreien können. Auf dem kleinen Ecktisch steht so ein Bild. Ich habe nicht viele, weil sich kaum jemand je die Mühe gemacht hat, mich zu fotografieren, aber dieses stammt noch aus meiner Schulzeit. Wir stehen alle in einer Reihe und sehen durch die Kameralinse in die Zukunft. Ich stehe an dem einen Ende und Elsie an dem anderen. Wenn ich ein altes Foto entdecke, suche ich immer zuerst nach mir.

»Das bin ich«, sage ich dann. »Das da bin ich, sieh doch!«, als hätte ich auf der Straße zufällig eine alte Freundin getroffen.

Wir tragen alle unsere Uniform und rufen »Cheese«. Alle außer der kleinen Eileen Everest. Als ob sie gewusst hätte, dass sie keine Zukunft hatte, in die sie blicken konnte. Sie ist unter die Straßenbahn gekommen, an der Strandpromenade in Llandudno, als sie sieben war. Ich sehe Eileen oft an, in ihrem Gefängnis aus Holz und Glas, wie sie uns dabei beobachtet, wie wir alle ohne sie alt und grau werden. Sie hatte nie richtig dazugehört, nicht mal auf diesem Foto. In jeder

Klasse gibt es so ein Kind. Eines, das Schwierigkeiten hat, sich einzufügen. Ein kleines Wesen am Spielplatzrand, das nicht weiß, wohin mit sich. Man erkennt sie sofort, weiß gleich, das ist so eines. Genau so war Eileen Everest. Kränklich noch dazu. Hatte es auf der Brust. Deswegen war sie überhaupt erst in Llandudno. Wir standen auf den Stufen zum Bürgersaal und versteckten uns hinter den Mänteln unserer Mütter, als sie sich über die geplante Reise unterhielten. Ich war drauf und dran, ihr von Whitby zu erzählen und zu sagen: »Warum fährst du nicht lieber nach Whitby?«, aber ich habe es dann nicht getan. Weil niemand je mit Eileen Everest gesprochen hat. Das war einfach so.

Das war das letzte Mal, dass ich sie gesehen habe.

Neben der Fotografie steht ein Telefon, allerdings vergeht Woche um Woche, ohne dass ich es benutze. Sollte ich jemals jemandem meine Telefonnummer geben wollen, müsste ich sie erst auf einem Stück Papier nachgucken.

»Jeder unserer Bewohner hat die Möglichkeit, sein eigenes Telefon zu benutzen.« Das sagt Miss Bissell immer, wenn sie eine ihrer Führungen durchs Haus macht. Von hier aus habe ich allerdings keine Möglichkeit, mein Telefon zu benutzen. Aber selbst als ich sie noch hatte, habe ich sie kaum genutzt. Ganz egal, was alle dachten.

»Wenn Sie Ihr Telefon weiterhin zweckentfremden, Florence«, sagte Miss Ambrose, »werden wir es Ihnen wegnehmen müssen.«

Ich habe gar nichts zweckentfremdet. Ich habe keine Taxis bestellt. Was soll ich denn mit einem halben Dutzend Taxis anfangen, alle zu verschiedenen Zielen? Sie hat auch die Pizzas bezahlt, aus der Handkasse. Sie hatte keine andere Wahl, weil der Mann in der roten Schürze sich weigerte zu gehen. Ich wusste, dass das Ronnie gewesen war. Er war es, der angerufen hatte, mit seiner säuselnden Wisperstimme. Mit der er sich für jeden ausgeben konnte, der er gerade sein wollte.

»Sie brauchen mich gar nicht so anzusehen«, sagte ich,

was sie aber nicht davon abhielt. Sie ließ die Pizza herumgehen, ohne den Blick von mir abzuwenden. »Das alles wegzuwerfen bringt ja auch nichts«, sagte sie.

Ich wollte nichts davon. »Ich habe in meinem ganzen Leben keine Pizza gegessen«, sagte ich, »und ich werde jetzt nicht damit anfangen.« Sie reagierte nicht. So ist das hier in *Cherry Tree*. Die Leute vergessen mitunter, dass sie einem noch eine Antwort schuldig sind.

Was mich hier außerdem stört – es gibt in *Cherry Tree* nicht einen einzigen Kirschbaum. Ich habe das bei mehr als einer Gelegenheit gegenüber Miss Bissell zur Sprache gebracht, aber sie wollte nichts davon hören. »Da ist bestimmt irgendwo einer dabei«, war alles, was ihr dazu einfiel, aber keiner der Bäume hier ist ein Kirschbaum. Diese Einrichtungen heißen einfach nur so. Haus Waldfrieden, Eichenhain, Kieferngarten. Aus irgendwelchen Gründen benennen sie sie gern nach Bäumen. Genau wie bei psychiatrischen Anstalten. Ganze Wälder voll mit vergessenen Menschen, die darauf warten, gefunden zu werden. Als ich Miss Bissell das letzte Mal darauf ansprach, sagte sie, wir könnten ja einen Kirschbaum pflanzen und eine große Feier veranstalten. Honoratioren einladen und sie mit einem Spaten in der Hand fotografieren, so etwas in der Art. Das ist natürlich Blödsinn, und nichts davon wird geschehen. Offenbar muss man den Dingen einfach nur einen bestimmten Namen geben, wenn man sie zu etwas anderem machen will. Jeder weiß zwar, dass sich dadurch im Grunde nichts ändert, aber die Leute betrachten sie auf einmal mit anderen Augen, und vielleicht ist es ja nur das, worauf es in Wahrheit ankommt. Heutzutage weiß keiner mehr, ob die Dinge auch das sind, was ihr Name verspricht.

Der Tagesraum zum Beispiel. Er ist kein Tagesraum, sondern ein Rund-um-die-verdammte-Uhr-Raum. Auch jetzt werden sie wieder alle da sitzen, obwohl es nicht mehr Tag ist. Einträchtig hocken sie auf Dralon-Sofas und leben das Leben der Figuren aus der Soap Opera, die gerade im Fernsehen läuft. Irgendjemand wird früher oder später die Fernbedienung im Kissengemenge verlieren, und Miss Ambrose wird ihren Glaskäfig verlassen und sich so lange an den Sofaritzen entlangtasten müssen, bis sie sie gefunden hat. Einige werden einschlafen, andere durch die Flure wandern, manche wirre Streitgespräche über irgendwelche Hirngespinste führen, und niemandem wird auffallen, dass ich heute Abend nicht da bin. Weil ich an keinem Abend da bin.

Elsie lag mir ewig in den Ohren, ich solle mich den anderen doch anschließen. »Vielleicht gefällt es dir ja, probier es doch mal«, sagte sie ständig.

Elsie fiel es schon immer leicht, mit Leuten ins Gespräch zu kommen. Wenn jemand Neues in der Fabrik anfing, war sie so schnell auf der anderen Seite der Halle, wie Eisenspäne auf einen Magneten zufliegen. Mir liegt das nicht. Man kann seine Persönlichkeit nicht einfach wechseln wie einen Mantel. So habe ich das Reden immer ihr überlassen und mich mit den Überbleibseln aus den Unterhaltungen anderer begnügt. Das Problem dabei ist, dass ich so lange eine Randfigur war, dass es womöglich keiner Menschenseele auffallen wird, wenn ich eines Tages ganz von der Bühne gehe.

Ich wünschte, das Feuer im Gaskamin wäre an.

FLORENCE

Es war Dienstag. Herz-Kreislauf-Tag. Fitness-Pete besaß ein T-Shirt mit der Aufschrift »Just do it« und das Talent, eine Stunde sehr langsam vergehen zu lassen, weshalb ich zurück in meine Wohnung ging, bevor jemand meine Abwesenheit bemerkte. Ich hatte die Ohren so voller Gedanken, dass ich um ein Haar nicht gehört hätte, wie Miss Ambrose meinen Namen rief.

»Florence?«

Sie war ein Stück hinter mir und setzte zu einem eigenartigen kleinen Galopp an.

»Ich habe heute keine Lust«, rief ich über meine Schulter. »Es gibt nicht mehr viel, was ich noch kann, aber ich kann noch sehr gut keine Lust haben.«

»Florence, ob ich wohl kurz mit Ihnen sprechen könnte?«

Ich brachte meinen Gesichtsausdruck in Ordnung, bevor ich mich umdrehte.

Dank des kleinen Galopps hatte sie mich eingeholt. »Wollen wir zu Ihnen gehen?« Mit dem Kopf deutete sie auf die andere Seite des Innenhofs. »Und uns dort ein bisschen unterhalten?«

»Wir können auch gleich damit anfangen«, sagte ich. »Wenn es nur kurz und ein bisschen ist, sind wir schon fertig, bevor wir da sind.«

»Die Sache ist die ...« Ihre Stimme passte sich ihren Schritten an, die langsamer wurden. »Man hat sich bei mir beschwert.«

Ich sah zu den Dächern hoch. Auf der Regenrinne über dem Tagesraum saß ein Vogel und folgte uns mit seinen Murmelaugen. Er war schwarz, aber es war keine Amsel.

»Nun ja, genau genommen handelt es sich nicht um eine Beschwerde. Eher um eine Beobachtung.«

Er war viel größer. Größer als eine Taube.

Der Vogel trippelte seitwärts, verlagerte sein Gewicht und hörte uns zu, während er aus purer Neugier auf die Plastikrinne einhämmerte. Wie sollen wir dich nennen? *Größer Als Eine Taube.*

»Vielleicht trifft es Beobachtung auch nicht so ganz. Sagen wir einfach, dass sich jemand Sorgen macht.« Miss Ambrose nickte, zufrieden mit dieser letzten Formulierung.

Stirnrunzelnd betrachtete ich den Vogel. »Welcher Jemand?«, fragte ich.

Miss Ambrose hüstelte. »Nun, offen gestanden ist es Mr Price.«

»Mr Price?« Der Vogel erhob sich pfeilartig in den Himmel, und ich konnte hören, wie sein Gelächter im Innenhof widerhallte. »Und was bereitet diesem Mr Price Sorgen, wenn ich fragen darf?«

Ich hatte schon den Haustürschlüssel in der Hand und hoffte, dass sie nicht bemerkte, wie seine Spitze leicht zitterte.

»Sie sind es, die ihm Sorgen macht«, sagte sie.

»Ich?« Ich versuchte, mich zu erinnern, welches mein normaler Gesichtsausdruck war. »Warum sollte er sich um mich Sorgen machen?«

Miss Ambrose verzog leicht das Gesicht, als kämpfe sie

mit einer Muskelzerrung. »Er sagt, er fühle sich von Ihnen verfolgt, Florence.«

»Ich verfolge alles Mögliche.« Der Schlüssel hing in der Luft. »Die Nachrichten, den Wetterbericht, den Gang der Welt.«

»Das glaube ich Ihnen.« Miss Ambrose hielt inne, den Blick auf den Schlüssel gerichtet. »Aber die verfolgen Sie nicht mit dem Fernglas.«

Der Schlüssel fiel zu Boden. »Fernglas? Er behauptet, ich hätte ihn mit dem Fernglas beobachtet? Ich besitze nicht einmal ein Fernglas. Ich wüsste gar nicht, was ich mit so einem Fernglas anfangen sollte.«

Miss Ambrose lächelte. Es war die Art von Lächeln, mit der man einen Hund bedenkt, der nicht weiß, wie er einen Ball fangen soll. »Wollen wir?«, fragte sie und nickte in Richtung Tür.

»So einen Unsinn habe ich in meinem ganzen Leben noch nicht gehört.« Ich zerrte an meinem Regenmantel. Ich fand nicht heraus.

Miss Ambrose marschierte schon mal ins Wohnzimmer.

»Das ist Verleumdung.« Schließlich gelang es mir doch, den Regenmantel abzuschütteln. »Ich will mit Miss Bissell sprechen. Holen Sie sie ans Telefon.«

Als ich ins Wohnzimmer kam, stand Miss Ambrose an der Tür, den Mund einen winzigen Spalt geöffnet. Ihre Hand ruhte noch auf der Klinke.

Ich folgte ihrem Blick.

Es stand auf dem Kaminsims, der Trageriemen hing vor der Gasheizung herunter. Daneben stand ein braunes Lederetui. Es sah handgenäht aus. Ein kleines Tuch war auch dabei. Zur Reinigung der Linsen, vermutete ich.

Ohne den Blick vom Kaminsims abzuwenden, sagte Miss Ambrose: »Wie wäre es jetzt mit einer Tasse Tee?«

»Niemand wird hier nach *Greenbank* geschickt«, sagte Jack.

Wir saßen zu dritt auf einer der Bänke, unsere Gedanken wie Vögel auf der Stange. Wir sahen zu, wie die Blätter sich von müde gewordenen Ästen losrissen, und betrachteten den Herbstfriedhof zu unseren Füßen. Sogar die Bank war so kalt wie ein Grab. Ein früher Frost war in das Holz gekrochen, hatte jetzt aber sein Versteck verlassen und den Weg in meine Knochen gefunden.

»Sie werden mich holen kommen«, sagte ich. »Wahrscheinlich sind sie jeden Moment da.« Panik stieg von meinem Magen auf und arbeitete sich zu meinem Hals hoch.

»Du tust dir keinen Gefallen, Florence, wenn du dich da jetzt hineinsteigerst«, sagte Elsie. »Vergiss nicht, dass du auf Bewährung bist.«

»Ich habe nichts verbrochen«, sagte ich.

Sie seufzte. »Das ist nur so eine Redewendung.«

»Eine Krähe!«, rief ich. Mir war bewusst, dass ich geschrien hatte, aber das passiert manchmal einfach so, und ich kann nichts dagegen tun. »Es war eine Krähe. Sie dürfen mich gar nicht nach *Greenbank* schicken, weil es mir eben wieder eingefallen ist.«

Jack sah auf. »Worum geht es eigentlich?«

»Ich kam nicht mehr darauf, wie dieser Vogel heißt. Und jetzt weiß ich es wieder. Es ist eine Krähe. Da ist noch eine, dort drüben!«

»Spielt es denn eine Rolle, wie der Vogel heißt? Wie würden Sie ihn denn gern nennen?«

Ich starrte die Krähe an. »*Schwarz, Keine Taube*«, sagte ich.

»Und sieht er jetzt anders aus, nachdem Sie ihm einen Namen gegeben haben?«, fragte Jack.

Ich sah *Schwarz, Keine Taube* an und schüttelte den Kopf.

»Sie sehen, dass er da ist, können ihn hören und ihm beim Fliegen zuschauen. Was macht es da schon, wenn Sie sich nicht erinnern, wie er heißt?«, fragte er.

»Nicht viel, nehme ich an«, sagte ich.

»Warum setzen Sie sich also nicht wieder hin, und wir überlegen, wie wir das Problem lösen können.«

Ich hatte gar nicht gemerkt, dass ich aufgestanden war.

Jack seufzte. Der Atem, der seinen Körper verlassen hatte, bildete weiße Denkwölkchen, die sacht durch den Innenhof schwebten. »Ich glaube, Sie sollten mir von Hazel erzählen«, sagte er.

Sie hatten sich beim Tanzen kennengelernt, Hazel und Ronnie.

Ich weiß nie, wo ich anfangen soll, also fing ich damit an. Egal, welche Band in jener Woche auch spielte, erzählte ich Jack, es lief immer auf Al Bowlly und seine romantischen Songs hinaus, die durch den Saal wirbelten. Ich erzählte ihm, wie wir alle – ehe uns das Alter überraschte und zur Unbeweglichkeit verurteilte – über die Tanzfläche geglitten waren und immer nur nach vorne geblickt hatten.

»Elsie und ich haben immer miteinander getanzt«, sagte ich. »Zumindest bis sie ihren Albert traf.«

»Wer ist Alb…?«

»Die Liebe meines Lebens«, antwortete Elsie, bevor er überhaupt richtig gefragt hatte.

»Sie hat sich von einem jungen Mann den Kopf verdrehen lassen«, sagte ich. »Wie die meisten der Mädchen.«

»Und Sie nicht, Florence?« Jack beugte sich noch etwas weiter vor.

»Nein. Ich nicht.« Ehe ich fortfuhr, versicherte ich mich mit einem Blick auf Elsie, dass ich nicht etwas zu meinen Erinnerungen hinzugedichtet hatte, denn ich wusste, dass sie das alles noch ganz genau im Kopf hatte. »Aber Hazel schon«, sagte ich.

Während man sich auf der Tanzfläche dreht, nimmt man alles wahr, als spule sich ein Filmstreifen um einen herum ab. Unterhaltungen, die ein- und ausgeblendet werden. Sekundenschnelle Blicke durch den Saal. Ich weiß noch, wie Hazel auf der gegenüberliegenden Seite stand und nach Kräften so tat, als würde sie uns nicht kennen. Es waren auch einige Maschinisten aus der Fabrik da, die an der Tür standen und versuchten, ihre Kollegen in den Schatten zu drängen, und Ronnie Butler, der nicht besonders gesellig war, aber an der Bühne lehnte und das Geschehen mit den Augen verschlang. Mit jeder Drehung verschob sich der Raum für Elsie und mich. Die Leute waren in Bewegung, Getränke wechselten von Hand zu Hand, nur Ronnie stand immer an derselben Stelle. Manche Menschen sind Zuschauer. Beobachter. Nur wenige Zentimeter trennen sie von allen anderen, aber es könnte genauso gut ein Ozean sein.

Den nächsten Tanz ließen wir aus. Ich konnte Hazel auf der anderen Seite des Saals erkennen, kurze Ausschnitte von ihr zwischen den sich drehenden Tänzern. Ich sah, wie Ronnie auf sie zuging. Sie blickte zu ihm hoch und spielte dabei mit der Kette um ihren Hals, ließ die Perlen durch die Finger gleiten. Dann tat sich der Boden auf, und ich hatte sie aus den Augen verloren. Ich reckte den Hals, um über die Köpfe der Leute hinwegsehen zu können, aber die beiden waren verschwunden. Erst als Elsie sich zu Wort meldete, bemerkte ich, dass sie sie ebenfalls beobachtet hatte.

»Wir arbeiten zwar mit ihm zusammen, aber ich konnte Ronnie Butler noch nie leiden«, sagte sie. »Glaubst du, dass Hazel klarkommt?«

Wir standen an die Wand gelehnt, um Atem zu schöpfen.

»Sie ist eine erwachsene Frau. Natürlich kommt sie klar.«

Ich glaube nicht, dass es meine Worte waren, die sie beunruhigten. Ich glaube, es war der kurze Augenblick, den ich zögerte, bevor ich antwortete.

»Und – kam sie klar?«, fragte Jack.

»Anfangs schon«, sagte ich. »Aber geht uns das nicht allen so?«

Ich suchte nach dem Faden, der durch die Geschichte führte, aber ich konnte ihn nicht finden.

Ich spürte, wie Elsie mich am Arm antippte. »Samstags

hast du immer bei uns übernachtet, Florence. Daran kannst du dich bestimmt erinnern. Wenn du die Geschichte schon erzählst, dann auch richtig.«

Am Sonntag kam Hazel erst spät zum Frühstück herunter, und als sie endlich zu uns stieß, saß sie mit verdrießlicher Miene da und kämpfte unwillig mit Porridge-Schüssel und Teekanne und allem anderen, das ihr zu nahe kam.

»Welche Laus ist dir denn über die Leber gelaufen?« Gwen stocherte im Feuer, das sich mit dichten Rußwolken heftig zur Wehr setzte.

Hazel wedelt mit den Händen. »Wenn du das schon machen musst, dann mach wenigstens die Tür zum Hof auf.«

»Es muss wieder angefacht werden. Wenn es ganz ausgeht, wird wieder Zeter und Mordio geschrien.«

»Ist sie schon wach?« Hazel hörte auf zu wedeln und sah zur Decke. Wir taten es ihr nach.

»Noch nicht«, sagte ich. »Hast du dich gestern Abend amüsiert?«

Die eigentliche Frage hatte ich in diesem Satz versteckt.

»Und was geht dich das an?«

Aber sie hatte sie entdeckt.

»Wir haben dich mit Ronnie Butler gesehen«, sagte Elsie.

Gwen hielt mitten im Stochern inne und sah uns beide an.

»Ich kann reden, mit wem ich will«, sagte Hazel. Das war für uns alle bestimmt.

»Florence sagt, vor dem sollte man sich in Acht nehmen.« Elsie blickte mich über den Tisch hinweg an. »Sie kann ihn nicht leiden.«

Hazel zwang einen Löffel Porridge die Kehle hinunter und sah mich scharf an. »Florence kann niemanden leiden. Ich glaube, die allermeiste Zeit nicht mal sich selbst.«

In der darauffolgenden Woche brachte Hazel Ronnie mit nach Hause, um ihn allen vorzustellen. Sie präsentierte ihn wie eine Trophäe. Für eine Trophäe war er allerdings ziemlich schweigsam. Er brachte das Kunststück fertig, sich durch eine volle Kanne Tee zu arbeiten, ohne auch nur ein Wort zu verlieren. Hazel übernahm das Reden für ihn. Sie stellte ihm eine Frage und beantwortete sie ein paar Sekunden später selbst, um ihm die Mühe zu ersparen, und wenn sie zu ihm hinübersah, nickte er zurück.

Sogar ihre Mutter versuchte, ihm ein paar Worte abzuringen.

»Kennen Sie meinen Charlie?«, fragte sie.

Ronnie lehnte sich zurück und schüttelte verneinend den Kopf.

»Er wird vor Freude ganz aus dem Häuschen sein, wenn er erfährt, dass Hazel einen jungen Mann kennengelernt hat.«

Ronnie blickte zum Kaminsims.

Ihre Mutter griff nach der Teekanne. »Zurzeit ist er nicht da. Er ist in Regierungsgeschäften unterwegs.« Sie stand auf und blockierte Ronnies Sicht auf das Telegramm. »Aber er kommt wieder. Kann nicht mehr lange dauern.«

Wir sahen ihr nach, wie sie in Richtung Küche verschwand, und Ronnie lehnte sich noch ein bisschen weiter zurück. »Bei eurer Mam fehlen wohl ein paar Tassen im Schrank, was?«, sagte er.

»Er ist nur schüchtern«, meinte Hazel später, als sie den Tisch abräumte. »Ihr werdet ihn auch mögen, wenn ihr ihn erst besser kennengelernt habt.«

Weder Elsie noch ich hatten die Absicht, ihn näher kennenzulernen, aber wie die Dinge sich entwickelten, blieb uns keine andere Wahl. Wann immer er zu Besuch kam, bewegte er sich schweigend durchs Haus. Er beobachtete alles und jeden über den Rand der Zeitung hinweg und mästete sich am Essen anderer. Einmal erwischten wir ihn in der Küche mit den Füßen auf dem Tisch, die Stiefel auf der

Tischdecke. Bevor Elsie dazu kam, etwas zu sagen, nahm er sie wieder herunter. Langsam. Wortlos. Und kickte seine Stiefel quer über den Fußboden.

»Nicht auszudenken, wenn euer Vater jetzt hereinkäme und ein anderer Mann hätte die Füße auf seinem Tisch, was?« Lachend tippte er sich an die Schläfe.

Elsie und ich blickten gleichzeitig zu dem Telegramm auf dem Kaminsims hinüber, und für den Bruchteil einer Sekunde sah ich die Dinge mit den Augen ihrer Mutter.

Wir begannen, im oberen Stockwerk zu bleiben, wenn Ronnie im Haus war. Wir zogen es vor, in Elsies Zimmer zu hocken und nach unten zu lauschen. Denn wenn er allein mit Hazel war, war er um Worte plötzlich nicht mehr verlegen. Eine ganze Armee von Sprüchen marschierte dann auf und dröhnte durch den Dielenboden. Er hatte etwas daran auszusetzen, wie sie angezogen war oder wie sie sprach oder was auch immer ihm an dem Tag gerade gegen den Strich ging. Hazels helle Stimme klang zwischen den Stiefeltritten seiner Soldaten hindurch, aber dann polterte er los, und Hazel wurde ganz still.

Eines Morgens erschien sie mit einem blauen Auge in der Küche.

Besorgt sammelten sich alle um sie. Doch sosehr wir sie auch befragten und in sie drangen, um sie zum Reden zu bewegen, sie sagte nichts weiter als: »Ich bin gestolpert.«

Und sie, die immer unaufhörlich geplappert hatte, hörte schließlich ganz auf zu sprechen.

Während ich erzählte, starrte Jack unentwegt auf den Boden. Er wandte den Blick nicht ein einziges Mal ab. Er hatte bestimmt schon viel Trauriges in seinem Leben gehört, aber in seinen Augen war noch Platz für ein bisschen mehr.

»Er sorgte auch dafür, dass es ihrer Mutter immer noch schlechter ging«, sagte ich und sah Elsie von der Seite an. »Hat ihr allen möglichen Unsinn in den Kopf gesetzt. Behauptete, die Regierung würde die Leute abhören, und brachte sie dazu, die Tapete abzureißen, um nach Wanzen zu suchen. Ich habe ihn einmal dabei erwischt, wie er sie darauf hinwies, an welchen Stellen sie noch suchen sollte.«

Nachdem ich den Anfang gefunden hatte, wurde mir bewusst, wie viele Geschichten noch an diesem Faden hingen, und ich konnte gar nicht mehr aufhören mit dem Erzählen. Ronnie schlug Hazel immer öfter. Es wurde so eine Art Routine. Und wie es mit Routinen so ist, schien Hazel sich mit der Zeit daran zu gewöhnen. Fast jeden Tag erschien sie nun mit einem Veilchen oder einer blutigen Lippe und versuchte, ihr Gesicht im Ärmel zu verbergen.

In der Fabrik gab es viele Frauen, die so zur Arbeit erschienen. Niemand dachte sich viel dabei. Die Blutergüsse wechselten von Blau zu Lila und von Grün zu Gelb, ohne dass jemand ein Wort darüber verlor. Es war nicht bemerkenswerter, als wenn jemand ein anderes Kopftuch oder neue Handschuhe trug. Und eines schönen Morgens wurde der Besitzanspruch erneuert, und das Auge war wieder blau.

»Die Schläge als solche waren nicht einmal das Schlimmste«, sagte ich. »Das Schlimmste war das Warten darauf, dass er wieder zuschlug.«

Wir redeten alle auf Hazel ein. Dot reiste sogar extra für einen Tag an und versuchte ihr Bestes, aber die Liebe lässt ihre Papierflieger landen, wo es ihr beliebt. Sie sucht sich dafür die unwahrscheinlichsten Stellen aus, und wenn sie erst einmal ihr Ziel erreicht haben, muss man sehen, wie man für den Rest seines Lebens damit fertigwird.

»Monatelang ging das so«, sagte ich. »Und niemand konnte etwas dagegen tun.«

Sogar ihre Mutter hatte es versucht. Sie, deren Welt so geschrumpft war, dass sie kaum über die Ränder ihrer Daunendecke hinausragte. Als Ronnie eines Abends durch die Tür spazierte, die Zigarette lässig an der Unterlippe, packte Elsies Mutter den Briefhalter und schmiss ihn ihm mit voller

Wucht ins Gesicht. Das Telegramm segelte wie ein abgeschossener Flieger zu Boden.

»Die sollte man wegsperren, die Alte«, sagte Ronnie und wischte sich das Blut vom Mund. »Die gehört in die Irrenanstalt. Ich hätte nicht übel Lust, sie anzuzeigen.«

»Das wagst du nicht«, sagte Elsie, aber er grinste sie nur an.

Sein Mund hörte nicht auf zu bluten, an einem Rand war ein großer Riss, und ein Stück Fleisch hing wie am seidenen Faden.

»Er muss ins Krankenhaus«, sagte ich. »Das muss geröntgt werden. Und genäht.«

Die Wanduhr tickte, Sekunde um Sekunde verging.

Niemand sprach ein Wort.

»Mein Vater kann ihn hinbringen«, sagte ich.

Nach ihrer Rückkehr bemerkte mein Vater, Ronnie sei »ein höchst ungewöhnlicher junger Mann«, was das Direkteste war, was er je an Kritik geäußert hatte.

Ronnie hatte einen Zahn verloren. Und eine Narbe hinzugewonnen. Immer wenn er lächelte, verschwand sie in seinem Mundwinkel.

Jack hatte seinen Blick immer noch auf den Boden gerichtet.

Ich fing an, eine Zeitung zusammenzufalten, die jemand liegen gelassen hatte, weil ich mit einem Mal so voller Energie war und nicht wusste, wohin damit.

»Wir haben getan, was wir konnten, Florence«, sagte Elsie. »Wir alle. Aber sie wollte nichts davon hören.«

Die Zeitung faltete sich auf und zu, auf und zu, und ich versuchte, Ordnung in meine Gedanken zu bringen. »Wir hätten etwas gegen ihn unternehmen müssen.«

»Das war nicht deine Aufgabe, Florence«, sagte Elsie. »Es war nicht deine Aufgabe, etwas gegen ihn zu unternehmen.«

»Aber was dich anging, ging auch mich an. Und auch Hazel ging mich etwas an. Schließlich war ich Teil eurer Tonleiter, oder etwa nicht? Die Füße der Gans, das war ich. Das hast du selbst gesagt.«

Ich musste wohl wieder geschrien haben, denn Jack und Elsie machten ein Riesentheater darum, ob mich wohl jemand gehört hatte.

»Jene Nacht hätte nie passieren dürfen. Man hätte nicht zulassen dürfen, dass das passiert.« Meine Stimme füllte den Innenhof.

»Welche Nacht meinen Sie?«, fragte Jack. »Was ist denn passiert?«

Meine Hände hielten in der Bewegung inne.

Es war, als wäre etwas unter das Sofa gerollt. Etwas, das meine Fingerspitzen gerade noch berührten, das ich aber dennoch nicht erreichen konnte.

Ich sah ihn an.

»Ich weiß es nicht mehr«, flüsterte ich. »Es ist weg.«

Ich drehte mich zu Elsie um, und sie schaute mich aufmerksam an.

»Wo gehen sie hin, die Worte?«, fragte ich. »Was geschieht mit ihnen?«

»Ich weiß es nicht«, sagte sie.

Ich hielt immer noch die Zeitung in den Händen. All diese Schlagzeilen. Wettervorhersagen. Anzeigen. Was die Leute einem alles mitteilen wollten, dieses und jenes und noch viel mehr. All diese Wörter.

Hilfe suchend sah ich wieder zu Elsie. Sie musste die Geschichte für mich wiederfinden.

»Ich kann die Geschichte nicht erzählen, Flo«, sagte sie. »Ich war nicht dabei.«

»Können Sie sich denn gar nicht mehr erinnern? An die Nacht, von der Sie gesprochen haben?«

Ich starrte auf die Zeitung. Auf der Titelseite war ein Foto. Eine Gruppe von Leuten stand lachend um einen Campingtisch herum, auch wenn nicht ersichtlich war, warum sie lachten. So wie sie dastanden, schien es, als würden sie einander nicht kennen und der Fotograf habe sie einfach nur so da aufgereiht.

»Ich weiß noch, dass ich nicht allein war«, sagte ich zu dem Foto. »Es waren noch andere dabei.«

»Wer war noch dabei?«, fragte Jack. »Können Sie sich erinnern?«

Erwartungsvoll sah Elsie mich an.

»Clara war da«, sagte ich. »Sie hat sich gar nicht erhängt, nicht wahr? Sie kann sich nicht den Strick genommen haben, sonst wäre sie in der Nacht nicht dabei gewesen. Ich kann mich jetzt wieder an sie erinnern.«

Elsie fixierte einen Punkt in der Ferne hinter mir, den ich nicht sehen konnte. Ich war nicht sicher, ob sie in die Zukunft oder in die Vergangenheit sah, und ihrem Gesichtsausdruck nach zu urteilen, war sie sich da selbst nicht ganz sicher.

»Clara, ja«, sagte sie schließlich. »Clara war da.«

»Nun«, sagte Jack. »Wie wäre es denn, wenn wir Clara fragen, ob sie sich noch erinnern kann? Wissen Sie, wo sie jetzt ist?«

Ich musste Elsie gar nicht fragen. Es fiel mir sofort ein, als hätte jemand das Licht angeschaltet.

Ich atmete einmal tief ein, ehe ich antwortete. »Sie ist in *Greenbank*«, sagte ich.

SIMON

Simon steckte den Kugelschreiber wieder an das Klemmbrett. Nach dem Zwischenfall mit dem Geräteschuppen hatte Miss Bissell darauf bestanden, dass er durchzählte, und er schien genau der richtige Mann für diesen Job.

»Ich kann mich auf Sie verlassen, Simon«, hatte sie gesagt. »Sie sind jemand, den man zählen lassen kann.«

Simon war ein großer Anhänger davon, das Leben in Zahlen auszudrücken, aber ihm war nicht klar, was es bringen sollte, alte Leute in Zahlen zu erfassen.

»Damit wir wissen, wo sie sind«, hatte Miss Bissell gesagt, »damit wir wissen, wo sie gerade stecken. Und immer wissen, was sie so treiben. Überall zählt man heute Leute.«

»Tatsächlich?«

»Absolut. Im Oberhaus. Bei *Tesco*. Wo man auch hinsieht, es wird gezählt.«

Miss Ambrose hatte ihn mit einem Klemmbrett und einem dicken Kugelschreiber ausgestattet, der in unterschiedlichen Farben schrieb, je nachdem, auf welchen Knopf man drückte. Rot für den Namen, Grün für den Ort, hatte sie gesagt, aber Simon vergaß dauernd, die Knöpfe zu drücken, sodass nun alles in Hellbraun dokumentiert war. Zweimal am Tag musste er die Runde machen und Personen suchen, und wenn er sie gefunden hatte, wusste er nicht mehr, wer wer war, und musste sie jedes Mal nach ihrem Namen fragen.

Miss Ambrose deutete auf seine Liste. »Ich habe den Eindruck, dass einige Sie hier zum Narren halten«, sagte sie.

»Meinen Sie?«

»Nun, soweit ich informiert bin, haben wir hier niemanden namens Roy Rogers.« Sie überflog die Namen. »Auch keinen Desmond Tutu. Wir müssen hier sehr exakt arbeiten, Simon. *Greenbank* nimmt nur dann Leute von uns auf, wenn wir harte Fakten liefern.«

Sie stellten ihm daraufhin noch ein Blatt mit Fotos zur Verfügung. Das Problem war nur, dass die Bewohner so lange brauchten, bis sie sich darauf gefunden hatten, dass die ganze Prozedur nun doppelt so lange dauerte. In der Zwischenzeit blieb alles andere liegen.

»Ich übernehme keinerlei Verantwortung für die Fugen«, ließ er Miss Bissell wissen, als sie sich im Gang begegneten, aber sie segelte in einer Wolke von Gleichgültigkeit an ihm vorbei.

Langsam, aber sicher hatte er den Dreh raus. Alte Leutchen waren Gewohnheitstiere. Sie hielten sich immer in den gleichen Räumen auf, nahmen die Mahlzeiten immer zur gleichen Zeit zu sich. Jeden neuen Tag betrachteten sie die Welt aus der gleichen Perspektive, führten jeden Tag in denselben Gängen dieselben Unterhaltungen mit denselben Mitbewohnern. Mittlerweile wusste er genau, wo sie zu finden waren. Aber bei manchen war es kniffeliger als bei anderen. Florence Claybourne zum Beispiel war unberechenbar, er konnte nie sicher sein, wo sie gerade steckte.

»Ich verstehe nicht, warum Sie Ihre Zeit mit diesem Unfug verschwenden«, sagte sie, als er sie schließlich aufgespürt hatte. »Die Fotos sind nicht einmal vollständig, und mein Bild sieht mir nicht im Entferntesten ähnlich.« Sie stieß den Zeigefinger auf das Blatt mit den Fotos. »Ich sehe aus, als hätte mich gerade jemand irgendwo ausgegraben.«

Simon schwieg. Seiner Erfahrung nach war es mit Florence wie mit einer Eiterbeule – es war besser, abzuwarten, bis alles von selbst herauskam.

»In der Regenrinne sammelt sich das Laub«, sagte sie gerade, »und wenn nicht bald jemand für neues Klopapier in der Damentoilette sorgt, wird es über kurz oder lang zu Aufruhr kommen.«

»Darum kümmere ich mich nachher, Florence.«

»Und warum nicht jetzt gleich? Anstatt hier herumzustehen und mit mir zu schwatzen?«

»Es ist ein Uhr«, sagte Simon. »Um eins gehe ich immer ins Personalzimmer, setze mich ans Fenster und esse meine Heiße-Tasse-Nudeln.«

Der Personalraum war nicht unbedingt der beste Ort, um für eine Weile seine Ruhe zu haben. Er führte ein Stiefkind-Dasein am Ende des Hauptgangs und war zu einer Art riesigem Obstsalat verkommen: Hier landete unweigerlich alles, für das niemand eine rechte Verwendung hatte. Er beherbergte stapelweise leere Ordner und Mäntel, die niemand mehr tragen wollte. In einer Ecke türmten sich alte Ausgaben von *Demenz heute!*, weil niemand wusste, wie man das Abo kündigen konnte. Selbst die Möblierung war ein einziges Kuddelmuddel, zusammengewürfelt aus übrig gebliebenen Stühlen und müden Sofas, über die Miss Ambrose gehäkelte Decken breitete, die verschiedene Bewohner in Eigenarbeit hergestellt hatten, nicht selten auf ihrem Sterbebett.

»Herzversagen«, sagte Miss Ambrose beispielsweise und hielt eine Komposition aus Lila und Pink hoch. Oder: »Gangränöses Bein, linke Seite.«

Simon ließ sich auf einem üblen Fall von Lungenentzündung nieder und wartete darauf, dass seine Fertigsuppe durchgezogen war. Außer ihm war nur Gloria aus der Küche im Raum. Sie hockte auf dem Fensterbrett und blies den Rauch einer *Lambert & Butler* durch einen schmalen Spalt im Fenster.

»Bist du nicht ein bisschen zu alt, um heimlich hinter dem Fahrradschuppen zu rauchen?«, erkundigte er sich. Er rührte in der Hühnchen-Champignon-Mischung. »Wenn Miss Bissell dich erwischt, bist du dran. Das gibt einen Eintrag in die Personalakte.«

»Ich bin zweiundfünfzig und alt genug, um zu wissen, was ich tue. Außerdem wird sie mich nicht erwischen.« Gloria schnippte den Zigarettenstummel auf den Kies, wo er bereits von seinen Freunden erwartet wurde. »Sie ist noch auf dem Parkplatz und erst durch die Hälfte ihres Tai-Chi-Programms.«

»Ich verstehe nicht, wo dieser ganze Unsinn herkommt.« Er stocherte in seinem Nudelsuppenbecher herum.

Gloria sank auf einen der Stühle. »Hauptsächlich China.«

»Nein, ich meine, warum muss man das hier machen?«

»Weil es deinen Geist entgiftet, Simon. Du kannst damit allen Ballast abwerfen, den du auf der Seele hast. Hast du keinen Ballast auf deiner Seele?«

»Im Augenblick nicht«, sagte er. »Nicht, dass ich wüsste.«

Skeptisch schüttelte sie den Kopf. »Jede Seele ist mit allem Möglichen zugemüllt. Das sammelt sich auf der Reise durch das Leben einfach an, ob man will oder nicht.«

»Dann wäre das doch eher etwas für unsere Bewohner und nicht für das Personal. Die meisten haben über achtzig Jahre lang Ballast angesammelt.«

»Sicherheitsbestimmungen, Simon. Sie macht sich Sorgen, dass sich jemand beim Schattenboxen das Knie verrenken könnte, wenn er gerade einen Affen abwehrt. Mit Energiefluss ist nicht zu spaßen, das ist eine ernste Sache.«

»Und wie kommt es, dass du nicht draußen bist, um jung zu bleiben und deine Seele zu entrümpeln?«

»Ich brauchte dringend eine Fluppe«, sagte sie, »und

außerdem, mein Vater sagt immer, Alter sei reine Kopfsache. Wir altern nur, weil wir das erwarten.«

»Dein Dad ist ein echter Spinner.« Simon strich über seine Hose und schien etwas sagen zu wollen. Doch dann überlegte er es sich offenbar anders und widmete sich weiteren unsichtbaren Fusseln.

»Du brauchst gar nicht erst zu fragen, Simon, ich gehe nicht mit dir aus. Ich habe es dir doch schon gesagt: Ich bin zu alt für dich.«

»Aber nur zehn Jahre, und ich denke, Alter ist reine Kopfsache.«

»Darum geht es nicht. Hier schwirren jede Menge junge Mädels herum, warum fragst du nicht lieber die?«

Simon ging *Cherry Tree* im Kopf durch. Es arbeiteten tatsächlich viele Frauen hier, aber am Ende ihrer Schicht schienen sie alle von ihrem Mann abgeholt zu werden, oder sie fuhren allein nach Hause, um ihr Musterleben in ihrem Muster-Reihenhaus zu leben. »Vielleicht könnte ich Denise vom Empfang ja mal fragen.«

»Oh, das würde ich lieber bleiben lassen.« Gloria stemmte sich hoch, ging zum Wasserhahn und spülte ihre Kaffeetasse aus. »Ihr Gästezimmer ist voll mit lebensechten Puppen. Ihre Mutter hat sich extra Urlaub genommen, um sie alle zu baden.«

Nachdenklich blickte Simon zur Decke. »Was ist mit Lorraine von der Hauswirtschaft?«

Entgeistert drehte Gloria sich zu ihm um. »Du kannst Lorraine nicht fragen.«

»Warum nicht?«

»Weil sie aller Wahrscheinlichkeit nach eine Lesbe ist. Und ich kann das beurteilen, Simon, weil ich selbst mal eine war.«

Er starrte sie an.

»Guck nicht so geschockt. Die Welt da draußen ist groß und bunt. Ich würde dir empfehlen, dass du dich mal hinauswagst und dich persönlich umsiehst.«

Simon wünschte sich nichts sehnlicher. Wenn er nur wüsste, wie.

»Hättest du Lust, heute Abend mit mir einen trinken zu gehen?«, fragte er. »Nur als Freunde, meine ich. Von Mensch zu Mensch. Menschen, die nach der Arbeit zusammen einen trinken gehen.«

»Geht nicht.« Sie zog sich die Kochjacke wieder über den Kopf, und ihre Haare standen knisternd zu Berge. »Ich muss bei meinem Dad vorbeischauen. Samstagabend spielt er den Bürgerkrieg nach, und ich habe versprochen, ihm sein Wams zu nähen.«

»Er ist zweiundachtzig, Gloria.«

»Alles Kopfsache«, formte sie lautlos mit den Lippen und tätschelte seinen Kopf, als sie an ihm vorbeiging. »Außerdem wird deine Heiße Tasse gerade kalt.«

Die Tür fiel hinter ihr zu, und Simon blickte hinaus in den Garten. Einer der Bewohner saß allein auf einer Bank im Innenhof und unterhielt sich mit sich selbst. Simon sah ihm dabei zu und fragte sich, wo sein Leben endete und das Leben der anderen begann, und wie es sein konnte, dass unsere Leben so eng miteinander verwoben waren und die Fäden, die uns verbanden, dennoch unsichtbar.

FLORENCE

»Es hat sich nicht im Mindesten verändert«, sagte ich. »Es sieht noch genauso abscheulich aus wie früher.«

Viele Jahre waren vergangen, seit ich *Greenbank* zuletzt gesehen hatte, doch als wir in die Auffahrt einbogen, fühlte es sich an, als hätte ich nur mal eben weggesehen. Es ist grobschlächtig, georgianisch und eines dieser Gebäude, die sich nie zu verändern scheinen. Während der Rest der Welt verfällt und wieder aufgebaut wird und sich neu erfindet, rühren sich Orte wie *Greenbank* nicht von der Stelle, sitzen alles aus und sammeln Erinnerungen.

Wir waren zu viert. Ich, Elsie, General Jack und Jacks Sohn Chris, den wir hatten überreden können, sich für unseren kleinen Ausflug als Chauffeur zur Verfügung zu stellen. Chris hatte sich zuvor einem Kreuzverhör durch Miss Bissell unterziehen müssen. Mit ihrem Klemmbrett bewaffnet, hatte sie ihn in einem kompletten Dreihundertsechzig-Grad-Radius umrundet und ihn mit einem zwei DIN-A4-Seiten langen Fragenkatalog konfrontiert, während wir alles durch das Schachbrettfenster beobachteten und Jack auf seinem Gehstock lehnte, als wären wir bei einem Hütehunde-Wettbewerb.

Auf Chris ruhte unsere ganze Hoffnung. Miss Bissell würde nie zulassen, dass wir auf eigene Faust die Welt dort draußen besuchten.

Als er endlich aus dem Büro entlassen wurde, lagen eine Schweißschicht und ein paar neue Falten auf seiner Stirn, aber im Vorbeigehen zeigte er uns den erhobenen Daumen und deutete einen Knicks an.

»Er ist Mathematiklehrer«, erklärte Jack.

Elsie und ich saßen auf der Rückbank. Chris fuhr, während Jack vom Beifahrersitz aus energisch Kommandos erteilte. Ich fühlte mich wie ein Kind auf dem Weg in die Ferien am Meer und las laut vor, was auf den Schildern stand, an denen wir vorbeikamen.

»Vorfahrt beachten in zweihundert Metern«, sagte ich. »Ein rotes Dreieck.«

»Wie wäre es, wenn wir das Fahren Chris überlassen?« Elsie deutete durch die Lücke zwischen den beiden Vordersitzen. »Ich bin mir sicher, dass er sehr gut alleine klarkommt.«

»WC in zweihundert Metern. Damen und Herren.«

»Brauchst du eine Toilette?«, fragte sie in gedämpftem Ton.

»Nein danke, eigentlich nicht«, schrie ich zurück.

Wir kamen an Einkaufszentren vorbei, die an den Stadträndern wie Brokkoli aus dem Boden schossen. Wir fuhren durch Straßen mit versehrten Geschäften, die Wunden zugepflastert mit Brettern, die ihre roten Botschaften hinausschrien. Menschen, die ihre Welt in einem Einkaufswagen hinter sich herzogen und an Fußgängerampeln warteten, die ihre verbleibende Lebenszeit in orangefarbenen Sekunden zählten. Gruppen von Jugendlichen, die ihre Nachmittage an Straßenecken totschlugen. Überall kleine Leben, die ihren Sinn in merkwürdiger Einsamkeit entfalteten. Ich vertrieb mir die Zeit, indem ich die Welt vor der Fensterscheibe in allen Einzelheiten beschrieb, und nach einer Weile gab Elsie ihre Zurückhaltung auf und machte mit. Ab und zu warf Chris uns im Rückspiegel einen nachdenklichen Blick zu.

Wir kamen an einem Sportgeschäft vorbei. Plastikmenschen in Grün und Orange starrten uns durch das Schaufenster an. »Ich erkenne überhaupt nichts wieder«, sagte ich. »Wo ist der kleine Laden geblieben, wo man Süßigkeiten in Papiertüten kaufen konnte?«

Elsie spähte hinaus. »Ich fürchte, dass heute niemand mehr Süßigkeiten in Papiertüten kauft.«

»Und jedes zweite Geschäft ist ein Friseursalon. Ich hatte ja keine Ahnung, dass die Leute so viele Haare haben.«

An einer Ampel hielten wir an, und ich reckte den Hals an Elsie vorbei, um den Friedhof an der Kirche besser sehen zu können. Die Grabsteine standen erwartungsvoll in Reihen und behielten *Marks & Spencer* im Blick, das von einer Bank und einem Bauunternehmen eingerahmt wurde.

»Dort werde ich tot und begraben sein«, sagte ich. »So sicher wie das Amen in der Kirche.«

»Komm, nimm noch ein Bonbon und hör auf, so ein makabres Zeug zu reden.«

Ich griff in die Tüte. »Ich bin nur realistisch.«

Sie nahm das leere Bonbonpapier und steckte es in ihre Tasche. »Also, wenn wir wirklich realistisch sein wollen, dann wirst du wohl kaum hier begraben werden, sondern auf dem Friedhof auf der anderen Seite der Stadt.«

»Haben sie da einen Friedhof gebaut?«

»So ist es«, sagte sie. »Es gibt zu viele alte Leute, also mussten sie einen Ausweichplatz finden. Das ist wie mit Parkplätzen.«

»Das ist aber schade.« Der Wagen fuhr wieder an, und ich sah aus dem Rückfenster.

»Allerdings«, sagte sie. »Ich hatte gehofft, wir beide könnten einen Platz an der Ecke ergattern, auf der Höhe des Altarraums.«

Ich nahm noch ein Bonbon, für später. »Jetzt werden wir

mitten auf einem Acker enden, mit Blick auf die Umgehungsstraße.«

Dann erreichten wir *Greenbank*. Wie ein Felsvorsprung am Himmel schob sich eine tiefe Wolke über uns und fing an, auf uns herunterzuspucken. Hinter der regennassen Windschutzscheibe erwartete uns das Gebäude, dessen Ränder in die Wolken übergingen, bis sich die kalkweißen Mauern im Nichts auflösten.

»Da wären wir«, sagte Chris überflüssigerweise.

Niemand rührte sich. Ich streckte die Hand nach dem Türgriff aus, doch dann überlegte ich es mir anders und legte sie zurück in meinen Schoß.

»Sollen wir reingehen?« Jack machte eine Kopfbewegung in Richtung Regen. »Kommst du mit, Chris?«

Chris nahm eine CD und einen Sparpreis-Snack von *Boots* aus dem Handschuhfach. »Ich glaube, ich warte lieber und höre ein bisschen ABBA. Damit die Zeit schneller vergeht.«

»Drinnen ist es wärmer«, sagte Jack.

Chris betrachtete die aufgerissenen Mäuler der georgianischen Fenster und schüttelte den Kopf.

»Also, ich gehe mit rein«, sagte Jack. »Sich *Greenbank* zu stellen ist immer noch besser, als hier zu sitzen und dir dabei zuzusehen, wie du dein Garnelen-Sandwich isst.«

Die Angestellte, die uns am Haupteingang öffnete, war in abgestuften Beige-Schattierungen gekleidet, als hätte sie sich strikt an einem Farbmusterstreifen aus dem Baumarkt orientiert. Schweinsäuglein. Dünne Lippen. Elefantenatem.

Mit dem Mund formte sie ein lautloses »O« und machte einen Schritt zurück, um uns hereinzubitten. Wir traten ein in eine Welt aus beigefarbenen Teppichböden und beigefarbenen Tapeten und schweren Samtvorhängen. Was als Allererstes auffiel, war jedoch die Luft. Sie stand vollkommen still und war angefüllt mit Zeit und Alter, wie ein Raum, den man nur zu Weihnachten benutzt, und jedes Mal, wenn man einatmete, füllte sich die Lunge mit Vergangenheit.

»Sie finden Clara in unserem Westflügel«, sagte die Frau und bog in einen langen Flur ein. Es dauerte weniger als eine Minute, ehe sie die wandelnde Broschüre mimte.

»Zu Ihrer Linken sehen Sie unseren zweiten Tagesraum, ausgestattet mit einem Achtundvierzig-Zoll-Bildschirm und durchgängig betreut von unserem Pflegepersonal.«

Ich warf einen Blick hinein. Der Fernseher war ausgeschaltet. Alle achtundvierzig Zoll.

»Zu Ihrer Rechten finden Sie unsere mehrfach ausgezeichnete Gartenanlage, die durch die bodentiefen Fenster bestens zur Geltung kommt.«

»Ausgezeichnet?«, flüsterte ich Elsie zu und versuchte, den Fenstergriff herunterzudrücken.

»Die selbstverständlich aus Sicherheitsgründen zu jeder Tages- und Nachtzeit abgeschlossen sind.« Die Frau wandte sich zu uns um und bedachte uns mit einem Lächeln. Ich lächelte zurück und ließ das Fenster wieder los.

Ich sah in alle Räume, an denen wir vorbeikamen. Sie waren still und leer, nur hier und da huschte flüchtig in der Ferne eine Uniform vorüber. »Bestimmt sind heute alle auf einem Ausflug«, sagte ich.

Wir erreichten einen anderen Gang, in dem es nach Lavendel und alten Menschen roch. »Normalerweise sind Besucher in den von den Bewohnern genutzten Räumen nicht gestattet«, sagte die Beigefarbene, »aber Clara …« Sie konsultierte ihre Aufzeichnungen. »… fühlt sich in den Gemeinschaftsräumen nicht wohl.«

»So war sie immer schon«, sagte ich. »Sie war sehr menschenscheu, und vor ihrem Vater hatte sie richtig Angst.«

»Es hat eine Ewigkeit gedauert, bis wir sie überreden konnten, mit zum Tanzen zu kommen«, sagte Elsie.

»Tanzen?« Ich grübelte, und meine Stirn schlug Falten.

»Florence, das ist doch der Grund, weshalb wir hier sind. Um Clara nach dem Tanzabend zu fragen.«

Die Frau sah in ihre Notizen. »Tanzabend? Hier steht nichts von einem Tanzabend.«

»Nein«, sagte ich. »Das glaube ich gern.«

»Wir müssen in die dritte Etage.« Prüfend sah sie Jack an. »Möchten Sie den Aufzug nehmen?«

Der Aufzug wartete in der Ecke der Eingangshalle auf seine Fahrgäste. Er bestand aus einem Eisengitter und einem sehr komplizierten Seilzugsystem, das von der Decke zu hängen schien.

»Ich denke, ich nehme lieber die Treppe«, sagte Jack.

»Der Gehstock hat nichts zu bedeuten«, erklärte ich. »Den braucht er nur, um andere damit herumzukommandieren.«

Jack lachte noch, als wir auf dem ersten Treppenabsatz ankamen.

Je höher wir stiegen, desto weniger duftete es nach Lavendel, dafür umso mehr nach Desinfektionsmitteln und Wartezimmern. Es erinnerte eher an eine Arztpraxis oder an einen Operationssaal. Auch die Möbel waren anders. Hier standen keine mit Blumen gefüllten Vasen, sondern Metallkäfige für Bettwäsche herum, statt Ölgemälden hingen Sicherheitshinweise an den Wänden, die ohne viel Aufhebens direkt auf den Putz geschraubt worden waren und langsam vergilbten. Statt Teppichboden hatten wir hier Linoleum unter unseren Füßen, als ob die Schwerkraft alles Weiche und Gepolsterte ins Erdgeschoss hinabgezogen hätte.

Die Frau steuerte einen neuen Flur an. Die Zimmer waren mit Nummern versehen, und die Beschreibungen aus der Hochglanzbroschüre waren mitsamt den Trockenblumengestecken auf der Strecke geblieben. Hinter jeder Tür verbarg sich eine Portion Schmerz und Leid. Augen, glasig vor Leere. Offen stehende Münder. Glieder, die auf wütenden, zerwühlten Laken ruhten, obwohl es vielleicht um diejenigen schlimmer stand, die reglos in mustergültig gemachten Betten lagen. Denen das Aufbegehren abhandengekommen war. Aus jedem Zimmer, in das ich hineinsah, starrte mir ein in eine Schachtel verpacktes Leben entgegen. Außen an den Türen hingen Fotos. Es wirkte, als habe man ein riesiges Familienalbum den Flur entlang auseinandergefaltet. Man sah Leute, die in Gärten oder am Meer posierten. Sie trugen Kinder auf der Hüfte und schauten unter Weihnachtsbäumen hervor. Die Frau bemerkte unsere Blicke.

»So sieht das Pflegepersonal, wie sie früher waren«, sagte sie.

Ich versuchte, die Personen in den Zimmern mit denen auf den Bildern unter einen Hut zu bringen. Die Leute unter dem Weihnachtsbaum, mit den Eiswaffeln an der Uferpromenade, die mit zugekniffenen Augen gegen die Sonne blinzelten und mich aus ihrem Schwarz-Weiß-Leben anlächelten. Aber sie waren längst verschwunden.

»Hier wären wir.« Die Frau blieb vor Zimmer Nummer siebenundvierzig stehen. Vom anderen Ende des Gangs hörte ich jemanden singen.

»Vorwärts, Christi Streiter«, sagte ich.

»Vor allem vorwärts«, sagte Elsie.

Die Frau hüstelte. »Sind Sie so weit?«

Zimmer Nummer siebenundvierzig war von Licht durchflutet. Während unseres Rundgangs durch *Greenbank* hatten die Wolken ihren schnellen Lauf über den Septemberhimmel fortgesetzt, und der Regen war wässerigen Sonnenstrahlen gewichen. Die harten Linien, die scharfen Kanten des Fensterbretts, das weiße Starren der schmucklosen Wand – alles war in sanftes Licht getaucht, weich und mild wie ein Karamellbonbon. Auf dem Nachttisch standen eine Box mit Papiertaschentüchern und ein Wasserbecher. Im Raum hallte es.

»Sie hat alles, was sie braucht«, sagte die Frau, noch bevor wir eingetreten waren.

Ich sah zur Decke hinauf, die mich mit magnolienhafter Gleichgültigkeit bedachte.

»Wir waren nicht in der Lage, Familienangehörige zu ermitteln.« Die Frau fuhr mit dem Finger eine Seite ihrer Unterlagen entlang. »Sie hat in Wales gelebt. Ihr Ehemann ist schon länger tot.«

»Ehemann?«, fragte ich.

»Sie hat Fred geheiratet. Den vom Tanzabend«, sagte Elsie.

»War das der, der immer so nach Fisch roch?«

»Er hat im Fischgeschäft gearbeitet, Florence. Das sage ich doch dauernd, aber du hörst mir nie richtig zu.«

Die Frau konsultierte wieder ihre Aufzeichnungen. »Fisch? Also, hier steht nichts von Fisch.«

»Nein«, sagte ich. »Das glaube ich gern.«

»Wir waren auf seiner Beerdigung, weißt du noch?«, fragte Elsie. »Clara blieb ewig am Grab stehen, obwohl es in Strömen regnete, weil sie es nicht ertrug, ihn dort zurückzulassen. Du hast sie schließlich überredet, mit uns ins Auto zu steigen. Auf dich hat sie gehört.«

»Sie baumelte noch hin und her, als sie sie fanden«, sagte ich.

»Nein.« Elsie packte mich am Ärmel meines Mantels. »Erinnerst du dich nicht? Zweimal Maß nehmen, einmal zuschneiden. Den Faden schräg anschneiden, bevor du ihn durch das Nadelöhr führst.«

Sie wartete ein paar Minuten.

»Ich habe ihr geholfen?«, fragte ich.

Wir sahen beide zur Wanduhr und maßen die Sekunden. »Ja, das hast du.«

Eine Tür öffnete sich, und ein Mädchen in einem braunen Kittel bugsierte eine alte Frau zurück auf einen Stuhl. Es dauerte einen Augenblick, bis ich begriff, dass das Clara war. Die Schultern waren zu schmal. Die Augen zu still. Die Hände waren ganz verbraucht und mit dicken Venen überzogen. Was ich sah, war die bröckelnde Fassade eines Menschen, das Überbleibsel eines Lebens, aber dann lächelte sie, und ich verstand nicht mehr, warum ich sie nicht gleich erkannt hatte.

»Da ist Clara«, sagte Elsie. »Sprich mit ihr, Florence. Sie kannte dich von uns allen am besten.«

Die alte Frau sah uns verständnislos an. »Wer sind Sie?«

Ich warf Elsie einen Blick zu, dann wandte ich mich zu der alten Frau um und ging einen Schritt auf sie zu. Das Leder meiner Schuhe quietschte auf dem frisch gewischten Boden, und meine Hände spielten nervös mit meinem Mantelgürtel.

»Ich bin Florence«, sagte ich. »Florence. Aus der Fabrik. Erinnerst du dich an mich?«

Ich beobachtete die Augen der alten Frau, milchig vom vielen Sehen. Ich beobachtete, wie sich meine Frage einen Weg durch ihren Kopf bahnte und wie ihre Antwort von Umwölkung verschluckt wurde.

»Florence«, wiederholte ich und machte noch einen Schritt auf sie zu und sagte: »Flo.«

Stille. Als hätte jemand eine Lunte gelegt.

Da klatschte Clara in die Hände, blanke Freude entzündete sich, und die Funken flogen bis in die letzten Winkel des Zimmers. »Flo!«, rief sie. »Bist du endlich gekommen, um mich mitzunehmen? Ich warte schon so lange auf dich.«

Clara mäanderte zwischen Vergangenheit und Gegenwart hin und her, als schlüpfe sie ständig in einen Mantel, um ihn gleich darauf wieder abzulegen. Wir gaben uns alle Mühe, ihr zu folgen. Jack verstand überhaupt nichts mehr. Sie nahm sich aus beiden Welten, was sie brauchte, und suchte sich das Beste aus der Vergangenheit heraus, damit es sie in dem kahlen, bilderlosen Zimmer wärmen und in Sicherheit wiegen konnte. Wir versuchten, ein Gespräch zu führen. Wir versuchten, dieses Gespräch an allem vorbeizusteuern, was unheilvoll und gefährlich werden konnte.

Die Frau in Beige sah auf ihre Armbanduhr.

»Erinnerst du dich an Hazel?«, fragte ich.

Clara wiederholte den Namen.

»Elsies Schwester.« Ich überlegte, wie ich es ihr begreiflich machen könnte. Ich sah zu Elsie hinüber und fragte: »Wie würdest du sie beschreiben?«

»Versuch es mit dem *Drei-Dinge*-Spiel«, schlug Elsie vor. »Das kannst du so gut.«

»Dunkles Haar.« Ich zögerte. »Ein bisschen aufbrausend. Wirkte immer, als wäre sie lieber ganz woanders. Wusstest du, dass sie tot ist?«

»Hazel ist tot?« Clara sah zu uns hoch, und ihre Augen wurden feucht.

»Ja«, sagte ich, »aber das liegt schon lange zurück. Sie hat immer mit Ronnie getanzt. Kannst du dich an ihn erinnern?«

Wir warteten. Es war offensichtlich, dass in Claras Kopf eine eingehende Durchsuchung vonstattenging.

»Ertrunken«, sagte sie schließlich. »Wurde bei Langley Beach angeschwemmt. Die Fische hatten nicht viel von ihm übrig gelassen.« Sie lächelte. »Mein Fred wäre jetzt so stolz auf mich.«

»Erinnerst du dich noch an die Nacht, in der Hazel starb?«

Meine Worte fielen in die Stille hinein, in der ich nichts als meinen eigenen Atem hören konnte. Und das schabende Geräusch von Jacks Stock auf dem Boden. Und die Seite, die die Frau in Beige umblätterte.

»An den Tanzabend?«, fragte Clara.

Ich nickte und hielt mich an meinem Atem fest.

»Ich würde so gern mal wieder Al Bowlly hören.« Clara sah hinauf zur Decke, ganz so als erwarte sie, dass Al Bowlly persönlich über ihrem Kopf schwebe.

Ich drehte mich zu Elsie und Jack um.

»Ich nehme nicht an, dass Ihnen jemand mit dem Namen Gabriel Price bekannt ist?«, fragte Jack. »War er auch bei dem Tanz?«

Clara überlegte einen Moment angestrengt und begann dann zu singen.

Midnight, with the stars and you …

»Die Nacht, in der Hazel starb …«, sagte ich. »Kannst du dich noch an irgendetwas erinnern?«

Midnight, and a rendezvous …

Die Frau in Beige klappte den Schnellhefter zu. »Das war's, Sie haben sie verloren. Wenn sie erst mal zu singen anfängt, geht das tagelang so weiter.«

Doch als wir uns zum Gehen wandten, unterbrach Clara ihr Lied und fragte: »Wie war doch gleich noch mal Ihr Name?«

»Ich heiße Florence, Clara. Aus der Fabrik. Flo.«

Als wir an der Tür waren, rief sie: »Du kommst doch wieder, nicht wahr, Flo? Du vergisst es doch nicht, oder?«

Ihre Worte folgten uns bis zum Ende des Flurs.

Wortlos traten wir den Rückzug an. Nur das Schlurfen von Elsies Schuhen und das Klacken von Jacks Gehstock auf dem Linoleum waren zu hören. Als wir das Erdgeschoss erreichten, schien das gute Gefühl des Teppichbodens unter ihren Füßen die Frau in Beige zu neuem Optimismus zu beflügeln, denn sie begann zu summen.

»Was ist der Unterschied zwischen Summen und Singen?«, wollte ich von Elsie wissen, aber sie hatte keine Antwort darauf.

Die Frau in Beige öffnete die Eingangstür und trat auf die Veranda. »Nun, das hat ja reibungslos geklappt«, sagte sie.

»Finden Sie?« Mein Körper saugte die Septemberluft ein.

»Oh ja, viel besser als bei dem letzten Besucher. Dieses Mal war sie die Ruhe selbst.«

Ich war gerade auf der letzten Stufe angekommen, als ich Jacks Stimme hörte. »Der letzte Besucher? Wer war das denn?«

Ich wartete.

»Ein älterer Herr. Die Pflegerin sagte hinterher, er habe Clara etwas ins Ohr geflüstert, woraufhin sie völlig hysterisch wurde. Keine Ahnung, was es war, aber es braucht nicht viel, damit sie ausflippt. Es hat Tage gedauert, sie wieder zu beruhigen.«

»Wie sah er denn aus, dieser ältere Herr?«, fragte Jack.

Ich drehte mich um, um zu hören, was sie sagen würde. Obwohl das überflüssig war, denn ich wusste es bereits genau.

Wir gingen zum Auto, während sich unsere Gedanken zu einem dichten Knäuel verstrickten. Als wir einstiegen, wischte sich Chris gerade mit dem Handrücken die Mayonnaise aus dem Gesicht.

»Habt ihr bekommen, was ihr wolltet?«

Nachdenklich sah Jack geradeaus in die Ferne. »O ja, das und noch ein bisschen mehr, glaube ich.«

Ich bearbeitete das Kondenswasser am Fenster mit dem Ärmel meines Mantels.

»Lasst uns einfach nach Hause fahren«, sagte Elsie.

»Wo auch immer das ist«, sagte ich durch den feuchten Atem auf der Scheibe.

Auf der Rückfahrt schwiegen wir die meiste Zeit. Ich hatte keine Lust mehr, die Schilder vorzulesen, und Jack hatte wohl entschieden, dass es Chris zuzutrauen war, den Wagen ohne seine Hilfe zurückzufahren. Es begann wieder zu regnen, aber der Regen war leicht und eher unentschlossen, und alle paar Minuten jammerten die Scheibenwischer frustriert auf, weil sie nichts mehr zu wischen hatten.

SIMON

Simon kaute auf seinem Bleistift herum und starrte stirnrunzelnd auf das Formular. Miss Bissell hatte es ihm gleich nach dem Ende seiner Pause ausgehändigt. Seine erste Reaktion war Stirnrunzeln gewesen, und seitdem hatten seine Augenbrauen noch keine Gelegenheit gehabt, sich wieder zu entspannen.

»Jeder hier bekommt so etwas, Simon«, hatte sie gesagt, als sie seinen Gesichtsausdruck bemerkt hatte. »Das ist keine Sonderbehandlung, falls Sie das denken.«

Persönlicher Entwicklungsplan, stand in der Kopfzeile des ersten Blatts. Er bestand aus mehreren Seiten, aber bisher war er über die erste nicht hinausgekommen.

Wo stehe ich zurzeit? Wo will ich hin? Wie erreiche ich meine Ziele? waren die ersten Punkte. Simon stieß einen markerschütternden Seufzer aus und fing an zu schreiben.

»Das ist nicht das, wonach hier gefragt ist, Simon.« Miss Ambrose sah ihm über die Schulter.

»Hier steht, es gibt keine falschen Antworten.« Mit der Bleistiftspitze tippte er auf das oberste Blatt Papier.

»Das sagen sie nur so, es gibt immer falsche Antworten«, erwiderte Miss Ambrose. »Und diese gehört definitiv dazu.«

Simon strich sie durch.

»Vielleicht beantworten Sie die Frage später.« Miss Ambrose deutete auf den unteren Teil des Blatts. »Wie wäre es mit dieser hier? Die ist einfacher.«

Was sind meine besonderen Fähigkeiten?

Simon begann wieder, an seinem Stift zu kauen.

»Mir fallen keine ein«, sagte er.

»Aber es muss doch irgendetwas geben? Worin Sie denn besonders gut?«

»Kreuzworträtsel«, sagte Simon. »Und ich bekomme jedes Marmeladenglas auf, auch wenn es sonst niemand öffnen kann.«

»Dann schreiben Sie das«, meinte sie. »Sagen Sie nur stattdessen ›Probleme lösen‹ und ›freundlicher Umgang mit anderen‹. Miss Bissell liebt solche Ausdrücke.«

»Soll ich die Marmelade dann ganz weglassen?«

»Ja«, sagte Miss Ambrose. »Das wäre wohl besser.«

Was sind meine Schwächen?

»Chips mit Garnelencocktail-Geschmack?« Simon sah fragend zu Miss Ambrose auf, die den Kopf schüttelte.

»Versuchen Sie, etwas weniger ins Detail zu gehen«, schlug sie vor.

Er strich die verknitterte Seite glatt. »Über Schwächen nachzudenken ist gar nicht so einfach.«

»Wenn man sich nur richtig damit auseinandersetzt, kommt es wie von selbst.« Miss Ambrose nahm ihren Mantel von der Rückenlehne eines Stuhls. »Ich habe sogar eine ganze DIN-A4-Seite zusätzlich gebraucht.«

Nachdem sie gegangen war, blätterte Simon die restlichen Seiten durch. Miss Bissell hatte gesagt, persönliche Entwicklungspläne seien derzeit das Nonplusultra. »Sie verhelfen uns zu mehr Achtsamkeit«, hatte sie erklärt. »Damit wir mehr im Einklang mit uns selbst sind.«

Simon war sich nicht sicher, ob er für so etwas musikalisch genug war. Er überflog die anderen Abschnitte. Eine ganze Seite war ausschließlich Zielen gewidmet. Kurzfristige, mittelfristige und langfristige.

Dachziegel über dem Tagesraum ersetzen, schrieb er unter *Kurzfristige Ziele*, strich es dann aber wieder aus und fügte es unter den mittelfristigen ein. Man musste ja realistisch bleiben.

Realistisch bleiben, schrieb er unter den Punkt *Stärken*. Ein Lächeln huschte über sein Gesicht. Vielleicht würde sich das Ganze doch nicht so schwierig gestalten, wie er gedacht hatte. Dann warf er einen Blick auf die letzte Seite.

Welchen Beitrag leiste ich zum Wohle der Menschen in meiner Umgebung?

Simon kratzte sich mit dem Bleistift am Kopf.

Woran messe ich meine Erfolge?

Woran konnte man Erfolge denn überhaupt messen? Für seinen Vater war die Sache klar. Der hatte eine Medaille, mit er der zeigen konnte, wie erfolgreich er gewesen war, wie viele Menschenleben er damals aus dem Gebäude gezogen hatte. Und doch holte er seine Medaille nie aus der Schublade, weil er in seinen eigenen Augen ein Versager war. Andere Leute hatten Auszeichnungen und Belobigungsschreiben, in denen ihr Name genannt wurde. Sogar Tante Jeans Hund hatte eine Rosette verliehen bekommen. Simon hatte in der Schule ein Zertifikat in Holzbearbeitung erworben und war im Besitz eines *Blue-Peter*-Abzeichens, obwohl er nie selbst bei der Kindersendung mitgemacht hatte – er hatte es auf einem Trödelmarkt gefunden. Trotz seiner Leidenschaft, Dinge in Zahlen auszudrücken, musste Simon feststellen, dass ihm völlig schleierhaft war, wo er bei sich selbst die Messlatte ansetzen sollte.

Er grübelte immer noch vor sich hin, als die Tür aufging. Es waren Gloria und Cheryl vom Friseursalon. Unwillkürlich fuhr er sich mit der Hand über den Hinterkopf, weil er immer das Gefühl hatte, dass sie einen kritischen Blick auf seinen Haarschnitt warf.

»Habt ihr das Formular hier schon ausgefüllt?«, fragte er.

Gloria warf einen Blick über seine Schulter. »Mein Dad hat meines übernommen. Das ganze Wochenende hat er damit verbracht. Sagt, es hätte ihm richtig Spaß gemacht.«

Simon dachte, dass sein Vater für das Formular wahrscheinlich nur ein paar Minuten bräuchte.

Cheryl antwortete nicht. Es geschah oft, dass sie nicht reagierte, und alle hatten sich damit abgefunden. Sie saß häufig in irgendeiner Ecke und starrte in ihre Kaffeetasse oder rieb sich die Innenseite des Handgelenks. So wie andere an ihren Eheringen drehten oder mit ihrem Haar spielten.

»Kommst du nicht weiter?«, erkundigte sich Gloria.

Simon tippte mit dem Bleistift auf das Blatt Papier. »Wie leistet man einen Beitrag zum Wohle seiner Mitmenschen?«

»Tja ...«

»Ich glaube nicht, dass das auf mich zutrifft«, sagte er.

Gloria setzte sich auf die Armlehne des Sofas. »Aber natürlich. Jeder leistet seinen Beitrag.«

Simon rechnete damit, dass sie das näher erklären würde, doch stattdessen ging sie zum Fenster und hockte sich auf das Fensterbrett. Es geschah öfter, dass Simon einen tieferen Sinn in einem Satz vermutete, den alle anderen nicht zu bemerken schienen.

»Sie ist mal wieder völlig von der Rolle«, sagte Gloria. »Florence, meine ich.«

Simon reckte den Hals, aber ein Stapel Ordner war ihm im Weg. Jemand hatte mit der Aktenablage begonnen, aber mittendrin aufgegeben. »Was macht sie?«

»Sie läuft im Innenhof auf und ab. Sieht zu den Fenstern hoch. Schreit ziemlich herum. Wenn sie so weitermacht, kassiert *Greenbank* sie bald ein. Ich habe gehört, wie sie von ihr geredet haben, als ich die Kühlschränke aufgefüllt habe.«

»Es ist schlimmer geworden, seit dieser Neue aufgetaucht ist«, sagte Simon. »Wie heißt er doch gleich?«

»Gabriel.« Gloria schnippte die Asche aus dem gekippten Fenster. »Ich mag Gabriel. Er hat mir ein fantastisches Curry-Rezept verraten.«

»Mir hat er mit der Leiter geholfen.«

»Vielleicht koche ich es mal für unsere Bewohner«, sagte Gloria. »Allerdings braucht es dann einen anderen Namen.«

»Wieso das denn?«

»Na, wenn ich sage, dass es Curry ist, wird es niemand essen. Aber wenn ich es ›Scharfes Somerset-Stew‹ nenne, werden sie ganz wild darauf sein.« Sie tippte sich mit dem Finger an die Schläfe.

Simon sah wieder auf sein Formular.

»Du hast das ganze Wochenende, um das Ding auszufüllen«, sagte Gloria. »Es sei denn, du hast etwas anderes vor?«

Das war das Schlimmste an Freitagen, fand Simon. Ausgerechnet dann interessierten sich alle dafür, was man mit seiner Freizeit anstellte. Er wusste, was er vorhatte, weil es das Gleiche war, was er jedes Wochenende vorhatte. Er würde im Fernsehen Fußball gucken und vielleicht einen Film, wenn er einen fand, den er noch nicht kannte. Am Sonntag würde er dann zum Drive-in fahren, sein *McDonald's*-Menü essen und dabei durch die Windschutzscheibe die Autos auf der Umgehungsstraße beobachten. Dann würde er sich die Finger ablecken, die leeren Portionsbeutel der Grillsoße und die Pappschachtel mit den losen Salzkörnern zusammensuchen und alles in die Abfalltonne werfen, bevor seine Polster etwas abbekamen. Später würde er sich wahrscheinlich noch etwas in den Park setzen. Darüber nachdenken, ob er sich einen Hund anschaffen sollte (obwohl er wusste, dass es dazu nie kommen würde). Vielleicht noch kurz bei *Morrisons* vorbeischauen. Sich darüber beschweren, dass die Weihnachtsware schon wieder so früh angeboten wird, und sich trotzdem eine Packung *Mince Pies* kaufen.

»Das Übliche«, sagte er. »Erst ein bisschen Sport. Am Sonntag gehe ich dann zum Essen. Später noch einen Ausflug aufs Land und eine kleine Wanderung.«

Simon war ganz verdattert, dass es ihm gelungen war, sich

als einigermaßen interessant zu präsentieren. Ermutigt beschloss er, die Gunst des Augenblicks zu nutzen.

»Ich hatte überlegt, ins Kino zu gehen«, sagte er. »Falls ihr auch Lust hättet. Als Freunde. Leute, die zusammen ins Kino gehen. Kollegen.«

Gloria schüttelte den Kopf. »Ich kann nicht, Simon. Ich bin auf einem Yoga-Wochenende, ich muss dringend meine Chakren ausgleichen.«

Erwartungsvoll sah Simon Cheryl an. Cheryl gab nur ein schwaches »Nein danke« von sich, ohne irgendwelche Erklärungen anzubieten. Dann starrte sie weiter ihr Handgelenk an.

Gloria warf den Zigarettenstummel ins Kiesbett und schloss das Fenster.

»Sie ist immer noch da draußen. Was meint ihr, sollten wir jemandem Bescheid geben?«

»Lass sie in Ruhe«, sagte Cheryl. »Ich mag Florence.«

Simon und Gloria sahen verblüfft zu ihr hinüber.

»Sie hat so etwas Freundliches an sich«, sagte Cheryl. »Immer, wenn sie denkt, dass keiner guckt, kommt es zum Vorschein.«

Simon kehrte zu seinen Fragen zurück. Die leeren Zwischenräume waren nicht kleiner geworden.

»Nimm es nicht so tragisch.« Gloria angelte ihr Schlüsselband aus dem Dekolleté. »Ist doch nur ein blödes Formular.«

Er überlegte, ob er etwas sagen sollte, zog es dann aber vor, seine Meinung in das Bleistiftende zu kauen. Als die beiden gegangen waren, nahm er sich die erste Seite wieder vor, aber auch die Fragen waren nicht kleiner geworden, also stellte er sich stattdessen ans Fensterbrett und beobachtete Florence. Und während er ihr so zusah, war es ganz still, nur das Ticken einer Uhr war zu hören.

FLORENCE

Ich konnte mich einfach nicht entscheiden, auf welche Bank ich mich setzen sollte. Die auf der einen Seite war gleich bei meiner Wohnung, aber sie war von den Hauptgebäuden am weitesten entfernt, und auf der Bank in der Nähe vom Tagesraum war jede Menge Vogelzeugs. Unentschlossen ging ich zwischen den Bänken hin und her. Ich sah, wie Gloria mich vom Personalraum aus im Visier hatte, aber wir leben in einem freien Land, und ich konnte meine Meinung so oft ändern, wie es mir passte.

Ich wünschte, ich hätte ihr keinen Kuchen angeboten. Dabei wollte ich nur höflich sein. Ich meine die junge Frau mit dem rosa Haar. Grüner Kittel. Winzige Füße. Kaut ihre Fingernägel bis zum Nagelbett herunter. »Sie sehen müde aus«, hatte ich zu ihr gesagt. Sie wechselte gerade die Bettwäsche. Brauchte ewig, bis sie die Ecken festgesteckt hatte. »Wie wäre es mit einer schönen Tasse Tee? Dann sieht die Welt gleich wieder anders aus.«

»Das dürfen wir nicht, Miss Claybourne«, hatte sie geantwortet. »Miss Bissell sagt, wir dürfen von den Bewohnern nichts annehmen. Nicht einmal eine Tasse Tee.«

»Nun ja, was sie nicht weiß, macht sie nicht heiß«, sagte ich.

Ich setzte Wasser auf und entschied, dass sie meine schönste Tasse haben sollte. Die mit Prinzessin Diana drauf. Ich habe sie nach ihrem Tod gekauft. Als Erinnerung. Nicht einmal Elsie darf sie benutzen, weil sie immer so ungeschickt ist.

»Ich gebe zwei Stück Zucker hinein«, rief ich. »Das bringt Sie wieder in Schwung.«

Ich rührte gerade um, als sie hereinkam. Sie gähnte. Natürlich ohne die Hand vor den Mund zu nehmen. Heutzutage scheint das völlig aus der Mode gekommen zu sein.

»Wie wäre es mit einem Stückchen Kuchen?«, fragte ich. »Zur Feier des Tages?«

»Ich kann nicht, Florence, wirklich nicht.«

»Ach, nun kommen Sie schon. Ich verrate es keiner Menschenseele. Zufälligerweise habe ich einen wunderbaren Schachbrettkuchen da. Gleich dort im Schrank über Ihnen.«

Sie sah hoch und streckte die Hand nach dem Türgriff aus. Und dann war es, als liefe alles in Zeitlupe ab. Zuerst begriff ich nicht, was geschah. Sie verteilten sich prasselnd auf der ganzen Arbeitsfläche, und einige rutschten über die Kante und fielen auf den Boden.

Stumm stand das Mädchen da.

»Wo kommen die alle her?«, fragte ich. »Ich habe nur eine Packung gekauft. Wer hat die alle in den Schrank getan? Waren Sie das?«

Sie sagte kein Wort. Starrte nur auf die Kuchen.

Es waren dreiundzwanzig. Sie hat sie gezählt. Ich wollte, dass sie sie mitnimmt, aber sie sagte, das sei verboten und sie müsse Miss Bissell Mitteilung machen und jemand würde vorbeikommen.

Aber es kam niemand.

Ich wartete.

Irgendwann hielt ich es nicht mehr aus und ging nach draußen. Es war der Geruch. Das Marzipan. Es ist eigenartig, denn früher habe ich den Geruch von Marzipan geliebt. Er erinnerte mich immer an Weihnachten und Rührschüsseln, und an meine Mutter, wie sie voller Mehl war und lächelte. Jetzt roch die ganze Wohnung nach Marzipan, und mir wurde ganz schlecht davon. Ich hatte mich sogar eine Weile im Bad eingeschlossen, um dem Geruch zu entkommen, aber es war ihm gelungen, unter der Tür durchzukriechen. Ich konnte ihn regelrecht schmecken. Jack war mit Chris irgendwohin unterwegs, und Elsie konnte ich nicht finden, also beschloss ich, mich so lange auf eine Bank zu setzen, bis jemand kam und die Kuchen wieder mitnahm.

»Alles in Ordnung mit Ihnen, Florence?«

Es war der Hausmeister. Große Klappe, nichts dahinter. Wirkt immer ein bisschen zerstreut. Trägt Trainingsschuhe, obwohl er nicht so aussieht, als würde er Sporthallen oft von innen sehen.

»Ich bin's, Simon«, sagte er.

Simon. Richtig. Wäre ich schon von selbst darauf gekommen, wenn er mir einen Augenblick Zeit gelassen hätte.

»Ist es nicht ein bisschen zu kalt, um hier allein draußen zu sitzen?«

»Wäre es denn wärmer, wenn hier noch jemand anderes säße?«, fragte ich.

Er antwortete nicht, obwohl das in meinen Augen eine völlig gerechtfertigte Frage war.

»Frische Luft ist gut für alte Menschen«, sagte ich. »Das habe ich gelesen. In einer Zeitschrift.«

»Ich hatte nur den Eindruck, dass es vielleicht ein wenig zu viel werden könnte«, sagte er.

Ich sah mir sein Gesicht genauer an. Ich war noch nie gut darin gewesen, das Alter von jemandem zu schätzen, aber ich vermutete, dass er um die vierzig war. Elsie sagt zwar immer, dass ich das von jedem behaupte, aber ich finde, dass es auf die allermeisten zutrifft. Er hatte noch keine Falten, aber Nachdenklichkeit hatte um die Augen herum erste Spuren hinterlassen. Ich habe mich schon öfter gefragt, ob es gewollt ist, dass man mit den Jahren mehr grübelt, und ob die Falten es dem Gesicht leichter machen sollen, sich in Gedanken zu verlieren.

»Sie könnten eine Rasur vertragen, Simon«, sagte ich.

Im ersten Moment bemerkte ich gar nicht, dass ich das wirklich gesagt hatte. Manchmal meine ich, dass bestimmte Gedanken nur in meinem Kopf sind, aber dann sehe ich die Gesichter der Leute und begreife, dass sich mein Mund selbstständig gemacht und sie herausgelassen hat. Simon lachte nur.

»Da haben Sie wahrscheinlich recht«, sagte er. »Wie wäre es, wenn ich Sie zurück in Ihre Wohnung begleite und wir eine Tasse Tee zusammen trinken? Um uns ein wenig aufzuwärmen?«

Ich drückte den Rücken durch. »Das geht nicht, wegen des Kuchens«, sagte ich.

»Kuchen?«

»Ich habe ihn jedenfalls nicht gekauft. Alle werden glauben, dass ich es war, aber das stimmt nicht. Nicht einmal ich bin derart versessen auf Marzipan.«

Er sah mich völlig verdutzt an, also erklärte ich ihm alles.

»Sie sollten sie wieder mitnehmen, aber dann ist keiner gekommen. Deswegen sitze ich ja hier. Ich konnte da nicht länger bleiben.«

Simon legte seine Hand auf meine, und ich ließ ihn gewähren.

»Was halten Sie davon, Florence, wenn ich die Kuchen für Sie wegräume? Kommen Sie, wir gehen zusammen.«

Ganz hinten in einer Schublade fand ich eine alte Einkaufstüte, die er verwenden konnte.

»Es sind insgesamt dreiundzwanzig«, sagte ich. »Und nur einer davon ist von mir. Ich weiß nicht, wem die anderen gehören.«

Er sammelte die Packungen auf und verstaute sie in dem

Beutel, den er oben mit einem kleinen Knoten verschloss. »Machen Sie sich keine Sorgen«, sagte er. »Miss Bissell wird sich schon darum kümmern.«

»Sie geben ihr Bescheid? Dann sagen Sie ihr auch, dass es nicht meine Kuchen sind, sonst verwendet sie das noch gegen mich.«

Er nickte lächelnd, und mit einem Mal waren die Gedankenfalten aus seinem Gesicht verschwunden.

»Offenbar ist da auch eine Tasse zu Bruch gegangen, als sie herausgefallen sind«, sagte er.

Die Prinzessin-Diana-Tasse. Sie lag auf dem Boden, in einer kleinen Teepfütze.

»Das war meine Lieblingstasse«, sagte ich. »Wie soll ich mich denn jetzt an sie erinnern?« Meine Stimme zitterte, obwohl ich nicht hätte sagen können, woher das kam. Das hatte sie früher nie getan.

»Wissen Sie was«, sagte Simon. »Die repariere ich Ihnen. Es ist ja nur der Griff abgebrochen, Florence, das bekomme ich schon wieder hin.«

Er wickelte die Tasse in eine Lage Zeitungspapier und steckte sie sich in die Manteltasche.

Ich sah zu ihm hoch.

»Sie können mich Flo nennen«, sagte ich. »Wenn Sie möchten.«

Es gelang mir, mit dem Weinen zu warten, bis er wieder aus der Tür war.

Ich hatte seit vielen Jahren nicht mehr geweint. In meinem Leben hat es Zeiten gegeben, in denen ich so viel geweint habe, bis mir die Tränen ausgingen, aber in der jüngeren Vergangenheit ist das kaum noch vorgekommen – warum auch? Ich hatte gedacht, ich hätte es ganz verlernt, aber kaum war Simon gegangen, stellte ich fest, dass es wie Fahrradfahren ist.

Es ist eigenartig. Im Laufe des Lebens quält man sich durch so viele Widrigkeiten, erträgt so viel Trauriges und schafft es irgendwie dennoch, sich nicht unterkriegen zu lassen und sich durchzukämpfen. Und dann kommt jemand, der nett zu einem ist, und das bringt einen dann zum Heulen. Eine unscheinbare gute Tat öffnet irgendwo eine Tür, und das ganze Elend schießt heraus.

»Von jetzt an werden wir Ihre Einkäufe im Auge behalten müssen«, sagte Miss Ambrose. »Wir müssen darauf achten, dass Sie die richtigen Kaufentscheidungen treffen.«

Ob ich mich einmal mit einer Ernährungsberaterin unterhalten wolle? Oder mit der Diätassistentin?

Was denn der Unterschied sei, fragte ich, doch sie hustete nur und kramte in einer ihrer Schubladen herum. Wie kommt es, dass Berufe heute so kompliziert geworden sind, und wozu sollen all diese Bezeichnungen gut sein? Vielleicht, damit sich die Leute besser fühlen oder damit andere ihnen eher Gehör schenken. Ich sagte ihr, dass ich keine von beiden sprechen wolle. Ich sagte ihr, dass ich jemanden sprechen wolle, der mir glaubt. Sie hat erst gar nicht geantwortet.

Ich bin nicht einmal sicher, ob Jack und Elsie mir glauben. Obwohl Jack mir einen Lufterfrischer geschenkt hat. Damit ich den Marzipangeruch wieder loswerde, sagte er. *Waldspaziergang* heißt er. Eine kleine Plastikdose, die jetzt auf dem Abtropfbrett steht. Er riecht ein wenig nach Desinfektionsmittel, aber ich habe nichts gesagt, weil ich nicht undankbar erscheinen wollte. Die werden vorne im Laden verkauft. Es gibt auch *Lavendeltraum* und *Winterwunderland*. Für mich riechen sie alle gleich nach Desinfektionsmittel. Der einzige Unterschied, den ich erkennen kann, ist das Bild auf der Verpackung. Ich habe keinen gekauft. Der Mann mit den kleinen Kopfhörern in den Ohren lässt mich nicht mehr aus den Augen. Alles, was ich kaufe, trägt er in ein Büchlein ein, das er unter der Ladentheke hat.

»Es ist wie früher bei der Rationierung, mit dem Unterschied, dass jetzt nur ich davon betroffen bin«, sagte ich und versuchte ein kleines Lachen.

Er lachte nicht, kein bisschen.

Als Jack den Lufterfrischer vorbeibrachte, wollte er die Sprache wieder auf Hazel bringen. Er versuchte zwar, es in einem scheinbar belanglosen Gespräch zu verbergen, aber ich habe es sofort gemerkt. Männer sind nicht gut darin, so etwas zu verbergen. Er wollte wissen, was ihr zugestoßen war. Wie sie gestorben war. Er meinte, wir könnten das eventuell verwenden. Er meinte, wir könnten Ronnie vielleicht mit seinen eigenen Waffen schlagen.

Es ist schon komisch, dass ich bei diesen Lufterfrischern keinen Unterschied feststellen kann, aber ich, sobald irgendjemand Hazel erwähnt, augenblicklich verschüttetes Bier und das Bohnerwachs rieche, mit dem der Boden des Tanzsaals immer behandelt worden war. Ich höre dann auch wieder die Musik. Jede einzelne Note habe ich im Ohr. Den an- und abschwellenden Klang der Posaune, die perlenden Läufe der Piano-Tasten. Tango und Walzer und Foxtrott – sie wirbeln in meinem Kopf herum und überdecken alles andere. »Ich kann mich nicht erinnern«, sagte ich. Ich erklärte ihm, dass ich allen möglichen verschlungenen Pfaden meiner Erinnerung folge, aber dass alle in einer Sackgasse enden. Miss Ambrose sagt immer, dass alles da oben drin ist, ich müsse nur den richtigen Weg finden, es auch wieder herauszubekommen.

»Das ist alles in Ihrem Archiv, Florence«, sagt sie jedes Mal, wenn ich etwas vergesse. »All Ihre Erinnerungen sind in Schubladen in Ihrem Kopf aufbewahrt, und wir müssen einfach nur den passenden Schlüssel finden.« Dann tippt sie immer mit dem Finger an die Seite ihres Schädels. Als ob ich nicht wüsste, wo ich meinen Kopf habe.

Wenn man nur lange genug im Tagesraum herumsitzt, kommt früher oder später jemand mit Bildern von Filmstars und Premierministern und Popstars.

»Kommen Sie, Florence«, sagen sie. »Lassen Sie uns ein paar Schubladen öffnen.«

Es gibt Tage, an denen ich mein eigenes Gesicht kaum erkenne, wie soll ich da erst die anderen erkennen? Ich sage einfach bei jedem Bild Winston Churchill, dann geben sie nach einer Weile auf und gehen jemand anderem auf die Nerven.

Ich versuchte, Jack das zu erklären. Ich versuchte zu erklären, dass Erinnerungen manchmal nicht gefunden werden wollten, dass sie sich hinter anderen Erinnerungen im äußersten Winkel des Hirns zusammenkauerten und sich unsichtbar machten.

»Vielleicht war da ja noch jemand andres außer Clara«, sagte er. »Jemand, der sich auch noch erinnern könnte?«

Ich sah zu Elsie hinüber. Sie saß in der Ecke und folgte unserem Gespräch mit den Augen.

»Cyril war da«, sagte sie. »Cyril könnte es wissen.«

»Cyril Sowter?«

»Siehst du, du bist nicht halb so plemplem, wie du immer tust. Du weißt noch seinen Nachnamen. Du hast die Schublade aufbekommen, Florence.«

Cyril Sowter lebte auf einem Kahn. Wir hatten gerüchteweise davon gehört, waren aber nicht sicher gewesen, ob wir das glauben sollten oder nicht, denn manche Senioren wissen mit ihrer Zeit nichts Besseres anzufangen, als ständig den immer gleichen Unsinn auszutauschen. In diesem Fall stimmte aber, was sie sich erzählten.

»Glauben Sie, er erinnert sich noch an die Nacht, in der Hazel gestorben ist?«, fragte Jack, als wir ins Auto stiegen.

»Irgendeine Meinung wird er dazu schon haben«, sagte Elsie. »Das wäre besser als nichts.«

»Soweit ich weiß, hat er noch alle Tassen im Schrank«, sagte ich. »Oder zumindest die Grundausstattung, die ihm die Natur mitgegeben hat.«

Chris parkte den Wagen in einem engen Zwischenraum zwischen einer Holzbank und einem Abfalleimer, und wir kämpften uns aus dem Auto auf den Treidelpfad. Ich war seit Jahren nicht mehr hier gewesen. Nicht mehr seit der Zeit, als Elsies Mutter immer am Ufer hin- und hergelaufen war und auf die frische Luft eingeredet hatte und wir ihr von weiter weg zugesehen hatten, bis sie nicht mehr konnte. In meiner Erinnerung hatte das Wasser einen eigenartigen Geruch, aber als ich nun einen tiefen Atemzug nahm, merkte ich nichts davon. Es roch nur nach Gras und Bäumen und einem Hauch Diesel. Mein Gedächtnis hatte wahrscheinlich einfach den Geruch der Nachkriegszeit abgespeichert, als alles immerzu nach Müdigkeit und Erschöpfung roch.

Am Kanalufer war eine ganze Reihe von Booten vertäut. Eine Ansammlung von Grundfarben und goldenen Lettern. Im Auf und Ab der Wellen stießen sie einander verschwörerisch an.

»Welches mag wohl sein Boot sein?«, fragte Elsie.

»Cyrils Boot wird der Kahn sein, der nicht zu den anderen passt.« Im hellen Sonnenlicht musste ich blinzeln. »Der, der aussieht wie das fünfte Rad am Wagen.«

Wir ließen Chris am Auto zurück und gingen auf die Boote zu. Eine Entenfamilie begleitete uns eine Weile. Energisch durchpflügten sie das Wasser, als wären sie unterwegs zu einer wichtigen Verabredung.

»Das hat was, nicht wahr?« Jacks Gehstock tock-tockte den Treidelpfad entlang. »Man schiebt morgens den Vorhang zur Seite und hat diesen Blick, anstatt auf den Notausgang der Küche zu sehen.«

»Und die Welt dreht sich auf einmal langsamer«, sagte ich. »Als hätte jemand den Schlüssel für die Wanduhr verloren.«

»Heutzutage braucht niemand mehr einen Schlüssel für die Wanduhr.« Elsie hakte sich bei mir ein. »Das ist genau das Problem, glaube ich.«

Cyril Sowter saß in einem Liegestuhl neben seinem Kahn. Ich hatte recht gehabt: Das Boot war kanarienvogelgelb gestrichen und trug den Namen *Gerade noch davongekommen*. Darunter stand in roten Buchstaben sein eigener Name. Sicherheitshalber.

»*Sir* Cyril Sowter?«, fragte ich.

»Ich habe beschlossen, mich zum Ritter zu schlagen. Die Leute bringen einem einfach mehr Respekt entgegen, wenn man einen Titel vor dem Namen hat.« Er machte eine Kopfbewegung in Richtung Boot. »Ich sehe nicht ein, warum nur die Queen das Recht dazu haben sollte, schließlich habe ich sie nie gewählt. Außerdem wird es langsam Zeit, dass ihr auftaucht. Ich warte schon den ganzen Morgen.«

»Du wusstest, dass wir kommen würden?«, fragte ich.

»Ihr seid mir erschienen.« Er deutete auf die leeren Liegestühle. »Eine Vorahnung. Habe ich ziemlich oft. Ich habe allen erzählt, dass der Premierminister abdanken wird, und ich habe vorhergesagt, dass ein neuer *Tesco* an der Umgehungsstraße aufmacht. Ich habe sogar die Unabhängigkeit von Wales prophezeit.«

»Aber Wales ist nicht unabhängig«, sagte Jack.

Cyril tippte sich an die Seite seiner Nase und lächelte nur.

»Tja, offensichtlich hat dich deine Vorahnung ziemlich im Stich gelassen«, sagte ich. »Da stehen nur zwei Stühle für uns.«

Cyril machte Tee, und wir ließen uns in der Septembersonne nieder und sahen den Enten zu. Elsie musste mit einem Hocker vorliebnehmen, aber das war nicht weiter schlimm, weil sie aus einer großen Familie stammt. Wir hörten zu, was Cyril zu sagen hatte. Ausgestreckt auf seinem Liegestuhl gab er seine Ansichten zum Besten, mit denen er schon vor sechzig Jahren nicht hinter dem Berg gehalten hatte. Inzwischen gab es eine neue Regierung, die Kriege fanden in Ländern mit fremd klingenden Namen statt, und die Leute, die schuld waren, waren inzwischen andere, aber sein Standpunkt war unverändert. Er hatte sich angepasst und recycelt, damit er mit dem neuen Zeitalter mithalten konnte.

»Und genau das ist das Problem mit unserem Land«, sagte er. »Hier machen sich zu viele Spinner und Gutmenschen breit, die aus allen verweichlichte Muttersöhnchen machen wollen.«

»Gutmenschen?«, fragte Jack.

»Sehen Sie sich doch nur diese Wohlfahrtsläden an.« Cyril setzte seinen Teebecher ab, wobei er die großzügige Wölbung seines Bauchs als Tablett nutzte. »Wie die Pilze schießen die aus dem Boden. Auf der Hauptstraße sind sie wie in einer Girlande aneinandergereiht.«

»Aber Cyril, dort wird viel Gutes für die Menschen geleistet …« Doch weiter sollte Jack mit seinem Satz nicht kommen.

»Nicht für mich, hab mein Lebtag noch keinen Penny von denen gesehen.«

»Aber was ist mit den sozialen Einrichtungen für Senioren?«, fragte Jack.

Er schnaubte. »Pah, Senioren. Was hat das mit mir zu tun?« Er tippte sich an die Schläfe. »Alles Kopfsache.«

»Tatsächlich?« Jack drehte sich in seinem Liegestuhl. »Wie meinen Sie das?«

»Ist doch sonnenklar.« Aus der Sorgfalt, mit der Cyril seinen Becher auf dem Klapptisch platzierte, sprach, dass er etwas außergewöhnlich Wichtiges zu sagen hatte. »Was man erwartet, tritt auch ein.«

»Ach ja?«, sagte Jack.

»Das will ich meinen.« Cyril rückte seinen Becher einen Zentimeter nach links. »Man erwartet Verstopfung, wenn man zu viel gegessen hat. Man erwartet zu frieren, wenn es schneit. Also tritt es auch ein. Genauso ist das mit dem Alter.«

»Ist das so?«, sagte Elsie.

»Das Gehirn ist ein Organ mit enormen Kräften. Alle achtundzwanzig Tage erneuert es sich.«

»Ich dachte, das wäre die Haut?«, sagte Jack.

»Aber die Haut wird vom Hirn gesteuert.« Nickend pflichtete Cyril sich selbst bei. »Es steuert alle Bereiche – man muss also nur das Gehirn überlisten, und fertig ist die Laube.«

»Und doch wird alles langsamer im Alter«, sagte ich. »Vor allem das Gehirn.«

»Aber nicht meins. Läuft wie am Schnürchen. Ich mache mehr als vor sechzig Jahren. Schrebergarten, Computerkurs, und ich lerne Trompete. Da drin habe ich stapelweise Noten.« Mit dem Daumen deutete er auf das Boot hinter sich. »Ich übe stundenlang.«

Ich schenkte den anderen Booten ein mitleidiges Nicken.

»Ganz zu schweigen von meinen Aufführungen. Am Samstag spielen wir die Schlacht von Edgehill nach, falls ihr Lust habt?«

Tief unten in unseren Kehlen sammelte sich eine ganze Palette an Ausflüchten.

»Jeder altert irgendwann, Cyril. Sehen Sie uns doch nur an.« Jack setzte seinen allervernünftigsten Tonfall ein. »Es ist, als wären wir ganz andere Menschen.«

»Äußerlich vielleicht. Aber innen drin bin ich immer noch derselbe, der ich vor sechzig Jahren war.« Er schlug sich vor die Brust, um klarzustellen, wo sein Inneres war. »Nur die Verpackung hat sich verändert.«

Jack rutschte in seinem Liegestuhl hin und her und warf uns einen Blick zu. »Wer waren Sie denn vor sechzig Jahren, Cyril?«

Cyril lächelte breit und verschränkte die Arme. »Wo ich auch hinkam, ich war der Mittelpunkt. Bei jedermann beliebt. Auf Schritt und Tritt sprach mich jemand an.«

Ich wollte zurücklächeln, konnte mich aber nicht dazu überwinden.

»Hatte einen Schlag bei den Ladys. Die konnten gar nicht genug von mir bekommen. Was die Frauen anging, war ich sehr verwöhnt. Habe mir immer nur das Beste aus der Pralinenschachtel genommen.«

»Und für wen haben Sie sich schließlich entschieden?«, fragte Jack.

»Für meine Eileen, Gott hab sie selig.« Er bekreuzigte sich. »Geborene Everest. Du kannst dich sicher noch an sie erinnern, Florence?«

Ich merkte, wie mein Kopf ganz zappelig wurde.

Ich wollte gerade etwas anmerken und sah zu Elsie hinüber, aber dann sagte ich nur: »Ich erzähle es dir später.«

»Fünfundfünfzig Jahre waren wir verheiratet. Ohne ein böses Wort. Und dann ist sie im Schlaf gestorben, einfach so. Eines Morgens bin ich wach geworden, und sie war nicht mehr da.« Cyril befeuchtete seinen Daumen mit der Zunge und rieb über einen Fleck an seinem Becher. »Man sollte meinen, dass man nach all den Jahren noch Gelegenheit bekommt, sich zu verabschieden.«

Möglicherweise lag es an der Sonne, die in diesem Augenblick hinter einer Wolke verschwand, aber Cyril wirkte plötzlich um Jahre gealtert. Verletzlicher. Manchmal kann man bei Menschen ihre Bruchstellen sehen, man muss nur richtig hinschauen. Dann erkennt man die Risse, wo sie entzweigegangen sind und versucht haben, sich wieder zu flicken.

»Meine Frau ist an Krebs gestorben«, sagte Jack. »Ich finde, es ist ein Geschenk, im Schlaf gehen zu dürfen.«

»Für den, der geht, vielleicht. *Schlaf gut, Cyril*. Das ist das Letzte, was sie zu mir gesagt hat. Ich wünschte, man bekäme einen Hinweis, dass es die letzten Worte sind, die man mit jemandem wechselt. ›Das ist jetzt deine Chance, Junge, also mach was draus.‹ So in etwa.«

Schweigend saßen wir da und lauschten dem Schlingern der Boote und dem leisen Rufen einer Taube, die am Ufer auf ihren Partner wartete.

»Haben Sie noch Kontakt zu anderen von den Tanzabenden?«, fragte Jack irgendwann.

»Die meisten feiern jetzt auf dem Friedhof weiter. Oder

werden in Einrichtungen mit betreutem Wohnen aufbewahrt.« Er sah uns an. »Nichts für ungut.«

»Schon in Ordnung«, sagte ich. »Das heißt, du siehst niemanden mehr von damals?«

»Von einigen höre ich noch ab und zu. Die Zwillinge sind nach Surrey gezogen. Vielleicht war es auch Kent. Jottweedee jedenfalls. Mabel Fogg lebt bei ihrer Enkelin zusammen mit einer ganzen Armee von Kindern. Verbringt ihren Lebensabend damit, Cartoons im Fernsehen zu gucken und Milch aufzuwischen.« Er zog ein Gesicht. »Da kann ich mir Schöneres vorstellen.«

»Jedenfalls sollten wir froh und dankbar sein. Wir sind wenigstens noch am Leben.« Auf Zehenspitzen balancierte ich die Worte in seine Richtung. »Im Gegensatz zu Ronnie Butler.«

»Manche haben es nicht anders verdient«, sagte er. »Üble Sache. Obwohl mir die Angelegenheit von Anfang an nicht ganz geheuer war.«

Ich richtete mich ein Stück auf. »Ach nein?«

»Er hatte es sich zu Lebzeiten mit so vielen verdorben, dass die Leute wahrscheinlich Schlange gestanden hätten, um ihm den nötigen Stoß zu versetzen. Und ich wäre verdammt noch mal ganz vorn dabei gewesen.«

»Er ist hineingefallen, Cyril. Das haben die polizeilichen Untersuchungen ergeben. Er war betrunken.« Meine Kehle war so trocken, dass ich spürte, wie die Worte sich innen an ihr festklammerten. »Kein Grund, gleich melodramatisch zu werden.«

»Ich habe ihn an dem Abend noch gesehen, weißt du. Wie er mit der – wie hieß sie doch gleich? – sprach. Dem Mädchen, das gestorben ist.«

Ich warf Elsie einen Blick zu.

»Hazel«, sagte ich. »Du meinst sicher Hazel.«

»Genau die. Hazel. Nettes Mädchen. Hat für meinen Geschmack vielleicht ein bisschen viel gequasselt, aber so sind sie ja alle, nicht wahr?«

Jack hustete.

»Vor dem Bürgersaal haben sie gestanden. Und gestritten wie die Kesselflicker. Das habe ich auch der Polizei gesagt, aber auf mich will ja nie jemand hören.«

»Und was geschah dann?«, fragte Jack.

»Wenn ich das wüsste.« Cyril verschränkte die Arme. »Das Nächste, was ich hörte, war, dass sie sie am Straßenrand gefunden hatten. Fahrerflucht. Die Frage ist nur, wer ist gefahren, und wer ist geflüchtet. Man hat es nie herausgefunden, aber ich weiß, auf wen ich mein Geld verwetten würde.« Er machte sich ganz steif, als wollte er mit seinem Körper unterstreichen, wie felsenfest überzeugt er war.

Wieder sah ich zu Elsie hinüber. Ihre Miene war unverändert, aber ihre Augen setzten sich blinzelnd gegen alle Gedanken zur Wehr.

»Die Polizei muss doch einen Verdacht gehabt haben«, sagte Jack. »Was haben denn deren Untersuchungen ergeben?«

»Sie haben uns stundenlang auf der Wache befragt, wo es gezogen hat wie Hechtsuppe. Daran musst du dich doch noch erinnern, Florence.« Cyril schüttelte den Kopf. »Halb erfroren war ich danach. Hatte ja nicht mal einen Mantel dabei.«

Da war sie. Die Erinnerung. Ich spürte sie schon, bevor mir bewusst wurde, dass sie wieder aufgetaucht war.

»Ich erinnere mich!«, sagte ich. »An dem Abend hatte es den ersten Frost gegeben. Als ich nach dem Tanzen auf die Straße trat, bildeten sich kleine Wölkchen um meine Worte, trotz des Schals, den ich trug. Worte, nichts als Worte. Später machte ich mir Gedanken, ob sie wohl sehr gefroren hatte, wie sie da ganz allein im Gras gelegen und darauf gewartet hatte, gefunden zu werden.«

Cyril schnaubte. »Nach allem, was man so hörte, war sie in einem ganz schön schlimmen Zustand. Die Frau, die sie fand, sagte …«

»Ronnies Auto!«, hörte ich mich ausrufen. »Mir fällt ein,

wie es den Parkplatz am Bürgersaal verlassen hat. Ich erinnere mich, wie er weggefahren ist.«

»Ist doch klar, dass es Ronnie war.« Cyril zog Luft durch die Zähne. »Alle wussten das. Es konnte eben nur niemand beweisen.«

»Nicht einmal die Polizei?«, fragte Jack.

Cyrils Zähne sogen noch ein bisschen Luft ein. »Damals gab es den ganzen gerichtsmedizinischen Schnickschnack ja noch nicht. Sie sollten das doch wissen. Alles, was die Polizisten hatten, waren ein Notizbuch und ihr Pflichtbewusstsein.«

»Es ist so lange her«, sagte Elsie. »Das waren völlig andere Zeiten.«

Ich fühlte, wie eine Erinnerung in meinem Hinterkopf unruhig wurde.

»War an jenem Abend nicht noch jemand bei Ronnie im Auto?«, fragte ich. »Da war jemand bei ihm, stimmt's?«

Ich hatte sie gefunden. Die Erinnerung. Ich zog die Schublade auf, sah, was darin lag, und überlegte, ob ich sie wieder zumachen sollte.

Cyril blinzelte gegen die Septembersonne, die über den Kanal tanzte. »Natürlich war da jemand bei ihm«, sagte er. »Wir alle wussten das.«

»Wer war bei ihm, Cyril?«, fragte ich.

Die Frage schwebte erwartungsvoll zwischen uns.

Dann merkte ich, dass ich die Luft anhielt.

»Das können wir nicht mit Bestimmtheit sagen, nicht wahr? Es hat sich nie jemand gemeldet.«

»Aber was glauben Sie, wer bei ihm war?«, fragte Jack.

Cyril stocherte an einem Backenzahn herum.

»Es spielt keine Rolle, was ich glaube. Nicht nach all der Zeit. Ich habe damals meine Meinung dazu gesagt, aber niemand hat zugehört.«

»Jetzt hören wir zu«, sagte Jack.

Cyril lehnte sich in seinem Liegestuhl zurück. »Ich war kurz rausgegangen«, begann er. »Frische Luft schnappen, wie man das halt so macht. Ich bekam mit, wie sie sich stritten, und dann ist sie wutentbrannt davongerauscht. Hazel, meine ich.«

Jack stellte seinen Tee auf dem Klapptisch ab. »Wo ist sie hingelaufen?«

»Sie rannte über das brachliegende Grundstück hinter dem Bürgersaal. Heute stehen da natürlich Wohnanlagen. Man kann so ein Stück Land ja nicht einfach sich selbst überlassen, man muss ja immer unbedingt etwas bauen. Zu Eileen habe ich immer gesagt: ›Eileen …‹«

»Und was hat Ronnie gemacht?«, unterbrach Jack.

Cyril hüstelte über seine Geschichte hinweg. »Er blieb noch eine Minute oder so da stehen, rauchte seine Zigarette und starrte an die Stelle, wo sie gestanden hatte. Dann schmiss er seine Kippe ins Gras und stieg in seinen Wagen.«

»Und da war er allein?«, fragte ich.

»Zu dem Zeitpunkt schon. Aber als er am Tor zum Parkplatz ankam, hielt ihn jemand auf. Hämmerte gegen die Beifahrertür. Da hat er sich hinübergebeugt, und die andere Person ist eingestiegen, und dann sind sie weggefahren.«

»Konntest du sehen, wer es war?«, fragten Elsie und Jack gleichzeitig.

Ich konnte fühlen, wie der Atem in meiner Brust darauf wartete, hinausgelassen zu werden.

»Von da, wo ich stand, konnte ich das nicht erkennen. Aber eines kann ich euch sagen.« Cyril ließ sich wieder zurück in seinen Stuhl sinken. »Es war auf jeden Fall eine Frau.«

Wir bestürmten ihn mit Fragen. »Ich weiß es nicht«, sagte er. »Ich sage euch doch, ich war zu weit weg. Wenn ihr mehr wissen wollt, müsst ihr euch schon an Mabel wenden.«

»Mabel?«, fragte Jack.

»Mabel Fogg. Sie war zu Fuß unterwegs, auf dem Weg zum Tanzen. Ronnie hätte sie fast über den Haufen gefahren, hat sie gesagt. Sie konnte vermutlich besser sehen, wer im Auto saß.«

Den letzten Satz blies er über seinen Tee hinweg, als wollte er ihn damit kühlen.

Bevor wir aufbrachen, versuchte Cyril noch herauszufinden, weshalb wir das alles wissen wollten, doch er stieß auf nichts von Interesse. Wir waren schon dabei, unsere Schals wieder zurechtzustecken und die Mäntel zuzuknöpfen, als Jack sich noch einmal umdrehte und fragte: »Haben Sie vielleicht schon mal von jemandem namens Gabriel Price gehört?«

»Gabriel Price, sagen Sie?«

Jack nickte.

Cyril stocherte noch ein bisschen in seinen Zähnen herum.

»Nicht, dass ich wüsste.« Prüfend betrachtete er die Früchte seiner Bemühungen. »Ein Freund von Ihnen?«

»Jemand hat uns gegenüber seinen Namen erwähnt«, sagte Jack, »und wir wissen nicht, wo wir ihn unterbringen sollen.«

»Obwohl ich gestehen muss, dass ich meine, den Namen schon mal gehört zu haben.« Cyril richtete seinen Blick auf den Kanal, als ob die Erinnerung dort auf dem Wasser auf ihn warten würde. »Es gab niemanden, den ich nicht kannte, deshalb wäre es schon sehr ungewöhnlich, wenn ich mich nicht erinnern würde.«

Seelenruhig widmete er sich wieder seinen Zähnen. Ich hätte ihn am liebsten an den Füßen gepackt und geschüttelt, bis etwas Brauchbares aus ihm herausfiel.

»Nein«, sagte er. »Der Name sagt mir nichts.«

Was ihn nicht davon abhielt, stirnrunzelnd weiter seine Zähne zu bearbeiten, obwohl wir schon unsere Liegestühle zurückschoben.

»Seid ihr sicher, dass ich euch nicht zu einem kleinen Scharmützel im Freizeitpark dieses Wochenende überreden kann?«, fragte er. »Meine Tochter könnte euch sicher noch mit einem Kostüm versorgen.«

»Macht sie das beruflich?«, fragte ich.

»O nein. Ist 'ne große Nummer im Catering-Geschäft. Wenn ich euch erzählen würde, wen sie schon alles verköstigt hat …«

»Tatsächlich?«, sagte ich.

Er tippte sich seitlich an die Nase. »Ich sage nur ›Philip‹, den Rest überlasse ich eurer Fantasie.«

Wir gingen den Treidelpfad entlang zurück zum Auto. Die Enten waren verschwunden, stattdessen raute eine Böe die Wasseroberfläche auf. Der Winter kroch heran. Man konnte fühlen, wie er im Gras lauerte und in den Ästen der Bäume und nur darauf wartete, dass er endlich loslegen konnte. Ich zog meinen Mantel enger um mich und vergrub die Hände in den Taschen.

Wir hatten die Holzbank fast schon erreicht, und Jack beschwerte sich bereits über die Musik, die aus dem Wagenfenster zu uns herüberwehte. Elsie war sehr still. Wir hatten ein Stück unserer Vergangenheit zurückbekommen, und ich hatte den Eindruck, dass sie nicht so recht wusste, wohin damit. Cyril kam keinen Moment zu früh.

»Es ist mir wieder eingefallen!«, rief er.

Ich drehte mich um. Er stürzte den Weg entlang auf uns zu und wedelte mit einem Stück Papier.

»Hier«, sagte er und rang nach Luft. »Ich wusste doch, dass mir der Name bekannt vorkam. Erst gestern Abend habe ich ihn gelesen, und er ist bei mir hängen geblieben. Auch wenn der Typ wahrscheinlich nicht der ist, den ihr sucht.«

Er reichte mir das Blatt Papier. Es war ein Notenblatt. Viertel- und Achtelnoten füllten die Seite, die im Wind flatterte. Ich hatte noch nie begriffen, wie diese Punkte und Haken und Bögen sich in Klänge verwandeln konnten. »Seht nur.« Er stieß mit dem Finger auf den Kopf des Blatts. »Gabriel Price. Ungewöhnlicher Name, findet ihr nicht? Ich wusste, ich habe den schon mal wo gesehen.«

Da stand der Name, oberhalb der ersten Zeile. Er war fein säuberlich mit dem Bleistift in Schönschrift geschrieben worden, in einer Zeit, als wir das wenige, das wir besaßen, sorgfältig mit unserem Namen kennzeichneten, aus Angst, wir könnten es verlieren.

»›Gabriel Price (1953)‹«, las ich. »Woher hast du das?«

»Meine Tochter ist im Urlaub in Whitby darauf gestoßen. In so einem Wohltätigkeitsladen. Hat mir einen ganzen Stapel Noten mitgebracht, weil ich gerade anfing, Trompete zu lernen. Wie es in den Laden kam, kann ich euch nicht sagen. Ihr könnt es ruhig behalten. Soll keiner behaupten, dass ich mich nicht noch nützlich machen kann.« Cyril trat wieder den Rückweg an. »Auf dem Parkplatz am Freizeitpark. Punkt neun. Falls ihr es euch doch noch anders überlegt«, rief er.

Wir drei setzten unseren Weg entlang des Treidelpfades fort.

»Glauben Sie, dass es einen Zusammenhang zwischen Gabriel Price und dem Namen gibt, den Ronnie angenommen hat?«, fragte Jack.

»Ich weiß es nicht.« Ich hielt das Notenblatt fest umklammert, auch noch als wir ins Auto stiegen und uns anschnallten. Mit der Fingerspitze strich ich über die Noten. »Aber das kann unmöglich ein Zufall sein. Dieses Lied.«

»Was für ein Lied ist das überhaupt?«, fragte Jack vom Beifahrersitz aus.

»Was glauben Sie wohl?«, fragte ich zurück.

Midnight, the Stars and You.

Wir sangen es auf dem ganzen Weg zurück zu *Cherry Tree*. Auch wenn wir nicht hätten sagen können, warum.

MISS AMBROSE

Anthea starrte auf ihren Bildschirm. Sie hatte schon so lange gestarrt, dass der weiße Hintergrund des Word-Dokuments zu verschwimmen begonnen hatte und die schwarzen Buchstaben über die Seite tanzten und flackerten.

Das Problem bei Lebensläufen war, dass alles, was man je im Leben getan oder zu tun versucht hatte, auf einmal ganz klein und völlig unbedeutend wirkte. Jahrelang hatte man sich abgemüht und geplagt, und dann sah es so aus, als hätte man dafür gerade mal einen Nachmittag gebraucht. Ein paar banale, lächerliche Stunden. Das andere Problem war, dass ganz oben unübersehbar das Geburtsdatum stand und man zwangsläufig darüber nachgrübelte, was seitdem aus einem geworden war. Miss Ambrose lehnte sich zurück und versuchte sich zu erinnern, was 1997 bei ihr los gewesen war. Ganze Zeit-Ozeane taten sich in ihrem Leben auf. Riesige Räume, deren Existenz sie sich gar nicht bewusst gewesen war, zumindest bis sie den Versuch unternommen hatte, ihr Leben auf eine DIN-A4-Seite zu bannen.

Miss Bissell würde natürlich versuchen, sie von ihrem Vorhaben abzubringen. Sie hatte ja selbst versucht, sich die

Sache wieder auszureden, indem sie sich zunächst darum bemüht hatte, ihr Dasein attraktiver zu gestalten. Sie war bei IKEA gewesen, hatte dort den schönen Schein der Zimmer mit ihren sorgsam zerwühlten Bettdecken und leeren Frühstückstabletts durchwandert und war dabei das Gefühl nicht losgeworden, Hausfriedensbruch zu begehen. Eine Abfolge kleiner Welten, die von abwesenden Familien bewohnt wurden, die frisch gewaschene Leben in Edelstahl lebten. Einmal hatte sie ein Buch aus einem Regal genommen. Es war eine hohle Pappschachtel gewesen. Dennoch hatte sie jede Menge Topfpflanzen und Zierkissen in ihren Kofferraum geladen, die das *Cherry-Tree*-Beige schlucken sollten, aber jetzt saßen sie in ihrem Apartment herum und starrten sie vorwurfsvoll an – als wären sie in Geiselhaft.

Nachdem das nicht geklappt hatte, war Miss Ambrose Mitglied in einem Fitnessstudio geworden. Auf dem Laufband war sie vor sich selbst weggelaufen und hatte das letzte bisschen ihrer Existenz auf einem Crosstrainer ausgeschwitzt. Anschließend hatte sie die Kosmetikabteilung des Kaufhauses durchstreift, vorbei an den bunt bemalten Gesichtern, und hatte sich überlegt, welches davon sie gern tragen würde. An einem Stand hatte sie sich einen sündhaft teuren Lippenstift aufschwatzen lassen, in der Hoffnung, er würde sie in jemand anderes verwandeln, doch als sie ihn auftrug, musste sie feststellen, dass sie immer noch Miss Ambrose war, allerdings im Besitz eines teuren Lippenstifts und mit dreißig Pfund weniger im Portemonnaie. Sie hatte sogar in Erwägung gezogen, sich künftig Ms Ambrose zu nennen. Dummerweise hatten die meisten Bewohner von *Cherry Tree* erst gar nicht begriffen, was sie von ihnen wollte, und bei den wenigen, die sich darauf einließen, klang ihr Name wie eine wild gewordene Wespe.

Blieb nur noch ihr Job.

Sie drehte den Kopf leicht zur Seite, in der Hoffnung, ihr Lebenslauf würde aus einem Fünfundvierzig-Grad-Winkel deutlich an Profil gewinnen.

»Seien Sie bloß vorsichtig. Dreiundsechzig Prozent aller Menschen holen sich bei der Arbeit am Computer Nackenbeschwerden.«

»Simon.« Miss Ambrose richtete ihren Kopf wieder auf und versuchte rasch, den Bildschirm auszuschalten, aber zu spät. Simon beugte sich bereits über ihre Schulter und zeigte auf die Seite.

»Was haben Sie 1997 gemacht?«, fragte er.

»Ich weiß es nicht mehr.«

»Sie sollten darauf achten, dass Sie keine zu großen Lücken im Lebenslauf haben, Arbeitgeber reagieren empfindlich auf so etwas.«

»Simon, wollten Sie etwas Bestimmtes?«

Er setzte sich in den Stuhl auf der anderen Seite ihres Schreibtischs und zog sein Notizbuch hervor. »Das hier«, sagte er. »Ich bin nicht sicher, was ich da hineinschreiben soll.«

»Alles, was Ihnen verdächtig vorkommt.«

»Mir kommt praktisch alles verdächtig vor. Ich muss nur lange genug hinsehen«, sagte er.

»Dann folgen Sie einfach Ihrem Instinkt.« Miss Ambrose seufzte leise auf. »Ihrem Bauchgefühl.«

»Ich bin mir nicht sicher, ob mein Bauch Gefühle hat.« Simon betrachtete seine Mitte. »Normalerweise muss ich erst einmal überlegen, bevor ich mir eine Meinung über etwas bilde. Das kann eine Weile in Anspruch nehmen«, sagte er. »Manchmal dauert das wochenlang.«

»Entscheiden Sie denn nichts spontan?«

Er schüttelte den Kopf.

»Nie?«

Nachdenklich sah Simon weiter auf seinen Bauch. »Einmal habe ich einen Tagesausflug gemacht. Ich habe einfach den erstbesten Zug genommen, ohne nachzusehen, wo er hinfuhr.«

»Und?« Miss Ambrose hielt gespannt den Atem an.

»Er endete auf einem Abstellgleis. Es dauerte drei Stunden, ehe sie mich gefunden haben.«

»Simon …«

»Am Ende habe ich mir auch noch einen Ausschlag eingefangen.«

Miss Ambrose rang nach Worten, aber sie konnte sich nicht entscheiden, welche sie nehmen sollte.

»Machen Sie das da gerade?« Er machte eine Kopfbewegung in Richtung Bildschirm. »Ihrem Bauchgefühl folgen?«

Sie sah wieder ihren Lebenslauf an. »Ja, so etwas in der Art«, sagte sie. »Obwohl ich auch nicht so sicher bin, was mein Bauch mir eigentlich sagen will.«

»Was für eine Stelle suchen Sie denn?«

»Irgendetwas Interessantes«, sagte Miss Ambrose. »Einen Job, bei dem ich etwas bewegen kann.«

»Einzelhandel kann ziemlich interessant sein.«

»Aber ich möchte auch etwas völlig Neues machen.« Miss Ambrose drehte am Verschluss ihres Ohrsteckers.

»Dann suchen Sie sich doch ein Geschäft mit leeren Regalen.«

Sie blickte sich in ihrem Büro um. »Ich fühle mich wie in einem Hamsterrad. Ich bin es leid, die zu sein, die ich bin.«

»Ich war es auch leid, ewig auf dem Abstellgleis zu warten. Vielleicht ist das das Problem.«

»Wie meinen Sie das?«

»Ich war nicht ich selbst«, sagte er. »Ich hatte versucht, jemand anderes zu sein.«

»Ich habe keine Ahnung, wer ich eigentlich bin, Simon. Und mir ist schleierhaft, wo ich anfangen soll, nach mir Ausschau zu halten.« Miss Ambrose überflog ihr Leben in *Times New Roman*. »Früher wusste ich immer ganz genau, was ich wollte. Ich war felsenfest von mir überzeugt. Und jetzt bin ich mir nicht einmal mehr sicher, wer Miss Ambrose überhaupt ist.«

Simon schwieg eine Weile. In Gedanken versunken bürstete er sich ein paar Schuppen vom Ärmel seines Hemdes. Als er wieder sprach, sprach er ganz leise. »Mein Großvater hat immer gesagt …« Seine Worte verhallten irgendwo in der Ferne.

»Was? Was hat Ihr Großvater immer gesagt?«

Simon räusperte sich. »Mein Großvater hat immer gesagt, du bist, was du der Welt zurückgibst.«

Miss Ambrose sah stirnrunzelnd auf ihren Bildschirm.

Das Stirnrunzeln hielt unverändert an, als Simon erneut hüstelte.

»Was soll ich jetzt hiermit machen?« Er hielt das Notizbuch in die Luft. »Was denken Sie, was ich tun sollte?«

»Was sagt denn Ihr …« Sie zögerte einen Moment. »Was sagt denn Ihr Herz, dass Sie tun sollten, Simon? Was, glauben Sie, geht da gerade vor?«

Simon holte sehr tief Luft. »Ich glaube, Florence hat Angst«, sagte er schließlich. »Sie sitzt fast die ganze Zeit im Innenhof auf einer der Bänke, kreidebleich im Gesicht. Sie sucht nicht einmal mehr Streit.«

»Alte Menschen werden oft ängstlich. Das hatten wir in einer Fortbildung.«

»Ich habe zwar an keiner Fortbildung teilgenommen, Miss Ambrose, aber sogar ich kann beurteilen, wenn jemand völlig verängstigt ist.« Wieder hatte Simon sehr leise gesprochen, was sonst gar nicht seine Art war.

Miss Ambrose seufzte. »Sie ist auf Bewährung, wissen Sie.«

»Was hat sie denn ausgefressen?«, fragte er.

»Das ist nur so eine Redensart, Simon, nichts weiter. Ich habe ihr einen Monat Zeit gegeben, um zu beweisen, dass sie nicht nach *Greenbank* gehört. Das ist jetzt bestimmt über eine Woche her, und seitdem habe ich nur Hinweise dafür, dass es immer schlimmer mit ihr wird.«

Simon starrte den Boden an.

Miss Ambrose wartete, aber er sah ihr nicht mehr ins Gesicht.

20:15 Uhr

Im Zimmer riecht es nach Fisch.

Freitag ist Fischtag. Am Donnerstag ist es meistens irgendwas mit Nudeln, und was es samstags immer gibt, weiß niemand so genau. Der Geruch kriecht in die Wände und baumelt von den Vorhängen herab. Um zu wissen, welcher Tag ist, muss man nur kurz schnuppern. Sogar der Teppichboden riecht nach Fisch. Je länger ich hier liege, desto strenger scheint es zu riechen, aber vielleicht liegt es auch nur daran, dass mein Kopf nichts anderes hat, womit er sich beschäftigen könnte, und meine Nase deshalb beschlossen hat, das Kommando zu übernehmen.

Dabei habe ich gar keinen Hunger, obwohl ich inzwischen welchen haben müsste. Ich glaube, dass die BBC schuld daran ist. Jemand müsste mal einen Brief schreiben, an die BBC, meine ich, und ich hätte nicht übel Lust, das höchstpersönlich zu tun. Im Fernsehen geht es dauernd ums Essen, ganz egal, wann ich einschalte. Die Augen sehen sich so satt, dass es kein Wunder ist, wenn der Magen das Interesse verliert. Ich dachte immer, die BBC sei für alle da, und Leute über achtzig haben nun mal keinen großen Appetit mehr. Das habe ich gelesen. In einer Zeitschrift. Miss Ambrose hätte mir eigentlich die Adresse besorgen sollen. Die vom Generaldirektor, sagte ich, denn es hat keinen Sinn, sich mit den Sekretärinnen herumzuärgern. Natürlich habe ich sie noch nicht bekommen. Elsie sagt, ich solle mich nicht aufregen, wenn ich keine Antwort erhalte, aber es ist eine öffentliche Anstalt, und ich bin die Öffentlichkeit. Also sind sie dazu verpflichtet. Wenn ich ein Faible fürs Fernsehen hätte, wäre es vielleicht nicht weiter schlimm. Aber ich schalte es nur ein, damit das Zimmer nicht so leer ist.

Vielleicht wären sie eher auf mich aufmerksam geworden, wenn ich den Fernseher nicht ausgemacht hätte, bevor ich gefallen bin. Nach zehn Uhr abends ist es mucksmäuschenstill in *Cherry Tree*, und irgendwann hätte sich womöglich jemand gefragt, was bei mir los ist. Auch jetzt ist alles still, bis auf den Straßenverkehr, obwohl ich das Gefühl habe, von irgendwoher Musik zu hören. Meine Ohren spielen mir wahrscheinlich einen Streich. Allzu spät kann es noch nicht sein, aber ich kann die Wanduhr von hier aus nicht sehen, also bleibt mir nichts anderes übrig, als dem Ticken zu lauschen. Das Ticken einer Uhr wirkt beruhigend. Tröstlich irgendwie. Es zeigt, dass im Grunde immer alles beim Alten bleibt. »Hör einfach der Uhr zu«, würde Elsie jetzt sagen. »Bleib ganz ruhig, Florence. Es kommt bald jemand.« Sie weiß immer genau, was sie sagen muss. Damit es mir wieder besser geht.

Vielleicht findet mich auch Miss Ambrose. Vielleicht kommt sie dieses Mal etwas früher zu unserem wöchentlichen Plauderstündchen und macht sich Sorgen, weil ich nicht öffne. Dann wird sie etwas lauter klopfen, um die Umgehungsstraße zu übertönen, und während sie auf eine Antwort wartet, beobachtet sie über die Schulter den Straßenverkehr. Schließlich wird sie ihren Generalschlüssel benutzen müssen, aber das Schloss wird nicht gleich aufgehen, und vor lauter Hektik wird ihr der Schlüssel herunterfallen. Wenn sie in die Wohnung kommt, wird sie rufen: »Aber Florence, was haben Sie nur angestellt?« Und ich werde sie gleich beruhigen. »Machen Sie sich nur keine Sorgen, Miss Ambrose«, werde ich sagen, »ich bin nur ein bisschen gestürzt. Alles halb so wild.« Sie wird meine Hand halten, während wir auf den Rettungswagen warten. Sie wird ständig aus dem Fenster sehen und nach dem Blaulicht Ausschau halten. Sie wird sagen: »Ich will hoffen, dass Sie nicht schon wieder geputzt haben, Florence. Für die Reinigung der Apartments sind wir zuständig«, und ich werde ihr von dem ganzen Kram erzählen, der unter der Anrichte liegt. Sie wird zu mir herunterlächeln und sagen, wie besorgt alle sein werden, wenn sie hören, was geschehen ist, und ich werde zurücklächeln und sagen, dass es guttut, wenn andere sich um einen sorgen.

Obwohl sie eigentlich jede Menge anderes zu tun hat, wird sie mich ins Krankenhaus begleiten.

»Im Moment sind nur Sie wichtig, Florence. Alles andere kann warten.«

Sie wird neben meinem Bett sitzen, das mit Vorhängen vom Rest des Raums abgetrennt ist, und es wird nach Desinfektionsmittel und der Verzweiflung anderer riechen. Dann wird irgendwann der Arzt kommen, und er wird unrasiert und übernächtigt sein, und an seinen Augen wird man all die anderen Leben ablesen können, denen er an diesem Tag schon gegenübergesessen hat. Aber er wird sich dennoch gut um mich kümmern. Er wird mir trotzdem zuhören. Wenn er wieder gegangen ist, wird Miss Ambrose uns Tee in Pappbechern aus der Maschine auf dem Flur holen. Wir werden versuchen, ihn zu trinken, ohne uns dabei den Mund zu verbrennen, und währenddessen werde ich sie von der Seite beobachten und überlegen, ob ich ihr mein Geheimnis anvertrauen soll. Ich versuche mir vorzustellen, wie sie mich voller Wärme ansehen wird. Ich versuche mir vorzustellen, was sie sagen wird. Aber wenn ich hier so liege und mir die Besetzung für den letzten Akt meiner Geschichte ausdenke, glaube ich, dass es nicht einmal Miss Ambrose verstehen würde.

FLORENCE

Wir saßen gerade alle zusammen im Tagesraum, als Miss Ambrose die Neuigkeiten verkündete. Ich hatte keinerlei Verlangen danach verspürt, mich dort aufzuhalten, doch Elsie hatte darauf bestanden und gesagt, sie würde mich nicht weiter meine vier Wände anstarren lassen. Ich wusste, dass Miss Ambrose gleich eine Ankündigung machen würde, weil ich hören konnte, wie sie sich räusperte, als sie den Raum durchquerte. Sie hatte Simon im Schlepptau, aber der hielt sich bedeckt und lehnte sich an die Wand.

»Ich habe eine ziemlich aufregende Nachricht«, sage sie, als sie in der Mitte des Teppichbodens angekommen war.

Nicht schon wieder, dachte ich. Ich hätte schwören können, dass die Worte nur in meinem Kopf waren, aber ich muss sie wohl laut ausgesprochen haben, denn als ich mich umsah, verdrehte Elsie die Augen, und Jack verbarg sein Lachen in einem ausgewachsenen Hustenanfall.

»Eine ziemlich aufregende Nachricht«, wiederholte Miss Ambrose, allerdings hielt sie dieses Mal den Blick starr auf mich gerichtet und sprach ein wenig leiser. »Ich weiß ja, dass Sie alle große Fans der Serie *Schätze meine Schätze* sind!«

Einige sahen auf, und sogar Mrs Honeyman zeigte ausnahmsweise einen Anflug von Interesse. Ich war nie ein besonderer Freund dieser Sendung gewesen. Leute, die ihren Dachboden nach wertvollen Antiquitäten durchsuchen und auf das große Geld hoffen, um dann ein langes Gesicht zu ziehen, wenn sie hören, dass es nur alter Plunder ist. Immerhin ist sie unterhaltsamer als die Kochshows.

»Ich freue mich daher ganz besonders, Ihnen die Mitteilung machen zu können, dass die Produzenten von *Schätze meine Schätze* beschlossen haben, eine Folge hier in *Cherry Tree* zu drehen. Sie sind sehr angetan von unseren Außenanlagen.«

Sogar ich wurde nun hellhörig.

»Das ist doch großartig«, sagte Jack. »Was meinen Sie, Florence? Das ist doch mal eine willkommene Ablenkung für Sie. Sie kommen ins Fernsehen!«

»Tja ...« Miss Ambrose dehnte das Wort, solange es ging, während ihr Gesicht sich für weitere Bekanntmachungen sammelte. Der Vollständigkeit halber vollführte sie sogar eine kleine Beugung der Knie. »Wir waren der Meinung, dass es wohl am besten wäre, wenn Sie als Bewohner sich während der Aufnahmen abseits halten würden. Im Großen und Ganzen.«

»Im Großen und Ganzen?«, fragte Jack.

»Im Ganzen, genauer gesagt. Idealerweise in Ihren Wohnungen. Die Sie selbstverständlich sofort wieder verlassen dürfen, wenn die Fernsehleute weg sind.«

»Zu freundlich«, sagte Jack.

»Es ist nun mal so, dass wir eine Menge wertvoller Antiquitäten auf dem Gelände haben werden. Darunter einige sehr alte Objekte. Wir müssen also äußerste Sorgfalt walten lassen. Das Letzte, was wir alle hier wollen, ist doch, dass einer der Schätze zu Schaden kommt. Das wäre absolut unverzeihlich.«

»Absolut«, sagte Jack.

»Manche Stücke sind womöglich von unschätzbarem Wert.«

»Das glaube ich gern«, sagte er.

Ich sah, wie Simon den Blick auf den Boden richtete und die Fußspitze seines Trainingsschuhs in den Teppichboden bohrte.

Drei Tage später trafen sie ein. Ich zog die Vorhänge zur Seite, und der Innenhof war voller Leute und Lieferwagen, die aussahen wie die Fahrzeuge, mit denen sie die Verbrecher ins Gefängnis transportieren, nur dass die kleinen Gitter an der Seite fehlten.

»Sieh dir das an«, sagte ich zu Elsie. »So viel Tamtam für eine einzige Fernsehsendung.«

Der Innenhof war nicht wiederzuerkennen. Meterweise Kabel lagen im Gras und schlängelten sich an den Wegen entlang, Menschen mit Klemmbrettern und Kisten marschierten auf und ab, versprengten den Kies in alle Richtungen und verteilten überall Schlamm und Dreck. Schon um acht Uhr morgens standen die Leute Schlange. Sie bildeten ein langes Band, das sich um das Hauptgebäude wickelte und bis zur Auffahrt reichte. Sie hielten alle möglichen Gegenstände fest an die Brust gedrückt. Gemälde und Puppenhäuser, Keramikkrüge in Form von Gesichtern und Kerzenhalter. Eine Frau hatte sogar etwas dabei, das frappierende Ähnlichkeit mit einem Toilettensitz hatte.

Jack war gekommen und leistete uns am Fenster Gesellschaft. »Die hoffen alle, dass im Schrank unter ihrer Treppe ein Schatz verborgen war.« Mit verschränkten Armen lehnte er sich gegen den Heizkörper.

»Ich habe nicht einmal mehr eine Treppe, geschweige denn einen Schrank darunter«, sagte ich.

Schweigend betrachteten wir das Treiben im Hof.

Ich wollte uns einen Tee machen, damit die Zeit schneller verging, aber dann fing Jack an, von dem Bus zu sprechen, der unten am Ende der Auffahrt hält und alle Viertelstunde fährt, und was wir davon halten würden, den nächsten zu nehmen und uns lieber einen kleinen Ausflug zu gönnen.

»Müssen wir nicht jemandem Bescheid geben, wenn wir das Gelände verlassen?«, fragte ich.

»Florence, glauben Sie mir, die werden nicht mal merken, dass wir weg sind«, sagte er. »Die sind viel zu sehr damit beschäftigt, ihre Vergangenheit zu verscherbeln.«

Ich muss sagen, sein Vorschlag klang deutlich verlockender, als den Wasserkessel aufzusetzen.

Im Bus roch es nach Chipstüten und den Füßen anderer Leute, aber wir fuhren nicht weit. Elsie macht ein Riesengetue um den Sitz, den sie mit dem Ärmel ihres Mantels abwischte, und sie beschwerte sich immer noch, als uns der Bus am Anfang der Haupteinkaufsstraße wieder ausspuckte.

»Da wären wir«, sagte Jack. »Mitten in der großen Stadt.«

Es war keine Stadt, und sie war auch nicht besonders groß, aber es war immer noch interessanter, als den lieben langen Tag vom Fenster aus anderen Leuten auf den Kopf zu starren.

Wir gingen den Bürgersteig entlang, was ein ziemlicher Kampf war, weil so viele Menschen unterwegs waren.

»Wo kommen die bloß alle her?«, fragte ich. »Und wo wollen sie hin?«

»Es ist Samstag.« Elsie hielt den Blick fest vor sich gerichtet, weil sie meinte, dass es viel zu gefährlich sei, das Schlachtfeld auch nur einen Moment aus den Augen zu lassen. »Samstags gehen alle shoppen. Das ist so üblich.«

Einem ungeschriebenen Gesetz zufolge muss derjenige, der auf einem belebten Gehweg vorankommen will, mithalten können, und deswegen gaben wir bald auf. Es waren zu viele Kinderwagen und Einkaufstaschen unterwegs, und die Passanten schnalzten ungeduldig mit der Zunge und versuchten, sich an uns vorbeizudrängeln. Irgendjemand attackierte Jacks Beine mit dem Rad eines Buggys, und wir beschlossen, uns bei *Marks & Spencer* eine Pause zu gönnen, um wieder zu Atem zu kommen.

Wir gingen in die Herrenabteilung, und es war kleiderbügelstill. Und das obwohl jede Menge Leute dort auf dem Teppichboden herumstanden, aber alle verhielten sich leise und ordentlich und umringten uns ausgesprochen höflich. Bei *M & S* sind immer alle so wohlerzogen, nicht wahr? Die Gänge waren in verschiedenen Farben gekennzeichnet, und alle paar Meter standen Mannequins mit ausdruckloser Miene und ohne Augenbrauen herum.

»Der da sieht aus wie Simon«, sagte ich, als wir an ihnen vorbeigingen, aber niemand nahm von mir Notiz.

Jack kaufte sich Strümpfe und einen neuen Pullover (der ihm zufolge für den Rest seines Lebens reichen würde), und dann schlenderten wir weiter in Richtung Damenabteilung, wo Elsie jede Menge Hüte aufprobierte, die ihr aber alle nicht standen. Ich behielt meine Meinung für mich, aber vielleicht ahnte sie etwas, denn sie wandte sich wortlos den Schals zu.

»Du brauchst keinen Schal«, sagte ich. »Du hast doch den schönen, den Gwen dir gestrickt hat.«

Den hätte sie seit Jahren nicht mehr getragen, meinte sie. Sie wüsste nicht einmal mehr, wo er sei. Sachen verschwinden, sagte sie. Man lässt sie auf Parkbänken oder im Kino liegen. Sie fallen aus Manteltaschen. Man verleiht sie und bekommt sie nicht zurück. Ihre Wahl fiel schließlich auf einen Schal mit Schottenmuster. Das sei der letzte Schrei, meinte sie, und ich verkniff mir meinen Kommentar, um sie nicht ihrer Illusionen zu berauben.

Dann fuhren wir mit der Rolltreppe in die oberste Etage. Rolltreppen habe ich schon immer geliebt. Es ist ein Jammer, dass es sie nicht überall gibt, weil sie einen nicht nur irgendwohin bringen, sondern man auf dem Weg auch etwas zu sehen bekommt. Ich wollte noch einmal fahren, aber Elsie sagte, wenn wir uns nicht beeilten, würde es zu voll im Restaurant, also sparte ich mir das für ein anderes Mal auf. Wir holten uns, was wir wollten, und trugen unsere kleinen Melamintabletts zu einem Tisch in der Ecke, wo wir unseren Kaffee aus dicken Porzellantassen tranken. Wir verloren kein Wort über Ronnie. Seltsamerweise hatte ich bisher überhaupt nicht an ihn gedacht, und zum ersten Mal seit einiger Zeit war mir auch einfach danach, zur Abwechslung mal an etwas anderes zu denken. Erst als wir das Kaufhaus verließen und uns wieder durch die Menschenmenge kämpften und am Ende der Straße um die Ecke bogen, verschaffte er sich wieder Zugang zu meinen Gedanken. Schuld war die Kirche. Sie stand oben auf dem Hügel und sah auf den Ort hinab wie eine aufmerksame Mutter auf ihre Kinder.

»Hazel liegt dort begraben«, sagte ich.

»Gleich dort drüben ist sie«, sagte Elsie. »Hinter der Platane da.«

Einmütig und ohne ein Wort zu verlieren, waren wir auf die Kirchenpforte zugegangen, bis wir vor der kleinen Glasvitrine mit den Gottesdienstzeiten und den Infoblättern zu Spielgruppen und Jugendclubs standen. *St Eligius*, stand in goldenen Lettern auf dem feuchten Holzrahmen.

»Ich kann mich noch an das Begräbnis erinnern«, sagte ich. »Ich erinnere mich, als kämen wir gerade erst aus der Kirche.«

»Siehst du«, sagte Elsie. »Es ist alles noch da, du musstest es nur wiederfinden.«

»Sie müssen nicht daran denken, wenn Sie nicht wollen.« Jack pochte mit der Spitze seines Stocks auf die Gehwegplatten. »Manche Erinnerungen sollte man lieber lassen, wo sie waren.«

»Ich will aber.« Ich drückte das kleine Tor auf, und es drückte für mich die Blätter zur Seite, die auf dem Weg lagen. »Ich muss zurückgehen, weil es die einzige Möglichkeit ist, Antworten zu finden.«

Ronnie war auch auf Hazels Beerdigung gewesen.

Ich erinnerte mich wieder. Er war den Gang zwischen den Bankreihen entlanggeschritten und hatte sich ganz vorne hingesetzt, und niemand hatte es gewagt, ihn daran zu hindern. Die Kirche war voll besetzt, aber vor allem mit Leuten, die eigentlich zu jung waren, um dort zu sein. Elsie und ich saßen ganz hinten, weil ich befürchtete, dass Elsie zwischendurch an die frische Luft müsste. Sie war ganz bleich und klein und zitterte so sehr, dass ich sie bei den Händen halten musste, damit das Gesangsbuch nicht dauernd herunterfiel. Ich weiß nicht mehr, was wir gesungen haben. Ich finde, eine Beerdigung ist ein denkbar schlechter Zeitpunkt, um von jemanden zu erwarten, dass er singt. Wenn die Kehle so voller Traurigkeit ist, gelingt es ja kaum, genug Stimme zum Reden zu finden.

Als alles vorüber war, kam Ronnie auf dem Weg nach draußen an uns vorbei. Das war der Moment, in dem es passierte. Das war der Moment, in dem ich wusste, dass ich etwas unternehmen musste. Denn er lächelte Elsie zu. Ein langes, langsames, bedeutsames Lächeln. Ein Lächeln, das sagte, was das Leben auch für ihn bereithalten würde, er würde immer gewinnen. Ich sah Elsie an. Klein und zerbrechlich und am Boden zerstört, und ich wusste, ich musste etwas tun. Ich musste sie unbedingt beschützen. Und ich begriff, dass Hazels Tod nicht das Ende war. Es war erst der Anfang.

Als ich wieder aufsah, standen wir unmittelbar vor der Kirche. Ich drehte mich zu dem Weg um, weil ich mich nicht erinnern konnte, ihn gegangen zu sein, und mich vergewissern wollte, dass es ihn überhaupt gab.

Elsie legte die Hände an die riesigen Holztüren. Die eisernen Türangeln und Beschläge waren kunstvoll geformt, nach oben hin lief das Portal zu einem Spitzbogen zu.

»Möchten Sie hineingehen?«, fragte Jack.

Die Tür strahlte etwas Magisches aus. Als führte sie in eine andere Welt.

»Nein, nicht schon wieder«, sagte ich. »Ich glaube, ich möchte lieber nach Hause.«

Der Bus setzte uns vor *Cherry Tree* ab, und schweigend liefen wir die Auffahrt hinauf. Ich hob den Blick erst, als wir das Hauptgebäude schon fast erreicht hatten, und sah, dass die meisten Fahrzeuge vom Fernsehen verschwunden waren. Ihre Stelle hatte ein sehr großes Polizeiauto eingenommen, und Miss Ambrose stand mit verschränkten Armen in der Mitte des Innenhofs. Niemand schenkte uns Beachtung.

Wir kamen an Simon vorbei, der an einer Mauer lehnte und Kaugummi kaute.

»Es hat einen Zwischenfall gegeben«, sagte er. Ich glaube, es gefiel ihm nicht, dass wir einfach weitergingen, ohne uns zu erkundigen, was denn geschehen sei. »Einen ziemlich großen Zwischenfall«, rief er uns hinterher.

»Zwischenfall?«, fragte Jack.

Elsie drehte sich um. »Was für ein Zwischenfall?«

»Es ist etwas abhandengekommen«, sagte er. »Etwas von den antiken Sachen. Miss Ambrose ist völlig außer sich.«

Ich sah zu Miss Ambrose hinüber und stellte fest, dass die Beschreibung durchaus zutreffend war.

»Welches antike Stück wird denn vermisst?«, fragte Jack.

Simon bewegte nachdenklich seinen Kaugummi im Mund. »Eine Uhr«, sagte er. »Glaube ich jedenfalls.«

Es handelte sich tatsächlich um eine Uhr. Ich wusste es ganz genau, denn als wir zurück in meine Wohnung kamen, lag sie mitten auf dem Esstisch und wartete auf uns.

Elsie hatte sich den Schal vom Hals gewickelt, den sie getragen hatte, obwohl eigentlich noch gar kein richtiges Schalwetter war. Jack hatte seine Mütze an den kleinen Haken neben der Tür gehängt und gesagt: »Wie wäre es jetzt mit einem Tee?«, während ich den beiden ins Wohnzimmer folgte, wo wir alle stehen blieben und auf den Tisch starrten.

Der Polizist tätschelte meinen Arm und sagte: »Das kann jedem mal passieren«, bevor er sein Notizbuch wieder einsteckte. Er war sehr verständnisvoll, und trotzdem wäre es mir aus irgendeinem Grund lieber gewesen, er wäre es nicht gewesen. Miss Ambrose war ausnahmsweise einmal sprachlos, und ich schwieg ebenfalls. Ich sagte nicht: »Wir waren den ganzen Tag unterwegs«, oder: »Ich habe damit nichts zu tun«, oder: »Warum fragen Sie nicht Ronnie?«, weil ich wusste, dass niemand zuhören würde. Ich spürte, dass mir die Energie fehlte, mich weiter mit ihnen herumzustreiten, also beschränkte ich mich darauf, die Uhr anzustarren.

Es war eine dieser Uhren, bei denen man das Innere sehen kann. Man sieht, wie sich die kleinen Rädchen hinter dem Glas bewegen und die Sekunden zählen. Bis dahin hatte ich noch nie darüber nachgedacht, wie Zeit funktioniert. Es ist wunderschön zu beobachten, wie sie vor den eigenen Augen entsteht. Alle Zähne griffen ineinander, einer in den anderen, obwohl manche so weit von den anderen entfernt schienen, dass man es kaum für möglich hielt. Aber wenn man erst einmal begriffen hatte, wie alles miteinander zusammenhing, war es unmöglich, es anders zu sehen.

»Warum haben Sie denn nichts gesagt?« Jack schloss die Wohnungstür. »Warum haben Sie denen nicht gesagt, dass wir den ganzen Tag unterwegs waren? Es hätte doch niemanden mehr interessiert, dass wir nicht um Erlaubnis gebeten haben.«

»Weil mir nie jemand etwas glaubt.« Ich sah beide an. »Niemand.«

»Aber natürlich glauben wir dir«, sagte Elsie. »Keiner von uns beiden zweifelt an dem, was du sagst.«

»Ich weiß, dass Sie es nicht waren.« Jack setzte sich mir gegenüber. »Davon bin ich felsenfest überzeugt.«

»Was macht Sie so sicher?«, fragte ich.

»Florence, ich war den ganzen Tag mit Ihnen zusammen. Wie sollen Sie das denn angestellt haben?«

»Ich sage ja dauernd, dass er hier einbricht. Dass er Dinge woanders hinstellt. Niemand glaubt mir. Die wollen mich nur unter den Teppich in *Greenbank* kehren, alles andere interessiert sie nicht.«

Jack stand auf. Er wirkte auf einmal so selbstbewusst. So entschlossen. »Nun«, sagte er, »was er kann, können wir schon lange.«

»Wie meinen Sie das?«

»Was ich damit sagen will, Florence, ist, dass wir uns nicht kampflos geschlagen geben werden. Wir müssen ihm Einhalt gebieten. Ehe es zu spät ist.«

Ich konnte die Tränen hinter meinen Augen fühlen, wie sie sich sammelten und nur darauf warteten, loslaufen zu können. »Sie dürfen mich Flo nennen, wissen Sie«, sagte ich. »Wenn Sie wollen.«

MISS AMBROSE

Anthea Ambrose erwiderte den Blick der Pralinenschachtel, die sie schon den ganzen Morgen über von ihrem Platz im Regal aus zu hypnotisieren versuchte. Ein Geschenk von dankbaren Angehörigen. Wer seinen Dank ausdrücken wollte, schenkte immer Schokolade, nie Obst. Dank wurde in Kalorien und raffiniertem Zucker formuliert, was sie nur zu deutlich merkte, wenn sie versuchte, ihre Hose zuzuknöpfen. In diesem Fall bezog sich die Dankbarkeit auf zwei Wochen Lanzarote ohne Tante Ada, die zur Verhinderungspflege in ein Erdgeschoss-Apartment geschoben worden war, und an der Größe der Pralinenschachtel war abzulesen, wie sehr die Familie den Urlaub herbeigesehnt hatte.

Manche schickten auch Postkarten – die Wand hinter ihr war ein stummer Chor, der Dankeshymnen schmetterte. Jedes Mal, wenn sie die Bürotür schloss, applaudierten sie ihr im Luftstoß, auch wenn einige von ihnen schon so lange dort hingen, dass sie sich nicht mehr an den jeweiligen Bewohner erinnern konnte, geschweige denn an dessen Angehörigen. Aber die Karten gaben ihr das Gefühl, nützlich zu sein. Es gab Zeiten, da brauchte man etwas Konkretes, Greifbares, das einem bewies, dass die eigene Existenz nicht reine Zeitverschwendung war. Sie hatte sie einmal gezählt und errechnet, dass ihr für jedes Jahr, das sie schon bei *Cherry Tree* arbeitete, 16,2-mal gedankt worden war. Doch dann war sie sich nicht sicher gewesen, ob sie sich deswegen besser oder schlechter fühlen sollte.

Sie hatte gerade begonnen, die Karten erneut zu zählen, als Jack mit seinem Gehstock an das Fenster klopfte.

»Miss Ambrose, Sie müssen ganz schnell kommen!«

Miss Ambrose schluckte rasch die Reste eines Vanilletrüffels herunter. Ihre Lieblingssorte. »Ach ja?«

»Die Angelegenheit duldet keinerlei Aufschub. Ich glaube, wir haben einen Eindringling entdeckt.«

»Einen Eindringling?« Sie wischte sich Schokolade aus den Mundwinkeln. »Es ist zehn Uhr morgens. Eine etwas ungewöhnliche Zeit, um irgendwo einzudringen.«

»Ich wusste nicht, an wen ich mich sonst wenden sollte«, sagte er. »Niemand ist so verlässlich wie Sie, Miss Ambrose. Und Sie haben diese beruhigende Ausstrahlung.«

Jack schien ganz durcheinander zu sein.

»Also gut, wenn Sie darauf bestehen.« Sie überlegte kurz, ob sie noch einen Vanilletrüffel mit auf den Weg nehmen sollte, entschied dann aber, ihn für später aufzuheben. Für den unwahrscheinlichen Fall, dass es tatsächlich einen Eindringling geben sollte und sie ihren Blutzuckerspiegel ankurbeln müsste. »Ich hole nur eben meine Schlüssel.«

»Oh, dafür ist keine Zeit.«

Sie kramte in ihrer Hosentasche. »Aber es dauert nur eine Sekunde.«

»Als ich ihn vorhin das letzte Mal gesehen habe, war er auf dem Weg zum Japanischen Garten.«

Sie hatten noch nicht das Ende des Flurs erreicht, als Miss Ambrose hörte, wie die Tür zu ihrem Büro quietschte.

»Also, ich kann niemanden entdecken.« Miss Ambrose spähte über die rot lackierte Brücke, die sich allerdings darauf beschränkte, über eine Ansammlung flacher Steine zu führen, was Miss Bissells Paranoia zu verdanken war, dass sich einer der Bewohner in ein fünfzehn Zentimeter tiefes Wasserbecken stürzen könnte. »Wo genau haben Sie ihn denn gesehen?«

Jack machte eine Handbewegung in Richtung Umgehungsstraße. »Irgendwo dahinten, glaube ich. Es könnte aber auch dort drüben gewesen sein.« Er deutete in die entgegengesetzte Richtung. »Es könnte natürlich auch einer von den Gärtnern gewesen sein.«

»Wie sah er denn aus?«

»Mittelgroß. Mittelbreit.« Jack schubste mit dem Gehstock ein bisschen Kies herum. »Ich glaube, er hatte so eine Art Overall an.«

»Dann war es wahrscheinlich wirklich ein Gärtner, oder?«

Wieder flog Kies über den Weg. »Wahrscheinlich«, sagte er.

Miss Ambrose konnte der Versuchung nicht widerstehen, sich auszumalen, dass Jack schon so auf die Welt gekommen war: mit grauem Regenmantel, grauhaarig und gebückt und mit einer Schiebermütze auf dem Kopf. Manchmal überkam sie die Vorstellung, dass alle Bewohner hier mit einem irrwitzigen Sprung von der Geburt unmittelbar in der Senilität gelandet waren. Doch gelegentlich – wenn auch nur bei sehr seltenen Gelegenheiten – fing sie einen Augenblick ein, der ihr verriet, wie sie früher einmal gewesen waren. Ein Blick, ein Lachen, ein listiges Flüstern, die versuchten, den Fängen der Zeit zu entkommen, wie Gefangene, die einen Ausbruchsversuch wagten.

Miss Ambrose kniff die Augen zusammen. »Irgendetwas stinkt hier zum Himmel, Jack.«

»Glauben Sie?« Er vermied es, sie anzusehen.

»Das glaube ich. Und es hat mit Ihnen und Florence Claybourne zu tun, und wer weiß, mit wem noch. Aber ich verspreche Ihnen – und denken Sie an meine Worte –, dass ich früher oder später herausfinden werde, was hier gespielt wird.«

»Meinen Sie?«

»Ja, das meine ich.«

Jack blickte auf die Steine unter der Brücke. »Wenn dort unten wenigstens Fische wären, Miss Ambrose, dann wüssten wir, was hier stinkt.«

Und dann lächelte er.

Miss Ambrose machte sich auf den Rückweg zu ihrem Büro. Justin war gerade dabei, sein Akkordeon aus dem Fond seines Campingbusses zu laden, und Jacks Sohn saß in seinem Volvo, damit beschäftigt, etwas zu verspeisen, das aussah wie ein Panino mit Grillgemüse. Er grüßte mit einer Zucchinischeibe, als sie an seinem Wagenfenster vorbeiging.

Misstrauisch begutachtete sie ihr Büro, aber es war alles, wie sie es verlassen hatte. Vielleicht nahm sie die Dinge ja wie immer viel zu tragisch. Vielleicht sollte sie den älteren Herrschaften ihre kleinen Verrücktheiten einfach lassen. Sie hatte das schon durchexerziert. Auf einer Fortbildung.

Zunehmend eigenartiges Verhalten, hatte es in der Info-Broschüre geheißen.

Miss Ambrose widmete sich wieder der Bestandsaufnahme der Karten an der Wand.

Kann zu Fixiertheit und Verfolgungswahn führen.

Irgendwo im Gebäude fiel eine Tür ins Schloss, und sie fuhr so abrupt herum, dass das Zimmer für einen Moment ins Schwanken geriet. Das mochte ja alles schön und gut sein, aber sollte jemand ihre Azaleen umwerfen, würde sie für nichts garantieren können. Schon allein bei dem Gedanken daran wurde ihr ganz schwindelig, und sie griff schnell in die Schachtel, um ihre Nerven mit dem letzten Vanilletrüffel zu beruhigen.

Doch er war verschwunden.

FLORENCE

Der Nachschlüssel lag auf einem Sessel, und wir veranstalteten einen Wirbel um ihn, als handele es sich um einen Staatsgast.

»Hat Chris denn gar nicht wissen wollen, was wir damit vorhaben?«

»Ich habe ihn mit einem Panino bestochen.«

»Einem was?«

»So nennen sie jetzt ein Sandwich, wenn sie es einem für den doppelten Preis verkaufen wollen.« Jack nahm den Schlüssel vom Sessel und hielt ihn ins Licht. »Das Original haben Sie sehr geschickt gestohlen.«

»Ich habe in meinem ganzen Leben noch nichts gestohlen«, sagte ich. »Wir haben ihn uns nur ausgeborgt.«

Es war ein Kinderspiel gewesen. Im Tagesraum waren alle viel zu sehr in Alan Titchmarsh und seine Gartenserie vertieft gewesen, als dass sie uns bemerkt hätten. Der einzige Patzer, der mir unterlaufen war, war, dass ich bei den Pralinen schwach geworden war. Elsie bestand darauf, dass ich sie wieder zurücklege, aber dummerweise war es eine mit weicher Füllung, und ich konnte einfach nicht widerstehen. Ich hoffte nur, Miss Ambrose würde es nicht auffallen.

»Jetzt müssen wir uns nur noch überlegen, wann wir zuschlagen wollen«, sagte Jack.

»Ich habe keine Ahnung, wann Ronnie mal das Haus verlässt.« Ich schaute aus dem Fenster. »Ich weiß nicht, was er treibt, wenn er nicht gerade in meiner Wohnung herumlungert.«

»Jeden Dienstag. *British Legion*. Von elf bis drei«, sagte Jack.

»Wirklich?«, fragte Elsie. »Wie haben Sie das bloß herausgefunden?«

Jack tippte sich an die Seite seiner Nase. »Kenne deinen Feind«, sagte er und grinste.

Ich tippte mir ebenfalls an die Nase und grinste zurück.

»Ein bisschen kahl, nicht wahr?«, sagte ich.

Flüsternd sahen wir uns in Ronnies Wohnung um. Ich weiß nicht, warum sie uns so besonders vorkam, denn unsere Zimmer sehen alle gleich aus. Es ist wie im Hotel, mit dem Unterschied, dass wir hier richtig wohnen. Er hatte nichts unternommen, um sein Zuhause zu verschönern. Es gab nicht das kleinste bisschen Dekoration.

Ich griff nach einem Kissen. Es hatte die gleiche Farbe wie alle Kissen hier. Bissell-Beige nannte Elsie sie. Meine habe ich mit Stoffresten überzogen, die ich ganz hinten in einem Schrank gefunden habe, aber Ronnies waren noch so, wie er sie vorgefunden hat. Sie sahen nicht aus, als wären sie überhaupt schon jemals benutzt worden.

»Vielleicht ist es ganz gut so. Je weniger Krimskrams, desto besser«, sagte Jack, in dessen Wohnung mehr Krimskrams war, als ich je bei irgendjemandem gesehen habe. In seinem Schrank hingen immer noch die Kleider seiner verstorbenen Frau, wie stumme Soldaten, die auf Befehle warteten. Sogar ihre Haarbürste lag noch auf dem Badezimmerregal, und ihr Mantel hing noch an einem Haken neben der

Wohnungstür – für den Fall, dass sie wiederkäme und ihn dann bräuchte.

»Ein wenig Zierrat kann nicht schaden«, sagte ich. »Er hat ja nicht einmal eine Uhr auf dem Kaminsims.«

Jack warf einen Blick hinter das Sofa und schüttelte den Kopf. »Vielleicht reist Ronnie Butler gern mit leichtem Gepäck.«

Ich zog das Notenblatt aus meiner Handtasche. »Oder Gabriel Price«, sagte ich.

Jack war gerade dabei, einen Schrank näher zu untersuchen, und hielt jetzt inne. Sein Kopf lugte hinter der Tür hervor. »Wozu haben Sie das denn mitgebracht?«

»Ich werde es hierlassen. Ich will ihn ein bisschen verunsichern«, sagte ich. »So wie er mich verunsichert hat.«

»O Florence, das würde ich lieber bleiben lassen.« Elsie sank in einen Sessel. »Er ist gefährlich. Wir wissen nicht, was er als Nächstes tun wird.«

»An Ihrer Stelle würde ich darauf verzichten«, sagte auch Jack. »Wir wollen ihn doch nicht unnötig aus der Reserve locken.«

Ich hätte wissen müssen, dass Jack und Elsie einer Meinung sein würden. Sie waren immer einer Meinung. Aber das war genau das, was ich wollte: Ronnie Butler aus der Reserve locken. Er hatte mich die letzten sechzig Jahre über gequält, hatte sich ungebeten in meine Gedanken gedrängt, und sein allgegenwärtiger Schatten hatte über allem gelegen, was ich in meinem Leben getan oder gelassen hatte. Seit der Nacht, in der Hazel gestorben war, hatte es nicht einen Tag gegeben, an dem ich nicht an ihn gedacht hatte. Und das waren dann die Momente, in denen die Vergangenheit so nah schien, als müsste ich nur einen Schritt machen und würde alles erneut durchleben. Als Jack sich also wieder der Inspektion des Schranks widmete und Elsie gerade einen Teppich anhob, steckte ich das Notenblatt unter eines der beigefarbenen Kissen. Schließlich gehörte das Notenblatt mir, und es war meine Sache, was ich damit anfing.

»Ich glaube nicht, dass wir hier etwas finden.« Jack stand in der Mitte des Wohnzimmers und sah sich um. »Wie wäre es, wenn wir uns noch das Schlafzimmer vornehmen würden?«

Die farblose Stille, die im Wohnzimmer herrschte, hatte sich in der ganzen Wohnung ausgebreitet, und das Schlafzimmer hätte auch gut in eines dieser Hotels am Rande der Autobahn gepasst. In einer fremden Wohnung eine Anrichte zu durchsuchen, fühlte sich schon eigenartig genug an, aber sich in dem Raum umzusehen, in dem die Bewohner schliefen, war noch seltsamer. Wir blieben an der Türschwelle stehen und wussten nicht weiter.

»Kommen Sie. Bringen wir es hinter uns«, sagte Jack. »Ich übernehme den Schrank, und Sie sehen unter dem Bett nach.«

Elsie nahm sich eine Seite vor und ich die andere, und als ich mich hinkniete und die Bettdecke hochhob, sahen wir einander ins Gesicht.

»Ist da irgendetwas, das dir auffällt?« Ich hob die Decke noch ein bisschen mehr an.

»Nur dein Gesicht«, sagte sie.

»Hier ist nichts«, sagte Jack aus dem Schrank heraus. »Besonders viel Kleidung besitzt er ja nicht gerade.«

»Haben Sie auch in den Taschen nachgesehen?«, fragte ich. »Im Fernsehen finden sie immer etwas in den Taschen.«

»Natürlich.« Jack tauchte kurz hinter der Tür auf und verschwand wieder.

Die Nachttischschublade enthielt nur ein Fläschchen Wick-Sinex-Nasenspray und ein zerlesenes Taschenbuch.

»Achtzig Jahre und ein paar Zerquetschte und keine persönlichen Sachen«, sagte Jack. »Ein wirklich komischer Kauz, finden Sie nicht?«

Wir inspizierten noch die Küche, fanden aber nichts außer Miss Bissells Standardkollektion an Töpfen und Geschirr. Sogar der Kühlschrank war gähnend leer.

»Nicht einmal Milch«, sagte ich. »Oder eine umgedrehte halbe Orange.«

Ich zog eine der kleinen Plastikschubladen heraus, und Elsie sah hinein. Sie war verwaist. »Selbst mit Essen auf Rädern sollte man doch meinen, dass er irgendetwas im Kühlschrank hat«, sagte sie.

»Ein Glas eingelegte Zwiebeln«, sagte ich. »Oder eine angefangene Dose Ravioli.«

»Wie enttäuschend«, meinte Jack. »Nach all der Mühe.«

Elsie seufzte. »Hast du Hunger, Florence?«

»Ein wenig«, sagte ich.

»Aber es musste einfach sein.« Jack rückte seine Schiebermütze gerade. »Es war wichtig, dass wir nachgesehen haben.«

»Und was jetzt?«, fragte ich. »Wir haben hier alles auf den Kopf gestellt, ohne irgendetwas zu finden.«

»Wir kommen wohl nicht umhin, uns neu aufzustellen.« Jack nickte sich selbst zu, als wir am Spiegel vorbeigingen. »Wir müssen etwas übersehen haben.«

Wir waren im Flur angekommen (der gar kein Flur war, sondern ein Fleckchen beigefarbener Teppichboden zwischen Küche und Wohnungstür), als Elsie mich am Arm packte.

»Seine Schuhe. Wir haben seine Schuhe nicht untersucht.«

Zuerst wusste ich beim besten Willen nicht, was sie meinte.

»Weißt du das denn nicht mehr? Ronnie hat immer alles in seinen Schuhen versteckt. Streichhölzer, Geld, alles, von dem er nicht wollte, dass es jemand in die Finger bekommt.«

»Aber natürlich.« Jack hatte schon die Hand am Türgriff gehabt, hielt jetzt aber inne und wandte sich um. »Wir haben seine Schuhe vergessen.«

Ich ging zurück ins Schlafzimmer und öffnete die Schranktür. Aus dem stillen Dunkel blickte mich ein Paar brauner Schnürschuhe an. Eigentlich sahen sie ganz unschuldig aus. An den Spitzen waren sie ein wenig abgestoßen, und die Absätze waren leicht schmutzig. Ich griff hinein und betastete sie. Nichts. Nur das glatte, dunkle Gefühl von Leder.

Vielleicht hatten wir uns ja geirrt. Vielleicht war Ronnie zu alt geworden für alberne Gewohnheiten und versteckte nichts mehr in seinen Schuhen. Als ich meine Hand aus dem zweiten Schuh herauszog, spürten meine Fingerspitzen etwas Seltsames. Die Sohle schien in einer Ecke etwas höher zu sein. Es war nur eine kleine Wölbung, kaum wahrnehmbar, doch als ich die Sohle anhob, kam ein Stück liniertes Papier zum Vorschein, das viel zu viele Male gefaltet worden war und blaue Tintenflecke an den Rändern hatte.

»Bingo«, sagte ich so laut, dass Jack und Elsie überrascht die Köpfe durch die Tür streckten.

»Also los, machen wir es auf.« Jack rückte mit dem Gesicht ganz nahe an das Stück Papier heran und blinzelte erwartungsvoll.

»Ich versuche es ja«, sagte ich. Es war gar nicht so einfach. Die Kniffe wehrten sich mit aller Kraft, als hätten sie schon zu lange darauf gewartet, auseinandergefaltet zu werden. Irgendwann gelang es mir, und ich strich das Papier auf dem Bettüberwurf glatt.

»Das sieht nach einer Telefonnummer aus«, sagte ich.

»Oder ein Code?«, sagte Elsie.

»Ich denke auch, dass es sich um eine Telefonnummer handelt. Die Anzahl der Ziffern könnte hinkommen.« Jack deutete auf den Papierfetzen.

»Dann rufen wir da jetzt mal an!« Ich klatschte in die Hände, und Elsie klimperte bei jedem Klatschen mit den Augen.

»Immer mit der Ruhe«, sagte Jack. »Wir schreiben die Nummer ab und legen das Papier wieder dahin zurück, wo wir es gefunden haben.«

Das taten wir dann auch, und so leise er konnte, zog Jack die Wohnungstür hinter uns zu. Wir folgten ihm den Weg entlang. »Ronnie wird nichts davon merken, dass wir in seiner Wohnung waren«, sagte er über die Schulter.

»Nein«, sagte Elsie. »Bestimmt nicht.«

Womit sie im Prinzip recht hatten, wäre da nicht noch das Notenblatt gewesen. Nachdem Jack und Elsie gegangen waren, lag ich die ganze Nacht wach und grübelte darüber nach, ob ich das Richtige getan hatte.

Mabel Fogg lebte ganz oben in einem Haus, das ganz oben auf einem Hügel stand. Der Rest des Hauses gehörte ihrer Tochter und ihrer Enkeltochter, sodass eine Generation ihr Leben auf dem der nächsten balancierte, wie die Schichten einer Hochzeitstorte.

»Das würde mir auch gefallen«, sagte Jack. Wir schlängelten uns die Zufahrtsstraße entlang, während unsere Nieren von den ganzen Schlaglöchern gehörig durchgeschüttelt wurden.

Chris sagte kein Wort.

Ich war damit beschäftigt, ein sorgfältig konstruiertes Schreiben an die Straßenmeisterei zu formulieren, was ich laut tat, um den anderen Gelegenheit zu geben, ihren Teil beizusteuern. Elsie saß neben mir und hörte nicht auf zu gähnen.

»Könntest du das bitte lassen«, sagte ich. »Du steckst mich noch an.«

»Ich habe schlecht geschlafen.« Sie gähnte erneut. »Die Musik hat mich wach gehalten.«

»Musik?«, sagte ich. »Ich habe keine Musik gehört.«

»Was meinst du, Chris?« Jack hatte seinen Gehstock zur Seite gelegt und hielt sich stattdessen am Armaturenbrett fest. »Was hältst du davon, wenn ich zu dir ins Dachgeschoss ziehe? Ich bräuchte auch nur ein Schlafzimmer, weil ich ja abends immer bei dir im Wohnzimmer sitzen könnte.«

Chris war bisher recht guter Laune gewesen, aber mit einem Mal schien auch das letzte bisschen davon verflogen zu sein.

Jack drehte sich in seinem Sitz um und zwinkerte uns zu.

Wir hielten vor dem Haus, und Sekunden später schoss eine kleine lärmende Armee von Hühnern an uns vorbei, ein unbekanntes, aber festes Ziel vor Augen. Hühner sind eigenartige Vögel. Wenn man sich die Mühe macht, sie genauer zu betrachten, sind es recht schöne Tiere, aber in der Hinsicht verhält es sich mit ihnen wie mit Tauben. Niemand macht sich die Mühe. Ich deutete mit dem Finger auf sie und begann, von der Woche zu erzählen, in der ich Vegetarierin geworden war. Miss Bissell hatte meinen Versuch im Keim erstickt, was vermutlich ohnehin keine große Rolle spielte, da die Mahlzeiten sich so oder so immer mehr zu einer Tortur für alle Beteiligten entwickelten.

Eine Wäscheleine war über die Wiese gespannt, und Bettlaken klatschten und überschlugen sich im Wind. Früher hatte ich einmal davon geträumt, eines Tages in so einem Haus zu wohnen. Wenn sich die Dinge anders entwickelt hätten.

»Ich kann mich gar nicht mehr so genau an Mabel erinnern – du etwa?«, fragte ich, als wir uns bemühten, aus dem Auto zu steigen.

»Ich weiß nur noch, dass sie immer wie ein Wasserfall geredet hat«, sagte Elsie.

Mabel hingegen konnte sich noch ausgezeichnet an uns erinnern. Als ich sie am Vortag angerufen hatte, hatte sie gleich mit mir geredet, als hätten wir uns erst letzte Woche gesehen. »Ich habe gemerkt, dass sie lächelte, obwohl ich nur ihre Stimme am Telefon gehört habe«, sagte ich. Mabel erwartete uns schon auf der Veranda. Sie war groß und wirkte unerschütterlich – Frauen mit einer solchen Leibesfülle haben oft so etwas Tröstliches an sich. Ihr Haar war natürlich mittlerweile grau geworden, aber es war stahlgrau und ruhte sorgsam gewellt auf ihren Schultern. Wie kleine Hautlappen hingen zwei winzige Kinder um ihre Beine gewickelt.

Bereits von Weitem rief sie: »Wir haben schon auf euch gewartet!«, und als wir näher kamen, drehten sich die Kinder um. Es waren Miniaturausgaben von Mabel. Kleine Spiegelbilder eines Kindes, das es längst nicht mehr gab. Ihre Gesichter waren mir so vertraut, dass ich das Gefühl hatte, die Vergangenheit wäre nie wirklich weg gewesen.

Mabels Tochter versorgte Chris mit einem Sandwich (Corned Beef, nicht zu viel Gürkchen, nur eine Prise Salz), während wir mit Mabel in einem Zimmer voller Sonnenlicht und frisch gewaschener Wäsche saßen.

Sie entschuldigte sich für das Durcheinander, um übergangslos ein Gespräch über ihre Urenkel zu beginnen. Als bedienten unsichtbare Hände die Register, erschienen sie einer nach dem anderen und stellten sich wie die Orgelpfeifen auf. Mit jedem weiteren Kind wuchs meine Faszination, und als das sechste hereinkam, staunte ich mit offenem Mund.

»Hast du denn keine Kinder, Florence?«, fragte Mabel.

»Ich habe es nicht einmal zu einem Ehemann gebracht.« Ich sah den Kindern hinterher, die nacheinander wieder verschwanden. »Es ist, als wären sie ein kleines Stück von dir, nicht wahr? Selbst wenn du eines Tages nicht mehr da bist – sie leben weiter, und du bist weiterhin ein Teil von ihnen. Das ist fantastisch!«

Mabel fing wieder an, sich zu entschuldigen, aber ehrlich gesagt sah es in dem Raum gar nicht besonders unordentlich aus. Trotz der Sonnenstrahlen, die durch ein Fenster auf Spielzeug und Kleidungsstücke und Malbücher fielen, wirkte alles, als sei es genau so, wie es sein sollte.

Wir begaben uns gemeinsam auf eine Reise durch die Vergangenheit. Lieblingsgeschichten wurden hervorgeholt, um sicherzugehen, dass sie nicht vergessen waren. Manche Begebenheiten mussten ein wenig abgeschliffen werden, damit sie griffiger wurden. Und als wir über den Krieg redeten, erwähnten wir mit keinem Wort die Verluste, die Angst und das Elend. Wir sprachen lieber über Freundschaften und die besondere Solidarität, die in extremen Notlagen wundersamerweise entsteht. Es gab Leute, die wir nicht weiter erwähnten, und andere, die wir ausmalten und dick unterstrichen. Wir erinnerten uns an jene, die unser Leben bereichert hatten, und ließen die, die uns das Leben schwer gemacht hatten, einfach weg. Das ist das Beste daran, wenn man in Erinnerungen an alte Zeiten schwelgt. Man kann sich die Vergangenheit so zurechtlegen, wie man sie sich gewünscht hatte, bevor sie Vergangenheit wurde. Das brachte natürlich mit sich, dass wir Ronnie Butler völlig unerwähnt ließen, doch als ich gerade überlegte, wie ich ihn dennoch ins Spiel bringen könnte, kam Mabels Tochter mit einer Kanne Tee herein und erklärte, was für ein Zufall es sei, dass wir angerufen hätten, weil ihre Mutter nämlich erst letzte Woche von der *British Legion* zurückgekommen sei und gesagt habe, sie könne schwören, sie habe Ronnie Butler im Bus sitzen sehen.

Ein Stück Früchtekuchen befand sich exakt auf halber Strecke zwischen dem Teller und meinem Mund, wo es eine geschlagene Minute verharrte, bis mir wieder einfiel, dass ich es essen wollte.

»Ronnie Butler?«, fragte ich.

»Er kann es natürlich nicht gewesen sein.« Mabel nahm sich ein weiteres Stück vom Früchtekuchen. »Das wäre ja unmöglich.«

»Völlig unmöglich«, sagte ich.

»Andererseits …« Mabel legte den Kuchen auf ihren Teller zurück. »Für einen Moment habe ich wirklich gedacht, dass er es ist. Auch die Stimme war dieselbe, als er mit dem Fahrer sprach. Genau dieselbe wie die von Ronnie. Ich fühlte mich augenblicklich in die alten Zeiten zurückkatapultiert.«

»Tatsächlich?«, sagte ich.

»Und als er im Bus den Gang entlangkam, konnte ich eine kleine Narbe erkennen, genau im Mundwinkel.«

Sie zeigte mit dem Finger auf die Stelle, und wir taten es ihr gleich.

»Ich sagte noch zu ihm: ›Sie sehen genau aus wie jemand, den ich mal kannte.‹«

»Sie haben mit ihm gesprochen?«, fragte Jack.

Selbstverständlich hatte sie mit ihm gesprochen. Mabel spricht mit jedem. Sogar in einem leeren Raum würde sie noch jemanden zum Reden finden.

»Was hat er gesagt?« Ich beugte mich auf dem Sofa weit vor.

»Worüber habt ihr gesprochen?«, fragte Elsie.

»Nicht viel. Er sagte, er sei erst kürzlich in die Gegend gezogen und kenne noch kaum Leute hier.«

Über den Wäschekorb hinweg tauschten wir einen Blick.

»Mir ist wirklich der Schrecken in die Glieder gefahren.« Mabel schien mir nicht der Schlag Frau zu sein, dem leicht angst und bange wird, aber in diesem Fall konnte ich mir das nur zu gut vorstellen. »Ich musste an den Abend denken, als ich ihn das letzte Mal gesehen habe.«

Wir fassten uns in Geduld. Es kostete mich unendlich viel Beherrschung, nicht vorzupreschen. Elsie suchte erneut meinen Blick, und wir führten eine kurze, stumme Unterhaltung mit den Augen. Elsie sagt immer, wenn man jemanden das Schweigen ausfüllen lässt, wird er das viel ausgiebiger tun, als wenn man selbst bereits den Anfang gemacht hat. Ich gebe es nicht gern zu, aber sie hat recht. Mabel brauchte keine Ermunterung, um ihre Geschichte haarklein zu berichten.

Ich gönnte Elsie sogar ihr unmerkliches Siegerlächeln.

»Es war an dem Abend, an dem Hazel starb. Ich bog gerade um die Ecke, um zum Bürgersaal hinüberzugehen, als sein Wagen die Straße entlanggerast kam, als wäre der Leibhaftige hinter ihm her. Er hätte mich um ein Haar über den Haufen gefahren.« Mabel presste die Hand auf ihre Brust. »Es hätte auch mich treffen können«, sagte sie. Ihre Finger hinterließen rote Erinnerungsflecken auf ihrer Haut.

»Saß Ronnie allein in dem Auto?«, fragte Jack.

Ich versuchte zu schlucken, aber meine Kehle weigerte

sich kategorisch, dabei mitzuwirken. Ich bekam Angst, dass ich husten müsste oder einen Erstickungsanfall erleiden würde, und je mehr Angst ich davor hatte, desto wahrscheinlicher schien es, dass eines von beidem eintreten würde. Mein Körper hatte schon immer die Angewohnheit, mich im Stich zu lassen, wenn es darauf ankam.

»Natürlich nicht. Aber ich kann beim besten Willen nicht sagen, wer bei ihm war. Glaubt nur ja nicht, dass ich in all den Jahren nicht immer wieder versucht hätte, es herauszubekommen.«

»Sie können sich an gar nichts erinnern?«, fragte Jack.

Mabel schüttelte ihren Kopf in Zeitlupentempo. »Alles, woran ich mich erinnere, ist etwas Rotes. Ein Schal vielleicht.«

Sie schaute uns an.

»Oder ein Hut?«, sagte sie.

Eines der Kinder stürmte ins Zimmer und wedelte mit einem Blatt Papier, und die Gegenwart holte uns wieder ein. Zwischen Mabel und ihrem Urenkel entspann sich eine sonderbare Unterhaltung, die mein Mund Wort für Wort mitverfolgte. Ich streckte die Hand aus, um das Kind einzuladen, näher zu kommen, doch im nächsten Moment sauste es schon wieder wie der Blitz davon.

»Hoffentlich treffe ich ihn noch mal.« Mabel sah dem Kind nach.

»Wen?«, fragte ich.

»Den Mann, der so aussieht wie Ronnie. Vielleicht ist er ja ein Verwandter von ihm.«

»An Ihrer Stelle würde ich mich von ihm fernhalten«, sagte Jack. »Und von jedem, der sich Gabriel Price nennt.«

»Wer soll das sein?«

»Merken Sie sich einfach nur den Namen«, sagte er. »Und seien Sie vorsichtig.«

»Machen Sie sich keine Sorgen.« Sie biss in ihren Kuchen. »Ich habe die Polizei gleich im Haus.«

»Bei euch wohnt ein Polizist?«, fragte Elsie.

»Unsere Sandra hat einen von der Kripo geheiratet. Natürlich ist er längst pensioniert, aber er denkt immer noch wie ein Polizist. Und dann habe ich ja noch meinen Norman.«

»Norman?«, fragte ich.

»Du musst dich doch noch an Norman erinnern, aus unserer Schulzeit. Fast sechzig Jahre sind wir jetzt verheiratet.«

Norman. Klein. Dünn. Wusste sich nie zur Wehr zu setzen. »Aber ich dachte, er wäre abgehauen?«, sagte ich.

»Abgehauen?« Mabel sah mich verständnislos an.

»Nach London«, sagte ich.

Sie lachte. »Mein Norman war in seinem ganzen Leben nur ein einziges Mal in London, und das nicht freiwillig. Wollt ihr ihm Hallo sagen? Er ist draußen im Garten.«

Durch das Fenster sah ich einen Mann auf dem Rasen stehen, Hände in die Hüften gestemmt, umringt von Kindern und Hühnern. Er war immer noch klein und dünn, doch er strahlte eine Zufriedenheit und Ausgeglichenheit aus, die man nur im Laufe eines langen, glücklichen Lebens erwirbt.

»Wir wollen ihn nicht stören«, sagte ich.

Ich sah Elsie an. »Wir haben die lange Sekunde erwischt, stimmt's?«

»Ja, das haben wir.«

»Vielleicht sollten wir uns jetzt lieber wieder auf den Weg machen«, sagte ich.

Sie lächelte. »Es ist immer später, als man denkt.«

Wir stiegen wieder ins Auto, und Chris machte das hüstelnde Geräusch, das er immer macht, bevor er den Motor anlässt. Als wir losfuhren, sah ich mich noch einmal nach dem Hochzeitstorten-Haus voller Kinder um.

»So eine Idylle hätte ich auch gern gehabt«, sagte ich.

Jack schaute zweifelnd durch das Seitenfenster. »Mitten im Niemandsland?«

Ich sah zu, wie eine kleine Prozession Urenkelkinder Norman ins Haus folgte. »Das gehört einfach dazu«, sagte ich. »Wir denken immer, ›eines Tages würde ich gern …‹, und irgendwann stellen wir fest, dass wir keine Tage mehr übrig haben, nicht wahr?«

»Wie viele ›eines Tages würde ich gern‹ hast du denn noch auf Lager?«, wollte Elsie wissen.

»Eines Tages würde ich gern Klavierspielen lernen«, sagte ich. »Eines Tages würde ich gern einmal Wale beobachten.«

»Wale beobachten?«

»Das wollte ich immer schon mal.«

»Dir wird doch schon auf einem Hausboot schlecht!«, sagte sie.

»Eines Tages wäre ich gern jemand, der nicht seekrank wird.«

»Ich fand Boote immer schon grässlich«, sagte sie. »Dieses ewige Geschlinger und Geschaukel.«

»Kein Mensch zwingt dich, Elsie. Niemand hat gesagt, dass du mitkommen musst. Wir müssen ja nicht immer *alles* zusammen machen.«

Mir entging nicht, dass Chris und Jack von der Seite Blicke tauschten. Elsie rückte so weit von mir ab, wie es ihr Sitzgurt zuließ, und ihr Kinn vergrub sich tief in ihrem Mantel.

Jack räusperte sich. »Haben Sie irgendeine Idee, wer das im Auto gewesen sein könnte? Wer etwas Rotes getragen haben könnte?«

Elsie schüttelte den Kopf. An ihrem Gesichtsausdruck war abzulesen, wie sie mit der Vergangenheit rang. Ich konnte es nicht mit ansehen und guckte wieder weg.

»Ich erinnere mich nicht«, sagte ich. »Ich erinnere mich nicht einmal mehr daran, dass mir jemand von Hazels Tod erzählt hat. Es ist, als hätte ich es immer schon gewusst.«

Ich lehnte die Stirn an die Scheibe und beobachtete den Verkehr. So viele Autos. Irgendwann gehen uns noch die Straßen aus, dachte ich. Nicht mehr lange, und alles steht still. Eine endlose Kolonne von Menschen, die über ihr Lenkrad gebeugt nach dem Ziel Ausschau halten, das sie nie erreichen werden, und die für immer auf dem Asphalt feststecken.

»Manche Erlebnisse haben das an sich.« Das kam vom Beifahrersitz. »Sie treffen einen so tief, dass man sich an das Leben davor nicht mehr erinnern kann.«

»Aber ich muss mich erinnern«, sagte ich. »Wir müssen herausfinden, wer noch in dem Wagen saß.«

»Das werden Sie«, sagte er. »Das werden Sie.«

Ich ließ mich noch ein bisschen mehr gegen das Fenster sinken und schloss die Augen. Ich war gerade dabei einzudösen, als ich Elsies Stimme hörte.

»Sie haben jetzt Armbänder erfunden«, sagte sie, »gegen Reisekrankheit. Die sollen wirklich gut helfen.«

Ich griff nach Elsies Hand und drückte sie.

Als wir in den Parkplatz von *Cherry Tree* einbogen, sagte Chris: »Was ist denn da los?«, und bremste so heftig, dass Elsie und ich in unseren Sitzen nach vorne rutschten.

»Verzeihung«, sagte er.

Im Hof stand die Feuerwehr – genauer gesagt: zwei Löschfahrzeuge. Mit Feuerwehrautos ist es wie mit Kühen, man macht sich keinen Begriff davon, wie groß sie sind, bis man irgendwann schließlich davorsteht. Leute in Helmen und Sicherheitswesten liefen auf und ab, die Hände in die Hüften gestemmt, und dazwischen trieben die Bewohner von *Cherry Tree* herum wie welke Blätter. Simon versuchte offenbar, sie durchzuzählen, während Miss Ambrose alle Hände voll damit zu tun hatte, ihm die Schäflein zuzutreiben und an deren guten Willen zu appellieren.

»Alle Mann an Deck!«, rief Jack. Er schnallte sich ab.

Ich tippte Elsie an. »Ich dachte, er war in der Armee, nicht bei der Marine.«

»Im Krisenfall ist das gehupft wie gesprungen«, sagte sie.

Jack lief schon über den Kiesweg, als mir auffiel, dass er

seinen Gehstock im Fußraum des Wagens liegen gelassen hatte.

»Ah, da sind Sie ja.« Miss Ambrose hatte uns entdeckt und steuerte ohne Umwege mit verschränkten Armen auf uns zu. Sie stampfte derart über den Innenhof, dass sich der Kies vor Schreck links und rechts in das Gras rettete. »Ich habe mich schon gefragt, wann wir wohl wieder mit Ihnen rechnen dürfen.«

»Was ist denn los? Haben wir etwas verpasst?«, fragte ich.

Sie sah zu den Wohnungen hinüber. »Wir hatten einen Zwischenfall. Einen sehr ernsten Zwischenfall, fürchte ich. Immerhin ist niemand verletzt worden, was Glück im Unglück ist.«

»Was denn für ein Zwischenfall?«, fragte Jack.

Miss Ambrose kaute an ihrer Lippe. »Ein Feuer.«

Jetzt schauten wir auch zu den Wohnungen hinüber. Alles schien wie immer. »Ein Feuer?«, fragte Elsie.

»Nun, genauer gesagt, wäre es um ein Haar zu einem Feuer gekommen.«

»Die Leute sollten wirklich vorsichtiger sein«, sagte ich. »All diese Fritteusen und Gasheizungen. Und alle tragen nur noch diese leicht entflammbaren Sachen aus China.«

»Wo hat sich die Sache denn abgespielt?«, fragte Jack. »Das Feuer, das fast ausgebrochen wäre?«

Miss Ambrose neigte den Kopf und musterte uns mit leicht starrem Blick. »Interessanterweise hat sich das in Florence' Wohnzimmer abgespielt«, sagte sie.

Mein Mund war plötzlich staubtrocken.

Ich wandte den Blick von den Apartments ab und sah Miss Ambrose an. »In meinem Wohnzimmer? Was, um alles in der Welt, kann denn in meinem Wohnzimmer Feuer fangen?«

»Sie haben das Bügeleisen angelassen«, sagte sie. »Es hat ein Loch in das Bügelbrett gebrannt. Sie sollten wirklich vorsichtiger sein, das hätte in einer Katastrophe enden können.«

Ein Feuerwehrmann ging an uns vorbei. Er starrte herüber.

Ich redete und redete, auch wenn ich das Gefühl hatte, dass mir schon lange niemand mehr zuhörte. »Ich benutze gar kein Bügeleisen. Ich habe seit Jahren nicht mehr gebügelt.« Und dann: »Hier liegt ein Irrtum vor. Wo ist Miss Bissell?«

»Es ist einiges an Papierkram zu erledigen«, sagte Miss Ambrose. »Wir werden diesen Zwischenfall melden müssen.«

»Aber ich habe den Zwischenfall nicht verursacht. Das mit dem Zwischenfall war ich nicht.« Ich wusste, dass ich schrie, weil Jack seine Hand auf meinen Arm legte.

Ich zog den Arm weg. »ICH BIN KEIN ZWISCHENFALL ...«

»Und Mr Price sind wir sehr zu Dank verpflichtet«, sagte Miss Ambrose.

»Mr Price?«, wiederholten wir drei im Chor.

»Ganz recht.« Sie deutete mit dem Kopf zu dem gegenüberliegenden Winkel des Innenhofs, wo eine Sicherheitsweste Ronnie Butler gerade die Hand schüttelte. »Er war derjenige, dem der Brandgeruch aufgefallen war und der uns alarmiert hat.«

Jack griff erneut nach meinem Arm.

»Was gab es für ihn bei meiner Wohnung herumzuschnüffeln?«, fragte ich, aber Miss Ambrose beachtete mich gar nicht und schickte ein strahlendes Lächeln über den Hof.

»Er ist unser Bewohner des Monats.«

»Was ist ein Bewohner des Monats?«, fragte Elsie.

»Hier gibt es keinen Bewohner des Monats«, sagte ich.

»Ab heute gibt es ihn«, sagte Miss Ambrose. »Das habe ich soeben entschieden.«

20:41 Uhr

Die Taube ist wieder da.

Miss Ambrose sagt, sie seien alle gleich, aber das liegt nur daran, dass sie nicht richtig hinsieht. Die Schattierung ihrer Flügel, das Lied, das sie singen. Keine Taube ist wie die andere. Miss Ambrose sieht eine Taube, sieht wieder weg und malt sich den Rest in ihrem Kopf aus. Das hier ist die Abend-Taube. Ihr Schwanz ist dunkler, und ihre Brust schillert wunderschön lilaviolett. Sie spricht viel sanfter als die Morgen-Taube, aber beide sind ausgesprochen mitteilungsbedürftig. Ab und zu geselle ich mich eine Weile zu ihnen, einfach, um mir die Zeit zu vertreiben. Und weil es mir Freude macht. Das behalte ich natürlich für mich, sonst würde Miss Ambrose mich schwuppdiwupp ins Irrenhaus stecken. Aber es ist ja wohl kein Verbrechen, sich mit einer Taube zu unterhalten, oder? Genauso wenig wie es ein Verbrechen ist, die Stufen einzeln zu nehmen. Oder manchmal zu vergessen, die Vorhänge zuzuziehen. Menschen können so engstirnig sein. Die Frau vom Sozialamt zum Beispiel. Rund, blass, aber zu allem und jedem eine Meinung. Sie ist diejenige, die den Ball ins Rollen gebracht hat. Der Grund, weshalb ich hier bin.

»Ihr Coping bezüglich Ihrer ATL ist unzureichend, Miss Claybourne«, sagte sie. »Die Aktivitäten Ihres alltäglichen Lebens sind beeinträchtigt.«

Sie hatte keine Ahnung von den Aktivitäten meines alltäglichen Lebens. Sie verbrachte nicht den Alltag mit mir. Sie platzte nur eines Morgens in mein Wohnzimmer und machte mir jede Menge Vorhaltungen.

»Sie erreichen Ihre Füße nicht mehr«, sagte sie.

»Was habe ich denn auch da unten zu suchen?«

»Sie haben Schwierigkeiten, die Knöpfe zuzumachen.«

»*Marks & Spencer* hat eine große Auswahl an Kleidung, die sehr gut ohne Knöpfe auskommt«, sagte ich.

In der Zimmerecke tickte die Wanduhr, und der Abstand zwischen uns vergrößerte sich. Die Frau sah zur Uhr und dann wieder zu mir.

Sie blinzelte einige Male und sagte dann: »Darum geht es nicht, Miss Claybourne. Wir müssen sicherstellen, dass Sie optimal versorgt sind. Wir wollen schließlich nur Ihr Bestes.«

»Ach, wollen wir das?«, sagte ich.

Sie brauchten nicht lange, um mein Leben kleinzukriegen. Achtzig Jahre lang hatte ich es aufgebaut, aber innerhalb weniger Wochen gelang es ihnen, es genug zu schrumpfen, dass es in einen braunen Umschlag passte und zu Besprechungen mitgenommen werden konnte. Sie haben es in Geiselhaft genommen. Sie haben es mir gestohlen, als ich völlig arglos war, als ich dachte, ich könnte mich in den Mantel des Alters wickeln und in Ruhe gelassen werden. Eine Tür klingt ganz anders, wenn sie sich zum letzten Mal hinter einem schließt, und auch ein Zimmer ist nicht mehr dasselbe, wenn man weiß, dass man es nie wieder betreten wird.

»Ich habe etwas vergessen«, sagte ich zu ihnen. »Ich muss noch einmal hinein und es holen gehen.«

Und so lief ich noch einmal durch das leere Haus, um mich zu verabschieden, weil ich Angst hatte, dass ich eines Tages vielleicht vergessen könnte, wie es aussah, und dann würde es niemanden mehr geben, der es wüsste.

Als ich ins Auto stieg, sagten sie: »Bis *Cherry Tree* ist es nur eine kurze Strecke – ehe Sie sich's versehen, sind wir schon da.«

Es wurde die längste Fahrt meines Lebens. Als wir an einer Ampel hielten, öffnete ich die Tür und stieg aus.

»Ich habe es mir anders überlegt«, sagte ich. »Ich gehe wieder nach Hause.«

Sie haben mich die ganze Hauptstraße entlang verfolgt, und da wusste ich plötzlich, dass ich es zum ersten Mal in meinem Leben nicht mehr in der Hand hatte, meine Meinung zu ändern.

Ich habe mein Leben lang allein gelebt, aber das hier war ein barrierefreies Allein mit Haltegriffen. Die Zimmer rochen nach Farbe und einem anderen Menschen. Es hat eine Ewigkeit gedauert, bis ich heraushatte, wo ich meine Sachen am besten unterbringe, und so richtig hat es sich immer noch nicht eingespielt.

Elsie war noch nicht da, als ich einzog. Sie kam einige Wochen später. Ich entdeckte sie, wie sie im Garten spazieren ging, in einem Mantel, der schon bessere Tage gesehen hatte, und mit sich selbst und dem Himmel über ihr sprach. Ich rief ihren Namen quer über den Innenhof, und sie drehte sich um und winkte.

»Ich wusste gar nicht, dass du jetzt auch hier wohnst«, sagte ich. »Wann bist du gekommen?«

»Heute Morgen«, sagte sie. »Du kannst mir gleich eine Einführung geben. Das wird bestimmt ganz toll, Florence. Wie in den guten alten Zeiten. Ab jetzt wird alles viel leichter.«

Und sie hatte recht. So war es.

FLORENCE

Wir fingen Simon im Gang ab. »Klar«, sagte er, als wir ihn fragten, ob er uns helfen würde. Jack war leicht konsterniert, weil er damit gerechnet hatte, mit ihm diskutieren zu müssen, und er nun nicht wusste, wohin mit den ganzen vorbereiteten Argumenten. Simon nahm uns mit in den Personalraum. Wir durften in den Personalraum! Bis dahin war ich noch nie im Personalraum gewesen, doch wenn ich ehrlich sein soll, fand ich ihn eher enttäuschend. Jede Menge verbrauchtes Mobiliar und stapelweise Zeitschriften, die ganz offensichtlich nie gelesen worden waren.

»Wir wissen nicht, wie man das Abo kündigt«, erklärte Simon.

Er zog zwei Stühle heraus. Jack nahm auf dem Sofa Platz, und Elsie und ich machten es uns neben einem Schreibtisch mit einem großen Bildschirm gemütlich, der urplötzlich ansprang, als Simon einen Knopf drückte. Er nahm mir das Blatt Papier aus den Händen und sagte: »Dann sehen wir mal, was wir im Internet finden.«

»Ich war noch nie im Internet«, sagte ich.

»Das ist keine Hexerei, Florence. Ich könnte Ihnen zeigen, wie es geht. Wir könnten einen kleinen Kurs veranstalten.«

»Ich bin dabei«, schrie Jack hinter dem Zeitschriftenstapel hervor.

Simon drückte einige Tasten und richtete den Bildschirm so aus, dass wir alle etwas sehen konnten.

»Es ist ein Musikgeschäft«, sagte er.

»Ein Musikgeschäft?«, fragte ich.

Wir spähten in den Computer.

»In Whitby«, sagte er.

»Sind Sie sicher?« Elsie beugte sich vor, bis ihre Nasenspitze beinahe den Bildschirm berührte.

Simon zog das Bild auf dem Bildschirm etwas größer. Das Musikgeschäft war von außen mit schwarzer Lackfarbe bemalt, und sein Name war in goldene Buchstaben gefasst. Es war eine altmodische Schrift, wie man sie nur noch selten sieht, geschwungen und verspielt und voller Vergangenheit. Je stärker Simon das Foto vergrößerte, desto verschwommener wurde es, aber die Instrumente im Schaufenster waren noch zu erkennen. Saxofone und Posaunen, die nach Glenn Miller aussahen, dahinter Geigen, die sehr gerade und sehr ernst dreinschauten, wie ein Haufen alter Damen, die in einer Reihe sitzen. Außerdem waren silberglänzende Flöten und sanduhrförmige Gitarren auszumachen, über denen eine Wäscheleine voller Notenblätter gespannt war.

»*George Gibson & Son*«, las ich laut. »Nie von denen gehört.«

Simon nahm die Hände von der Tastatur. »Hatten Sie nicht gesagt, Sie haben die Telefonnummer hinten in Ihrem Adressbuch gefunden?«

»Ja, schon. Ich kann mich allerdings nicht mehr erinnern, wie sie da hingekommen ist.«

Ich merkte, dass Simon misstrauisch wurde, und beschloss, einfach seinen Blick zu meiden. Dann ginge der Moment vielleicht wieder vorbei.

Simon notierte uns die Adresse auf ein gelbes Stück Papier mit klebrigem Rand. Während er noch schrieb, kam Cheryl vom Friseursalon herein. Sie sah aus wie immer. Leichenbleich und den Kopf voller Gedanken.

»Hallo, Miss Claybourne.« Falls sie überrascht war, uns im Personalraum vorzufinden, ließ sie es sich jedenfalls nicht anmerken.

»Hallo, Cheryl. Wie geht es Ihnen?«

Cheryl murmelte etwas, das ich nicht verstand.

»Ich bin froh, dass wir uns heute treffen«, sagte ich. »Ich habe nämlich etwas für Sie. Nun ja, nicht direkt für Sie, sondern für Ihre …« Ich suchte nach dem richtigen Ausdruck. »Ihre Assistentin.«

Ich holte ein Blatt Papier aus meiner Handtasche.

»Hier ist etwas über Ahnenforschung. Ich bin zufällig darauf gestoßen. In einer Zeitschrift. Ich dachte, es könnte ihr vielleicht helfen, ihre Urgroßmutter in Prestatyn zu finden.«

Cheryl nahm den Artikel entgegen und murmelte wieder etwas. »Wie geht es der kleinen Alice?« Mit dem Kopf deutete ich auf ihr Handgelenk.

Ein Kuddelmuddel wirrer Worte stolperte ihr aus dem Mund, und Simon blickte von seinem Zettel auf.

»Neulich bin ich einigen Kindern begegnet«, sagte ich. Ich glaube, sie wartete darauf, dass ich noch etwas hinzufügte, aber mehr gab es eigentlich nicht zu sagen, also fragte ich sie, wie alt Alice denn sei.

»Sie …« Cheryl zögerte. Ich fand es seltsam, dass eine Mutter erst nachdenken muss, wie alt ihr Kind ist, aber in meinen Augen sind Menschen immer für eine Überraschung gut. »Sie ist vor drei Jahren zur Welt gekommen«, sagte sie schließlich.

»Und ist sie ein braves kleines Mädchen?«, fragte ich.

»Sehr brav, Miss Claybourne. Das bravste Mädchen, das man sich vorstellen kann. Mit wunderschönen blonden Locken. Und riesengroßen blauen Augen. Sie lächelt die ganze Zeit.«

Sie hatte kein Foto von ihr dabei, doch sie versprach mir, eines mitzubringen.

»Das wäre schön«, sagte ich. »Ich würde Alice so gern einmal sehen.«

Cheryl ging zur Spüle und begann, mit den Töpfen zu klappern, sodass ich nicht alles verstehen konnte, was sie sagte, aber so viel bekam ich mit: »Danke, dass Sie so nett waren, sich nach ihr zu erkundigen.«

Als Simon Jack den Zettel gab, drückte er meine Schulter ein wenig und sagte: »Wissen Sie, dass Sie ganz wunderbar sind, Florence?« Ich fand das sehr nett von ihm, aber eigentlich hatte ich doch nur ein wenig geplaudert.

21:02 Uhr

Elsie und ich haben uns ständig darüber geärgert, wie klein die Zimmer hier sind, aber im Moment kommt es mir so vor, als wäre der Raum unendlich groß. Ich dachte, ich käme vielleicht an den Kram heran, der unter der Anrichte liegt. Ich kann eine Münze oder etwas in der Art erkennen. Die könnte ich gegen das Fenster werfen. Vielleicht würde dann jemand aufmerksam werden, obwohl ich beim besten Willen nicht wüsste, wer. Wenn sie mich finden, kann ich mich auf eine Standpauke gefasst machen, weil ich mein Medaillon nicht umhabe. Elsie und ich nennen es immer so, weil es so unförmig ist. »Ich brauche Hilfe«, steht vorne drauf. Ständig schlug es irgendwo an und war im Weg. Einmal ist es mir gegen die Rückseite der Fernsehzeitschrift geknallt, und kurz darauf stürzte Simon herein, das Kinn voller geriebenem Käse. Danach habe ich es abgenommen. Ich habe es innen an die Badezimmertür gehängt.

Da hängt es immer noch.

Von der Stelle aus, an der ich liege, kann ich das Badezimmer nicht mal sehen. Ich wünschte, das große Licht wäre an. Im Dunkeln schrumpft der gesunde Menschenverstand auf

Erbsengröße. Im Flur brennt ein Licht, aber es ist eine von diesen Energiesparlampen, auf die man genauso gut verzichten und stattdessen ein Streichholz anzünden könnte. Es geht sicher schon auf sieben Uhr zu. Der kleine Laden wird bald schließen. Der Mann hinter der Theke wird seine kleinen Kopfhörer aus den Ohren ziehen und das Geld aus der Kasse nehmen. Vielleicht denkt er beim Münzenzählen ja gerade an mich. Vielleicht denkt er gerade an mein Angebot, ihm dabei zu helfen, die Regale sauber zu machen, und vielleicht überlegt er es sich gerade anders. Er wird zuschließen und sicherheitshalber noch einmal prüfen, ob die Tür auch wirklich zu ist, und dann wird er den Hof überqueren und zu meiner Wohnung hinaufsehen. Dann wird er klopfen und rufen: »Ich bin's nur, Miss Claybourne«, und ich werde zurückrufen: »Kommen Sie nur herein. Ich fürchte, ich kann Ihnen gerade nicht aufmachen.« Das werde ich so unbeschwert wie möglich sagen. Ich will ihn auf keinen Fall erschrecken.

Er wird mich ins Krankenhaus begleiten. Er wird darauf bestehen.

»Das ist das Mindeste, was ich für Sie tun kann, Florence.«

Wir werden uns über den Laden unterhalten, und er wird von mir wissen wollen, was er meiner Meinung nach noch in sein Sortiment aufnehmen sollte. Und dann wird er sicher fragen, ob ich nicht ab und zu vorbeikommen und ihm zur Hand gehen könnte. »Aber natürlich«, werde ich sagen. »Und es kommt überhaupt nicht infrage, dass Sie mich dafür bezahlen. Spenden Sie für wohltätige Zwecke. Geben Sie den kleinen Kindern etwas.«

Wir werden in der Notaufnahme warten, wo dauernd Leute vorbeihasten. Ich werde an alle möglichen Schläuche angeschlossen sein, und an Drähte, die zu einem Gerät führen, das piept und zählt und auf dem Lichter blinken, denen ich beim Tanzen zusehe, weil es etwas Beruhigendes hat, wenn alles, was einen ausmacht, auf einem Bildschirm versammelt ist. Vorhänge werden rascheln und Wagen vorbeirattern, und das Stimmengewirr wird zu einem riesigen Ballon anschwellen, aber während der ganzen Zeit, in der wir im Rettungswagen sitzen, während der ganzen Zeit, in der wir in der Notaufnahme auf den Arzt warten, während dieser ganzen Zeit wird der Mann aus dem kleinen Laden mich nicht ein Mal anschreien. Nicht ein einziges Mal.

FLORENCE

Miss Ambrose riss die Augen so weit auf, dass fast nur noch das Weiße zu sehen war.

»Ich soll eine Busreise organisieren?«, fragte sie.

Wir hatten versucht, das Musikgeschäft anzurufen, aber es war nie jemand ans Telefon gegangen. Ich vermutete, dass es vielleicht inzwischen zugemacht hatte, aber Jack meinte, dass das eher unwahrscheinlich sei, weil es doch noch im Internet zu finden war. Und dann schlug er aus heiterem Himmel vor, einfach hinzufahren.

»Nach Whitby?«, fragte ich.

»Ja«, sagte er. »Das wird uns allen guttun. Wie lange ist es her, dass Sie zuletzt das Meer gesehen haben?«

Ich dachte nach, aber mein Kopf stellte sich quer. »Ich bin nicht sicher«, sagte ich. »Ich hatte gedacht, dass ich es nie wieder sehen würde und mich damit einfach abfinden müsste.«

»Jeder sollte das Meer sehen.« Er deutete mit dem Kopf in Richtung Kaminsims, als würde das Meer jenseits davon auf uns warten. »Das ist gut für die Gesundheit. Außerdem stehen uns Ausflüge zu.«

»Wirklich?«, fragte Elsie.

»Dafür legen Sie eigens Geld zur Seite. Steht im Kleingedruckten.« Aus seiner Jackentasche förderte er ein umfangreiches Papier zutage und stach mit dem Bügel seiner Brille darauf ein. »Mit unseren jährlichen Gebühren zahlen wir auch in einen ›Erholungs-Fonds‹ ein.«

»Ich kann mich gar nicht erinnern, dass wir je irgendeine Erholung hatten«, sagte ich. »Es sei denn, man zählt Justin dazu, obwohl ich bei einer Ziehharmonika nicht unbedingt von ›Erholung‹ sprechen würde.«

»Sie sagen es!« Und er stach erneut auf das Kleingedruckte ein.

Eine Stunde später hatten wir uns auch schon bei Miss Ambrose eingefunden. Jack führte unsere kleine Abordnung an, weil er der Meinung war, dass er derjenige sei, der sie am leichtesten überzeugen könne.

»Eine Busreise?«, wiederholte sie.

Wir nickten.

»Also, eine Busreise kommt überhaupt nicht infrage«, sagte Miss Ambrose. »Einige von uns sind schließlich noch auf Bewährung. Außerdem bedeutet das einen enormen Papierkrieg.«

Papierkrieg. Diesen Vorwand benutzte Miss Bissell auch ständig. Wenn das jemand von außen mitbekommen hätte, hätte er denken müssen, dass man in *Cherry Tree* außerhalb gesicherter Zonen permanent mit Papierkügelchen und gefalteten Fliegern beschossen wurde und um Leib und Leben fürchten musste, wenn man sie verließ.

»Denken Sie nur an die ganzen Sicherheitsbestimmungen«, sagte Miss Ambrose. »Ganz zu schweigen von der Risikoprüfung.«

Aus Miss Ambrose' Mund schoss ein Vorwand nach dem anderen, aber wir waren felsenfest entschlossen. Wir mussten sie um jeden Preis überzeugen.

Jack beugte sich über ihren Schreibtisch. »Andere Seniorenheime bieten sehr wohl Ausflüge an«, sagte er. »Anderen Seniorenheimen gelingt es durchaus …«, er ließ seinen Blick über das stattliche Arsenal von Heftern, Lochern und Scheren auf ihrem Schreibtisch schweifen, »sich dem Papierkrieg zu stellen.«

»Ach ja?«, sagte Miss Ambrose.

»*Pine Lodge* war oben auf diesem Gurken-Wolkenkratzer in London. *Cedar House* hat einen Wochenendtrip nach Marbella gemacht. Nachfrage und Angebot, sage ich nur, Miss Ambrose.«

Miss Ambrose schluckte heftig.

»Und dann haben wir ja auch noch den Freizeit-Fonds«, sagte er. »Wir können ja mal einen Blick in die Finanzbuchhaltung werfen.«

»Die Finanzbuchhaltung?«

Er nickte.

»Ich werde sehen, was ich tun kann«, sagte sie.

»Hast du deine Reise-Tabletten genommen? Wir haben vier Stunden Autobahnfahrt vor uns«, sagte Elsie.

Ich holte die Packung aus meiner Handtasche und drückte eine aus ihrer silbernen Hülle.

»Dein Magen gehorcht seinen eigenen Gesetzen, das weißt du doch.«

Wir hatten Miss Ambrose überzeugen können. Dem waren mehrere Meetings in ihrem Büro vorausgegangen, die wir samt und sonders mit angehaltenem Atem vom Tagesraum aus verfolgt hatten. Miss Bissell war kilometerweit auf und ab gegangen und hatte dabei viel mit den Armen gewedelt, während Miss Ambrose sich mit ihrem Stuhl in die äußerste Ecke des Zimmers gedrückt hatte.

Nach einer Dreiviertelstunde waren Miss Bissells Arme ein wenig zur Ruhe gekommen, und Jack hatte gesagt: »Ich glaube, sie hat klein beigegeben.«

Zwischendurch war Simon dazugestoßen und hatte sogleich versucht, die Flucht zu ergreifen, die jedoch durch eine leichte Krümmung von Miss Bissells Zeigefinger vereitelt worden war, und so hatte sich eine lange Diskussion hinter dem Schachbrettfenster entsponnen, von der jedoch bedauerlicherweise kein Wort nach draußen gedrungen war. Als Miss Bissell das Büro endlich verließ, blieb sie noch geschlagene fünf Minuten an der Birkenfeige stehen und betrachtete uns nachdenklich mit hochgezogenen Brauen.

Eine Stunde später brachte Miss Ambrose einen Aushang an der Infotafel an, in dem dazu eingeladen wurde, sich für ein Wochenende in Whitby anzumelden. *Dracula, Klippen und das legendäre Botham's-Café*. Gegen drei brauchte sie ein zweites Blatt. Gegen vier begann ich, den Koffer zu packen.

»Wir fahren doch jetzt noch nicht.« Elsie sah zu, wie ich ein Paar Strümpfe aufrollte und sie in mein zweites Paar Schuhe steckte.

»Ich habe Angst, dass ich sonst etwas vergesse«, sagte ich.

»Mach dir keine Sorgen. Ich sorge schon dafür, dass wir nichts vergessen.«

Sie nahm mich kurz in den Arm, und ich rollte die Strümpfe auseinander und zog sie wieder an.

Wir hatten noch eine Woche, bevor wir nach Whitby fuhren. Eine Woche Zeit, um zu grübeln, ob Ronnie das Notenblatt gefunden hatte und wie er darauf reagieren würde. Ich hatte erwartet, dass er sofort etwas tun würde, aber nichts passierte. Er machte keinen Piep. Seltsamerweise war die Stille schlimmer, als wenn er irgendeine Reaktion gezeigt hätte. Aber wahrscheinlich muss es erst ganz still werden, ehe man hören kann, wie laut das eigene Kopfzerbrechen wirklich ist. Ich war sehr erleichtert, als es endlich Freitag war. Ich wusste, dass meine Sorgen dadurch nicht kleiner würden, aber sie kämen wenigstens mal an die frische Luft.

Meine letzte Busreise lag viele Jahre zurück, und ich war angenehm überrascht von den Fortschritten in Sachen Bequemlichkeit. An der Rückseite des Sitzes vor mir war eine kleine Tasche angebracht, aber als ich hineinsah, enthielt sie nur eine Spucktüte. »Man kann auch Zeitschriften hineinstecken«, beeilte sich Elsie zu sagen, weil sie weiß, wie empfänglich ich für Anregungen bin.

»Ganz netter Straßenkreuzer, was?« Jack machte es sich im Sitz auf der anderen Seite des Gangs gemütlich, wo er Platz für seinen Gehstock hatte. Er trug dieselbe graue Jacke, die er immer trug. An den Ellbogen glänzte sie schon etwas, und einer der Knöpfe war drauf und dran abzugehen. Elsie musste mich ständig ermahnen, ihn nicht darauf hinzuweisen. »Schön geräumig.« Er stemmte sich ein wenig hoch, um über Mrs Honeyman aus Nummer vier hinwegzusehen. »Hätte schlechter kommen können.«

Der Name des Fahrers war Eric. Mit deutlich mehr Haar im Gesicht als auf dem Kopf, als versuchte er, einen Ausgleich zu schaffen. Konnte nicht richtig pfeifen. Fühlte sich verpflichtet, alle naselang und ohne erkennbaren Anlass »Na, dann wollen wir mal« zu sagen.

»Wir von *Sun Valley Coaches* legen besonderen Wert auf unseren erweiterten Fußraum«, sagte er, als er mit seinem Klemmbrett den Gang entlangging. »Nicht ein einziger Fall von Thrombose in sechzehn Jahren.« Im Vorbeigehen musterte er sämtliche Unterschenkel mit prüfendem Blick, als hielte er Ausschau nach medizinischen Alarmsignalen. »Das können Sie alles in unserem Flyer nachlesen.«

Als er weitergegangen war, sagte ich: »Wie kommt es, dass man heutzutage für alles einen Flei-her braucht?«, und flüsterte Elsie zu: »Ich bin mir nicht sicher, ob meine Blase durchhält, bis wir das Moor von Yorkshire erreicht haben.«

»Es gibt eine Bordtoilette hier im Bus.« Sie zeigte nach hinten. »Allerdings solltest du da am Ball bleiben, es sieht so aus, als erfreue sie sich lebhaften Zuspruchs.«

Mrs Honeyman war bereits auf dem Weg dorthin, und wir hatten noch nicht einmal den Parkplatz verlassen.

Ronnie Butler stieg als Letzter ein. Gelassen und ohne jede Eile kam er auf den Bus zu, in der Hand eine braune Reisetasche. Er trug einen anderen Filzhut als sonst. Dieser hatte eine kleine Feder am Hutband, und Elsie meinte, er sehe aus, als wolle er auf die Jagd gehen. Ich sagte lieber nichts. Als er die Stufen hochgestiegen war, hielt er kurz inne.

»Ungewöhnliche Jahreszeit für einen Ausflug ans Meer.« Er hatte sich an Miss Ambrose und Miss Bissell gewandt, die beide mit blassem Gesicht in der ersten Reihe saßen, doch im nächsten Moment sah er zu uns herüber. Ohne uns aus den Augen zu lassen, nahm er den Hut ab und steuerte seinen Platz an.

»Das kam vielleicht ein wenig überraschend, aber wir fanden, dass *Cherry Tree* auch einmal einen Ausflug machen sollte.« Miss Ambrose drehte sich um und richtete ihren Blick ebenfalls auf uns. »Andere Einrichtungen machen das ja auch.«

»Gibt es irgendeinen bestimmten Grund …« Ronnie setzte sich und platzierte seinen Mantel auf seinem Schoß. »… weshalb Sie auf Whitby gekommen sind?«

»Ein Ort mit Geschichte, finden Sie nicht?«, sagte Jack. »Es gibt doch nichts Spannenderes als die Vergangenheit.« Seine Stimme klang ein wenig wackelig an den Enden. Er hielt den Vordersitz umklammert, und ich konnte sehen, wie seine Knöchel vor Entschlossenheit ganz weiß wurden.

Ronnie ließ von uns ab und drehte sich nach vorn.

»Na, dann wollen wir mal«, sagte Eric und startete den Motor.

Autobahnen sind sterbenslangweilig. Es mag ja sein, dass sie einen schneller von A nach B bringen, aber an Abwechslung haben sie nicht gerade viel zu bieten. Man kann nur ein bestimmtes Maß an Asphalt pro Tag aushalten. Elsie war bereits eingenickt, als wir die Autobahnauffahrt erreichten, und Jack war zu sehr mit Sudoku-Buch und Drehbleistift beschäftigt, um sich zu unterhalten. Er hatte irgendwo gelesen, dass Sudokus vor Demenz bewahren, und inzwischen schaffte er täglich sechs Stück. Einmal hatte er versucht, mich auch dafür zu gewinnen, aber ich sagte ihm, dass sie eher zu meiner Verwirrung beitragen, als sie zu verringern, und wenn ich schon meine Zeit mit Rätselraten vergeuden wollte, wäre ich eher für Kreuzworträtsel. Auf dem Fahrersitz pfiff Eric vor sich hin, und Ronnies Hinterkopf hatte sich in den letzten fünfundvierzig Minuten nicht um ein Jota bewegt. Ich wusste das so genau, weil ich ihn nicht aus den Augen gelassen hatte, seit wir von *Cherry Tree* losgefahren waren. Ich hätte nicht einmal sagen können, warum. Vielleicht dachte ich, ich müsste ihn nur lange genug anstarren, um zu wissen, was in ihm vorging. Während Ronnie wie eine Statue auf seinem Sitz saß, liefen alle anderen im Bus auf und ab und wechselten nach Lust und Laune die Plätze. Es gab eine beständige Prozession in Richtung Toilette, die Miss Ambrose pflichtbewusst überwachte. Langsam, aber sicher lief sie heiß, und wir waren noch keine Stunde unterwegs, als sie sich bereits mit einer Spucktüte Luft zufächeln musste.

Jack klappte sein Rätselbuch zu. »Unser Mann verhält sich auffallend still«, sagte er. »Ich wette, er fragt sich, was da im Busch ist.«

»So wie ich Ronnie kenne, brütet er längst schon wieder einen Plan aus.« Ich lehnte mich zurück, um Mrs Honeyman Platz zu machen, die auf ihren Sitz zurückwollte.

Elsie wachte auf, als sie Jacks Stimme hörte. »Er führt immer irgendwas im Schilde.«

»Ich frage mich, ob ihn etwas mit Yorkshire verbindet«, sagte Jack.

»Nicht, dass ich wüsste.« Ich sah zu Elsie hinüber. Sie hatte das Gesicht an die Scheibe gepresst und beobachtete den Verkehr.

»Als wir Kinder waren, sind wir in den Ferien immer nach Whitby gefahren«, erzählte ich Jack, »aber ich erinnere mich kaum noch an den Ort. Vielleicht kommt ja alles wieder, wenn wir dort sind.«

Das mit dem Gedächtnis ist eine komische Sache. Man denkt, man hat alles vergessen, aber in Wirklichkeit sind die ganzen Erinnerungen noch da, und eine Kleinigkeit reicht, dass sie wieder auftauchen. Ein Geruch oder die Strophe eines Liedes oder ein vertrautes Gesicht in der Menge, und die Erinnerungen fluten in den Kopf zurück, als wären sie nie weg gewesen. Sie sind irgendwo versteckt und warten, und man muss nur einen Weg finden, sie wieder hervorzulocken.

Bei mir flutete allerdings gar nichts, als wir durch Pickering fuhren und dann hinauf ins Moor, wo sich das Heidekraut wie eine dicke, lila Decke auf die Landschaft legte. Das Moor lässt sich mit nichts anderem vergleichen. Es ist zerfurcht und unterhöhlt und völlig zufrieden mit seinem Mangel an Dekoration. Auch in der Trostlosigkeit liegt Schönheit, was ich wiederum sehr tröstlich finde. In der Ferne konnte man in wasserfeste Grundfarben gekleidete Wanderer erkennen, die versuchten, sich einen Landstrich zu erobern, den niemand wirklich für sich beanspruchen konnte.

Ich zupfte Elsie am Ärmel. »Weißt du noch?«, sagte ich. »Wir hatten immer einen Wettbewerb. Wer zuerst das Meer sieht.«

Sie wischte sich übers Kinn und sah aus dem Fenster. »Du hast jedes Mal gewonnen, weil du größer warst«, sagte sie. »Aber dieses Mal bin ich Erste. Sieh nur.«

Und da war er. Ein Streifen Ozean, der auf dem Horizont ruhte. Er spielte Verstecken mit uns, während der Bus sich über die engen, sich windenden Straßen quälte, bis wir ganz oben angelangt waren und die Abtei sahen, die wie aus dem Nichts vor uns aufgetaucht war.

»Es sieht genauso aus wie früher«, sagte ich.

»Seit wir Kinder waren, hat sich nichts verändert.« Elsie reckte sich ein wenig, um den Horizont im Auge behalten zu können.

Miss Ambrose kam gerade auf einem Kontrollgang vorbei

und beugte sich vor, um aus dem Fenster zu sehen. »Und lange nachdem wir wieder abgereist sind, wird es immer noch so sein. Wir sind alle nur auf der Durchreise, nicht wahr?«

»Denken Sie das wirklich?«, fragte ich. »Glauben Sie nicht, dass wir alle unseren Teil zur Welt beitragen?«

Sie deutete auf die Wanderer, die nur noch rote und gelbe Stecknadelköpfe in der Ferne waren. »Das möchten wir alle gern glauben, aber die meisten von uns hinterlassen keine Spuren.«

Ich drehte meinen Kopf vom Fenster weg und schloss die Augen. Und in diesem Moment hörte ich Elsie.

»Es stimmt nicht, was sie sagt, weißt du«, flüsterte sie.

Miss Ambrose hatte ein kleines Hotel am West Cliff ausgesucht. Der Bus hielt vor dem *Royal Crescent* und spuckte uns dort auf den Gehweg. Elsie und ich waren schon einmal als Kinder hier gewesen. Nicht in demselben Hotel, aber es war, glaube ich, dieselbe Straße. Es ist unmöglich zu sagen, welches Hotel es gewesen sein könnte, weil sie alle gleich aussahen. Eine Pension reihte sich hier an die nächste, alle gelb und cremefarben gestrichen, alle trugen Namen, die mit dem Meer zu tun hatten, und alle hatten kleine Schilder in den Fenstern, die Passanten zum Eintreten einluden. Die ganze Straße schien nur aus Hotels zu bestehen. Auf Zimmer portionierte Menschen, die durch die papierdünnen Wände Fremden beim Schnarchen zuhören konnten. Kaum waren wir auf den Gehsteig befördert worden, begann sich der Schwall aus alten Menschen und Gehstöcken auch schon in alle Richtungen zu verteilen. Simon zückte sein Klemmbrett, und Miss Ambrose fing an, mit den Armen zu fuchteln, als ob wir durch unsichtbare Fäden mit ihr verbunden wären und sie uns so zusammenhalten könnte.

»Bitte versuchen Sie zusammenzubleiben«, sagte sie andauernd. »Bitte bleiben Sie hier.«

Doch es war zu spät. Bevor ich recht wusste, was ich tat, war ich auch schon unterwegs zur Captain-Cook-Statue. Es muss die Aufregung gewesen sein, an einen Ort zurückgekehrt zu sein, von dem ich nicht gedacht hätte, ihn jemals wiederzusehen.

»Wo willst du denn hin?«, rief Elsie.

»Zu den Walfischknochen«, schrie ich zurück. »Ich will nachsehen, ob sie noch da sind.«

»Aber natürlich sind sie noch da«, sagte sie.

Als ich mich umblickte, hatte Miss Ambrose die Hände vors Gesicht geschlagen, während Miss Bissell aussah, als hätte sie soeben den Sieg in einem Wettstreit errungen, von dem sie ohnehin sicher gewesen war, ihn zu gewinnen.

Ich war schon bei dem Torbogen aus Walfischknochen angekommen, als Elsie mich endlich einholte. Ich sah zu, wie die Leute hindurchgingen und dabei ein Eis aßen oder Kinderwagen vor sich herschoben, von deren Griffen Taschen baumelten, die alles enthielten, was man an einem Tag so braucht. Die Leute machten eigens einen Umweg, um unter dem Walfischtor durchzugehen, als wäre es eine Art magische Schwelle, die sie unbedingt überschreiten mussten.

»Sie sind noch da«, sagte ich.

»Habe ich dir doch gesagt.«

»Irgendwie hat es auch etwas Trauriges, oder?«, sagte ich. »Für den Wal, meine ich.«

Die Sonne kam hinter einer Wolke hervor, und Elsie hielt die Hand schützend über ihre Augen. »Ich denke, es ist ein Stück Geschichte. Eine Art Erinnerung.«

Wir gingen zu einer Bank. Auf der anderen Seite des Wassers strömten Menschen die Stufen zur Abtei empor, und unter ihnen pflügten Schiffe auf dem Weg zur Nordsee Mauern aus Schaum in den Hafen. Whitby liegt auf beiden Seiten der Flussmündung, sodass sein westlicher und östlicher Teil sich links und rechts vom Wasser gegenüberstehen.

Schaut man von einer Seite auf die andere, hat man wie in einem Spiegel das identische Leben der anderen vor Augen, nur dass sie sich auf verschiedenen Seiten des Ozeans befinden. Während wir auf der Bank saßen, entlud die Cliff Street ihre Besucher in unsere Richtung. Gruppen von Fremden bevölkerten die Gehwege und verteilten sich auf dem Gras. Sie verleibten sich das letzte bisschen Herbst ein, bevor die Küste den Betrieb einstellte und die Schotten winterdicht machte. Vertieft ins Gespräch spazierten sie vorbei, und der Wind trug ihre Worte aufs Meer hinaus. Niemand nahm Notiz von uns. Zwei alte Damen, fest in Mützen und Jacken verpackt, die zusahen, wie die Welt ihren Lauf nahm – ohne sie.

»Heute dürften sie das gar nicht mehr«, sagte Elsie. »Das mit den Walen, meine ich. Die Zeiten haben sich geändert.«

Ich lockerte meinen Schal etwas. »Miss Ambrose hat sich also geirrt. Einige von uns müssen doch Spuren hinterlassen, sonst würden sich die Dinge ja nie ändern.«

»Und ob sie sich geirrt hat.«

Wir waren gerade erst angekommen, aber schon hatte die Seeluft uns ein wenig leichter gemacht. Die Farben leuchteten mehr, das Lachen der Leute klang heller, und mein Gesicht hatte so viel mehr Lust zu lächeln.

Elsie beobachtete mich von der Seite. »Du magst Whitby«, stellte sie fest.

»Das weißt du doch. Es erinnert mich an die Urlaube von früher. An so vieles, das ich vergessen hatte.«

»Weißt du noch, als wir das letzte Mal hier waren?«, sagte sie. »Wie wir am Tag vor der Heimreise überlegt haben, wofür wir unser restliches Taschengeld ausgeben sollen?«

Ich musste lachen. »Es war jedes Mal das Gleiche. Wir haben uns vom Meer verabschiedet und wollten unbedingt noch etwas mit nach Hause nehmen, als Beweis, dass wir auch wirklich hier waren. Und wenn es nur ein Kieselstein vom Strand war.«

Ich lachte immer noch, als ich merkte, wie die Vergangenheit sich in meinem Kopf breitmachte. Sie übertönte die leuchtenden Farben und den Geruch des Meeres und die Stimmen der Leute um uns herum. Das macht sie immer so – taucht auf, wie es ihr gefällt, ohne Vorwarnung. Als ob Vergangenheit und Gegenwart sich ständig aneinander reiben würden, und wenn man mal nicht richtig aufpasst, rutscht man versehentlich von der einen in die andere Zeit, ohne dass man es überhaupt merkt.

»Ich höre ein Kind weinen«, sagte ich.

Elsie neigte den Kopf und bemühte sich, durch das Plaudern der Leute und die Schreie der Möwen hindurchzuhören. »Ich nicht.«

»Nein«, sagte ich. »Nicht jetzt – damals. An jenem letzten Tag. Ich habe gehört, wie ein Kind weinte.«

»Ach so«, sagte sie. »Ja, das stimmt.«

»Wir sind weitergegangen, weißt du noch? Wir dachten einfach, jemand anderes würde schon helfen.« Düstere Gedanken stolperten in meinem Kopf durcheinander. »Wir haben nichts unternommen.«

»Doch, haben wir.«

»Er ist ertrunken. Ist von der Hafenmauer gefallen. Es stand in allen Zeitungen, erinnerst du dich? Ich sagte, das war der kleine Junge, der kleine Junge, dem wir nicht geholfen haben.«

Ich blickte mich um, und die Leute starrten mich an.

»Florence, beruhige dich doch. Hör mir zu.«

»Warum haben wir bloß nichts gemacht?« Ich fing an, den Schal auf meinem Schoß zu falten. »Warum sind wir nicht stehen geblieben?«

»Wir sind stehen geblieben. Wir drei haben auf den Stufen gewartet, bis seine Mutter kam. Wir haben ihm sogar noch von unserem Taschengeld ein Eis gekauft.«

Ich hörte auf zu falten. »Bist du dir sicher?«

»Ja, ganz sicher«, sagte sie. »Sein Name war Frankie. Weißt du das nicht mehr?«

Ich schüttelte den Kopf.

»Er hatte unglaublich blaue Augen. Ungefähr so.« Sie zeigte auf eine Farbe im Muster meines Schals. »Wir sind deshalb zu spät zurückgekommen. Deine Mutter war schon ganz verärgert, aber als wir ihr erzählten, was geschehen war, hat sie uns nur auf den Scheitel geküsst.«

Ich merkte, wie mein Gesicht sich in ein großes Lächeln verwandelte. »Wirklich wahr?«

Elsie nickte.

»Sie fehlt mir noch immer, weißt du«, sagte ich. »Ich weiß, dass das eigentlich seltsam ist. Nach so langer Zeit.«

»Und die Rückfahrt hat dann sowieso noch ewig gedauert, weil es eine Stunde vorher einen Riesenunfall bei York gegeben hatte.«

Sie wartete ab, ob meine Augen die Erinnerung daran ausfindig machen würden, aber manchmal bin ich einfach zu müde für die ganze Sucherei.

»Versuch dich zu erinnern, Flo. Es ist wichtig. Wirklich wichtig.«

»Aber warum denn?«

Sie nahm meine Hand. »Weil es eben so ist.«

Als wir aufstanden, drehte ich mich noch einmal um. In das Holz der Bank war eine Plakette geschraubt.

In Erinnerung an Arthur und Clarice – die diesen Platz sehr geliebt haben, stand darauf. Überall in West Cliff stehen Bänke mit solchen Plaketten. All diese hier aufgereihten Leute, die nun unvergessen sind und bis ans Ende aller Tage einen Blick aufs Meer haben.

»Ich glaube, ich hätte auch gern eine Bank«, sagte ich.

»Was, um alles in der Welt, willst du mit so einer Bank?«

»Um mir zu beweisen, dass ich mal hier war«, sagte ich.

»O Florence. Es reicht doch völlig, wenn du dich erinnerst.« Sie hakte sich unter, und wir gingen zurück ins Hotel, vorbei an Minigolf und Eiswagen, an Gesprächen und Buggys und den Tagen anderer Leute.

Unterwegs sah ich sie an und sagte: »Ich danke dir.«

»Wofür denn?«

Ich lächelte. »Du hast mich wieder daran erinnert, wie meine Mutter uns einen Kuss auf den Scheitel gegeben hat. Das war mir völlig entfallen, aber du hast den Moment wiedergefunden und ihn mir zurückgegeben.«

Das ist die zweite Sache, die man über Elsie wissen sollte.

Sie weiß immer genau, was sie sagen muss, damit es mir wieder besser geht.

Das Hotelzimmer war akzeptabel, auch wenn dem Boden im Badezimmer der Einsatz eines Schrubbers nicht geschadet hätte und die Vorhangleiste einen dünnen Staubfilm aufwies. Was den Teppichboden anging, war ich nicht sicher, weil sein buntes Muster aus so viele Farben bestand, dass Flecken darauf problemlos untertauchen konnten. Elsie und ich teilten uns ein Zimmer, weil das naheliegend war und ich Angst hatte, mitten in der Nacht aufzuwachen und in der ungewohnten Umgebung die Toilette nicht zu finden.

An der Türschwelle blieb ich stehen, meine Schuhspitzen ruhten auf einer schmalen, silbernen Leiste. »Ob Ronnie es schafft, hier hereinzukommen?«, fragte ich. »Wir sind doch sicher hier, oder?«

»Aber natürlich sind wir sicher.« Elsie ging zum Fenster. »Wir sind hier im ersten Stock. Und sieh nur, die Tür lässt sich von innen abschließen.«

»Wo ist die Toilette?«, fragte ich.

»Gleich hier. Wir haben ein Zimmer mit Bad.«

Ich zögerte.

»Das alles haben wir nur für uns«, sagte sie, und dann verbrachten wir die nächsten zehn Minuten damit, uns gegenseitig zu erzählen, wie schön wir es doch hatten.

Es gab zwei Einzelbetten, beide mit einem Oberbett, das mit einem glänzenden rosa Stoff bezogen war. Mollig warm, aber eben nicht wie zu Hause. Die Matratzen ließen zu wünschen übrig. Es waren diese Boxerspring-Dinger, aber in der Mitte völlig durchgelegen. Bei jeder Bewegung hatte man das Gefühl, elektrisch aufgeladen zu sein. Elsie nahm das Bett an der Tür, weil sie wusste, dass ich gern Möwen beobachte. Über dem Schreibtisch hing ein Schild, auf dem die Gäste gebeten wurden, nichts mitgehen zu lassen.

Ich las es laut vor. »Ich habe in meinem ganzen Leben noch nichts gestohlen«, sagte ich.

Ich fragte mich, was es hier zu stehlen gab. Über dem Bett hing ein Bild von einem Zebra, und auf dem Fensterbrett stand ein Übertopf in Form eines Hundes. Ehrlich gesagt hätte ich noch etwas dafür gezahlt, wenn jemand diesen Tinnef nur mitgenommen hätte. Ich begann mit dem Auspacken. Elsie meinte zwar, dass es sich nicht lohne, weil wir ja nur zwei Nächte bleiben würden, aber ich richte mich immer gern häuslich ein, wenn ich nicht zu Hause bin.

»Man fühlt sich doch nicht zu Hause, nur weil im Bad eine Tube Haftcreme in einem Plastikbecher steht«, sagte sie, aber sie ließ mir meinen Willen.

Miss Ambrose hatte gesagt, wir sollten uns alle um drei Uhr an der Rezeption einfinden. Als wir um fünf nach die Treppe herunterkamen, fehlte immer noch die Hälfte. Ronnie war natürlich schon da – er lehnte am Telefontisch und unterhielt sich mit Mrs Honeyman –, während Simon mit seinem Klemmbrett auf einem kleinen Samthocker stand und mit Durchzählen beschäftigt war, aber er verlor immer wieder den Überblick und musste von vorn beginnen. Miss Bissell hatte sich mit einer ihrer Magengeschichten hingelegt. Als ich Ronnie entdeckte, griff ich unwillkürlich nach Elsies Hand. Jack stieß ein paar Minuten später zu uns, und dann begann Miss Ambrose, in die Hände zu klatschen und sich zu räuspern, und gab sich alle Mühe, die Leute vom Fernsehzimmer wegzulotsen.

»Fernsehen können wir auch in *Cherry Tree*, nicht wahr? Dafür müssen wir keine vierstündige Busfahrt auf uns nehmen.« In der Mitte baute sie ein kurzes Lachen ein, aber niemand lachte mit. Wir wurden darüber aufgeklärt, wie wir uns zu verhalten hätten, wenn ein Feuer ausbrechen oder jemand eine Glutenallergie haben sollte. Zu Letzterem hätte ich gern eine Frage gestellt, aber Elsie legte den Finger auf ihre Lippen, also beschloss ich, mir das für später aufzuheben. Miss Ambrose informierte uns, um wie viel Uhr die Eingangstür abgeschlossen wurde und wie wir an zusätzliche Kissen kamen, und händigte uns am Schluss ein Programm für die nächsten Tage aus. Jack benutzte sein Exemplar, um seine Brille damit zu putzen. Wenn ich mich recht erinnere, steckte ich meines in einen Pflanzenübertopf, damit es nicht verloren ging.

»Und jetzt steht eine Geister-Tour auf dem Programm!«, sagte Miss Ambrose.

Wir starrten sie an.

»Geister sind überaus beliebt hier in Whitby«, sagte sie. »Die Stadt ist voll davon.«

Unser Führer hieß Barry. Er hatte eine Melone auf dem Kopf und übertrieben theatralische Arme. Genau genommen war alles an ihm irgendwie theatralisch. Er trug einen Gehstock mit silbernem Griff bei sich, den er in die Luft streckte, während wir ihm die Straße entlang folgten. Jack machte ihn mit seinem eigenen Gehstock nach, bis Miss Ambrose ihn auf Höhe des *Army-&-Navy*-Ladens zur Ordnung rief. Aber sie hatte recht gehabt. In Whitby wimmelte es nur so von Geistern. Da waren Damen im Reifrock, die von den Klippen stürzten, mehrere Kutschen, die von durchgegangenen Pferden ins Unglück gerissen wurden, und unzählige Frauen, die mit brennenden Haaren über das Kopfsteinpflaster der Stadt jagten. Wir standen an einer Straßenecke, als gerade die Geschichte über eine schreiende Katze zum Besten gegeben wurde, aber ich war nicht so recht bei der Sache. Ich versuchte, Ronnie im Auge zu behalten, doch der wanderte dauernd herum, sodass ich mich ständig umdrehen musste, um zu sehen, wo er abgeblieben war. Ich musste Barry mehrmals bitten, noch einmal zu wiederholen, was er gesagt hatte. Elsie beteuerte zwar, sie würde es mir später schon erzählen, aber wozu geht man denn auf eine Geister-Tour, wenn einem erst hinterher alles erklärt wird?

Als wir auf die Hauptstraße kamen, gab mir Jack einen kleinen Stoß in die Rippen und deutete auf die gegenüberliegende Seite.

»Da haben wir unser Musikgeschäft«, sagte er.

Barry machte gerade ein Riesentheater um irgendeinen Vampir, sodass wir unbemerkt die Straße überqueren konnten. Das Geschäft war nicht, wie ich es mir vorgestellt hatte. Wir hatten es zwar schon auf dem Computerbildschirm gesehen, aber im richtigen Leben sah es ganz anders aus. Eingekeilt zwischen einem Secondhandladen und einem Immobilienmakler wirkte es, als wäre es eine Leihgabe aus der Vergangenheit, die jemand vergessen hatte, wieder zurückzugeben. Das Schaufenster war voller Klarinetten und Posaunen, und riesige Saxofone streckten sich zur Decke. Polierte Geigenbögen lagen bereit, eine Reihe von Gitarren wollte offenbar gestimmt werden. Von einigen Instrumenten wusste ich nicht einmal, wie sie hießen.

»Sehen Sie nur, die vielen Noten«, sagte Jack.

Es waren viel mehr als auf dem Foto im Internet. Sie krochen hinter den Geigenkästen hervor und bildeten auf dem Boden einen ganzen See aus Viertel- und Achtelnoten. Lieder aus der Vergangenheit, die nur darauf warteten, wieder gespielt zu werden, und genau in der Mitte hing Al Bowlly und blickte aus einem Tanzsaal zu Kriegszeiten auf uns herab.

»*Midnight, the Stars and You*«, sagte ich. »Natürlich.«

»Da drüben ist er auch.« Jack zeigte auf die andere Seite des Schaufensters. »*Goodnight Sweetheart*.«

»Mein Vater hat das Lied jeden Abend gesungen«, sagte ich. »*Goodnight sweetheart, I'll be watching o'er you*.« Und ich sang die nächste Zeile: »*Sleep will banish sorrow*.«

Ich sah Elsie an. »*Schlaf vertreibt die Sorgen* – das wäre zu schön, um wahr zu sein«, sagte ich.

»Lassen Sie uns hineingehen.« Jack griff nach der Türklinke.

»Was denn, jetzt gleich?« Ich schaute zur Geister-Tour hinüber, die sich ein paar Schritte weiterbewegt hatte. Barry deutete gerade auf eine Kirchturmspitze, und alle starrten mit offenem Mund nach oben.

»Werden sie uns nicht vermissen?«, fragte Elsie.

»Was du heute kannst besorgen …«, sagte Jack.

Ich hakte mich bei ihm unter. »Wie recht Sie haben.«

SIMON

Simon war noch nie ein großer Freund von Geistern gewesen. Er hatte nie verstanden, was die Leute an ihnen fanden. Seine Eltern glaubten felsenfest an sie, seit sie eines Samstagnachmittags im Bürgersaal ein Medium aufgesucht hatten, das ihnen berichtet hatte, dass jemand namens John versuchte, sie aus dem Jenseits zu erreichen.

»Das kann nur der Cousin deines Großvaters sein«, hatte seine Mutter gesagt.

»Zweiten Grades«, hatte sein Vater hinzugefügt, und wie sehr Simon auch versuchte, sie auf den Boden der Tatsachen zurückzuholen, sie ließen sich nicht davon abbringen. Das Medium hatte ihnen anvertraut, dass die Toten derart erpicht darauf seien, Kontakt aufzunehmen, dass sie keine Mühen scheuten, überall Zeichen für die irdischen Bewohner zu hinterlassen. Federn, Blätter, kleine Steinchen.

»Sie melden sich auch mit Geräuschen. Mit Glöckchenklingeln und Musik«, sagte seine Mutter, »und manchmal kann man sie sogar riechen.«

Simon seufzte. »Warum sollten sie sich solche Mühe machen?«

»Es ist ihre Art zu kommunizieren.« Seine Mutter machte einen tiefen Atemzug. Sie hatte sich angewöhnt, mehrmals am Tag nach Geistern zu schnuppern, für den Fall, dass gerade jemand in der Nähe war, der ihr etwas sagen wollte.

»Aber warum?«, fragte Simon. »Warum kommunizieren sie nicht einfach, solange sie noch am Leben sind?«

»Das ist nicht so einfach, wie du es dir vorstellst, Simon. Du denkst, du hast alle Zeit der Welt, um zu sagen, was du sagen willst. Aber erst wenn du tot bist, merkst du, dass du noch etwas vergessen hast.«

»Was kann denn dann noch so wichtig sein?«, fragte er.

»Für denjenigen, der zurückgeblieben ist, kann alles wichtig sein«, sagte sie. »Es könnte von ganz enormer Bedeutung sein.«

Nachdem seine Mutter gestorben war, fand sein Vater eine leere Chipstüte auf dem *Sainsbury*-Parkplatz.

»*Cheese and Onion*«, sagte er. »Die Lieblingssorte deiner Mutter.« Er deutete auf die Tüte. »Das wird Barbara sein. Sie will uns sagen, dass wir uns nicht unterkriegen lassen sollen.«

Simon sah zu der Kirchturmspitze hoch. Barry erzählte etwas über eine Hexe, und einige aus der Gruppe fächelten sich mit ihren Programmen Luft zu. Miss Ambrose blickte ebenfalls nach oben und kaute auf ihrer Unterlippe.

»Glauben Sie an Geister?«, fragte er sie.

Sie antwortete nicht gleich, erst nach einer Weile sagte sie: »Ich bin mir nicht sicher.«

Er erzählte ihr von den Federn und kleinen Steinchen, und von der Chipstüte.

»Ein schöner Gedanke, finden Sie nicht?«, sagte sie. »Die Vorstellung, noch vom Grab aus etwas in der Welt ausrichten zu können. Dass man das Heft noch etwas länger als gedacht in der Hand behält.«

»Schon möglich.« Simon wandte den Blick wieder von der Kirchturmspitze ab. So langsam wurde ihm schwindelig. »Obwohl ich bezweifle, dass ich wichtig genug bin, um irgendetwas in der Welt ausrichten zu können, weder, solange ich am Leben bin, noch dann, wenn ich die Radieschen von unten betrachte.«

»Wer von uns ist das genau genommen schon?« Gedankenverloren schauten sie zu, wie eine Schar Männer aus einem der Pubs strömte und sich zusammen mit Bierdunst und Gejohle auf die Straße ergoss. »Die meisten von uns sind doch nur Nebendarsteller. Wir sind die große Masse, aus der nur ganz wenige herausstechen, die die Welt verändern.«

»Wie wer zum Beispiel?«

»Ich weiß nicht.« Die Männer verschwanden im nächsten Lokal, und für einen kurzen Augenblick wehte Simon die Wärme eines Freitagabends im Pub entgegen. »Politiker? Regierungschefs? Der Papst?«

»Wenn wir anfangen, uns mit dem Papst zu messen, sehen wir wahrscheinlich alle ein bisschen alt aus, meinen Sie nicht?«

»Dann Ihr Vater«, sagte Miss Ambrose. »Denken Sie nur an die vielen Leben, die er gerettet hat. Er hat die Welt ein bisschen besser gemacht.«

»Nur dass er an nichts anderes denkt als an das eine Leben, das er nicht mehr retten konnte. Den einen, dem er nicht geholfen hat.«

»Das liegt wohl in der Natur des Menschen.« Miss Ambrose zog den Gürtel ihres Mantels etwas fester. »Wir denken immer nur an das, was wir nicht geschafft haben, an die Chancen, die wir ungenutzt haben verstreichen lassen, und eines Tages fragen wir uns, was für einen Sinn unser Leben, verdammt noch mal, eigentlich haben soll?«

Da wurde Simon bewusst, dass sie sich gar nicht mehr mit ihm unterhielt, sondern stattdessen ein Selbstgespräch führte. Barry reckte seinen Stock gen Himmel und führte die Gruppe den Hügel hinauf zu den Toren des Parks, wo er ihnen eine Geistergeschichte erzählen wollte, die sie die ganze Nacht nicht schlafen lassen würde. Er sollte recht behalten, auch wenn die Ursache für die schlaflose Nacht, die ihnen allen bevorstand, in keinerlei Verbindung zum Jenseits stand.

»Vielleicht ist das der Grund, warum wir gern an Geister glauben möchten«, sagte Miss Ambrose, als sie sich mit den anderen in Bewegung setzten. »Vielleicht beruhigt uns die Vorstellung, dass wir noch eine zweite Chance haben, unserem Leben eine tiefere Bedeutung zu verleihen.«

»Und sei es nur, indem wir allen eine Chipstüte schicken, damit sie wissen, dass wir noch an sie denken.«

Miss Ambrose sah ihn an. »Was würden Sie schicken?«

»Wie bitte?«

»Was würden Sie jemandem schicken, damit derjenige ohne jeden Zweifel sicher sein kann, dass die Nachricht von Ihnen kommt?«

Den ganzen Abend über dachte Simon darüber nach. Er dachte darüber nach, während die Geister-Tour ihren Lauf nahm, er dachte während des Dramas darüber nach, das sich später abspielen sollte, und als er schließlich ins Bett ging, dachte er immer noch darüber nach. Aber es wollte ihm beim besten Willen nichts einfallen.

FLORENCE

Wir gingen hinein, und ein Glöckchen verkündete, dass Kundschaft gekommen sei. Sonst war alles still. Wenn man bedachte, dass der Verkaufsraum mit Tausenden von Noten gefüllt war, die nur auf ihren Einsatz warteten, war es sogar gespenstisch still. Ich holte tief Luft. Die Theke war auf Hochglanz poliert, und die Glasscheiben der Vitrinen um uns herum waren blitzblank geputzt, und doch hing ein starker Staubgeruch über dem Laden. Von Staub, der vermutlich zwischen den Notenblättern gefangen war und in den Bünden der Geigen steckte, denn es roch, als ob die Vergangenheit hier ihr Versteck gefunden hätte, wo sie in Sicherheit war und ihr niemand mehr etwas anhaben konnte.

Ich zog die Brauen hoch und sah Jack an. »Ein bisschen altmodisch, finden Sie nicht?« Ich flüsterte, weil ich die Stille nicht beim Stillsein stören wollte. Es war wie in einer Bibliothek, nur dass hier Viertel- und Achtelnoten und keine Worte wohnten, als ob alle Geschichten übergelaufen wären und sich auf eigene Faust zu Liedern umgedichtet hätten.

Von einer Wand, die dicht mit Fotografien behängt war, blickte die Vergangenheit auf uns herunter. Tanzsäle in

Schwarz-Weiß. Hunderte von Foxtrotts, mit der Kameralinse eingefangen für die Ewigkeit. Von Musikern bevölkerte Bühnen, Parkettböden, auf denen sich unzählige Tänzer drehten. Lächelnde Bandleader, den Taktstock im Anschlag, und Sänger, die ihre Songs in chromglänzende Mikrofone schmiegten.

»Erinnerungsstücke«, sagte ich. »Es gibt sie auch schon fertig abgepackt.« Ich deutete auf Kartons voller Postkarten in Zellophan, die darauf warteten, wiederentdeckt zu werden.

»Vielleicht sind wir da auch irgendwo drauf«, sagte Elsie.

»Das kann ich mir nicht vorstellen. Dafür waren wir wohl kaum elegant genug. Obwohl Gwen sich immer alle Mühe gegeben hat.«

Jack sah sich die Fotografien näher an. »Da ist Al Bowlly wieder«, sagte er und zeigte auf die oberste Bilderreihe. »Allgegenwärtig, was?«

»Clacton-on-Sea, 1939.«

Die Stimme kam aus dem Hinterzimmer. Ich schrak ein wenig zusammen. Wir drehten uns um und entdeckten im Halbdunkel hinter einer Tuba einen Mann, der uns beobachtete.

»Der erste Popstar Großbritanniens. So nannten sie ihn.« Der Mann trat ins Licht. Klein. Rundlich. Auf der Oberlippe ein Schnurrbart, der so hauchdünn war, dass man sich fragen konnte, warum er sich überhaupt die Mühe machte. »Ließ zu seiner Zeit die Herzen aller Frauen höherschlagen.«

»Ich weiß noch, wie er gestorben ist«, sagte Elsie. »Wir waren alle ganz aufgelöst.«

»Der Krieg hat viel zu viele viel zu früh hinweggerafft.« Der Mann legte die Hände aneinander, als wolle er beten. »Obwohl in seinem Fall besonders tragische Umstände zu beklagen waren.«

Jack drehte sich einmal um seinen Gehstock. »Was ist ihm zugestoßen?«

Der Ladenbesitzer erzählte uns die Geschichte. Wie Al

Bowlly gerade im Bett gelegen und gelesen hatte, als der Fliegeralarm losgegangen war. Wie er es vorgezogen hatte, sich weiter seinem Buch zu widmen, anstatt den Luftschutzkeller aufzusuchen.

»Als der Angriff vorbei war, fanden sie ihn«, sagte er. »Hatte eine Kopfverletzung erlitten. Äußerlich war fast nichts zu sehen.«

»Man möchte am liebsten die Zeit zurückdrehen, oder nicht?«, sagte ich. »Man würde ihm gern sagen, er solle in Deckung gehen. Ihm sagen, dass er noch Tausende von Büchern lesen kann, wenn er sich nur in Sicherheit bringt.«

Wir starrten sein Bild an.

»Kleine Entscheidungen«, sagte Jack. »Es sind immer die kleinen Entscheidungen, die ein Leben verändern.«

Der Mann hüstelte und ließ die Hände wieder fallen. »Sie haben ein besonderes Interesse an Al Bowlly?«

Ich sah mich im Laden um. »Ja«, sagte ich. »Nein. Um ehrlich zu sein, bin ich nicht ganz sicher.«

Der Mann spitzte die Lippen, und sein Schnurrbart tanzte einen kleinen Shimmy auf der Oberlippe. »Sie sind sich nicht sicher?«, sagte er.

Jack machte einen Schritt nach vorn. »Wir sind auf der Suche nach jemandem. Einem Mann namens Gabriel Price. Wir glauben, dass es eine Verbindung mit diesem Geschäft geben könnte. Oder mit Al Bowlly. Es ist aber auch möglich, dass wir uns irren und auf der falschen Fährte sind.«

Der Mann lächelte, und sein Bärtchen glättete sich. »Ah«, sagte er. »Gabriel Price. Sie irren sich nicht. Und was die Fährte angeht, liegen Sie goldrichtig, wenn ich mir die Bemerkung erlauben darf.«

SIMON

Das Tor zum Park wurde für Barry zur Bewährungsprobe. Er holte zu einer Geschichte aus, in der eine abgetrennte Hand vorkam und die er mit lebhaftem Einsatz seines Gehstocks und unter Nachahmung verschiedener Stimmen vortrug, doch der aufkommende Wind machte ihm einen Strich durch die Rechnung. Simon wünschte, er säße im geheizten Hotel bei einem Gläschen Pfefferminzlikör. Es schien, als sei er damit nicht allein. Die Gruppe begann, an den Rändern auszufransen. Einige Herrschaften waren vor einem Schuhgeschäft stehen geblieben und bewunderten die Auslage, und ein Mann hatte die Straße überquert und studierte den Busfahrplan.

»Können wir bitte zusammenbleiben?«, rief Miss Ambrose über die Straße, aber ihre Aufforderung wurde von dem Lärm verschluckt, der aus einer offenen Pubtür drang. »Vielleicht sollten wir lieber noch einmal durchzählen?«, fragte sie Simon.

Simon atmete einmal tief durch und zog sein Klemmbrett aus dem Rucksack. Er hatte gehofft, dass ihm in Abwesenheit von Miss Bissell ein paar Stunden gegönnt sein würden, in denen er keine Häupter zählen müsste, doch er hätte wissen müssen, dass Miss Bissells Einfluss schwerer wog als Miss Bissell in Person. Manchmal schienen die Dinge sogar einfacher, wenn sie persönlich anwesend war.

Als er fertig war, nahm Miss Ambrose das Klemmbrett an sich und ging die Namen durch. »Ich wette, dass Florence dahintersteckt.«

»Sie haben sicher nur einen Umweg über eine öffentliche Toilette gemacht«, sagte Simon. »Oder sind am Schaufenster eines dieser Wohlfahrtsläden hängen geblieben. Sie sind bestimmt nur ein Stück hinter uns.«

Miss Ambrose machte einen Schritt auf die Straße, um besser sehen zu können.

»Achtung!« Gabriel Price zog sie gerade noch rechtzeitig aus der Bahn eines herannahenden Mopeds und in die Sicherheit des Gehwegs. »Sie sollten vorsichtiger sein, Miss Ambrose. Wir wollen doch nicht, dass Sie einem Verkehrsunfall zum Opfer fallen.«

»Mr Price.« Sie rang nach Atem. »Ich wollte mich nur nach Florence umsehen. Es scheint, wir haben ein paar aus der Gruppe verloren.«

Gabriel Price hob ihre Handtasche auf, die in den Rinnstein gefallen war, und reichte sie ihr. »Ich müsste mich sehr irren, wenn Sie sie nicht im Musikgeschäft wiederfänden.«

»Ich wusste gar nicht, dass Miss Claybourne musikalisch ist«, sagte Simon.

Gabriel Price lächelte. »Dazu sage ich jetzt lieber nichts.«

»Es wäre wirklich wünschenswert, wenn wir alle beieinanderbleiben könnten.« Miss Ambrose atmete wieder ruhiger. »Zumindest von Mrs Honeyman hätte ich mir mehr erwartet. Normalerweise macht sie nie Schwierigkeiten.«

»Mrs Honeyman?«

»Ja. Sie muss mit Florence verschwunden sein.«

»Nun, das glaube ich kaum«, sagte er. »Mrs Honeyman

habe ich nicht mehr gesehen, seit wir West Cliff verlassen haben.«

Simons Mund wurde trocken, und dunkle Befürchtungen ballten sich in seinem Magen zu einem Knäuel zusammen.

FLORENCE

»Ein Musiker?«, sagten wir wie im Chor und erwarteten mit angehaltenem Atem unser Urteil. Jack packte den Griff seines Spazierstocks etwas fester, während ich nach dem Gürtel meines Mantels tastete.

»O ja, das war er. Und aus Whitby kam er obendrein.« Der Mann mit dem Oberlippenbärtchen hatte sich in eine Schublade mit alten Fotos vergraben, und seine Stimme musste sich von unterhalb der Ladentheke heraufarbeiten.

»Er war Musiker und immer auf der Durchreise. Ist von Band zu Band gezogen. Nach dem Krieg gab es viele wie ihn.«

»Wie meinen Sie das?« Elsie reckte den Hals und spähte zu ihm hinunter.

»Die Menschen hatten ihr Zuhause verloren. Sie waren ungebunden und rastlos, vermute ich.« Der Mann tauchte mit einem Karton voller zellophanverpackter Fotos wieder auf. »Sie trieben von Job zu Job, von Ort zu Ort, und versuchten herauszufinden, wer sie eigentlich waren.«

»Die fahrenden Musikanten der Moderne«, sagte Jack.

»So könnte man sagen.« Der Mann blätterte in den Fotos.

»Nur dass sie mehr Schlagzeug als Schalmeien gespielt haben. Obwohl Gabriel Price meines Wissens Pianist war.«

Ich hörte auf, an meinem Gürtel zu drehen. »Ich weiß noch, dass ich einmal einem Klavierspieler im Bürgersaal zugesehen habe. Ich kann mich noch an seine Hände auf der Tastatur erinnern – er trug einen Ring. An seinem kleinen Finger. Einen auffallend zierlichen Ring. Einen, den man bei einem Mann nicht vermutet hätte.« Ich überlegte einen Moment. »Trug Gabriel Price einen Ring?« Ich hatte Angst, diese Frage zu stellen. Meine Gedanken führen mich manchmal in ein Labyrinth, aus dem nur schwer wieder herauszufinden ist.

Der Mann zog ein Bild aus seiner Zellophanhülle und legte es auf den Ladentisch. »Lassen Sie uns mal sehen«, sagte er.

SIMON

Sie suchten das gesamte West Cliff ab. Von den Walfischknochen bis zu der Stelle, wo ein schmaler Küstenweg in Richtung Sandsend verschwindet. Doch von Mrs Honeyman keine Spur. Bereitwillig bot Barry an, den Rest der Gruppe zusammenzuhalten, obwohl ihm die Geistergeschichten ausgegangen waren. Er trieb die kleine Herde in Richtung Walfischknochen, wo sie halbherzig einige Lieder anstimmten und drei Strophen der Nationalhymne sangen. Miss Ambrose rief Miss Bissell an, die kurz darauf an Captain Cooks Seite mit einer an die Brust gepressten Hotel-Bibel erschien.

»Mrs Honeyman kann nicht weit sein, da bin ich mir sicher«, sagte Miss Ambrose, deren Gesichtsausdruck ihre Worte Lügen strafte. Ihre Halsschlagader pochte im Rhythmus zu Miss Bissells Flüchen, und Simon konnte sogar aus erheblicher Entfernung erkennen, wie sich tiefe Furchen auf ihrer Stirn bildeten. Einer der Bewohner meinte, Mrs Honeyman gesehen zu haben, wie sie die öffentliche Toilette aufsuchte, konnte sich aber nicht daran erinnern, dass sie wieder herausgekommen sei, und so wurde beschlossen, Simon dort nachsehen zu lassen, für den Fall, dass eine Tür aufzubrechen sei.

»Aber das sind Damentoiletten.« Mit verschränkten Armen war er vor dem Eingang stehen geblieben. »Und ich bin keine Dame.«

Nach einigem Hin und Her ging Miss Ambrose voraus. Im Inneren des Gebäudes fanden sie drei leere Kabinen vor und den Geruch nach Sand und feuchtem Zement.

»Wie ist das nur möglich?« Simon drückte gegen eine der Kabinentüren, obwohl sie bereits am Anschlag war. »Leute können sich doch nicht einfach in Luft auflösen.«

»Sie wurde gesehen, wie sie hineinging, aber niemand hat sie wieder herauskommen sehen«, sagte Miss Ambrose. »Nachdem es nur einen Ausgang gibt, frage ich mich, wie sie die Toiletten sonst wieder verlassen haben soll.«

Gemeinsam überprüften sie die Luken, die als Fenster dienten und die mit Spinnweben und einer ganzen Reihe von Exemplaren verziert waren, die das Herz eines jeden Lepidopterologen hätten höherschlagen lassen.

Simon stemmte die Hände in die Hüften und nahm noch einen tiefen Zug von der Sand-Zement-Mischung. »Pro Jahr verschwinden zweihundertfünzigtausend Menschen spurlos«, sagte er. »Das entspricht der Einwohnerzahl von Plymouth alle zwölf Monate.«

»Simon, ich halte das in diesem Moment für alles andere als hilfreich …«

»Siebenundvierzig Prozent tauchen innerhalb von vierundzwanzig Stunden wieder auf.«

»Nun, das lässt ja hoffen.«

»Nur ein Prozent wird tot aufgefunden.«

Durch die briefmarkengroßen Fenster hörten sie, wie sich die Nordsee gegen die Felsen unter ihnen warf.

»Vielleicht sollten wir die Polizei rufen«, sagte Miss Ambrose.

FLORENCE

Wir beugten uns über das Foto.

Auch wenn uns natürlich klar gewesen war, dass es nicht Ronnie sein würde, traf es uns dennoch unvorbereitet, dass uns ein völlig Unbekannter entgegenstarrte. Ich hatte mir Gabriel Price ganz anders vorgestellt. Womöglich hatte ich eine Art Kopie von Ronnie Butler erwartet, an die ich mich klammern und die ich verachten konnte, doch der Mann auf dem Bild hatte freundliche Augen und schenkte uns ein sanftes Lächeln. Seine Hände ruhten auf Klaviertasten, und er blickte direkt in die Kamera, als hätte er nur auf uns gewartet. Er war etwas älter und schlanker als Ronnie. Obwohl ich ihn nie kennengelernt hatte, hatte ich das Gefühl, ich könnte ihm vertrauen.

»Das ist nicht Ronnie«, sagte ich.

»Nein.« Jack seufzte. »Aber das hatten wir ja auch nicht anders erwartet, oder?«

»Das stimmt, aber insgeheim hatte ich gehofft, sie würden sich ähnlich sehen. Es ist doch verrückt, dass man sich förmlich wünscht, man würde langsam den Verstand verlieren.«

Ich sah mir das Foto noch einmal genauer an.

»Aber er trägt einen Ring. Sehen Sie nur.« Ich deutete mit dem Finger darauf. »Ich habe doch gesagt, dass ich mich an den Ring erinnern kann. Ich wusste nur nicht mehr, welche Person dazugehört.«

»Es ist ein sehr ungewöhnlicher Ring, nicht wahr?«, sagte Elsie. Wir gingen mit dem Gesicht näher ran, aber das Bild verschwamm zu kleinen Pünktchen.

Ich war recht zufrieden mit mir.

»Vielleicht gehörte er seiner Frau«, sagte Jack. »Als eine Art Talisman, wenn er unterwegs war.«

»Ich glaube nicht, dass er verheiratet war.« Der Mann sah die anderen Fotos durch und legte sie zurück in den Karton. »Ich glaube, er hatte keine Familie. Zumindest nicht, dass ich wüsste, und ich habe in letzter Zeit ziemlich gründlich recherchiert. Sie sind nicht die Ersten, die sich für ihn interessieren.«

Jack verengte die Augen zu kleinen Sehschlitzen. »Ach nein?«, sagte er.

»Nein. Da war ein Herr, der mich vor einigen Wochen anrief und nach Notenblättern aus dem Besitz von Gabriel Price fragte. Offenbar ein großer Liebhaber seiner Musik.«

»Das glaube ich gern«, sagte Jack.

»Leider haben wir keine zum Verkauf.« Sein Schnurrbärtchen folgte den Mundwinkeln nach unten.

Ich hörte, wie Elsie aufseufzte.

»Diese Fotografie.« Jack tippte auf den Ladentisch. »Ist die zu verkaufen?«

Das Schnurrbärtchen schien gleich viel besser gelaunt und vollführte ein weiteres kleines Tänzchen auf der Oberlippe des Mannes.

»Sie haben ihn ganz schön runtergehandelt«, sagte ich, als wir wieder auf den Bürgersteig traten. »Er wollte ja ein kleines Vermögen dafür haben.«

»Fünfzehn Pfund sind immer noch ein stolzes Sümmchen.« Jack klemmte sich die Papiertüte unter den Arm. »Wir sind aber mit einem blauen Auge davongekommen, und wer weiß, wofür wir es noch gebrauchen können.«

Wir standen am Bordstein und sahen die Straße hinunter.

»Wo zum Teufel sind denn alle hin?«, fragte er.

Wir gingen den ganzen Weg hinauf, bis wir den Park erreichten. Dort war gerade ein Junggesellinnenabschied im Gange, und eine Gruppe hatte sich zu einer anderen Geister-Tour versammelt. Einen Moment lang waren wir verwirrt, bis wir feststellten, dass sie von einem Chinesen durchgeführt wurde.

Von Barry und seiner Melone keine Spur. Jack konsultierte unser Programm, aus dem hervorging, dass für genau diesen Zeitpunkt ein leichtes Abendessen und Musik aus dem Kassettenrekorder im Aufenthaltsraum des Hotels vorgesehen war. Wir machten uns auf den Rückweg über das West Cliff und wollten gerade zusehen, wie das Abendlicht ins Wasser tauchte, als wir auf Miss Ambrose und Simon stießen, die vor den öffentlichen Damentoiletten statistische Fragen erörterten.

»Da sind Sie ja!«, stieß Miss Ambrose hervor, und eine in Windjacken gehüllte Familie drehte sich zu uns um. »Ich hatte mich schon gefragt, wann Sie sich wohl wieder blicken lassen würden.«

Jacks Augen waren milchig vom Alter, und seine Hände waren zitterig geworden von den vielen Jahren, die er gelebt hatte, doch seine Stimme war noch fest. »Wir sind im Urlaub«, sagte er leise und bestimmt. »Und wir tun, was uns gefällt.«

»Wir haben Sie überall gesucht. Wir müssen uns an Regeln halten«, sagte sie. »An Vereinbarungen. Wir können nicht zulassen, dass die Leute einfach so herumlaufen.«

Simon stand hinter ihr, doch er wandte sich ab.

Jack hielt Miss Ambrose' Blick stand. »Wir tun, was uns gefällt«, wiederholte er.

Miss Ambrose' Gesicht verfärbte sich dunkelrot. »Wir haben uns Sorgen gemacht«, sagte sie. »Vor allem um Mrs Honeyman.« Sie spähte über Jacks Schulter. »Wo steckt sie eigentlich?«

Jack runzelte die Stirn. »Bei uns ist sie nicht«, sagte er. »Ist sie denn nicht bei Ihnen?«

Miss Ambrose' Gesicht wechselte von Dunkelrot zu Kalkweiß, und Simon holte sein Handy hervor, um die Nummer der nächstgelegenen Polizeiwache herauszusuchen.

21:46 Uhr

Ich erinnere mich nicht, wann ich zuletzt etwas gegessen habe. Ich weiß noch, dass ich nach der Beerdigung nichts gegessen habe, weil ich mit diesem seltsamen Nippes auf Papptellern nichts anfangen kann. Ich erinnere mich auch nicht, wann ich zuletzt etwas getrunken habe. Ein Mensch kann Monate überleben, ohne zu essen. Das habe ich gelesen. In einer Zeitschrift. Man muss sich ja nur all die Leute im Gefängnis ansehen, die in den Hungerstreik treten, weil ihnen niemand Beachtung schenkt. Ich bin ziemlich sicher, dass es nur darauf ankommt, dass man genug trinkt. Simon wüsste das bestimmt genauer. Na also! Ich weiß noch seinen Namen.

Manchmal erinnere ich mich und manchmal nicht. Manchmal sage ich das Richtige und manchmal nicht. Solange die Dinge in meinem Kopf sind, macht alles Sinn, aber sobald ich sie hinauslasse, gerät alles durcheinander. Ich kann es an den Augen der anderen ablesen, wenn ich wieder etwas Falsches gesagt habe, nur dass ich es erst merke, wenn es schon heraus ist und ich den Leuten ins Gesicht sehe.

Eileen Everest zum Beispiel war das Falsche. Es war im Wagen, auf dem Rückweg von Cyrils Hausboot.

»Die arme kleine Eileen Everest«, sagte ich. »Ich muss oft noch an sie denken.«

Ich wusste, dass Elsie mich anstarrte. Manchmal merkt man das, ohne hinzusehen.

»Was meinst du mit ›arme kleine Eileen Everest‹?«

Ich konnte es an ihren Augen ablesen. Ich hatte wieder etwas Falsches gesagt.

»In Llandudno«, sagte ich.

»Sie war nie in Llandudno, Florence. Wenn Miss Ambrose mitbekommt, dass du solche Sachen erzählst, wird das ganz bestimmt nicht gut ausgehen.«

»Wo ist sie dann hingefahren?«, fragte ich.

Elsie sah mich an und lächelte. »Sie ist nach Whitby gefahren. Weißt du das nicht mehr?«

Ich erinnerte mich nicht. Ich erinnerte mich nur, dass ich mit meiner Mutter auf der Treppe zum Bürgersaal stand und zur Uhr hochsah.

»Tatsächlich?«

»Du hattest eine lange Sekunde, Florence. Du hast ihr gesagt, sie soll lieber nach Whitby fahren. Eileen Everest hat Llandudno nie gesehen. Du hast sie davon abgebracht.«

FLORENCE

Der Polizist streckte beide Arme in die Luft. Er musste ein unverbesserlicher Optimist sein, denn diese Vorgehensweise hatte schon bei den ersten drei Versuchen nicht gefruchtet, weshalb sich die Erfolgschancen auch dieses Mal stark im Rahmen hielten.

»Wenn Sie bitte einen kurzen Augenblick ruhig sein könnten«, sagte er, »dann könnten wir versuchen, einen Plan festzulegen, um mit jedem Einzelnen von Ihnen zu sprechen.«

Die zweite Hälfte seines Satzes fiel einer hitzigen Diskussion zweier Bewohner darüber zum Opfer, ob ein *Chief Inspector* oder ein *Superintendent* den höheren Rang innehatte.

»Vielleicht könnte man uns ja einen Raum dafür zur Verfügung stellen?«, sagte Miss Ambrose.

Die Frau, der das Hotel gehörte, hieß Gail. Gail mit »i«. Jedes Mal, wenn sie sich vorstellte, erklärte sie uns, dass sie mit »i« geschrieben wurde, obwohl niemand von uns das Bedürfnis hatte, sich den Namen zu notieren. Sie zog ein wenig die Nase hoch. »Noch einen?«, fragte sie. Miss Bissell hatte bei den Walfischknochen einen Ohnmachtsanfall erlitten und war bereits in die Küche gebracht worden, zusammen mit einem Polizisten und einer Flasche Brandy.

»Den Fernsehraum vielleicht?«, schlug Miss Ambrose vor.

»Kommt überhaupt nicht infrage. Heute ist Freitag«, sagte Gail einigermaßen geheimnisvoll, ohne es weiter auszuführen. »Ich könnte Ihnen höchstens den Ruheraum des Personals zur Verfügung stellen. Bis um acht müssen Sie dort aber wieder raus sein, weil dann Schichtwechsel ist und ich mir eine andere Hose anziehen muss.«

Wie die Hühner auf der Stange saßen wir da und warteten darauf, dass wir an die Reihe kamen. Für einen Ruheraum war es ganz schön unruhig. Die Stühle waren aus Holz und bunt durcheinandergewürfelt. Einige hatten ihre Schuldigkeit im Esszimmer sichtlich bereits getan und klammerten sich nun mithilfe von Leim und Klebeband an ihr letztes bisschen Nützlichkeit. Leute kamen und gingen, ohne uns weiter zu beachten. Sie knallten mit den Türen ihrer Spinde und drehten Schlüssel in Schlössern, schichteten mehrere Lagen Uniform übereinander und verwandelten sich in jemand anderes. Um mir die Zeit zu vertreiben, tippte ich im Takt mit den Füßen auf den Boden, aber Elsie sah mich dauernd böse an, sodass ich stattdessen mit den Fingern auf die Speisekarte des vorigen Abends klopfte.

»Weißt du, wo Ronnie ist?«, fragte ich alle paar Minuten. »Wir sollten ihn im Auge behalten.«

»Er wird draußen sein.« Jack machte eine Kopfbewegung in Richtung Tür. »Wie alle anderen. Bei diesem Polizeiaufgebot wird er kaum auf dumme Gedanken kommen.«

»Wie wär's, wenn wir etwas spielen?«, sagte Elsie. »Sollen wir mit dem Regal dort drüben anfangen?«

Ich sah es mir an. »Uhr. Postkarten. Vertrocknete Pflanze.« Ich zögerte. »Kerze?«

»Größer«, sagte sie.

»Kerzenleuchter?«

»Richtig!«

»Professor Bloom, im Wintergarten.« Dann: »Warum habe ich das jetzt gesagt?«

»Das stammt von einem Brettspiel«, erklärte sie. »Erinnerst du dich nicht? Du spielst es manchmal im Tagesraum, wenn es mir ausnahmsweise mal gelingt, dich dazu zu überreden.«

»Tatsächlich? Ich kann mich nicht erinnern. Was glaubst du, wo Mrs Honeyman sein könnte?«

Elsie überlegte. »Vielleicht war sie ein bisschen verwirrt. Und hat sich verlaufen. So etwas kommt vor.«

»Sie kommt schon wieder«, sagte Jack. »Sie werden sehen.«

Ich war mir da nicht so sicher, aber ich sagte nichts. Alte Leute verschwinden andauernd. Man schenkt ihnen einen kurzen Moment des Mitgefühls und widmet sich dann der nächsten Zeitungsmeldung. Erfährt man eigentlich je, ob sie wieder dahin zurückgebracht wurden, wo sie hingehören? Ich glaube nicht, dass sie das jemals erwähnen. Elsie fing an, über die Pflanze zu reden und dass man sie gießen müsste, und so hielt ich mich an diesem Gedanken fest. Manchmal ist es besser, sich auf eine kleine Sorge zu konzentrieren, damit man nicht an die großen denken muss.

Jack drehte sich auf seinem Stuhl und sah zum sechsten Mal zur Tür.

»Das wird die Sache nicht beschleunigen, fürchte ich«, sagte Elsie.

»Von der Polizei befragt zu werden, ist das Aufregendste, was sie in den letzten Jahren erlebt haben«, sagte ich. »Das werden sie bis ins Letzte auskosten.«

»Ich verstehe nicht, wieso sie überhaupt mit uns sprechen wollen.« Jack drehte sich wieder zu uns. »Wir waren gar nicht dabei. Wir waren in dem Musikgeschäft.«

»Hauptsache, sie wollen nicht wissen, was wir in dem Musikgeschäft gemacht haben«, sagte ich.

»Glaubt ihr, die werden danach fragen?«, sagte Elsie.

»Wir leben in einem freien Land«, sagte Jack.

In diesem Augenblick öffnete sich die Tür zum Personalraum, und ein Polizist begleitete einen Herrn hinein, der noch mitten im Satz war.

»... und das ist schließlich der Grund, weshalb ich Steuern zahle«, sagte er gerade.

Der Polizist nickte und verstellte ihm breitbeinig den Weg zurück. Jack rappelte sich hoch. »Ich bin als Nächster dran«, sagte er.

Doch Simon schob sich an uns vorbei und verschwand hinter dem Polizisten.

»Das glaube ich jetzt nicht.« Jack starrte fassungslos die Tür an. Er starrte noch, nachdem sie sich schon lange vor ihm geschlossen hatte.

Mit zusammengekniffenen Augen betrachtete ich das Regal an der gegenüberliegenden Wand. »Ich glaube, ich werde erst mal diese Pflanze gießen«, sagte ich.

SIMON

Simon war noch nie ein großer Freund von Polizisten gewesen. Einmal war er wegen eines defekten Rücklichts angehalten worden und hatte drei Tage gebraucht, um sich davon wieder zu erholen. Es lag nicht so sehr an den Uniformen, denn die war er ja von seinem Vater gewöhnt. Es war mehr die Sorge, dass sie ihn mit jemand anderem verwechseln könnten. Bei dieser Fernsehsendung, in der ungelöste Kriminalfälle vorgestellt wurden und man die Bevölkerung um Mithilfe bat, hatte er immer das Gefühl, dass er den Verbrechern wie aus dem Gesicht geschnitten war. Wahrscheinlich hatte er ein Allerweltsgesicht. Er selbst konnte es nicht erkennen, aber andere schienen es zu sehen. Wann immer er also einen lauten Knall hörte, sah er auf die Uhr und merkte sich, was er gerade tat. Rein vorsorglich für den Fall, dass es sich um einen Schusswechsel handeln und er in einer Zelle mit einem Tattookünstler namens Daryl landen sollte.

Der Polizist auf der anderen Seite des Tisches lächelte ihm zu, aber Simon hätte nicht sagen können, ob es ein aufmunterndes Lächeln sein sollte oder ein spontanes Wiedererkennen bedeutete.

»Lassen Sie uns zuerst ein paar Details klären«, sagte er, während sein Filzstift in Warteschleife über dem Papier schwebte.

Simon bestätigte Namen und Adresse so deutlich, wie er nur konnte. Sicherheitshalber wiederholte er beides noch zweimal, man wusste ja nie.

»Und Sie arbeiten für *Cherry Tree* wie lange?«

»Gute fünf Jahre. Fünf Jahre, zwei Monate und fünfzehn Tage.«

Der Polizeibeamte sah ihn an und lächelte erneut. Simon war gelinde gesagt befremdet.

»Fünf Jahre? Dann gefällt es Ihnen dort offenbar«, sagte er.

Auf diese Frage war er nicht vorbereitet gewesen. Unbehaglich rutschte Simon auf seinem Stuhl herum und überlegte, was er antworten sollte. Er musste die Frage wahrheitsgetreu beantworten – allerdings wollte er sie auch nicht zu wahrheitsgetreu beantworten, für den Fall, dass seine Aussage schriftlich aufgenommen und später vor Gericht verwendet wurde.

»Mal so, mal so«, sagte er endlich.

Der Filzschreiber hing immer noch in der Luft.

»Wollen Sie das nicht notieren?«, fragte Simon. »Als Zeugenaussage?«

»Was?«

»Dass es mal so und mal so geht?«

»Nein. Ich wollte nur ein wenig Konversation machen.« Der Polizist räusperte sich. »Wann haben Sie Mrs Honeyman das letzte Mal gesehen?«

»Ist das jetzt noch Konversation?«, fragte Simon. »Oder ist das Teil der Befragung?«

»Nein, das gehört zur Befragung.«

»Das kann ich nicht genau sagen. Es ist gar nicht so einfach, sich da sicher zu sein.«

»Es ist nicht einfach, sich da sicher zu sein?«

»Nun ja, sie sehen doch alle mehr oder weniger gleich aus, nicht wahr? Es sei denn, man ist sehr aufmerksam.«

»Und – waren Sie aufmerksam?«, fragte der Polizist.

Simon lehnte sich zurück. »Selbstverständlich war ich aufmerksam. Sie werden niemanden finden, der aufmerksamer ist. Oder öfter durchzählt.« Er streckte die Hand nach seinem Rucksack aus, doch dann sah er, dass sein Klemmbrett bereits auf dem Tisch lag. »Als die Tour losging, war sie definitiv noch da, weil ich sie abgehakt habe.«

Der Polizist studierte die Liste. »Aber als Sie beim Park ankamen, war sie verschwunden.«

Simon nickte.

Es vergingen einige Minuten, während derer der Beamte sich Notizen machte. Bis auf das Kratzen des Stifts auf dem Papier war es still.

»Wie würden Sie Mrs Honeyman denn beschreiben, Simon?«

Simons Blick blieb an einem Fleck an seiner Jacke hängen. »Ich bin nicht ganz sicher.«

»Wie wäre es, wenn wir damit anfangen, wie sie aussieht?«

»Wissen Sie das denn nicht?«

»Doch, doch, aber ich würde es gern von Ihnen hören.«

»Mittelgroß. Mittelbreit.« Simon fixierte den Fleck weiterhin, in der Hoffnung, dass er ihm auf die Sprünge helfen würde. »Graues Haar.«

»Diese Beschreibung trifft wohl auf die meisten Teilnehmer dieser Busreise zu, meinen Sie nicht?«

»Vermutlich schon.« Simon rieb ein wenig an dem Fleck herum, weil er ihn sichtlich im Stich ließ.

»Besitzt sie irgendwelche auffälligen Merkmale?«

Simon hob den Kopf. »Wie meinen Sie das?«

»Irgendetwas, das sie von den anderen unterscheidet?«

Simon dachte einige Minuten nach, bevor er antwortete. »Sie spielt ziemlich gut *Cribbage*.«

»Und?« Miss Ambrose stand neben dem Telefontisch an der Rezeption.

Simon traute sich nicht, ihr in die Augen zu sehen, und wandte sich lieber an den Tisch. »Nichts.«

»Ich hoffe, Sie haben klargemacht, wie gewissenhaft wir bei *Cherry Tree* arbeiten. Dass die Sicherheit unserer Bewohner für uns an allererster Stelle steht. Sie wissen doch hoffentlich noch, dass ich Sie ausdrücklich gebeten hatte, das zu sagen?«

»Soll ich noch einmal reingehen?«, fragte er.

Er wagte einen kurzen Blick, aber zum Glück hatte sie die Augen geschlossen. Normalerweise war er ziemlich gut darin, Anweisungen zu befolgen, zumindest wenn es darum ging, Möbel hin und her zu transportieren oder verstopfte Abflüsse zu reinigen. Nur, wie mit Menschen zu verfahren war, blieb ihm manchmal ein Rätsel.

Während er darauf wartete, dass Miss Ambrose ihre Atemübungen beendete, erschienen einige der Bewohner an der Rezeption und standen unschlüssig an der Treppe herum. Er konnte sie nur zu gut verstehen, denn er wusste auch nicht so recht, wohin mit sich.

Miss Ambrose musterte die Gruppe nachdenklich. »Und sollten Sie nicht gerade mit der Polizei sprechen? Ich dachte, Sie wären der Nächste auf der Liste«, sagte sie zu Jack.

»Das war ich auch.« Jack bedachte Simon mit einem seltsamen Blick, aus dem dieser nicht ganz schlau wurde. »Der Constable legt wohl gerade eine kleine Verschnaufpause ein. Wir sollen in einer Viertelstunde wiederkommen.«

»Wir sollten draußen nach ihr suchen«, sagte Florence. »Anstatt hier herumzusitzen und mit Polizeibeamten zu plaudern.«

»Ganz meine Meinung.« Jack begann, seine Jacke zuzuknöpfen, aber Miss Ambrose hob die Hand, und alle hielten inne, um aufzusehen.

»Das kommt überhaupt nicht infrage«, sagte sie. Zwischen jedes ihrer Worte baute sie eine kleine Pause ein, was dafür sorgte, dass Jack die Knöpfe seiner Jacke wieder öffnete und sich alle enger um die Treppe scharten und sehr still wurden.

»Immerhin ist es mir gelungen, Gloria zu erreichen.« Miss Ambrose wandte sich wieder an Simon. »Sie ist Mrs Honeymans Unterlagen durchgegangen und hat sie uns per Fax geschickt.«

»Irgendwelche Angehörigen, die wir anrufen sollten?«, fragte Simon.

»Nein, niemand.« Miss Ambrose ging die Seiten durch, die sie in der Hand hielt. »Keine Kinder. Wir haben Angaben zu den Eltern, aber die sind natürlich schon lange tot. Wie waren die Namen gleich noch?« Sie blätterte eine Seite um. »Ah, da steht es. Arthur und Clarice.«

In der Eingangshalle war es so still, dass kein Zweifel bestand, von wem die nächsten Worte stammten. Simon verstand alles, glasklar.

»Sie liebten diesen Platz!«, schrie Florence vom Fuß der Treppe aus.

FLORENCE

»Welche Bank?«

Wir standen wieder im Personalraum. Der Polizist war noch nicht wieder zurück, aber Jack flüsterte trotzdem.

»Drüben bei den Walfischknochen.« Ich fuchtelte ein wenig mit den Armen, so langsam verlor ich die Geduld. »Wir haben heute Nachmittag dort gesessen.«

»Tatsächlich? Ich kann mich nicht erinnern, bei den Walfischknochen auf einer Bank gesessen zu haben«, sagte Jack.

»Nicht Sie. Da steht auf einer Messingplakette: In Erinnerung an Arthur und Clarice. Sie liebten diesen Platz.« Ich hatte wieder angefangen zu schreien, und Elsie machte: »Pssst.«

»Was willst du damit sagen, Flo?« Sie deutete immer wieder auf einen Stuhl, aber Sitzen und Denken vertragen sich manchmal nicht.

»Das ist bestimmt kein Zufall. Das müssen die Eltern von Mrs Honeyman gewesen sein«, sagte ich.

»Und wenn sie es waren?« Jacks Augen sahen aus wie Briefkastenschlitze.

»Wenn sie den Platz liebten, heißt das, dass sie öfter

hierherkamen. Vielleicht haben sie sogar hier gewohnt. Was wiederum bedeutet, dass das auch auf Mrs Honeyman zutrifft. Und wer hat außer ihr eine Verbindung zu Whitby? Wer wurde hier geboren?«

Jack rutschte auf seinem Plastiksitz herum. »Gabriel Price«, sagte er.

»Ist das also nicht ein bisschen sehr viel Zufall«, sagte ich, »dass ausgerechnet Mrs Honeyman und niemand sonst verschwunden ist?«

»Ich denke, wir sollten keine voreiligen Schlüsse ziehen.« Elsie legte mir die Hand auf den Arm, als könnte sie meinen Gedanken dadurch Einhalt gebieten. »Das Vernünftigste wird sein, die Angelegenheit denen zu überlassen, die hier zuständig sind.«

Bevor ich antwortete, atmete ich einmal sehr tief durch. »Da bin ich ganz deiner Meinung. Und genau deswegen werde ich es dem Polizisten sagen.«

Es ist ein Klischee, dass Polizisten immer jung aussehen, aber bei diesem stimmte es wirklich. Seine Arme und Beine wirkten so widerspenstig, wie es bei Heranwachsenden der Fall ist, und dem Durcheinander auf seiner Oberlippe nach zu urteilen, versuchte er, dort eine Art Schnurrbart wachsen zu lassen. Ich fürchte allerdings, dass er seiner Zeit da etwas voraus war. Ich konnte nicht anders, als ihn ganz unverhohlen anzustarren. Elsie versuchte, mich davon abzuhalten, aber vergeblich. Wenn jemand schon darauf besteht, sich eine Gesichtsbehaarung zuzulegen, muss er auch in Kauf nehmen, dass man sich die Sache genauer ansieht. Wir sollten eigentlich einzeln befragt werden, aber Elsie und ich gingen zusammen hinein, weil sie meinte, dass ich kurz davor sei, hysterisch zu werden, und niemand schien etwas dagegen zu haben.

»Versuch, erst zu denken und dann zu reden«, sagte sie zu mir. Der Raum war sehr klein. Den Metallregalen und den riesigen Dosen mit eingelegten Aprikosenhälften nach zu urteilen, musste es sich um so etwas wie einen Vorratsraum handeln. Der Polizist kämpfte gerade mit dem Fensterriegel, aber als er sich zu uns umdrehte, lächelte er, und sofort fühlte ich mich viel ruhiger. Polizisten haben immer diese Wirkung auf mich. Polizisten und Pfarrer. Was wohl daran liegt, dass die einen mich vor Verbrechern und die anderen vor Feuer und Schwefel schützen und ich das Gefühl habe, dass auf diese Weise alles unter Kontrolle ist.

Der Polizist begann mit den üblichen Fragen. Der Vollständigkeit halber nannte ich ihm auch mein Geburtsdatum, obwohl er gar nicht danach gefragt hatte.

»Ich bin vierundachtzig«, sagte ich. »Genauso alt wie Elsie, nur dass ich nicht so viel in der Sonne war.«

Der Mann blätterte in den vielen Seiten Papier, die auf dem Tisch verteilt lagen. »Genauso alt wie Mrs Honeyman«, sagte er.

»Ist das wahr?«, fragte ich.

Elsie fuhr überrascht zurück. »Das wusste ich nicht.«

Der Polizist nickte. Er fragte, wie gut wir sie kannten. Seine Frage war ein bisschen vage formuliert, und ich wollte auf keinen Fall seine Aufmerksamkeit verlieren, also antwortete ich, wir seien sehr eng miteinander befreundet. Was natürlich nicht stimmte. Alle denken immer, dass alte Leute gut miteinander auskommen und allesamt einträchtig in die gleiche Richtung schwimmen, wie ein Schwarm Sardinen. Ich kann mir das nur so erklären, dass sie das Alter für eine Art Kriegsschauplatz halten, auf dem wir alle für die gleiche Seite kämpfen müssen, wenn wir überleben wollen.

»Und wie würden Sie Mrs Honeyman beschreiben?«, fragte der Polizist.

Ich zwang die Worte, in meinem Mund zu warten, bis ich fertig war mit Denken.

»Rundes Gesicht. Redet nicht viel. Hat Probleme mit Treppen«, sagte ich.

»Sehr still«, sagte Elsie. »Schläft viel. Manchmal frage ich mich, ob sie nicht zu Depressionen neigt.«

»Ich habe auch schon überlegt, ob sie vielleicht depressiv sein könnte«, sagte ich. »Sie scheint niemanden zu haben, mit dem sie sich unterhalten kann.«

»Tatsächlich?« Der Mann schaute seine Notizen an. »Das hat bis jetzt noch niemand erwähnt. Hat sie in letzter Zeit jemanden verloren?«

»Niemanden außer sich selbst«, sagte ich, aber der Polizist zog es vor, nicht darauf einzugehen.

»Würden Sie Mrs Honeyman also als gefährdet beschreiben?«, fragte er.

Ich dachte kurz nach. »Schon möglich, aber sind wir das im Grunde nicht alle?«

Der Polizist klopfte erst ein bisschen mit dem Stift auf den Tisch und fing dann an, sich Notizen zu machen.

Nach einigen Minuten sah er auf und fragte: »Sonst noch etwas?«

»Ihre Blase hat in etwa die Größe einer Erdnuss«, sagte ich.

Elsie schnalzte missbilligend mit der Zunge. »Ich glaube kaum, dass sich der Sergeant für Mrs Honeymans Nierenfunktion interessiert, Florence.«

»Sie ist verschwunden, als sie auf die Toilette wollte, oder etwa nicht?« Ich versuchte, mich auf dem Stuhl ein bisschen aufzurichten, aber in den letzten Jahren sind mir ein paar Zentimeter abhandengekommen, und ich neige dazu, die Wirkung zu überschätzen.

»Sie wurde gesehen, wie sie in das Toilettenhäuschen ging.« Elsie wandte sich nun selbst an den Polizisten.

»Ja«, sagte er, »das ist uns bekannt.«

»Aber das ist nicht so wichtig«, sagte ich. »Ich wollte über etwas ganz anderes mit Ihnen reden.«

Der Polizist hörte auf zu schreiben. »Und was ist Ihrer Meinung nach wichtig, Miss …?«

»Claybourne«, sagte ich. »Ich bin vierundachtzig Jahre alt.«

»Haben Sie also etwas Bestimmtes auf dem Herzen, das Sie der Polizei mitteilen wollen, Miss Claybourne?«

»Das haben wir allerdings«, sagte ich.

»Wir?«

»Ich und Elsie. Und Jack natürlich.«

»Jack?«

»Aber der ist gerade draußen.«

»Ich verstehe.« Der Polizist verschränkte einen Arm vor seiner Brust und seufzte in die noch freie Hand.

»Sie haben da jemanden auf Ihrer Liste.« Ich stieß mit dem Finger auf den Tisch. »Ronnie Butler heißt er.« Der Polizist fuhr mit dem Stift die Namensliste entlang. »Aber Sie werden ihn nicht finden.«

Er sah mich an. »Ach nein?«

»Nein, werden Sie nicht. Weil er nicht als Ronnie Butler gelistet ist, sondern als Gabriel Price.«

Er antwortete nicht, aber sein Mund öffnete sich ganz leicht.

»Er gibt vor, jemand anderes zu sein, Inspector«, sagte ich, »und er ist sehr, sehr gefährlich. Das war er immer schon.«

Der Polizist ließ sich nach hinten fallen. »Das ist aber eine sehr ernsthafte Anschuldigung, Miss Claybourne.«

»O nein, das ist keine Anschuldigung, sondern eine allseits bekannte Tatsache. Er ist ertrunken, das war 1953, und jetzt ist er von den Toten zurückgekommen und tut so, als wäre er jemand anderes. Wenn das nicht gefährlich ist!«

»Das nenne ich allerdings eine ganz schöne Leistung.«

»Aber er hat immer noch seine alte Narbe.« Ich zeigte auf meinen Mundwinkel. »Also muss er es sein.«

»Ich verstehe.« Der Polizist versuchte, sich noch etwas weiter zurückzulehnen, aber er war schon ganz hinten angekommen. »Und was genau hat dieser Herr mit Mrs Honeyman zu tun?«

»Nun ja, das liegt doch auf der Hand, oder etwa nicht?«, sagte ich. »Er hat sie beseitigt.«

Der Polizist öffnete den Mund, aber es kam nichts heraus.

»Er ist in meine Wohnung eingebrochen, wussten Sie das? Mehrmals sogar.«

Dieses Mal sah es so aus, als wollte er etwas sagen, aber er überlegte es sich anders und schüttelte nur den Kopf.

»Er hat dauernd Sachen verstellt. Und den ganzen Kuchen gekauft. Aber niemand glaubt mir. Nicht einmal Miss Ambrose.«

»Soll ich Miss Ambrose holen?«, fragte der Polizist.

»Als Zeugin?« Ich hielt mich am Tischrand fest.

»Nein, ich dachte nur ...«

»Er hat Hazel getötet, aber keiner von Ihren Leuten konnte es ihm damals nachweisen. Sie schreiben den Namen doch auf, nicht wahr? Ronnie Butler«, sagte ich. »Sie müssen dafür sorgen, dass er verhaftet wird!«

Der Polizist stand auf, und wir taten es ihm gleich. Mit Ärzten und Anwälten ist es das Gleiche. Ein eigenartiger Reflex. »Ich werde die zuständigen Leute davon in Kenntnis setzen«, sagte er.

Ich griff nach dem Ärmel seiner Uniform. »Sie sind der Erste, der mir zuhört«, sagte ich.

Ich wartete, was er antworten würde, aber es kam nichts.

Viele Stunden später. Elsie kam aus dem Bad, und ich lehnte am Fenstersims und betrachtete den Halbmond. Die Befragungen hatten verblüffend lange gedauert, und es war sehr dunkel geworden. Es war erstaunlich, wie viel alle über Mrs Honeyman zu sagen hatten, wenn man bedenkt, dass wir sie doch kaum kannten. Das Hotel hatte im Speisesaal ein leichtes Abendessen bereitgestellt, aber niemand hatte so recht Appetit gehabt. Ronnie Butler hatte allerdings kräftig zugelangt, und auch Jack hatte sich mit zwei Pasteten abgemüht, doch das meiste war unberührt wieder in die Küche zurückgegangen. Gail mit »i« gab ein paar laute, schnaubende Geräusche von sich, als sie die Teller holen kam, und machte eine Menge Kommentare über Dritte-Welt-Länder, aber wegen des ganzen Schnaubens konnte niemand richtig verstehen, was sie sagte.

Elsie trat zu mir ans Fenster. Da stand sie im Nachthemd neben mir, ihre Silhouette hob sich gegen den Küstenhimmel ab, versprengte Strähnen weißen Haars und schmale, abgenutzte Schultern, angestrahlt vom Yorkshire-Mond.

»Hast du immer noch keinen Hunger?«, fragte sie.

»Ein bisschen Ovomaltine könnte ich schon vertragen.« Ich drehte mich nicht um. »Aber ich muss ständig daran denken, dass sie jetzt irgendwo da draußen ist. Ganz allein. Das ergibt doch alles keinen Sinn, Elsie. Oder?«

»Nein«, sagte sie. »Du hast recht.«

»Sie war nicht verwirrt. Sie würde nicht einfach so weggehen.«

»Vielleicht war es, weil sie nach all den Jahren wieder nach Whitby kam. Vielleicht hat sie das durcheinandergebracht. Vielleicht hat sie sich in die Vergangenheit verirrt und nicht mehr zurückgefunden.«

In der Ferne waren Lichter auf dem Wasser zu erkennen. Schiffe vermutlich, die weit draußen auf dem Ozean schliefen. Sogar durch das Fensterglas konnte ich die Gezeiten hören, die nie endenden Wellen, die unaufhörlich an der Küste zerren und die Landschaft formen.

Wir sahen einer Frau nach, die mit ihrem Hund vorbeiging.

»Whitby kommt nie zur Ruhe, nicht wahr?«, sagte ich. »Egal, um welche Uhrzeit. Anderswo ist irgendwann alles still, aber in Whitby bleibt immer alles in Bewegung.«

»Das muss am Meer liegen. Die Wellen legen Tausende Kilometer zurück, um hier ans Ziel zu kommen. Wahrscheinlich ist es gar nicht so leicht zu schlafen, während sich so etwas Großartiges abspielt.«

Ich wollte die Gardinen schon zuziehen, aber etwas ließ mich innehalten, und ich sah noch einmal hinaus auf den Ozean.

»Ich hoffe nur, es geht ihr gut«, sagte ich. »Ich hoffe, sie findet wieder den Weg zurück.«

Ich hielt den Stoff immer noch in der Hand. Noch nie war es mir so schwergefallen, einen Vorhang zu schließen.

22:01 Uhr

Ich weiß gar nicht mehr, wann ich damit angefangen habe, im Sessel zu schlafen.

Ich weiß nur noch, dass ich eines Nachts nicht schlafen gehen wollte, weil ich den Gedanken an mein Bett nicht ertrug, und so fing es an. Ich hatte es nicht vorgehabt. Ich holte mir zwei Kissen aus dem Schlafzimmer und nahm die kleine Decke von der Sofalehne. Wenn man sich erst einmal daran gewöhnt hatte, war es gar nicht so unbequem, und wenn man die Decke nur ordentlich feststeckte, war es auch nicht sehr kalt. Ich traute mich natürlich nicht, die Gasheizung anzulassen, nicht nach allem, was passiert war. Aber um ein bisschen Gesellschaft zu haben, ließ ich den Stecker drin und sah dem roten Licht zu, wie es über die unechte Kohle tanzte und so tat, als wäre es eine Flamme.

Das hätte auch gar niemand merken müssen, doch Miss Ambrose platzte natürlich einfach so ohne Vorwarnung herein. Ich lege die Kissen jeden Tag zurück aufs Bett und knuffe das Oberbett etwas auf, um den Schein zu wahren, aber sie kam herein, bevor ich Gelegenheit dazu hatte.

»Florence«, sagte sie. »Haben Sie im Sessel geschlafen?«

Ich suchte mir etwas, wo ich hinsehen konnte.

»Denn wenn das so sein sollte, werde ich Sie auf die Liste für den Nachtdienst setzen müssen.«

Ich sah sie an. »Ich will nicht, dass jemand kommt und mich wie ein Kleinkind ins Bett bringt.«

»Dann müssen Sie aber auch in Ihrem Bett schlafen, wie alle anderen auch.«

Ich wollte ihr gern sagen, dass ich mich besser fühlte, wenn ich im Sessel schlief, weil ich im Bett immer nur dalag und horchte, ob Ronnie durch die Wohnung schlich, dass ich im Bett einfach nicht in den Schlaf fand, weil ich ständig damit beschäftigt war zu rätseln, was die Geräusche zu bedeuten hatten. Aber wie soll man jemandem etwas erklären, wenn nicht mal die Augen von demjenigen zuhören wollen?

»Dann sind wir uns also einig?«

Zur Antwort verschränkte ich die Arme, und einige Sekunden später hörte ich, wie sich die Wohnungstür schloss. Ich überlegte, trotzdem so weiterzumachen wie bisher, aber Miss Bissell hat so etwas wie den siebten Sinn, auch wenn Miss Ambrose oft von nichts eine Ahnung hat.

Ich gäbe sonst was darum, jetzt in diesem Sessel zu sitzen.

Von meinem Platz auf dem Boden aus kann ich ihn gerade noch erkennen, wenn ich den Kopf drehe, aber das wird von Mal zu Mal schwieriger, denn je länger ich hier liege, desto mehr weigert sich mein Körper, meinen Befehlen zu gehorchen. Es ist also einfacher, weiterhin den Firlefanz unter der Anrichte anzugucken, obwohl ich den kaum noch sehen kann. Es ist so dunkel.

Ich muss immer wieder an Mabel und die kleinen Kinder denken. Zu Kindern habe ich eigentlich nie eine richtige Meinung gehabt. Das ist wahrscheinlich normal, wenn man keine eigenen hat. Ich habe mich nie bewusst dagegen entschieden, es ist nur so, dass das Leben an einem vorbeifliegt, und bevor ich wusste, wie mir geschah, feierte ich auch schon meine Abschiedsparty in der Fabrik. Sekt aus weißen Plastikbechern. Leute, die man nie zuvor gegrüßt hat, verabschieden sich plötzlich von einem. Und dann geht man nach Hause und bemerkt, dass man ganz vergessen hat, eine Familie zu gründen. Wenn man jedoch diese kleinen Kinder so von Nahem sieht, denkt man, das könnten kleine Ausgaben von einem selbst sein, die da weitermachen, wo man aufgehört hat.

Mabel sagte, dass sie mich irgendwann einmal besuchen kommt. Sie hat sich noch nicht gemeldet, aber manchmal kommen die Leute ja auch unangemeldet, nicht wahr? Miss Ambrose zum Beispiel. Mabel wird sich fürchterlich aufregen, wenn sie mich so findet.

»Was hast du nur angestellt, Florence? Wie hast du es geschafft, in diese Lage zu kommen?«

Sie wird mich nicht bewegen. Das soll man ja nicht. Das habe ich gelesen. In einer Zeitschrift. Sie wird lieber warten, bis die Rettungssanitäter da sind. Aber sie wird in der Zwischenzeit mit mir reden. Über den Bürgersaal und die Tanzabende, all die Quickstepps, die wir getanzt haben. Sie wird noch weiterreden, wenn wir im Rettungswagen sind, und auch später, in der Notfallambulanz. Auch mit den anderen Patienten wird sie reden, weil das eben typisch Mabel ist. Sie wird ein weißes Oberteil und einen bunt geblümten Rock tragen, und wenn sie durch den Raum geht, werden die Blumen einen kleinen Tanz vollführen. Ihre Hände werden nach Seife riechen, und wenn ich etwas sage, das sie aufheitern soll, wird sie lachen, und ihr ganzes Gesicht wird mit einstimmen.

Sie wird sich mit der Schwester unterhalten, wenn sie mich auf die Station bringen. Sie werden irgendetwas finden, was sie gemeinsam haben, weil Mabel bei jedem eine Gemeinsamkeit findet. Die Schwester wird auf die Uhr sehen, die sie vorn an ihrem Kittel trägt, und dann wird sie nicken, und Mabel wird bleiben dürfen. Auf dem Schwesternstützpunkt wird das Licht an sein, aber um die Betten herum wird es dunkel sein, und der Rest der Station wird in Stille getaucht sein. Mabel wird mit ihrem Stuhl näher an mich heranrücken, damit wir uns flüsternd unterhalten können. Sie wird mir das Haar aus dem Gesicht streichen und die Decke glatt ziehen und sagen, dass alles gut werden wird. Und es wird alles gut werden. Weil das manchmal alles ist, was man braucht. Jemanden, der da ist. Jemanden, der bei dir ist, wenn du einschläfst. Jemanden, der dir sagt, dass alles gut wird.

FLORENCE

Bei Tageslicht war der Speisesaal kaum wiederzuerkennen. Ratlos musterten wir die Servierplatten mit Rührei und die kleinen Tütchen mit brauner Soße, als wären wir nicht ganz sicher, was sie da vor uns auf dem Tisch zu suchen hatten. Auf den schweren Leinentischtüchern, mit denen die Tische gedeckt waren, lag verstreuter Zucker, der nicht ordentlich weggewischt worden waren. Ich war drauf und dran, der Kellnerin Bescheid zu geben, aber nach einer längeren Auseinandersetzung mit Elsie beschränkte ich mich darauf, die Körner in meine Hand zu fegen und sie mit gebotener Theatralik zu Boden fallen zu lassen.

Die Tische standen so eng beieinander, dass mein Ellbogen immer wieder den Jackenärmel von Miss Ambrose streifte.

»Nahrungsverweigerung bringt uns keinen Schritt weiter, nicht wahr?« Miss Ambrose schob einen gebratenen Champignon in den Mund. »Wir müssen zusehen, dass wir bei Kräften bleiben.«

Die Tapete sah unendlich müde aus. Es war eine von diesen Tapeten, die Struktur und Muster haben. Die Sorte

Tapete, die man unbedingt anfassen will, um herauszufinden, wie sie sich anfühlt.

»Hör doch bitte damit auf«, sagte Elsie. »Die Leute schauen schon herüber.«

Ich nahm meine Hand wieder weg. »Na schön, aber warum kleben sie Samt an die Wand, wenn man ihn nicht anfassen darf?«

Der Tee war lauwarm, und die kalten Toastscheiben warteten vergeblich in ihrem Ständer. Es ist schon eigenartig, wie Kummer sich auf den Appetit auswirken kann. Manche verlieren das Interesse am Essen ganz, während andere gar nicht mehr aufhören können, Sachen in sich hineinzuschaufeln.

»Hühnersuppe ist Erkältungsessen«, sagte ich. »Aber was genau ist eigentlich Nervennahrung?«

»Das hier jedenfalls nicht.« Jack schob den Teller etwas von sich weg. »Haben Sie schon etwas von der Polizei gehört?«

Miss Ambrose nahm sich einen Kartoffelpuffer vor. »Noch nicht, aber ich bin sicher, sie tun, was sie können.«

»Das glaube ich auch.« Er lehnte sich zurück. »Man kann nur hoffen, dass sie uns auch zugehört haben.«

Der Kartoffelpuffer war bereits Geschichte. Nur ein Rest Tomatensoße auf Miss Ambrose' Lippen zeugte noch von seiner kurzen Existenz, und unwillkürlich musste ich mir über den Mund wischen. Elsie gegenüber würde ich es nie zugeben, aber Hazels Tod hat mir den Glauben an die Polizei genommen. Weil sie Ronnie nie etwas nachweisen konnten. Weil so etwas passieren konnte, ohne dass irgendwer jemals zur Rechenschaft gezogen wurde. Es gibt Ereignisse im Leben, die so einschneidend sind, dass es links und rechts davon eine Vorher- und eine Nachher-Version von uns selbst gibt, wie Buchstützen.

Nachdem Miss Ambrose den letzten verbliebenen Kartoffelpuffer auf ihrem Teller lange genug herumgeschubst hatte, meinte sie, wir sollten einfach versuchen, so gut es ging, weiterzumachen, jedoch unbedingt vermeiden, auf Abwege zu geraten, und spätestens um sechs Uhr wieder im Hotel sein. Jack machte mit seinen Pupillen wilde Bewegungen im Augenwinkel, die Elsie und ich erwiderten, obwohl uns nicht ganz klar war, weshalb wir das taten, und er erst erklären konnte, was er uns damit mitteilen wollte, als wir auf den Stufen vor dem Hotel standen.

»Der Mann aus dem Musikgeschäft«, sagte er und knöpfte seine Jacke zu. »Ich finde, er sollte uns seine Nachforschungen noch einmal etwas genauer erläutern.«

Mit einem tiefen Atemzug sog ich die frische Meeresbrise ein, und dann machten wir drei uns im ersten Sonnenlicht auf den Weg in Richtung Walfischknochen.

An der Küste fängt ein Tag ganz anders an. Er scheint so viel mehr Potenzial in sich zu bergen, wenn er einen Ozean an seiner Seite hat. Vielleicht liegt es am strahlenden Licht, das das Meer zurückwirft und das alles blitzblank schrubbt, sodass man frisch und munter in den neuen Morgen geht.

Wir liefen an Eiswagen vorbei, die sich noch im Tiefschlaf befanden, und an feuchten Unterständen aus Beton, aber je näher wir den Walfischknochen kamen, desto mehr Leuten begegneten wir. Sie waren früh aufgestanden, um so viel aus ihrem Tag herauszupressen wie möglich. Ich sah ihnen an, dass es Touristen waren, denn ihre Kleidung strahlte Sommerfrische aus, und ihre Bäuche waren prall vom Hotelfrühstück. Der Verkehr dagegen war völlig einheimisch. Jugendliche Raser, die die Promenade auf und ab jagten und ihre Bremsen kreischen ließen, sodass die Möwen fluchtartig gen Himmel stoben.

Als wir um eine Ecke bogen, stand eine Frau am Straßenrand. Sie hatte zwei Kinder bei sich, eines fest in seinen Buggy geschnallt, das andere in ein Spiel vertieft, das damit zu tun hatte, den Bordstein rauf- und runterzuhopsen, und dessen Regeln nur kleine Mädchen verstanden. Die Frau bückte sich, schob die Haare zurück, die ihr ins Gesicht gefallen waren, und versuchte, das Rad des Kinderwagens loszubekommen, das sich verkeilt hatte. Vom Hafen her besangen die Glocken von St Mary's den Samstagmorgen.

»Sehen Sie nur, Jack. Sie braucht Hilfe.« Ich deutete in ihre Richtung, und Jack ging hinüber, lehnte seinen Gehstock an eine Bank und beugte sich hinunter. Die Frau richtete sich auf und sah sich nach dem kleinen Mädchen um, nahm es bei der Hand und zog es von der Fahrbahn weg. Jack befreite das Rad und erhob sich wieder. Die Frau wollte sich gerade bei ihm bedanken, als einer der Raser um die Ecke bog, eine Wand aus Luft in Richtung Meer vor sich herschiebend. Jack hätte um ein Haar das Gleichgewicht verloren, doch die Frau packte ihn rasch am Arm.

Als er zu uns zurückkam, sagte ich: »Das war Ihre gute Tat für diese Woche«, und Jack sagte nur: »Nicht der Rede wert.« Aber aus jeder Falte in seinem Gesicht sprach, wie zufrieden er mit sich war.

»Eine ziemliche Type, unser Gabriel Price.«

Der Mann im Musikgeschäft stand mit verschränkten Händen hinter seinem Ladentisch aus Glas, als hätte er die ganze Nacht über dort auf uns gewartet.

Gebannt rückten wir ein gutes Stück näher.

»Wie meinen Sie das?«, fragte Jack.

»Nun ja.« Die Finger des Mannes lösten sich voneinander und verschränkten sich wieder, als vollführten sie einen Zaubertrick. »Es ist nicht meine Art, schlecht über andere zu reden, noch dazu hinter deren Rücken. Gott bewahre! Wenn jemand in dieser Weise mit uns umspringen würde ...«

Wir beeilten uns, ihn unserer einmütigen Zustimmung zu versichern, und gaben entsprechende Laute von uns, die wir tief in unseren Kehlen produzierten.

»Alles spricht dafür, dass er das Risiko liebte«, sagte der Mann.

»Ach ja?«, sagte Elsie.

»Hatte seine Hände überall im Spiel, mal hier und mal da. Hat sich viel auf dem Rennplatz herumgetrieben.«

»Sind Sie sicher?« Ich dachte an sein sanftes Lächeln und die freundlichen Augen.

»O ja, das bin ich.« Er stützte seine Fäuste auf die Theke. »Er war aus Whitby, und Whitby ist eine kleine Stadt. Hier vergisst man nichts. Bestimmt gibt es noch Leute hier, die sich an ihn erinnern, auch wenn sie natürlich schon fortgeschrittenen Alters sein dürften.«

Er lächelte etwas verlegen, und wir lächelten alle zurück und machten Geräusche mit der Kehle.

»Wissen Sie, wo wir jemanden finden könnten, der sich noch an ihn erinnert? Oder weiß, was mit ihm passiert ist?«, fragte Jack.

»Das ist das Eigenartige.« Der Mann schüttelte den Kopf. »Einige Jahre nach Kriegsende ist er einfach von der Bildfläche verschwunden. Das ist oft so, wenn man versucht, jemanden von früher ausfindig zu machen. Die Leute haben kaum Spuren hinterlassen, nicht so wie heute. Die nachfolgenden Generationen werden kein Problem damit haben, uns aufzuspüren.« Er rückte einige Broschüren auf dem Ladentisch gerade, die eigentlich tadellos auf Linie waren. Womöglich handelte es sich um ein geheimes Zeichen von Ladenbesitzern, das signalisieren soll, dass eine Unterhaltung beendet ist.

»Sie könnten es natürlich in der Bibliothek versuchen. Dort haben sie jede Menge historisches Material.«

Wir waren schon an der Tür, und das Glöckchen freute sich bereits, dass wir wieder gingen, als der Mann sich noch einmal räusperte.

»Sie werden ihn allerdings kaum unter dem Namen Price finden. Das war ja nur sein Künstlername.«

»Und wie war sein richtiger Name?« Jack drehte sich zu dem Mann um, der immer noch mit den Broschüren beschäftigt war.

»Das ist eine seltsame Sache. Sein eigentlicher Name klingt viel mehr wie ein Künstlername als der, den er angenommen hat.«

»Und der lautete wie?« Es war herauszuhören, dass Jack langsam die Geduld verlor, auch wenn der Mann sich davon nicht im Geringsten beeindrucken ließ, sondern lieber seine Broschüren herumschob, als uns eine simple Frage zu beantworten.

Schließlich blickte er auf. »Honeyman«, sagte er. »Gabriel Honeyman.«

SIMON

Simon stand inmitten einer Menschentraube an der Brücke und wartete darauf, dass sie sich schloss. Er schien die Drehbrücke immer im falschen Moment überqueren zu wollen und fragte sich, ob die Schiffe auf ihn lauerten und, sobald er am Horizont auftauchte, auf die Tube drückten. Er hörte das langsame Stampfen der Dieselmotoren, die sich durch das Wasser arbeiteten. Es dauerte jedes Mal eine halbe Ewigkeit, bis sie endlich vorbei waren, und eine bunte Schar von Leuten hatte sich inzwischen um ihn gesammelt. Kurzfristig in die Freiheit entlassene Teenager ohne Eltern, Kleinkinder, die sich ihnen anzuschließen und ihren Buggys zu entkommen versuchten, und samstägliche Einkaufstaschen, die an sonnengebräunten Händen baumelten. Die Möwen, die Hindernisse wie Boote oder Brücken nicht kümmerten, hockten auf der Hafenmauer und kreischten amüsiert. Simon traute Möwen nicht über den Weg. Seine Mutter hatte ihn einmal gewarnt, dass sie ihm ohne viel Federlesen die Augen aushacken würden, wenn man sie nur ließe, und seitdem war er stets vor ihnen auf der Hut gewesen. Von den Bewohnern von *Cherry Tree* war niemand zu sehen. Miss Bissell hatte sich dafür starkgemacht, dass alle im Hotel bleiben sollten, aber nach einigem Hin und Her war man zu dem Schluss gekommen, dass eine Ausgangssperre mehr Probleme schaffte als löste.

»Seien Sie wachsam«, hatte Miss Bissell angeordnet, was genau die Art vager Ansage war, die Simon nervös machte.

Er sah auf die Westseite der Flussmündung hinüber, wo wie in einem Spiegelbild die gleiche Menschenansammlung wartete. Da entdeckte er Miss Ambrose. Sie war in ihr Smartphone vertieft, blickte zwischendurch aber immer wieder auf und schien ohne erkennbaren Grund verwirrt. Miss Ambrose versuchte immer, ihm noch irgendeinen Job aufzutragen, und er überlegte gerade, wie er auf die andere Seite gelangen könnte, ohne in sie hineinzulaufen, als sie ihr Telefon wegsteckte und kurz entschlossen in eine Gasse rannte. Was bedeutete, dass sie sich gleich auf derselben Seite des Hafens befinden würden. Simon zog die Gurte seines Rucksacks noch ein wenig straffer und grub seine Finger in seinen Hemdkragen, doch es half alles nichts. Er hatte Pläne für diesen Vormittag, und er dachte gar nicht daran, sie über den Haufen zu werfen.

Der Westpier ist der einzige Teil von Whitby, der sich anfühlt, als gehöre er ausschließlich den Touristen. Den Rest der Stadt borgen sich seine Besucher lediglich während der Sommermonate, wenn sie die Stufen zur Abtei hinauf- und hinunterklettern und die Strände bevölkern. In Wirklichkeit gehört Whitby Yorkshire und dem seefahrenden Volk. Es gehört den Walfängern vergangener Jahrhunderte und den Fischern von heute, die ihre Boote in den frühen Morgenstunden ins Wasser gleiten lassen, wenn alles noch dunkel ist. Es gehört Captain Cook und seiner *Endeavour* und all jenen, die in Richtung Horizont lossegeln, ohne zu wissen, welches Schicksal sie erwartet. Anders als andere Küstenorte hat Whitby sich nicht von Spielautomaten und rosa Zuckerwatte vereinnahmen lassen. Seine Gärten, seine kleinen Straßen und Gässchen bleiben dem Erbe der Vorfahren treu, und etwa an der Stelle, an der die Klippen sich unerschrocken der Nordsee entgegenstrecken, wird die Vergangenheit in Ehren gehalten und jeder Besucher an seinen eigenen Platz in der Geschichte erinnert.

Simon ließ sich den Westpier entlangtreiben. Anders konnte er sich auch gar nicht fortbewegen, denn trotz der frühen Stunde waren schon sehr viele Urlauber unterwegs, die alle gemächlichen Schrittes vor sich hin schlenderten. Der Duft von frittierten Zwiebeln mischte sich mit dem Seetanggeruch des Hafens, und Simon machte einen tiefen Atemzug. Wenn er nur tief genug einatmete, könnte er sich den Geruch vielleicht bewahren und ihn nach Belieben heraufbeschwören, wenn sein Leben wieder vom Aroma seiner Heiße-Tasse-Nudeln und dem Säubern von Regenrinnen bestimmt wurde. Er besah sich die Geschäfte, an denen er vorbeikam – zwischen Hotdogständen und Eisverkäufern gab es auch Souvenirläden, die auf Postkarten, quietschbunte Zuckerstangen und alles, was man mit Namen versehen konnte, spezialisiert waren. Als Simon noch klein gewesen war, hatte alles, was er besaß, seinen Namen getragen. Buntstifte und Lesezeichen und T-Shirts, Spardosen ohne Geld und Schlüsselanhänger ohne Schlüssel. Sogar auf seiner Zimmertür hatte sein Name gestanden, nur für den Fall, dass seine Eltern sich mal in der Tür irren und versehentlich in seinem Zimmer schlafen wollen sollten. Ohne recht zu wissen, weshalb, musste er einfach alles haben, auf dem »Simon« stand. Möglicherweise war es seine Art gewesen, der Welt mitzuteilen, wer er war. Möglicherweise war sein Name in dem Alter alles, was er hatte. Sein Name und die Vorstellung, wer er einmal sein würde. Unschlüssig stand Simon auf dem sandigen Gehweg. Möglicherweise war er immer noch dabei, das herauszufinden.

Wo die Souvenirläden und anderen Geschäfte aufhörten und die Straße in die Strandpromenade mündete, auf der der

Wind vom Meer aufs Land übersprang, um Streit mit den Touristen zu suchen, fand Simon, wonach er Ausschau gehalten hatte. Das Zelt war klein, höchstens zwei Quadratmeter groß, und mit rotem Samt und Fransen geschmückt. Vor dem Zelt stand ein Schild:

GYPSY-ROSA
BERÜHMTE HELLSEHERIN UND SPIRITISTIN –
WELTBEKANNTE STARS SUCHEN IHREN RAT
SPRECHEN SIE MIT DEN TOTEN UND LERNEN SIE
IHRE ZUKUNFT KENNEN

Darunter war ein Zettel mit Klebeband befestigt:

Bin Kaffee trinken. Zurück in 15 Minuten.

Simon betrachtete die Schwarz-Weiß-Fotografien, die in einer Reihe außen ans Zelt geheftet waren. Auf jedem Foto war Gypsy-Rosa mit dem immer gleichen Kopftuch und dem immer gleichen Gesichtsausdruck zu sehen, nur die Person neben ihr war jeweils eine andere. Auch die Stellung ihrer Arme wechselte von Bild zu Bild, und die verschiedenen Posen schienen anzudeuten, dass sie die Leute mit Zauberkraft herbeigerufen hatte. Simon war nicht sicher, wer diese Leute sein sollten. Vielleicht waren es die Stars, von denen auf dem Schild die Rede war, auch wenn ihm niemand auf den Fotos bekannt vorkam.

»Hey, das ist reine Geldverschwendung!«, rief jemand von der anderen Seite des Piers. Simon wusste nicht, wer das war, aber er hatte keine Lust, sich nach ihm umzudrehen. Stattdessen ging er zu einem Mäuerchen hinüber und setzte sich neben ein Plakat, das einen Flohmarkt ankündigte, um abzuwarten, bis Gypsy-Rosa mit ihrer Latte zurückkam. Für den Fall, dass Miss Ambrose ihn hier entdecken würde – oder schlimmer noch: Miss Bissell –, konnte er immer noch behaupten, er hätte eine Schwäche für Trödel.

Um sich die Zeit zu vertreiben, schaute er den Möwen zu. Eine von ihnen bearbeitete eine Mülltüte und hackte und zerrte so lange an ihr herum, bis sie hatte, was sie wollte. Als die Möwe mit ihrer Beute in Richtung Hafen verschwand, schob der Wind den offenen Beutel über den Weg, bis eine Böe ihn erfasste und in die Luft wirbelte, sodass der restliche Inhalt herausfiel. Simon beobachtete, wie sich eine Chipstüte losriss und vor seinen Füßen liegen blieb.

Ungläubig starrte er sie an.

Auf der Tüte stand *Cheese and Onion*.

FLORENCE

Man sollte meinen, dass die Bibliothek in einer so geschichtsträchtigen Stadt wie Whitby ein Gebäude mit Fenstern im Rautenmuster und ausgetretenen Stufen ist. Doch weit gefehlt, sie ist aus Beton und Glas und kleinen Drehkreuzen, die die Leute davon abhalten sollen, sich mit den ganzen Büchern aus dem Staub zu machen.

Ich kam mit den Drehkreuzen nicht zurecht, und Elsie musste zurückkommen und mir helfen, aber dann steckten wir beide fest, und jemand vom Personal musste uns befreien. Jack war schon einmal zu den Enzyklopädien vorgegangen, wahrscheinlich wollte er ein bisschen Abstand zwischen sich und den ganzen Wirbel bringen. Als wir es dann endlich hineingeschafft hatten, konnte ich kaum glauben, wie riesig alles war. Wer hätte gedacht, dass es so viele Geschichten gab, die erzählt werden mussten? Die Regale erstreckten sich in endlosen Reihen, und über unseren Köpfen gab es noch ein weiteres Stockwerk vollgepackt mit Abenteuern.

»Wo sollen wir bloß anfangen?«, fragte ich.

»Stadtgeschichte«, sagte Jack und verschwand in einer Lücke zwischen Eisenzeit und elisabethanischem England.

Wem nach ein bisschen Captain Cook zumute war, der war hier an der richtigen Adresse. Er war überall. Alle Tische und Glasvitrinen waren voll mit ihm, sogar an der Wand hing er und gab acht, dass ihn auch niemand vergaß.

»Er sieht eigentlich ganz nett aus, nicht wahr?« Elsie stand vor seinem Porträt. »Hat freundliche Augen.«

»Ich dachte auch, Gabriel Price hätte freundliche Augen«, sagte ich. »Was beweist, wie sehr man sich in Augen täuschen kann.«

»Mag sein«, sagte sie. »Man sollte aber niemanden nur aufgrund eines bestimmten anatomischen Merkmals beurteilen, findest du nicht?«

»Ich will mir noch gar kein Urteil über ihn bilden«, sagte ich. »Nicht, bevor ich nicht mit jemandem gesprochen habe, der ihn wirklich kannte.«

Jack drehte sich um. »Captain Cook?«

»Nein.« Ich hatte vermutlich etwas zu laut mit der Zunge geschnalzt, denn zwei Leser sahen von ihren Mikrofiches auf. »Gabriel Price.«

»Cook war ein Pionier.« Jack leistete uns vor dem Gemälde Gesellschaft. »Ein mutiger Mann. Können Sie sich vorstellen, wie es gewesen sein muss, die englische Küste einfach hinter sich zu lassen, ohne zu wissen, was ihn da draußen erwartete oder ob er auf andere Menschen treffen würde?«

»Vielleicht hatte er ja trotzdem Angst«, sagte Elsie, und wir beide sahen dem Mann auf dem Bild tief in die Augen, auf der Suche nach einem Hinweis. »Denn um mutig zu sein, muss man doch zuerst Angst haben, oder nicht?«

»Heutzutage erlebt man so etwas nicht mehr«, sagte Jack. »Wir wissen viel zu viel. Sogar die Astronauten wissen, wohin sie unterwegs sind.«

»Außer wenn man stirbt«, sagte ich.

Überrascht sahen sie mich an.

»Es ist die letzte Reise ins Ungewisse, nicht wahr? Wie bei Captain Cook, als er die Segel setzte. Wir wissen nicht, wohin wir gehen oder ob uns dort draußen jemand erwartet.«

»Und man braucht Mut. Um zu sterben, meine ich«, sagte Jack.

»Jede Reise erfordert Mut.« Elsie drehte dem Bild den Rücken zu. »Auch die Reisen, die wir nicht freiwillig machen.«

Auch in den Regalen war Captain Cook allgegenwärtig. Es war gar nicht so einfach, auch jemand anderes zu finden, aber wir stießen auf einen angelsächsischen Dichter, eine Äbtissin namens Hilda und hier und da auch auf Harry Potter.

»Ich will mir den Film ansehen«, sagte Jack.

»Wenn Sie den bis jetzt noch nicht gesehen haben, wird es wohl kaum noch dazu kommen«, sagte ich.

»Bevor ich sterbe, werde ich noch einmal Harry Potter sehen.« Jack stellte das Buch wieder ins Regal. »Das verspreche ich Ihnen.«

Keine Spur von Gabriel Price. Ich suchte jedes einzelne Regal nach ihm ab und fuhr mit dem Finger das glatte, polierte Holz entlang. Ab und zu blieb ich bei einem interessant aussehenden Buchrücken hängen, und Elsie musste mich von ihm weglotsen.

»Kann ich Ihnen vielleicht irgendwie behilflich sein?«

Vor uns stand ein junger Mann. Groß. Reizendes Lächeln und ein Hemd, das so makellos weiß war, dass er es eben erst aus der Verpackung genommen und gleich angezogen haben musste.

»Wir sind auf der Suche nach jemandem.« Meine Fingerspitze hing immer noch an einem der Regale.

»Es geht um einen Musiker namens Gabriel Price«, sagte Jack. »Verschwand nach dem Zweiten Weltkrieg.«

Jack fing an zu erklären. Ich hatte das Gefühl, hier und da etwas beisteuern zu müssen, und das Lächeln des Mannes schien seinem Gesicht zunehmend Probleme zu bereiten, aber ich glaube, dass wir schlussendlich klarmachen konnten, worum es uns ging.

»Oh, das liegt ja Ewigkeiten zurück«, sagte der Mann und zeigte auf ein iPad.

Wir setzten uns mit ihm an einen der auf Hochglanz polierten Holztische, und ich ließ die Bibliothek etwas auf mich wirken, wobei ich mich bemühte, mich so wenig wie möglich zu bewegen, aus Furcht, sonst mit seinem linken Oberschenkel in Berührung zu kommen. Die Geschichte zog sich über sämtliche Regale. Ich versuchte, die Stellen auszumachen, wo die Zeitflicken aneinandergenäht waren, aber sie blieben unsichtbar.

»Können Sie etwas finden?«, fragte Jack.

Der Mann verschränkte die Hände auf dem Kopf. »Nichts.«

»Ihre Maschine hat nichts über einen Musiker aus Whitby namens Gabriel Price?«, fragte Jack. »Oder Gabriel Honeyman?«

Der Mann zuckte die Schulter. »Kann ich Ihnen vielleicht einen angelsächsischen Dichter anbieten?«

Jack schüttelte den Kopf, und wir standen auf, um zu gehen.

»Wie wäre es mit der Heiligen Hilda?«, sagte der Mann.

Ich schob die Stühle wieder an den Tisch, weil ich mir das seit der Schulzeit nicht mehr habe abgewöhnen können, und wir gingen in Richtung Drehkreuze.

»Oder der Mann, der das Krähennest erfunden hat«, rief uns der Mann hinterher, doch Jack winkte ab, ohne sich noch einmal umzudrehen.

Wir wollten gerade die Sache mit den Drehkreuzen wieder in Angriff nehmen, und Jack war stehen geblieben, um uns mit seiner freien Hand Hilfestellung zu geben, als ich einen Mann bemerkte. Er war vielleicht etwas jünger als wir, aber nicht viel. Seine Kleidung hatte schon bessere Tage gesehen, und seine Schuhe waren müde und abgestoßen. Er stand ganz still. Ich überlegte, ob wir ihn zuerst ansprechen sollten – ich bin mir da manchmal unsicher –, aber da sagte er schon: »Ich konnte vorhin nicht umhin mitzuhören.« Er zeigte hinter sich. »Sie haben sich nach Gabriel Price erkundigt?«

Ich nickte. »Kennen Sie ihn?«, fragte ich.

»Meine Mutter kannte ihn sicher. Es gibt nichts, was meine Mutter nicht über die Geschichte von Whitby weiß.«

»Ihre Mutter?«, fragte ich.

»Sie ist jetzt über neunzig. Aber geistig ist sie noch ganz auf der Höhe, und sie ist jedes Mal begeistert, wenn sie einen Vorwand findet, über die Vergangenheit zu reden.« Er gab uns ihre Adresse. »Sagen Sie ihr, dass Francis Sie schickt.«

Ich sah ihm nach, wie er zu seinem Platz zurückschlurfte. »Er hatte unglaublich blaue Augen, findest du nicht?«

»O ja, die hatte er«, sagte Elsie.

Sie sah meinen Schal an und lächelte.

Wir ließen all den Beton und das Glas hinter uns, und als wir wieder in Richtung Stadtmitte gingen, zogen Fischgrätwolken über den Himmel, und Möwen schwammen auf den Windwellen über den Hafen, tauchten in sie hinein und schossen wieder empor. Ich sah ihnen eine Weile zu. Ich wurde einfach nicht klug aus ihnen. Waren sie nun Diener oder Herren der Lüfte?

Auf unserem Weg konnte ich an keiner Querstraße vorbeigehen, ohne prüfend hineinzusehen. Ich sah mir alle Hauseingänge und Gassen gründlich an und ließ auch die Schaufenster nicht aus.

»Was, um alles in der Welt, suchst du denn?«, fragte Elsie.

»Ronnie.« Ich warf einen Blick auf die andere Straßenseite. »Er muss doch irgendwo hier sein, meinst du nicht? Er führt etwas im Schilde, und wir werden erst wissen, was es ist, wenn es zu spät ist.«

SIMON

Als Gypsy-Rosa endlich zu ihrem Zelt zurückkam, balancierte sie mit einer Hand eine braune Papiertüte auf ihrem To-go-Becher, während sie in der anderen ihr Mobiltelefon hielt, in das sie munter hineinredete. Dieses Bild war nur schwer mit einem Fransenkopftuch in Einklang zu bringen, aber Simon ermahnte sich, keine voreiligen Schlüsse zu ziehen.

Als sie sah, wie er sich von seinem Platz auf der niedrigen Mauer erhob, sagte sie »Ich muss Schluss machen« in ihr Handy. Sie blickte ihn an, und zwar mit genau dem gleichen Ausdruck wie auf den Schwarz-Weiß-Fotos. Simon fragte sich, ob sie ohne Kaffeebecher wohl auch ihre Hände in Positur gebracht hätte.

»Wollen Sie etwas über Ihre Zukunft erfahren?«, fragte sie über die Papiertüte hinweg.

Simon hüstelte und scharrte mit den Füßen, während er prüfte, ob die Luft rein war. Dann nickte er und sagte: »Ja, irgendwie schon.«

»Zehn Pfund für fünfzehn Minuten, fünfzehn für eine halbe Stunde«, sagte Rosa.

Die Zukunft vorherzusagen war eindeutig lukrativer, als verstopfte Abflüsse zu reparieren.

Rosa fragte nach seinem Namen und hob eine gezupfte Augenbraue. »Es hängt eben ganz davon ab, wie sehr Sie sich für Ihre Zukunft interessieren, nicht wahr, Simon?«, sagte sie.

Simon händigte ihr seine fünfzehn Pfund aus, woraufhin Rosa die Wäscheklammer vom Zelteingang nahm und das kleine Schild davor auf »besetzt« drehte. Wie auf der Toilette, dachte Simon. Es war so dunkel und eng im Zelt, dass er mit voller Wucht gegen einen Tisch stieß. Im letzten Moment konnte er noch die Glaskugel auffangen, obwohl Rosa ihn beruhigte und sagte, dass sie unzerbrechlich sei, und überhaupt habe sie noch eine in ihrer Reisetasche.

»Ich habe immer eine Reservekugel dabei, man weiß ja schließlich nie, was kommt.«

Simon blieb der Mund leicht offen stehen.

»Das war ein Scherz«, sagte sie. »Warum sollen Wahrsager nicht auch einmal einen Scherz machen dürfen?« Und damit gönnte sie sich noch einen Schluck Kaffee.

Simon setzte sich auf die andere Seite des Tischchens. Für seine Beine war es darunter zu eng, also platzierte er sie zwischen Rosas Reisetasche und einem Liegestuhl. Es roch muffig. Nach einer Mischung aus feuchten Kleidern und Fisch.

»Sie müssen den Geruch entschuldigen«, sagte sie.

Ihm wurde leicht mulmig zumute.

»Der Samt ist schuld. Er zieht alles an. Ich hätte ja lieber Teerpappe genommen, aber die würde die ganze Aura kaputt machen, finden Sie nicht?«

Simon nickte.

»Sie sollten es hier drin mal riechen, wenn es richtig windig ist. An manchen Tagen ist es so schlimm, dass ich das Raumspray rausholen muss.«

Er hustete und versuchte, so unauffällig wie möglich auf seine Uhr zu sehen.

Als er wieder aufblickte, hatte Rosa die Hände um die

Kristallkugel gelegt und die Augen nach hinten gerollt. Ihre Miene verzog sich zu einer kleinen Grimasse, und sie begann, sich leise auf ihrem Stuhl zu wiegen. Dieser Vorgang nahm einige Zeit in Anspruch, und Simon überlegte, wie er wohl noch einmal nach der Uhrzeit sehen könnte, ohne dass es auffiel, nur für den Fall, dass Rosas Augen im falschen Moment wieder nach vorne rutschen sollten.

»Ich sehe eine lange Reise«, sagte sie schließlich. »Eine wirklich lange Reise.«

Simon wollte gerade die M1 erwähnen, aber sie hob abwehrend die Hand.

»Ich kann die Geister nicht hören, Simon. Sie müssen sie schon zu Wort kommen lassen.«

Er lehnte sich zurück und nagte an seiner Unterlippe. Es dauerte volle zehn Minuten, ehe Rosa wieder sprach, wenn man von dem unverständlichen Gemurmel einmal absah, und Simon fragte sich bereits, ob er eine derart langweilige Person sei, dass nicht einmal das Jenseits an einem Gespräch mit ihm interessiert war. Er wollte gerade das Handtuch werfen, als Rosa sich wieder zu Wort meldete.

»Kennen Sie«, sie schwankte nun deutlich stärker hin und her, »kennen Sie jemanden, der Ben heißt?«

Er schüttelte den Kopf.

Rosa klappte ein Auge auf. »Was ist, kennen Sie jemanden, der so heißt?«, fragte sie.

»Ich wollte die Geister nicht unterbrechen.« Simon rutschte unbehaglich auf seinem Stuhl herum. »Nein, ich glaube nicht.«

»Es könnte auch Bob sein«, sagte Rosa.

Er schüttelte erneut den Kopf und sagte laut und deutlich: »Nein.«

»Irgendetwas, das mit ›B‹ anfängt.« Sie hielt die Hand ans Ohr. »Wie bitte? Ich kann Sie nicht verstehen.«

»Ich habe auch gar nichts gesagt.«

»Nicht Sie, Simon. Die Geister. Je länger jemand tot ist, desto leiser wird die spirituelle Stimme.«

»Als würden sie sich immer weiter entfernen?«, fragte Simon.

Rosa atmete sehr tief ein und nickte energisch. »Kennen Sie oder haben Sie irgendwann jemanden gekannt, dessen Name mit ›B‹ beginnt?«

»Meine Mutter hieß Barbara.«

»Das ist es!« Sie rief es so laut, dass er vor Schreck hochfuhr und sein Bein sich in dem Liegestuhl verhakte. »Ihre Mutter, es muss Ihre Mutter sein.«

Simon spähte in die Dunkelheit. Wo mochte seine Mutter wohl stecken? Hinter Rosa vielleicht? Obwohl da nicht besonders viel Platz war, schon allein deswegen, weil sie ehrlich gesagt nicht die Schlankste war. Vielleicht saß sie ja im Liegestuhl. Er nahm sein Bein etwas zur Seite.

»Ihre Mutter lässt Ihnen sagen, wie sehr sie Sie liebt.«

»Wirklich?« Zu Lebzeiten war es seiner Mutter eher schwergefallen, jemandem zu sagen, dass sie ihn liebte, aber vielleicht wurde man ja offener, wenn man tot war.

»O ja. Sie möchte, dass Sie wissen, wie sehr sie Sie liebt, und sagt, Sie sollen sich nur keine Sorgen machen, weil am Schluss alles gut wird.«

Die Persönlichkeit seiner Mutter hatte offenbar eine grundlegende Wandlung erfahren. Vor ihrem Ableben hatte sie die meiste Zeit damit verbracht, das Leben anderer Menschen auf mögliche Gefahren hin zu durchforsten, und wenn sie nichts finden konnte, hatte sie sich eine ausgedacht, nur um auf der sicheren Seite zu sein. Das Leben nach dem Tod schien ihr gut zu bekommen. Simon runzelte nachdenklich die Stirn. Vielleicht meinte sie Mrs Honeyman. Vielleicht konnte sie vom Himmel aus etwas sehen, was allen anderen verborgen blieb.

»Hat sie gesagt, was am Schluss gut wird? Könnte sie vielleicht etwas genauer werden?«

»Aber Simon.« Rosa schüttelte den Kopf. »Wir können den Geistern keine Fragen stellen. Wir müssen nehmen, was sie von sich aus anbieten.«

»Nicht mal eine ganz kurze Frage?«, wollte er wissen.

Sie öffnete wieder ein Auge. »Nein«, sagte sie. »Allerdings …«

Simon beugte sich vor.

»… sie spricht dauernd von einem bellenden Hund. ›Hör nur, wie der Hund bellt‹, sagt sie immer wieder.«

»Hund?«, fragte Simon. »Wir hatten nie einen Hund.«

»Oh. Dann vielleicht eine Katze?«

Simon schüttelte den Kopf. Seine Mutter hatte für Haustiere nichts übriggehabt. Sie hatte immer gesagt, sie würden sich ihr auf die Bronchien legen.

»Jetzt ist sie weg.« Rosa blinzelte zum Zeltdach hoch. Simon folgte ihrem Blick und überlegte, ob er ein kleines Winken wagen sollte, entschied sich aber dann dagegen.

Die Stoppuhr auf Rosas iPhone klingelte, und sie nahm noch einen Schluck Kaffee. Simon griff nach seinem Rucksack.

»Könnte ich Sie noch etwas fragen?«, sagte er. »Bevor ich gehe?«

Sie kniff die Augen zusammen und nickte in Richtung Wäscheklammer. »Wenn es nicht zu lange dauert. Ich habe keine Lust, mir eine Schlange vor dem Zelt einzuhandeln.«

»Leute, die tot sind. Hinterlassen sie einem Hinweise? Kleine Zeichen, die man finden soll? Damit man weiß, dass sie in der Nähe sind?«

»O ja, das manchen sie dauernd.« Rosa angelte ein Ei-Tomaten-Sandwich aus der Papiertüte. »Federn. Schlüssel. Münzen. Wenn Sie noch nichts gefunden haben, liegt das nur daran, dass Sie am falschen Ort geguckt haben.«

»Warum tun sie das? Was wollen sie uns damit sagen?«

»Krisensituationen, Simon.« Sie biss in das Sandwich, und ein dünner Faden Tomatensamen rann an ihrem Kinn hinunter. »Wann immer wir in Sorge sind oder Angst haben, geben sie uns ein Zeichen, damit wir wissen, dass wir nicht allein sind.«

»Ich wüsste gern, was ich einmal für Zeichen hinterlassen werde«, sagte er. »Um zu zeigen, dass ich da bin.«

»Das werden Sie wohl selbst herausfinden müssen.« Ihre Hand verschwand wieder in der Tüte. »O Mist, die haben mir die falsche Sorte gegeben. Die hier kann ich auf den Tod nicht ausstehen. Wollen Sie die haben?«

Sie zog eine Tüte Chips hervor. *Cheese and Onion*.

Simon verließ das Zelt und wurde vom Sonnenlicht geblendet. Er fühlte sich, als sei er einer Parallelwelt entkommen, und es schien undenkbar, dass die Welt sich in seiner Abwesenheit weitergedreht hatte. Allmählich gewöhnten sich seine Augen an die Helligkeit, und als er die Dinge wieder richtig wahrnahm, merkte er, dass Miss Ambrose vor ihm stand.

»Was tun Sie denn hier?«, fragte er.

Miss Ambrose studierte angelegentlich das Flohmarktplakat. »Ich überlege gerade, ob ich dahin gehen soll. Ich habe eine Schwäche für Trödel.«

MISS AMBROSE

Anthea Ambrose hatte den Vormittag damit verbracht, die Straßen von Whitby abzulaufen. Was ihr Gelegenheit gegeben hatte, nach Mrs Honeyman Ausschau zu halten, und ihr das Gefühl vermittelte, sich irgendwie nützlich zu machen.

Sie hatte noch nie einen der Bewohner verloren. Vor einigen Monaten hatte es einmal eine Schrecksekunde gegeben, als sich ein Bewohner versehentlich in den Schrank mit dem Staubsauger eingeschlossen hatte, aber bisher war noch niemand länger als fünfundvierzig Minuten vermisst worden. Mrs Honeyman war nun seit fast vierundzwanzig Stunden verschwunden. Anfangs hatte Miss Ambrose ein paarmal gedacht, sie hätte sie entdeckt. Fehlanzeige natürlich. Ein grauer Haarschopf, eine gebückte Gestalt. Aber nicht Mrs Honeyman. Bis zu diesem unerfreulichen Ereignis war Miss Ambrose noch nie aufgefallen, wie viele alte Menschen unterwegs waren. Die Welt schien voll zu sein von ihnen. Sie hatte den gesamten Ostteil der Stadt abgesucht (allerdings hatte sie Abstand davon genommen, all die Stufen zur Abtei hinaufzuklettern), dann hatte sie die Brücke überquert und am West Cliff wieder von vorn begonnen. Sie wollte es gerade erneut auf der anderen Seite des Flusses versuchen und die Stufen zur Abtei wenigstens von unten überprüfen, als ihr Handy klingelte und Miss Bissell kategorisch verlangte, dass sie auch im Co-op nachsah, weil Mrs Honeyman in der Vergangenheit schon einmal aus einem Supermarkt nicht wieder herausgefunden hatte. Das war ein Auftrag, der für Simon wie gemacht gewesen wäre, aber auch der schien wie vom Erdboden verschluckt, also hatte sie eine geschlagene Stunde damit verbracht, sich zwischen Gemüsekonserven und kaltem Aufschnitt herumzudrücken, bis der Geschäftsführer sich erkundigt hatte, ob er etwas für sie tun könne.

»Nur wenn Sie auch alte Leute im Angebot haben«, hatte sie gesagt und war in Tränen ausgebrochen.

Es wurde ihr einfach alles zu viel. Sie fühlte sich verantwortlich. Miss Bissell hatte die Sache am Vorabend nicht besser gemacht, als sie bekundet hatte, dass ihr die Worte fehlten, nur um die darauffolgenden eineinhalb Stunden damit zu verbringen, genügend zu finden, um ein ganzes Wörterbuch zu füllen.

Sie hatten sie in einen Personalraum gesetzt und sie mit einem dünnen Tee und einer Aushilfe namens Chelsea allein gelassen, die ihr erzählte, dass ihre Mum auf das Medium am Westpier schwöre.

»Die werden doch immer gerufen, stimmt's?«, hatte Chelsea gesagt. »Wenn jemand vermisst wird. Im Fernsehen sieht man sie andauernd. Die bekommen dann ein Kleidungsstück, und daran können sie die vermisste Person riechen und herausfinden, wo sie ist.«

»Verwechseln Sie das nicht mit Schäferhunden?«, hatte Miss Ambrose gefragt.

Dennoch fand sie sich jetzt mit der Jacke, die Mrs Honeyman zum Wechseln mitgenommen hatte, und einer Packung Papiertaschentücher aus dem Co-op auf der Promenade wieder, wo sie endlich auf Simon traf, der eine Tüte *Cheese-and-Onion*-Chips in der Hand hielt.

Mit einem Blick auf das Flohmarktposter sagte sie: »Ich

überlege gerade, ob ich dahin gehen soll. Ich habe eine Schwäche für Trödel. Und was führt Sie hierher?«

Simon sah zu dem Zelt hinüber. »Ich dachte, ich mache mal etwas Lustiges, wissen Sie.« Er versuchte ein kleines Lachen, gewissermaßen als Beweis, das jedoch misslang.

Miss Ambrose umklammerte Mrs Honeymans Strickjacke. »Meinen Sie, sie beherrscht ihr Metier?«

»Ich bin mir nicht sicher. Sie hat gesagt, ich solle mir keine Sorgen machen.«

»Machen Sie sich denn Sorgen?«

»Jetzt erst recht, fürchte ich«, sagte Simon. »Und was ist mit Ihnen?«

Miss Ambrose konnte die Packung Taschentücher in ihrer Manteltasche fühlen. »Ja, ich mache mir Sorgen, Simon. Ich behaupte zwar aller Welt gegenüber das Gegenteil, aber schließlich müssen wir ja morgen wieder zurück nach *Cherry Tree*. Was, wenn sie bis dahin nicht wieder aufgetaucht ist? Wir können sie doch nicht einfach hier zurücklassen.«

»Ich könnte ja hierbleiben. Wenn Sie glauben, dass das helfen würde?«

Eigenartigerweise machte Simons Angebot, zusammen mit seinem verschlissenen Rucksack und seiner *Cheese-and-Onion*-Chipstüte, alles nur noch schlimmer, und sie spürte, wie ihr die Tränen wieder in die Augen schossen.

»Das ist sehr freundlich von Ihnen, Simon.« Sie nahm ein Taschentuch aus der Packung. »Aber ich wüsste nicht, wie uns das helfen könnte.«

»Alles in Ordnung mit Ihnen, Miss Ambrose?«

»Es muss an der Seeluft liegen. Das ganze Salz«, sagte sie und schnäuzte sich die Nase. »Das macht mich jedes Mal ganz fertig.«

Simon bot ihr seinen Arm an, und gemeinsam stiegen sie die verschlungenen Stufen hinauf in die Stadt und kehrten ins Hotel zurück. Vorbei an den unbekannten Gesichtern und den vielen Familien, die alle an Ort und Stelle waren – genau dort, wo sie hingehörten.

FLORENCE

»Das muss es sein. Das da ganz am Ende.« Jack zeigte nach vorn, dieses Mal allerdings mit dem Finger statt mit dem Stock, weil sich Letzteres im Taxi als unpraktisch erwiesen hatte. »Das mit der Katze im Fenster.«

Mühsam hatten wir uns mit dem Wagen durch die Church Street gequält, uns durch ein Wirrwarr aus Fahrzeugen und Touristen geschlängelt. Vor einer Reihe Ferienhäuschen war der Verkehr dann vollends zum Erliegen gekommen, weil Urlauber ihr gesamtes Hab und Gut ein- und ausladen mussten und Autofahrer und Seemöwen gleichermaßen gegen sich aufbrachten, indem sie unbeschwert mitten auf der Straße herumliefen, als wäre ihnen für die Dauer der Ferien eine Art Unsterblichkeit zuteilgeworden. Die Leute hier zogen ihre Nachmittage auf Holzbänken vor den Pubs in die Länge, saßen stundenlang auf einer Mauer und sahen mit einem Eis in der Hand den Booten zu, weil von zu Hause weg zu sein bedeutet, nicht auf die Uhr sehen zu müssen. Man kann essen, wenn man hungrig ist. Man kann sich setzen, wenn die Beine von dem vielen Urlaub müde sind. Man kann immerfort aufs Meer starren, weil niemand einem sagt, dass man eigentlich andere Dinge zu erledigen hat. Wir zogen unsere Nachmittage für gewöhnlich auch in die Länge, aber bei uns erinnerte es weniger an Urlaub als vielmehr an ein Spiel, und ich hatte immer dieses seltsame Gefühl, dass wir zum letzten Mal mit Würfeln dran waren. Während der gesamten Taxifahrt konnte ich hören, wie Jack mit offenem Mund atmete und Elsie mit sich selbst sprach. Als wir endlich an der angegebenen Adresse ankamen, war der Taxifahrer zweifellos genauso erleichtert wie wir.

Das Haus war matt und still. Ich hätte schwören können, dass niemand zu Hause war. Eigenartigerweise kann man einem Haus ja schon von außen ansehen, ob es leer ist. Wenn seine Bewohner da sind, wirkt es gleich viel wärmer. Als ob all das Lachen und Reden in die Mauern sickern würde. In diesem Fall irrte ich mich jedoch, denn kaum war das Klopfen von Jacks Gehstock an der Haustür in meinen Ohren verklungen, bewegte sich etwas hinter der Milchglasscheibe, und wir hörten, wie sich ein Schlüssel im Schloss drehte.

»Sie wollen etwas von früher wissen?« Die Frau war so verwittert, dass es aussah, als wollte sich ihr Gesicht selbst zusammenfalten und verschwinden. »Wen genau suchen Sie denn?«

Sie öffnete die Tür nur einen Spaltbreit. Was ich gut verstand – ich hätte es nicht anders gemacht. Bei drei Fremden, die unter irgendeinem Vorwand vor der Tür standen.

Jack übernahm es, ihr zu erklären, was uns zu ihr geführt hatte. »Wir wären wirklich für jeden Hinweis überaus dankbar«, sagte er.

Ich konnte sehen, wie Jacks Charme sich seinen Weg ins Haus bahnte. Er hatte einen sanften Charme. Einen unschuldigen. Man konnte sich gut vorstellen, wie er als junger Mann gewesen war. Ein Junge, dessen Augen Falten schlugen, wenn er lächelte, mit leicht gebeugten Schultern und einem guten Herzen. Weniger symmetrisch und augenfällig als die anderen, aber einer, an den die Frauen in späteren Jahren zurückdenken würden, wenn das mittlere Alter ihr Leben glatt gebügelt hatte. Ein Junge, von dem sie sich später wünschen würden, ihm eine Chance gegeben zu haben.

»Francis schickt uns«, sagte ich. »Er hat unglaublich blaue Augen.«

Ihr Griff um den Türknauf lockerte sich unmerklich.

»Na, dann kommen Sie wohl besser mal rein«, sagte sie. »Aber glauben Sie ja nicht, dass Sie mich mit irgendwelchen Tricks rumkriegen können. Ich bin vielleicht alt, aber nicht dämlich.«

Jack lächelte. »Meine liebe Dame, das hätte ich auch keine Sekunde angenommen.«

Und zum ersten Mal lächelte auch sie. »Sie können mich Agnes nennen«, sagte sie.

Die Katze hockte immer noch auf dem Fensterbrett. Sie beobachtete uns mit bleistiftspitzen Augen, während wir uns im Wohnzimmer zusammendrängten. Es war ein altes Fischerhaus und der Raum sehr klein. Vielleicht weil die Leute in den alten Zeiten kleinere Leben geführt und ihr Zuhause mit Gedanken und Gesprächen gefüllt hatten statt mit Wandschränken und Couchtischen. Agnes bot uns nichts zu trinken an. Sie sagte, ihre Fernsehsendung beginne in exakt fünfzehn Minuten und sie habe nicht die Absicht, sie zu verpassen, und wenn die Queen persönlich vor der Tür stünde. Sie setzte sich auf einen Esszimmerstuhl, von wo sie nicht wegzubewegen war, auch wenn Jack noch so sehr versuchte, sie auf das Sofa zu lotsen.

»Also, wer ist der Mann, den Sie suchen?«

Wir erzählten ihr alles, was wir wussten. Fast alles. Wir sagten ihr nichts von Ronnie, weil er alles immer nur kompliziert macht und wir keinen Grund sahen, ihn zu erwähnen. Ich war einmal kurz in Versuchung, aber Elsie warf mir von der gegenüberliegenden Seite des Zimmers einen warnenden Blick zu, und so ließ ich es lieber bleiben.

»Und wie kommt es, dass Sie ihn so dringend finden wollen?« In diesem Moment machte die Katze einen Satz und sprang ihr vom Fensterbrett aus direkt auf den Schoß. Katzen sind unwahrscheinlich kluge Tiere. Sie scheinen immer genau zu wissen, wohin sie wollen und wie sie am schnellsten dorthin gelangen.

»Nun?«, sagte Agnes.

Sogar Jacks Charme schien mit seinem Latein am Ende. »Wir würden uns einfach gern mit ihm unterhalten.« Unbeholfen stolperten ihm die Worte aus dem Mund. »Es gibt etwas, bei dem er uns eventuell behilflich sein könnte.«

»Ist es in einer Geldangelegenheit?«

»Du lieber Himmel, nein. Nichts dergleichen«, sagte er.

»Denn wenn das der Fall ist, will ich nichts damit zu tun haben.«

Ich war nicht hundertprozentig sicher, aber ich glaubte ein Fauchen in der Kehle der Katze zu hören.

»Ich kann Ihnen versichern, dass es nichts mit Gelddingen zu tun hat.« Jack räusperte sich. »Es ist eher ein persönliches Anliegen.«

»Es gibt nämlich haufenweise Leute, die mit Gabriel Honeyman zu gern einmal ein Wörtchen über Geld reden würden«, sagte Agnes.

»Sie kannten ihn also?«, fragte ich.

»Jeder, der damals in Whitby lebte, kannte ihn. Vor allem in der Nähe der Rennbahn war er wohlbekannt.«

»Er war ein Spieler?«, fragte Jack.

»Der größte Spieler überhaupt.« Agnes strich der Katze über den Kopf, die prompt begann, mit den Krallen ihren Rock zu kneten. »Jeden Cent, den er am Klavier verdiente, hat er den Pferden nachgeworfen.«

»Er hatte also kein Geld?« Ich rutschte ein wenig nach vorn. Der Sessel, auf dem ich saß, schien mit Stroh gepolstert zu sein, und es fühlte sich an, als hockte ich auf einem mit Stoff bezogenen Heuballen.

»Vielleicht hat er ja einen Mordstreffer gelandet und niemandem davon erzählt«, sagte Jack.

»Gabriel hat viel gewonnen und viel wieder ausgegeben. Wann immer er etwas gewonnen hatte, verschenkte er es. Er hat das Geld sogar Leuten gegeben, die er gar nicht kannte, nur weil sie ihm irgendein Rührstück erzählten. Seine Ideen, wie er das große Geld machen wollte, schrieb er immer auf die Rückseite seiner Notenblätter. Dafür war er berühmt. Auf der Rückseite standen mehr Einfälle, als seine Lieder Text hatten. Ich habe gehört, dass eine seiner Investitionen sich kürzlich sogar ausgezahlt hat. Ein Jammer, dass er den Gewinn nicht mehr einstreichen kann.«

Jack sah uns bedeutungsvoll an. »Das Musikgeschäft«, sagte er. »Das ist es, was Ronnie interessiert hat. Er wollte sehen, ob auf der Rückseite von Gabriels Noten irgendetwas Nützliches zu finden sei.«

Ich merkte, dass Agnes seinen Worten aufmerksam folgte. Ihr entging keine Silbe, doch sie enthielt sich jeden Kommentars. »Er hat sein Geld ständig Leuten gegeben, die irgendwelche hirnverbrannten Ideen zur wundersamen Geldvermehrung hatten«, sagte sie. »Für die war er eine leichte Beute. Er war einer von denen, die offen zur Schau stellen, was für ein gutes Herz sie haben.«

»Er hat die lange Sekunde gesehen.«

Agnes warf mir einen verständnislosen Blick zu. »Er war ein Narr«, sagte sie, »aber jeder mochte ihn.«

Ich hatte also recht gehabt mit Gabriels freundlichen Augen und lächelte einige Minuten selbstzufrieden in mich hinein.

»Hatte er Brüder?«, fragte Jack. »Oder Cousins?«

Agnes sah von ihrer Katze auf. »Nicht, dass ich wüsste. Warum?«

»Es ist nur …« Jack zögerte. Er sah zu Elsie und mir herüber, und wir nickten zustimmend. »Es gibt eine Mrs Honeyman. Irgendwo.« Er wählte seine Worte sorgfältig. »Einige Jahre jünger. Und wir sind uns nicht ganz im Klaren darüber, in welcher Beziehung sie zueinander stehen.«

Agnes drückte der Katze einen Kuss auf den Kopf. Sie hob sie hoch und setzte sie auf dem Boden ab, ehe sie antwortete.

»Das wird dann wohl seine Frau sein«, sagte sie.

MISS AMBROSE

»Hören Sie manchmal Stimmen?«

Anthea Ambrose legte die Modezeitschrift zur Seite. Sie hatte ohnehin nicht richtig darin gelesen, sondern nur die bunten Bilder betrachtet, um sich etwas abzulenken. Es hatte auch funktioniert, denn die letzten fünf Minuten hatte sie damit verbracht, ernsthaft darüber nachzudenken, ob sie sich einen Jumpsuit kaufen sollte.

»Ob ich was höre?«, fragte sie.

»Stimmen. Sie wissen schon. Die im Kopf.«

Seit einer Stunde hatten sie schweigend dagesessen. Als sie das letzte Mal aufgesehen hatte, war Simon damit beschäftigt gewesen, an die Decke zu starren, aber nun erkannte sie, dass im hintersten Winkel der Hotellounge deutlich mehr vor sich ging, als sie gedacht hatte.

»Wollen Sie mir etwas Bestimmtes mitteilen, Simon?«

»Nein, o nein. Nicht ich. Ich höre nichts.« Er seufzte ein bisschen. »Jedenfalls abgesehen von meiner eigenen Stimme. Aber die eigene Stimme zählt ja nicht, oder?«

»Ich schätze, nein. Obwohl ich vermute, dass es ganz darauf ankommt, was man mit sich selbst so redet.«

»Ich habe gerade über Gypsy-Rosa nachgedacht«, sagte er. »Und dass sie die Stimmen aus dem Jenseits hört.«

»Falls dem tatsächlich so ist.«

»Sie meinte, sie würde meine Mum hören. Und dass sie etwas von einem bellenden Hund gesagt hätte.«

»Hatten Sie einen Hund?« Für einen Moment zog Miss Ambrose in Betracht, ihren Kopf mitfühlend zu neigen, aber Simon schien ihr nicht sonderlich verstört zu sein, höchstens etwas durcheinander. Obwohl eine leichte Verwirrtheit bei Simon eigentlich der Normalzustand war.

»Nein«, sagte er. »Sie legten sich bei ihr immer auf die Bronchien.«

»Da haben Sie es. Die Wahrsagerin hat Ihnen wahrscheinlich irgendeinen Bären aufgebunden, um fünfzehn Pfund kassieren zu können.« Miss Ambrose hüstelte. »Oder was auch immer sie dafür verlangt.«

Sie griff wieder nach ihrer Zeitschrift, doch es war zu spät.

»Aber stellen Sie sich doch einmal vor, man könnte es. Stimmen hören, meine ich, oder ins Jenseits sehen. Was würde dann wohl geschehen?«

»Sie würden in der Geschlossenen landen und Neuroleptika verschrieben bekommen, schätze ich.«

»Johanna von Orléans hatte Visionen von Engeln«, sagte Simon. Er war nun nicht mehr zu bremsen, so viel stand fest. »Die haben ihr gesagt, sie solle die Engländer aus Frankreich vertreiben.«

»Was Sie nicht sagen.«

»Wenn das heutzutage passieren würde, würde man ihr wahrscheinlich Diazepam verabreichen und einen Termin in der psychiatrischen Ambulanz vereinbaren.«

»Religiöse Visionen sind aber doch etwas anderes, meinen Sie nicht? In der Geschichte hat es ständig Leute gegeben, denen Gott oder ein Engel oder wer weiß was erschienen ist. Aber die waren nicht psychotisch, sondern einfach nur sehr gläubig.«

»Aber worin liegt der Unterschied?« Simon löste seinen Blick von der Decke und sah sie an. »Wo hört das Religiöse oder Übernatürliche auf und fängt die psychische Erkrankung an?«

»Simon, Sie stellen wirklich seltsame Fragen. Ich habe nicht die leiseste Ahnung.« Miss Ambrose nahm wieder ihre Zeitschrift zur Hand, doch sie schlug sie nicht auf. Stattdessen blickte sie nachdenklich aus dem Fenster und versuchte, sich einen eigenen Reim darauf zu machen.

FLORENCE

»Er war verheiratet?« Jack hatte seine Stimme etwas erhoben, und dieses Mal war ich mir sicher, die Katze fauchen zu hören.

»Nur ganz kurz«, sagte Agnes. »Und nur weil er musste. Nach allem, was man hörte, war sie in anderen Umständen, obwohl sie nicht verheiratet waren. Die Hochzeit hat dann in aller Heimlichkeit stattgefunden. Das waren eben andere Zeiten.«

»Wir sind gar nicht so viel jünger als Sie«, sagte Jack.

»Je älter man wird, desto schwerer wiegen die Jahre, finden Sie nicht?« Die Katze streifte ihr um die Beine und zuckte mit dem Schwanz. »Manche Jahrzehnte haben mehr Gewicht als andere.«

Jack dachte kurz darüber nach und stimmte ihr dann zu.

»Sie war ein wildes Ding, seine Frau. Trank gern mal einen über den Durst. Ging viel auf Partys.«

»Das klingt aber gar nicht nach Mrs Honeyman«, sagte ich.

»Es klingt auch nicht nach uns«, sagte Elsie. »Und trotzdem waren wir auch mal so. Irgendwann.«

»Miss Ambrose meinte, dass Mrs Honeyman keine Familienangehörigen hat«, sagte ich. »Das weiß ich noch.«

Ich war ziemlich stolz auf mich, und als ich zu Elsie hinüberguckte, sahen mich ihre Augenbrauen voller Erstaunen an.

»Unsere Mrs Honeyman hat keine Kinder«, erklärte Jack, »also kann sie es nicht sein.«

»Gabriels Frau hatte auch keine. Sie hat das Kind verloren. Ist die Stufen zur Abtei hinuntergefallen.« Agnes spähte durch die Spitzenvorhänge auf die Straße. »Schreckliche Sache. Sie haben einen kleinen Gedenkgottesdienst abgehalten, drüben in der Saltwick Bay. Das war damals höchst unüblich. Normalerweise hat man das Baby in braunes Packpapier gewickelt und weggebracht. Sie hat sich davon, glaube ich, nie wieder erholt. Seelisch, wissen Sie?«

Mrs Honeyman. Die Frau aus Nummer vier. Rundes Gesicht. Spricht nie ein Wort. Hat Probleme mit Treppen. Einige Minuten lang sprach keiner von uns ein Wort.

»Aber was ist mit Gabriel passiert?«, fragte Jack schließlich.

Agnes lehnte sich zurück, und ihr Blick wanderte wieder in Richtung Fenster. »Er verschwand«, sagte sie. »Kurz nachdem sie geheiratet hatten. Sie verlor das Kind, und er ist auf einer seiner Tourneen einfach untergetaucht. Ist nie wieder zurückgekommen.«

»Was ist geschehen?«, fragte Elsie.

»Er ist nie wieder zurückgekehrt?« Ich dachte an den Mann und seine freundlichen Augen. »Niemand hat je wieder von ihm gehört?«

»Er ist nie zurückgekommen«, sagte sie. »Die Leute haben angenommen, er habe einen großen Treffer bei der Pferdewette gelandet oder in einer anderen Stadt ein neues Mädchen kennengelernt.«

»Und was glauben Sie?«, fragte Jack.

»Gabriel Honeyman war vielleicht ein Dummkopf und ein Spieler, aber er war kein schlechter Mann. Kann schon sein, dass er sich aus dem Staub gemacht hat, aber wenn, dann bestimmt nicht freiwillig.«

Das Wohnzimmer wartete geduldig, aber keiner von uns sagte etwas. Das Einzige, was wir hörten, war die Katze, die sich die Pfoten leckte. Ich sah zu Jack hinüber, aber er erwiderte meinen Blick nicht.

»Aber was hat die Polizei dazu gesagt?« Ich konnte mittlerweile ganz gut mit Stille umgehen, aber dieses Schweigen hielt ich nicht aus.

»Dass er ein erwachsener Mann sei«, sagte Agnes. »Dass es seine freie Entscheidung sei.«

»Wenn dem so war«, begann Jack, führte seinen Satz aber nicht zu Ende.

Agnes blickte prüfend von einem zum anderen. »Gibt es da einen Teil des Rätsels, den Sie mir bisher verschwiegen haben?«

»Nichts, wofür wir Beweise hätten. Manche Dinge liegen so weit in der Vergangenheit, dass es unmöglich ist, sie klar und deutlich zu erkennen.« Jack nahm seine Schiebermütze und seinen Gehstock. »Sie haben wahrscheinlich noch nie den Namen Ronnie Butler gehört?«

Agnes wiederholte den Namen und schüttelte den Kopf. »Nein. Nicht, dass ich wüsste.«

»War bloß ein Schuss ins Blaue.« Jack ging zur Tür, obwohl der Raum so winzig war, dass er es nicht sehr weit hatte. »Wir sollten Sie jetzt in Ruhe lassen, damit Sie Ihre Sendung nicht verpassen.«

Ich wollte ihm folgen, aber ich muss wohl zu schnell aufgestanden sein, weil das Zimmer auf einmal zur Seite kippte und mir das Blut in den Ohren rauschte. Ich griff nach der Stuhllehne.

»Alles in Ordnung, Florence?«, fragte Jack.

»Setzen Sie sich«, sagte Agnes. »Nicht, dass Sie noch fallen.«

Mir fehle nichts, sagte ich, mir gehe es ausgezeichnet. Ich ließ die Stuhllehne wieder los, aber ich wusste, auch ohne mein Gesicht zu sehen, dass ich kreidebleich sein musste. »Ich bin nur zu schnell aufgestanden«, sagte ich. »Und mir geht nicht aus dem Kopf, dass Mrs Honeyman ihr Kind verloren hat. Ich kann mir nichts Schlimmeres vorstellen.«

Agnes schüttelte den Kopf. »Es gibt auch nichts Schlimmeres«, sagte sie. »Als mein Frankie noch klein war, ist er einmal verloren gegangen, und das waren die schrecklichsten Stunden meines Lebens. Gott sei Dank hatte jemand auf ihn aufgepasst, bis ich ihn wiedergefunden hatte.«

Ich sah mich noch einmal im Zimmer um. Fotos auf dem Kaminsims. Hochzeiten, Enkelkinder, Urlaubsreisen. So viele Glücksmomente, hinter Glas gebannt, wie ein Schatz, den es zu bewahren gilt. Elsie merkte offenbar, dass ich noch ein wenig schauen wollte, denn sie drehte sich an der Tür noch einmal um. Die Uhr auf dem Kaminsims tickte, und wir lächelten einander zu.

SIMON

»Ich bin mir nicht sicher, ob das eine gute Idee ist.« Simon ging die Kiste mit den Kassetten durch. Es war nichts dabei, was er kannte. *Die besten Songs aus dem Krieg*, stand auf einer. *Zwanzig britische Songs, die Geschichte geschrieben haben*. »Es ist, als ob wir etwas zu feiern hätten.«

»Wir feiern nicht.« Anthea Ambrose stand mit einer Wimpelgirlande auf einer Trittleiter. »Das nennt man ›Normalität herstellen‹. Alte Leute brauchen ihre Routinen. Damit sie sich sicher fühlen.« Sie geriet kurz ins Wanken und hielt sich rasch an einer Vorhangleiste fest. »Das hatten wir in einer Fortbildung.«

Simon zog es vor zu schweigen, weil er sich sicher war, dass er wegen Johanna von Orléans bereits Aufnahme in Miss Ambrose' Notizbuch gefunden hatte, aber er wusste nicht mehr, was eigentlich normal war. Er hätte nie gedacht, dass er jemals Heimweh nach *Cherry Tree* bekommen könnte, aber im Augenblick wünschte er sich nichts mehr, als im Personalraum bei einem Becher Heiße-Tasse-Nudeln zu sitzen und keine Möwen mehr sehen zu müssen. »Hält Miss Bissell das denn auch für eine gute Idee?«, fragte Simon.

Mit grimmiger Entschlossenheit trieb Miss Ambrose eine Reißzwecke in die Tapete. »Das Hotel veranstaltet hier jeden Samstag einen Tanzabend, also können wir genauso gut das Beste daraus machen. Wer weiß, Simon, vielleicht gefällt es Ihnen am Ende ja sogar.«

Genau dasselbe hatte seine Mutter immer zu ihm gesagt, als er noch jünger gewesen war. »Versuch es einfach mal, Simon, vielleicht macht es ja Spaß.« Es hatte aber keinen Spaß gemacht. Nie. Er hatte alles Mögliche ausprobiert. Spanische Gitarre. Judo. Schach. Einmal hatte er einen ganzen Nachmittag mit dem Versuch zugebracht, auf ein Pferd zu steigen, aber das Pferd hatte sich gänzlich unkooperativ gezeigt. Sein Vater hatte Rugby vorgeschlagen, aber er musste nur im Umkleideraum stehen, um in Schweiß auszubrechen. »Glockenläuten?«, hatte seine Mutter gefragt, aber Simon hatte nur den Kopf geschüttelt. Nichts von alledem war etwas für ihn. Manchmal war das Leben, als probierte man jeden einzelnen Schuh in einem Schuhgeschäft an, aber alle drückten vorne an den Zehen.

»Vielleicht gibt es nichts, in dem ich gut bin«, hatte er zu seiner Mutter gesagt. »Vielleicht bin ich kein Hobbymensch.«

»Unsinn. Jeder hat etwas, in dem er gut ist. Du hast es nur noch nicht gefunden.«

Er war noch auf der Suche, als sie starb.

Simon steckte die Kassette zurück.

»Es sei denn ...« Er schnupperte und wedelte ein bisschen mit dem Zeigefinger in Richtung Decke.

»Haben Sie gerade etwas gesagt, Simon?« Miss Ambrose sah von der Trittleiter herunter. »Andernfalls könnten Sie sich nützlich machen und mir den anderen Zipfel des *Union Jack* da reichen.«

Der Saal sah gar nicht mal so übel aus, als er endlich fertig dekoriert war. Die Möbel waren an die Wand geschoben worden, um Platz für die Tanzfläche zu schaffen, und am anderen Ende des Raums war ein Tisch mit Getränken aufgebaut. Miss Ambrose hatte die Girlande einmal um den ganzen Saal gespannt, nur an der Stelle, an der ein überlebensgroßes Gemälde der Prinzessin von Wales hing, hatte sie eine Lücke lassen müssen. Simon und Miss Ambrose standen in der Mitte des Raums, Hände in die Hüften gestemmt, und bewunderten ihr Werk.

»Das mit Diana ist ein Jammer«, sagte Miss Ambrose, als ihr Blick auf das Bild fiel.

»Ich könnte mal sehen, ob ich irgendwo Klebeband organisieren kann«, bot Simon an.

Entgeistert blickte Miss Ambrose ihn an. »Ich meine, dass sie in so jungen Jahren sterben musste.«

»Oh. Ja, natürlich. Obwohl.« Simon zögerte kurz, doch wenn ein Gedanke schon einmal fertig gedacht war, fand er es zu schade, ihn zu vergeuden. »Gibt es denn ein richtiges Alter zum Sterben?«

Miss Ambrose verschränkte die Arme. »Warten wir es ab«, sagte sie. »Ich glaube, wenn ich alt bin, werde ich bereit dafür sein.«

»Wenn Sie alt sind, denken Sie vermutlich anders darüber. Was ist, wenn Sie sich dann genauso fühlen wie jetzt?«

Als er die Angst in ihren Augen flattern sah, fragte Simon sich, ob er diesen einen Gedanken vielleicht doch lieber für sich behalten hätte.

»Aber das klappt bestimmt«, beeilte er sich zu sagen. »Wenn es so weit ist, werden Sie es vielleicht kaum erwarten können.«

Ein Stück Girlande hatte sich von seiner Reißzwecke losgerissen und ließ sich auf das Fensterbrett fallen.

»Stecken Sie das wieder fest«, sagte Miss Ambrose. »Ich brauche jetzt dringend einen Cocktail, und dann lege ich mich etwas hin.«

Zunächst prüfte Simon die Belastbarkeit der Trittleiter. Man konnte nie vorsichtig genug sein, vor allem im Urlaub. Nachdem er ihr sicherheitshalber einige ordentliche Stöße verpasst hatte, kletterte er hinauf und streckte die Hand nach der losen Girlande aus. Und da sah er sie. Sie saßen auf einer der Bänke an der Seepromenade und blickten über den Sandstrand. Offensichtlich waren sie in eine lebhafte Unterhaltung vertieft, während derer Jack immer wieder mit den Armen fuchtelte und in Richtung Nordsee zeigte.

Simon überlegte, wo er sein Notizbuch gelassen hatte.

FLORENCE

»Was für eine schreckliche Art zu sterben. Ertrinken, meine ich«, sagte Elsie.

Ich sah sie an.

»Jedenfalls stelle ich es mir so vor«, fügte sie hinzu. »Andererseits kann es vielleicht auch ein sehr friedlicher Tod sein. Wenn man es erst einmal akzeptiert hat.«

»Wenn man der Lokalzeitung Glauben schenkt, schlafen alle friedlich ein.« Ich zog den Gürtel meines Mantels ein wenig enger. Es kostete mich einige Mühe, Elsie zu verstehen, weil der Wind über das Wasser fegte und ihre Stimme mitnahm. »Ich persönlich kann mir beim besten Willen nicht vorstellen, wie man friedlich sterben soll. Allerdings werden wir das wohl erst genauer wissen, wenn es so weit ist. Schließlich ist da niemand, den man fragen könnte.«

Elsie seufzte. »Vielleicht ist das auch besser so.«

»Es muss Gabriel Price gewesen sein, der ertrunken ist, und nicht Ronnie. Dabei war ich mir so sicher.« Mein Schal war dicht um mein Kinn gewickelt, und beim Sprechen legte sich die warme Luft auf mein Gesicht. Ich bemerkte Elsies Blick. »Wir alle waren uns sicher«, sagte ich.

Jack war zu einem der Kioske gegangen, um uns Pappbecher mit Tee zu besorgen. Ich sah ihm nach, wie er über das Gras lief. Vielleicht lag es am Licht oder an unserem Besuch in dem Fischerhäuschen, aber er kam mir auf einmal kleiner vor. Nicht mehr so bedeutend. Als ob er plötzlich viel weniger Raum auf der Welt einnehmen würde.

»Ich würde gern im Schlaf gehen«, sagte ich. »Die Frau aus Nummer sechzehn ist im Schlaf gestorben. Das hat sie gut gemacht.«

»Das klingt, als sollte sie dafür mit einer Medaille oder so ausgezeichnet werden.«

»Einfach die Augen schließen und so tun, als ginge man schlafen wie jeden Abend, und wenn du sie wieder aufmachst, ist alles erledigt. Ich glaube, das würde mir gefallen.«

»Also wirklich, Florence, das ist doch nicht wie im Reisebüro, wo man sich aussuchen kann, wie man reisen möchte.«

Eine Weile saßen wir schweigend da und betrachteten das Meer. Es war Ebbe, und das Meer hatte frischen, glatten, jungfräulichen Sand zurückgelassen. Das hat mich schon immer fasziniert. Wie die See mit einer einzigen Woge einen ganzen Tag von Fußabdrücken und Gesprächen und Auseinandersetzungen wegspült. Wie sie alles wieder neu macht. Als Kind bin ich immer gern mit Seth über den noch unberührten Sand gelaufen. Er hat jedes Mal mit seinem schiefen Bellen die Wellen angekläfft, und wir hinterließen die ersten frischen Spuren am Strand. Dann sah ich mich um und war traurig, dass ich die makellose Fläche zerstört hatte, aber mein Vater lachte und sagte: »Was denkst du denn, wie Sand entsteht?« Ich fragte mich, ob Seths Spuren vielleicht noch da waren, irgendwo begraben unter den Tagen anderer Leute.

Die Bank war kalt und hart und zeigte kein Mitleid mit alten Knochen. Außerdem frischte der Wind auf, und die Wellen verknoteten sich zu weißem Schaum, der in der Ferne flimmerte. Unten am Strand ging eine Frau mit ihrem Hund spazieren. Ich fragte mich, welche Rasse das wohl sein mochte. Es war einer dieser ungestümen, energiegeladenen Hunde, die sich furchtlos in die Wellen werfen, unermüdlich Stöckchen hinterherjagen und an den unwahrscheinlichsten Orten Grund zu überschwänglicher Freude finden.

»Überleg mal, Florence«, sagte Elsie. »Was für ein Hund ist das?«

Meine Augen folgten den Spuren seiner Pfoten im Sand.

»Es ist kein Labrador«, sagte ich. »Auch kein Dalmatiner. Ich kann dir alle Rassen aufzählen, die er nicht ist. Aber ich könnte dir nicht sagen, was er ist. Sollen wir es vielleicht so machen und dann sehen, was übrig bleibt?«

»Das ist ein Border Collie, Florence. Meinst du, dass du dir das merken kannst?«

»Ich glaube schon«, sagte ich. »Weißt du, wenn man im Schlaf stirbt, ist der einzige Nachteil, dass man allein stirbt.«

»Du bist nie allein, Florence«, sagte sie. »Nur weil du jemanden nicht sehen kannst, heißt das noch lange nicht, dass er nicht bei dir ist.«

Ich blickte sie an, doch ihre Augen waren aufs Meer gerichtet.

»Mit Milch, ohne Zucker.« Jack reichte mir einen Pappbecher. In der Mitte hatte er einen geriffelten Kummerbund und obendrauf einen Deckel.

»Nehmen Sie ihn in beide Hände, das wärmt.« Jack setzte sich ans Ende der Bank. Diese Bank hatte niemanden, dem sie gewidmet war. Ich hatte extra nachgeschaut, bevor wir Platz genommen hatten. Vielleicht ließen sie absichtlich welche übrig, damit sie für den Notfall immer eine frei hatten – falls mal ganz dringend an jemanden erinnert werden musste.

Ich schloss meine Finger um die Pappe. »Ich finde es eigenartig, dass Mrs Honeyman nie etwas gesagt hat. Darüber, dass plötzlich jemand auf der Bildfläche erscheint, der den Namen ihres Mannes trägt.«

»Mrs Honeyman hat doch fast immer vor sich hin gedöst«, sagte Jack. »Und wenn sie mal nicht geschlafen hat, war sie in ihrer eigenen kleinen Welt.«

»Der schönste Ort überhaupt, wenn Sie mich fragen«, sagte Elsie und schniefte in der kalten Luft.

»Und ich glaube, dass sie sich wahrscheinlich gar nichts dabei gedacht hätte.« Jack nahm einen Schluck Tee. »Jemand taucht mit einem Namen auf, den ihr Mann gelegentlich benutzt hat. Der Mann, der vor sechzig Jahren verschwunden ist. An einem anderen Ort, zu einer anderen Zeit.«

»Der ihm nicht im Mindesten ähnlich sieht«, sagte ich.

In der Ferne waren die Frau und ihr Hund immer noch zu erkennen. Kleine Flecken, wie Kekskrümel in der Nähe des Piers. Ich glaubte, sie noch von den anderen Leuten unterscheiden zu können, aber ich konnte mich irren.

Jack stellte seinen Becher auf der Seitenlehne ab. »Woran denken Sie gerade, Florence?«

»Ob wir einen kleinen Spaziergang am Strand wagen könnten? Was meinen Sie?«

Auf Sand zu laufen ist gar nicht so einfach, auch wenn man das kaum glauben sollte. Von Weitem scheint es die leichteste Sache der Welt zu sein, aber sobald man losgeht, fühlen sich die Beine innerhalb kürzester Zeit schwer und müde an, und nach einigen Minuten bedeutet jeder Schritt eine enorme Kraftanstrengung.

Jack brauchte nicht lang, bis er einen Fels fand, an den er sich lehnen konnte.

»Ich glaube, ich warte hier.« Er wedelte mit seinem Stock herum. »Gehen Sie ruhig weiter, wenn Sie möchten.«

Ich war Elsie einige Schritte voraus. Ich gab mir besonders viel Mühe mit den Spuren, die ich in den Sand drückte, und alle paar Minuten drehte ich mich nach ihnen um, und um zu sehen, ob Elsie noch da war.

»Wo willst du denn hin?«, schrie sie, aber das Meer fing wieder ihre Worte ab und trug sie davon. Ich ließ die Wellen nicht aus den Augen, während ich lief. Allmählich kehrte die Flut zurück, und das Wasser zerrte am Strand, als wollte es ihn zu etwas überreden. Immer ein wenig näher, immer mit ein bisschen mehr Überzeugungskraft. Ich glaube, es ist Instinkt, dass wir immerzu aufs Meer schauen. Vielleicht weil wir uns bewusst sind, wie wichtig es ist, und wir ständig ein Auge darauf haben müssen, dass es nicht verschwindet.

Ich blieb erneut stehen, um nach meinen Fußspuren zu sehen, und Elsie holte mich endlich ein.

»Bist du nicht müde?«, fragte sie, aber ich sagte, nein, nein, alles bestens.

»Ich will weitergehen«, sagte ich zu ihr. »Ich will noch viel mehr Spuren hinterlassen.«

Sie wollte wissen, warum, aber ich lief einfach weiter am Strand entlang, und sie rief mir hinterher: »Warum läufst du immer weiter, Flo? Was ist bloß in dich gefahren?«

Hätten wir früher, als wir jung waren, nur einmal einen Gedanken daran verschwendet, dass wir eines Tages wiederkommen würden, grau und gebückt, und alle Mühe haben würden, nicht vom Wind umgeblasen zu werden, mit Füßen, die ängstlich und unsicher Halt suchen – dann hätten wir uns vielleicht etwas mehr Zeit genommen. Wir hätten die luftig leichten Tage unserer Kindheit ein wenig mehr genossen. Arme und Beine voller Zuversicht und Energie. Die Köpfe frei von Zögerlichkeit. Vielleicht wären wir dann ein wenig langsamer durch unsere Jugend getanzt.

Unten am Strand war es kalt, viel kälter als oben auf der Klippe, und ich schloss den obersten Knopf an meinem Mantel. Elsie war es nicht entgangen. »Es ist viel zu kalt, Florence«, rief sie. »Wir müssen umkehren.«

»Du hättest eben deinen Schal mitnehmen sollen«, schrie ich zurück. »Den roten, den Gwen dir gestrickt hat.«

Ich ging langsamer.

Ich konnte fühlen, wie sich eine Erinnerung in meinem Hinterkopf nach vorn zu arbeiten versuchte. Ich hatte keine Ahnung, was es sein mochte, aber ich wusste, dass es wichtig war. Wie wenn man morgens aufwacht und sofort weiß, dass am Tag zuvor etwas Schreckliches passiert ist, aber nicht gleich darauf kommt, was. Ich wusste, es würde mir jeden Moment einfallen. Und dass es alles verändern würde.

Als die Erinnerung da war, merkte ich, dass ich stehen geblieben war und in den Sand starrte. Ich sah mich nach Elsie um – sie stand ebenfalls still. Nur der Wind schnappte nach einem Mantelsaum, riss an einer Haarsträhne.

Sie kam auf mich zu.

Ich sagte nichts, sondern schob die Hände in meine Manteltaschen und suchte ihr Gesicht nach Hinweisen ab. Denn als die eine Erinnerung zurückgekehrt war, hatte sie andere mitgebracht.

»Du warst es«, sagte ich.

Sie antwortete nicht.

»Du warst es«, wiederholte ich. »Du warst es, die an jenem Abend bei Ronnie im Auto saß. Rot. Mabel hat etwas Rotes gesehen. Es war dein Schal.«

»Ja, es war mein Schal«, sagte sie.

Die salzige Luft schlug mir mit kalter Wucht entgegen. Sie tat meinen Augen und Lippen weh. Sie stach in meine Haut und füllte meinen Mund, der nur noch Salz schmeckte.

»Warum hast du es nie zugegeben? Warum hast du das nie jemandem gesagt?«

»Wir haben damals alles gesagt, was es zu sagen gab. Wir haben tagelang über nichts anderes geredet.«

»Wirklich? Ich kann mich nicht erinnern. Ich kann mich an nichts von alledem erinnern.«

»Du hast es eben vergessen, Florence, das ist alles.«

»Dann hilf mir. Hilf mir, mich wieder zu erinnern, wie du es sonst auch tust.«

Sie schwieg, während ihr Gesicht nach einer Erklärung suchte.

»Meine Mutter«, sagte sie schließlich. »Ronnie hatte gedroht, dass er sie melden würde. Weißt du das nicht mehr?«

Ich schüttelte den Kopf.

»Er sagte, er würde den Behörden Bescheid geben, wenn wir zur Polizei gingen. Dass er dafür sorgen würde, dass sie in eine Anstalt käme, wenn wir auch nur die kleinste Andeutung darüber machten, wie Hazel ums Leben gekommen war. Wir beide haben dann die Entscheidung getroffen«, sagte sie. »Wir konnten Hazel nicht mehr helfen, aber wir konnten meine Mutter schützen. Sie hätte es keine Minute lang ausgehalten, eingesperrt zu sein. Das wäre ihr sicheres Ende gewesen.«

Über den Sand hinweg sah ich sie an und versuchte, die Worte zu finden, die ich brauchte. »Das wäre doch gar nicht gegangen. Wie hätte Ronnie es denn anstellen sollen, deine Mutter einweisen zu lassen?«

»Aber Florence, alle wussten, dass sie den Verstand verloren hatte. Alle. Aber die Leute taten so, als würden sie es nicht bemerken. Wenn Ronnie sie wegen des Angriffs mit dem Briefhalter angezeigt hätte, wäre es offiziell bekannt geworden, und die Polizei wäre gezwungen gewesen zu handeln. Das Personal im Krankenhaus war ohnehin schon misstrauisch geworden, weil er so seltsame Verletzungen hatte.«

»Aber du hast ihn einfach so davonkommen lassen«, sagte ich. »Er hätte bestraft werden müssen.«

»Unser Wort gegen seins? Was glaubst du wohl? Du weißt, wie die Irrenanstalten früher waren. Voller Gestank und Elend. Wir haben die richtige Entscheidung getroffen. So konnte sie bei uns bleiben, und wir konnten sie schützen.«

»Wie konntest du dabei zusehen, wie deine Schwester getötet wurde, und es für dich behalten? Wie konntest du nur?«

»Weil ich nicht beide verlieren wollte«, schrie sie. »Wenn ich den Mund aufgemacht hätte, hätte ich meine Mutter auch noch geopfert.«

Schweigend standen wir da, der Wind war über das Meer verschwunden und hatte uns in einer Kammer der Stille zurückgelassen.

»Du musst einen Weg finden, mir zu vergeben«, sagte sie.

»Und wenn du mir vergeben hast, musst du daran festhalten, was auch immer geschieht.«

»Ich weiß das alles gar nicht mehr. Wie kommt es nur, dass ich mich ohne dich nicht daran erinnern würde, wer ich einmal war?«

Sie setzte zu einer Antwort an, doch die Worte rutschten ihr wieder die Kehle hinunter. Stattdessen sagte sie: »Woran erinnerst du dich denn noch?«

»Ich weiß noch, dass wir tanzen waren«, sagte ich. »Ich erinnere mich an die Musik, aber irgendwann haben wir aufgehört zuzuhören.«

»Wieso? Warum haben wir nicht länger zugehört?«

Ich tastete meinen Weg zurück. »Weil wir Hazel und Ronnie beobachtet haben. Sie standen auf dem Parkplatz und stritten sich, und wir haben versucht, etwas durch die Fensterscheibe zu hören.«

»Und dann?«

»Dann ist sie wütend davongelaufen. Hazel. Stimmt doch? Einfach so in die Nacht hinein.«

Sie nickte.

Ich wandte mich Elsie zu. »Und ich beschloss, ihr hinterherzugehen.«

»Ich habe noch versucht, dich davon abzuhalten. Ich habe dir gesagt, dass dich das nichts angeht.«

»Wir standen an der Garderobe. Du hast gesagt, ich würde mir in der Kälte den Tod holen, aber ich habe mich dick eingemummelt und geantwortet, dass du dir darum keine Sorgen machen brauchst.«

»Das stimmt.« Elsies Stimme war nur noch ein Flüstern, das im Meeresrauschen unterging und verschwand.

»Dann weiß ich nicht weiter«, sagte ich. »Du musst zu ihm ins Auto gestiegen sein, während ich nach ihr gesucht habe. Du musst diejenige gewesen sein, die an sein Autofenster gehämmert und ihn überredet hat, dich einsteigen zu lassen, weil du dachtest, Hazel schneller zu finden, wenn du mit Ronnie fährst.«

Salz und Wind trafen Elsies Gesicht, und sie kniff die Augen zu Schlitzen zusammen.

»Wie ich ihn kenne, hatte er bestimmt schon etwas getrunken«, sagte ich. »Leichtsinnig. Wütend. Zu schnell. Hände, die zu achtlos sind, um das Steuer richtig festzuhalten. Augen, die auf den Streit gerichtet sind, nicht auf die Straße. Du wirst gerufen haben: ›Pass doch auf, wo du hinfährst, du wirst uns noch umbringen‹, aber er wird viel zu sehr mit seinen Hasstiraden beschäftigt gewesen sein, um auf dich zu hören. Dann hast du Hazel am Straßenrand stehen sehen und ins Steuerrad gegriffen. Du hast versucht, das Auto von ihr wegzulenken, denn Ronnie hatte sie überhaupt nicht bemerkt. Ich weiß, dass du versucht hast, sie zu retten. Ich weiß es ganz genau.«

Bei den letzten Worten fing ich an zu zittern, ohne zu verstehen, warum.

»Der Aufprall«, sagte ich. »Das Geräusch des Aufpralls konntest du nicht mehr vergessen. Ich weiß noch, wie du mir das erzählt hast.«

»Wirklich?«

»Ja, später«, sagte ich. »Wir waren in der Küche. Du, ich und Ronnie, und wir versuchten zu verstehen, was passiert war. Wir saßen am Tisch und überlegten, was wir tun sollten.« Ich sah sie an. »Der Schal war auch da, er lag mitten auf dem Tisch. Ich konnte sehen, wo Gwen eine Masche verloren und sie wieder aufgenommen hatte. Reihe um Reihe fehlerloser Arbeit. Man sah die Patzer nur, wenn man wusste, wo man hingucken musste, aber wenn man sie einmal entdeckt hatte, hatte man das Gefühl, nur noch die Stellen mit den gefallenen Maschen zu sehen.«

»Du musst dich nicht erinnern, Florence. Manche Dinge sollte man besser ruhen lassen.«

»Aber ich erinnere mich.« Die Erinnerungsfetzen wirbelten in meinem Kopf herum, und ich versuchte sie einzufangen, ehe sie wieder verschwanden. »Du hast mir erzählt, dass Ronnie ein Stück weiter angehalten hat und zu der Stelle zurückgerannt ist, wo Hazel am Straßenrand lag. Du bist im Auto geblieben. Du konntest es nicht mit ansehen. Aber das war in Ordnung. Es ist doch nur zu menschlich, dass du im Auto bleiben wolltest.«

»Ja, Florence. Ich denke schon«, sagte Elsie.

»Die Straße war gerade und eben. Durch das Heckfenster konntest du Ronnie in einem Streifen Wintermondlicht sehen. Sie ist tot. Mausetot. Das hat Ronnie gesagt, als er wieder im Auto saß. Sonst hättest du eine Telefonzelle gesucht. Du hättest sie niemals im Stich gelassen, wenn es noch eine Chance gegeben hätte. Du hättest einen Krankenwagen gerufen. Die Polizei.«

»Darauf hätte Ronnie sich nie eingelassen«, sagte Elsie.

»Und als Ronnie wieder im Wagen saß, waren da die Scheinwerfer eines anderen Autos zu sehen, das weiter hinten gehalten hatte. Hazel war gefunden worden, und ihr beiden habt durch das Heckfenster beobachtet, wie sich jemand neben sie kniete.«

»Dann hat Ronnie die Handbremse gelöst und den Wagen vorwärtsrollen lassen. Ohne den Motor anzulassen. Ohne die Scheinwerfer einzuschalten.«

»Und da wusste ich es«, sagte ich. »Ich wusste, dass er um keinen Preis wollte, dass jemand davon erfuhr. Ganz egal, was wir davon hielten.«

»Du hast versucht, ihm ins Gewissen zu reden. Ihr hattet einen schrecklichen Streit.«

»Woher weißt du das?«

Elsie blickte mich über den Sand hinweg an. »Weil ich ihn immer noch von deinem Gesicht ablesen kann.«

»Es war noch nicht zu spät. Auch als wir schon in der Küche saßen, hätten wir immer noch die Polizei informieren können. Wir hätten es erklären können. Sie hätten verstanden, dass es der Schock war. Ihr hattet nichts unternommen, weil ihr unter Schock gestanden hattet.«

»Und da hat Ronnie uns gedroht. Er sagte, dass er dafür

sorgen würde, dass sie meine Mutter für immer wegsperren.« Elsie wandte sich ab und sah aufs Meer hinaus. »Ich weiß noch, wie ich an die Decke starrte, als er das sagte. Meine Mutter war überzeugt davon, dass sie abgehört wurde und überall im Haus Mikrofone und Kameras versteckt waren, und sie hatte mit den bloßen Händen den Putz von Wänden und Decke gekratzt, um es uns zu beweisen. Erinnerst du dich?«

Ich nickte.

»Es wäre die Gelegenheit gewesen, sie aufzugeben und wieder frei zu sein. Wie einfach wäre es gewesen, den Ausweg zu wählen, der sich uns durch Ronnie bot. Nichts leichter als das, ein Kinderspiel. Aber ich brachte es einfach nicht fertig.«

»Nein«, sagte ich.

Wir sahen uns an, und ich wusste, dass es der gleiche Blick war, mit dem wir uns vor sechzig Jahren angesehen hatten. Als hätten sich die Personen, für die wir uns seitdem immer gehalten hatten, in Luft aufgelöst. Damals hatten wir uns geschworen, nie darüber zu sprechen. Das Geschehene einfach aufzuwischen und für immer in der Vergangenheit zu lassen. Aber nun standen wir hier, sechzig Jahre später, und die gleichen Worte hingen in der gleichen Luft und warteten darauf, ausgesprochen zu werden.

Die Sonne hatte sich inzwischen auf den Horizont fallen lassen, der Tag war vom Himmel verschwunden und außer Reichweite. Das Licht war so schwach und zerbrechlich, dass ich kaum noch Elsies Gesicht erkennen konnte.

»Du darfst dir nicht die Schuld geben«, sagte ich. »Du konntest nichts dafür. Du hast nur getan, was du für richtig hieltest.«

»Verzeihst du mir?«, fragte sie.

»Natürlich verzeihe ich dir. Ich werde dir immer verzeihen.«

Sie streckte die Hand nach meiner aus, und ich streckte ihr meine entgegen. Es war, als hätten wir all die Jahre ein

Stück Vergangenheit mit uns herumgeschleppt und wüssten nun endlich, wohin damit.

»Ich wünschte, ich würde mich auch an alles andere erinnern«, sagte ich. »Ich habe immer noch das Gefühl, dass etwas fehlt.«

»Sollte es dir je wieder einfallen ...« Elsie machte eine Pause. »Denk bitte immer daran, dass du mir verziehen hast.« Ihre Stimme verstrickte sich im Wind. »Denk bitte daran, dass du gesagt hast, dass es nicht meine Schuld war.«

»Wie meinst du das?«

Sie antwortete nicht sofort, und als sie endlich sprach, konnte ich sie kaum verstehen. »Solltest du je eine Schublade öffnen, Florence ... Solltest du je eine Schublade öffnen und dort etwas finden, was du nicht erwartet hast, dann denk daran, dass uns so viel mehr ausmacht als das Allerschlimmste, das wir je getan haben. Vergiss das nicht, Florence. Bitte denk daran, auch wenn ich nicht da sein sollte, um dich daran zu erinnern.«

Schweigend standen wir zusammen am Strand, ich hörte nur meinen Atem. Es war, als hätten wir immer dort gestanden. Ein ganzes Leben lang. Eine Ewigkeit, bis wir weitergingen, Hand in Hand. Nur dass unsere Hände gealtert waren. Die Haut war fleckig und hing lose um die hervorstehenden Knochen, aber ihre Hand passte immer noch in meine, genau wie früher. Ich konnte ihre Kraft spüren und drückte sie, damit sie sie auch fühlen konnte.

»Mach dir keine Sorgen«, sagte Elsie. »Es wird alles gut werden.«

SIMON

Simon sah zur Discokugel hoch. Wenn man erst mal anfing hinzugucken, hatte es eine fast hypnotische Wirkung. Beruhigend irgendwie. Als würde die Welt, betrachtete man sie durch winzige Spiegel, auf einmal klein und unbedeutend.

»Wollen Sie den ganzen Abend dahin starren?«

Miss Ambrose hatte ihr Nickerchen offenbar beendet und patrouillierte zwischen der Küche und dem Büfett, das mit einer reichen Auswahl an Fingerfood beladen war, auf und ab. Auf ihrer Wange zeichneten sich noch die Spuren ab, wo das Kissen sich in ihre Gedanken gegraben hatte.

»Und falls es Ihnen nicht zu viele Umstände macht – dahinten in der Küche taut gerade eine Schwarzwälder Kirschtorte auf.«

Simon ging in die Küche. Gail mit »i« stand an einer Edelstahl-Arbeitsfläche und machte ein Gesicht wie Blitz und Donner.

»Dieses ständige Raus- und Reingerenne macht mich noch ganz verrückt«, sagte sie. »Ich hoffe, Sie haben sich die Hände gewaschen – ich habe keine Lust, schon wieder das Gesundheitsamt am Hals zu haben.«

»Schon wieder?«, fragte Simon.

»Wir sollten einfach nach vorn blicken«, sagte Gail. »Passen Sie lieber auf, was Sie mit der Torte da machen.«

Simon wischte sich die Hände an der Hose ab. Als er in den Tanzsaal zurückkam, war die Band eingetroffen. Sie hieß Lionel, und sein Hemd war mit einer Doppelreihe Rüschen besetzt, die sich vom Knoten seiner Samtfliege aus nach unten zog, bis sie in seinem Kummerbund verschwand.

»Willkommen, willkommen!«, rief Lionel.

Simon balancierte die Torte vorsichtig in Richtung Büfetttisch. »O nein«, sagte er. »Ich bin nur Personal.«

»Niemand ist ›nur‹ etwas, junger Mann.« Lionel riss die Augen sehr weit auf. »Tanzen Sie denn etwa nicht?«

»Nein. Ich glaube nicht. Ich weiß nicht.« Simon sah nach oben zu den kleinen Spiegeln der Discokugel.

»Jeder kann tanzen. Jeder. Es kommt nur auf den richtigen Song an.« Mit dem Taktstock malte Lionel eine Acht in die Luft.

Simon betrachtete den Taktstock. »Haben Sie eine Band?«

»Kassetten, junger Mann, Kassetten.« Lionel sprach das auf eine Weise aus, dass es interessant und italienisch klang.

»Musik vom Band«, bemerkte Miss Ambrose im Vorbeigehen.

»Auch Kassetten brauchen einen Dirigenten.« Lionel fügte der Acht noch einen weiteren Schnörkel hinzu. »Und Tänzer müssen wissen, wann sie einen Chassé machen und wann einen Wischer.«

»Einen was?«, fragte Simon.

»Schauen Sie mir zu.« Lionel zeigte auf seine Schuhe, die mit so viel Enthusiasmus glänzten, dass sich die ganze Welt in ihnen zu spiegeln schien. Er vollführte ein kleines Manöver auf der Tanzfläche und zeigte dann auf Simon. »Und jetzt Sie«, sagte er.

Simon gehorchte. Es war überraschend einfach.

»Und jetzt diesen«, sagte Lionel. »Und jetzt beide zusammen.«

Es war erstaunlich, aber Simon hatte das Gefühl, dass seine Füße genau wussten, was sie zu tun hatten. Für gewöhnlich warteten seine Gliedmaßen auf die Befehle seines Gehirns, das allerdings oft eher unschlüssig war, aber aus irgendeinem Grund hatte es Chassé und Wischer sofort begriffen.

»Sehen Sie«, sagte Lionel und klatschte begeistert. »Sie sind ein Naturtalent.«

Simon lächelte breit und bemerkte dann, dass er immer noch die Torte in den Händen hielt.

»Wenn es Ihnen nichts ausmacht«, sagte Miss Ambrose und nahm sie ihm ab, »da drüben sind ein paar Ritz-Cracker, die nur darauf warten, mit einer Tube Streichkäse Bekanntschaft zu machen.«

FLORENCE

Wir gingen zum Hotel zurück, und nachdem die Zentralheizung unsere Gesichter wieder aufgewärmt hatte, machten Elsie und ich uns für den Tanzabend fertig, ganz wie in alten Zeiten. Wir hielten uns Kleider an, um zu entscheiden, welche wir tragen wollten, liehen einander Schmuck und taten, was wir konnten, um zwischen uns und unser Gespräch am Strand so viel Abstand wie möglich zu bringen. Als wir die Zimmertür hinter uns zuzogen, wartete Jack am Treppenabsatz auf uns.

»Ich dachte, wir könnten vielleicht gemeinsam hinuntergehen«, sagte er und bot seinen Arm an. »Damen sollten einen Ballsaal nie ohne Begleitung betreten.«

Ich hakte mich bei ihm unter, und wir drei tauchten in die Musik ein und ließen uns im Glitzerschein der Spiegelkugel in eine Vergangenheit entführen, von der wir fast vergessen hatten, dass sie einmal existiert hatte.

Ein Tanzsaal hat etwas Magisches, selbst wenn niemand tanzt. Vielleicht liegt es an dem Geruch des gebohnerten Holzbodens oder an dem Rhythmus der Kapelle, oder vielleicht sind es die Erinnerungen an vergangene Tänze. Er ruft uns ins Gedächtnis, wie wir uns einst in Schuhen im Kreis drehten, die uns zu eng waren und uns dennoch glücklich machten. Wir lauschten der Musik, die sich um vergessene Gedanken legte und uns das Gefühl gab, nicht so allein zu sein.

»Es gibt ein Büfett«, sagte Elsie. »Und kostenlose Getränke. So etwas hatten wir im Bürgersaal nie.«

Ich sah zu Miss Ambrose hinüber, die eine Platte mit Ei-Sandwiches beaufsichtigte. Die Brote waren ohne Kruste, weil es im Leben manchmal besser ist, Probleme vorauszuahnen und sie zu verhindern, als sich hinterher mit ihnen herumzuschlagen. In einer dunklen Ecke neben den Sandwiches und Miss Ambrose lauerte Ronnie Butler, die Hände auf dem Rücken und ein wachsames Auge auf jeden, der vorbeikam.

»Warum jetzt?«, sagte Jack im Schutz der Musik. »Warum kommt er aus der Deckung und riskiert damit, dass seine lebenslange Tarnung auffliegt?«

Ich stand unter einem Scheinwerfer. Ich war sicher, dass Ronnie mich sehen konnte, aber ich war an einem Punkt angelangt, an dem es mir nichts mehr ausmachte. Ab und zu verlor ich ihn aus den Augen, denn der Raum begann, sich mit Leuten zu füllen, und immer mehr Paare bevölkerten die Tanzfläche. Doch er war die ganze Zeit über da und hielt sich im Hintergrund. Und starrte über die Jahre hinweg in die Vergangenheit.

»Es hat wahrscheinlich mit dem jungen Mann zu tun, der ihn bei dem Überfall gerettet hat. Er hatte sich so gut versteckt, und dann war er aus heiterem Himmel in sämtlichen Zeitungen, sein Bild auf allen Titelseiten«, sagte ich. »Er muss Angst gehabt haben, dass ihn jemand wiedererkennt und die Vergangenheit ihn einholt. Also beschloss er, sich sicherheitshalber an unsere Fersen zu heften.«

»Ich würde sagen, dass ihm da ein kapitaler Fehler unterlaufen ist«, sagte Jack.

Wir suchten uns einen Platz auf der anderen Seite des Saals und sahen mit einem Teller Sandwiches auf den Knien der Welt dabei zu, wie sie in Tangos und Walzern an uns vorbeiwirbelte.

»Ich weiß noch jeden Schritt«, sagte Elsie. »Du auch, Florence?«

Ich auch. Es ist seltsam, dass man bestimmte Dinge nie vergisst. Auch wenn meine Füße Zehntausende von Kilometern zurückgelegt und mich mehr als achtzig Jahre weit getragen hatten. Auch wenn sie sich mittlerweile langsamer und gemessener fortbewegten und im Laufe der Zeit an Kraft verloren hatten, so hatten meine Füße doch nicht vergessen, wer ich einmal gewesen war. Auch wenn mein Kopf es manchmal nicht mehr wusste.

Auf der Tanzfläche drehten sich auch Fremde, Leute aus anderen Hotels, die für diesen einen Abend fahnenflüchtig geworden waren, Einheimische, die Lust auf Tanzen hatten, und dazwischen die Bewohner von *Cherry Tree*, die mit den Walzern zurück in ein früheres Leben tanzten. Simon hatte sich mitten ins Getümmel gestürzt und schwang das Tanzbein, als hätte er nie etwas anderes getan. Männer, insbesondere jüngere, waren Mangelware, und kaum hatte er einen Tanz beendet, wurde er schon von der nächsten Dame entführt.

»Wollen Sie nicht tanzen, Florence?« Miss Ambrose hatte sich neben uns gehockt. Sie war der Überzeugung, dass es wichtig war, jedem auf Augenhöhe zu begegnen, was jedoch vor allem dazu führte, dass jedermann in den Genuss eines Panoramablicks auf ihr Dekolleté kam.

»Ich würde Sie ja auffordern, aber ich fürchte, Sie kommen um einiges zu spät.« Jack tippte mit seinem Stock sachte auf den Boden.

»Zur Not kann ich ja immer noch unseren Billy Elliott dort drüben fragen.« Miss Ambrose deutete mit dem Kopf zu Simon. »Sieht fast so aus, als hätte er endlich etwas entdeckt, das ihm Spaß macht.«

»Im Moment habe ich keinen Bedarf, vielen Dank.« Ich hielt mich an meinem Teller mit Ei-Sandwiches fest. »Man muss im Leben wissen, wann man einen Tanz besser auslässt.«

Elsie sah mich von der Seite an. Das bemerkte ich an der Haltung ihres Kopfs, obwohl ich gar nicht daran dachte, ihren Blick zu erwidern. Nachdem Miss Ambrose aufgestanden war, um sich bei jemand anderem hinzuhocken, und Jack zum Büfett gegangen war, um seinen Teller wieder zu befüllen, flüsterte sie in mein Ohr.

»Würdest du mit mir tanzen, Florence? Um der alten Zeiten willen? Wer weiß, vielleicht ist das ja unser letztes Mal.«

In diesem Moment schwenkte der kleine Mann auf der Bühne seinen Taktstock in Richtung Kassettenrekorder, und die ersten Takte eines Liedes schwebten durch den Saal.

»Hör doch!«, sagte Elsie. »Das ist Al Bowlly. Das ist Schicksal! Nur noch einen Tanz, Florence. Nur noch einen Foxtrott.«

Wir hatten nicht mehr miteinander getanzt, seit Hazel gestorben war. Wir hatten einander danach irgendwie verloren, und nichts war mehr so gewesen wie zuvor. Natürlich hatte ich mit anderen getanzt, aber es war nie dasselbe gewesen wie damals mit Elsie. Und jetzt, da wir wieder vereint waren, kam es mir vor, als hätte die Kapelle nur eine Pause eingelegt, bevor sie das nächste Lied anstimmte. Als ob der ganze Rest unserer beider Leben sich einfach in Luft aufgelöst hätte.

Ihre Schultern fühlten sich beinahe zerbrechlich an. Ich konnte spüren, wie ihre Knochen aus der Haut hervorragten. Sie war leichter, hatte an Statur verloren. Der kleinste Windhauch hätte sie davonwehen können. Doch als wir tanzten, rückte das alles in den Hintergrund. Sie war mir so vertraut. So beständig. Sie war Elsie. Der Mensch, der sie immer gewesen war.

Wir schlurften mehr, als dass wir tanzten. Ich bin mir nicht sicher, ob es mehr an mir oder an Elsie lag, aber vielleicht bewegten wir uns beide ein wenig unsicher über die Tanzfläche. Elsie sang beim Tanzen mit, und ich schloss mich ihr an.

I'll be remembering you, whatever else I do,
Midnight, with the stars and you.

Denn manchmal muss man singen und tanzen. Auch wenn man vierundachtzig Jahre alt ist. Auch wenn unsere Knochen schon hervorstehen und der kleinste Windhauch uns davontragen könnte.

Die anderen Tänzer schienen zurückzuweichen, und als Al Bowllys Stimme schließlich in der Ferne verklang, standen Elsie und ich allein in der Mitte der Tanzfläche. Miss Bissell und Miss Ambrose starrten uns an, Simon ebenfalls. Und Jack war aufgestanden und sah mir geradewegs in die Augen. Es war mir gleichgültig. Es war mir gleichgültig, ob es seltsam war, wenn zwei Frauen miteinander tanzten, und es war mir gleichgültig, dass wir beim Tanzen mitgesungen hatten. Ich wollte gerade jedem, der etwas dabei fand, mitteilen, wie herzlich gleichgültig mir das war, als sich die Doppeltür am Ende des Saals öffnete und eine Frau vor uns stand, die verstört und zerzaust wirkte und auch ein kleines bisschen verwundert.

Es war Mrs Honeyman.

SIMON

»Sie spricht kein Wort.« Miss Ambrose hielt in der einen Hand ein Telefon und in der anderen ihren Kopf. »Nicht ein einziges. Die Polizei denkt, sie steht unter Schock.«

Simon lugte durch einen Spalt in der Tür. Mrs Honeyman saß in einem riesigen Sessel im Personalraum. Oder möglicherweise war der Sessel gar nicht so riesig, und Mrs Honeyman war irgendwann in den vergangenen vierundzwanzig Stunden geschrumpft.

»Wo ist sie gewesen?« Simon spähte noch ein wenig mehr durch den Spalt. »Was hat sie nur die ganze Zeit gemacht?«

»Das wissen wir nicht, Simon.« Miss Ambrose bedachte ihn mit dem Blick, den üblicherweise Miss Bissell praktizierte. »Das ist ja der Punkt. Wenn wir sie fragen, sieht sie uns jedes Mal nur stumm an.«

»Sollen wir einen Arzt rufen?«

Miss Ambrose deutete auf das Telefon und blies die Backen auf.

Um weiterem Augenbrauenhochziehen und Backenaufblasen zu entgehen, schlenderte Simon zum Anschlagbrett hinüber und informierte sich über Check-out-Zeiten und zusätzliche Kissen. Wenn es eine Krise gab, wusste er nie, wie er sich verhalten sollte. Vielleicht weil sonst meistens sein Vater zur Stelle war und der ein angeborenes Talent für so etwas zu haben schien. Simon hielt sich bei diesen Dingen lieber im Hintergrund, schwang etwas die Arme hin und her und ging ab und zu leicht in die Knie, um sich von den Möbeln abzuheben.

Obwohl Order ergangen war, den Tanzsaal nicht zu verlassen, war ein kleines Grüppchen von *Cherry-Tree*-Bewohnern, (natürlich) angeführt von Florence Claybourne, in den Eingangsbereich entkommen und sammelte sich nun wie eine Lache aus Neugier um Miss Ambrose.

»Ich weiß auch nicht mehr als Sie«, hörte er Miss Ambrose über ihre Köpfe hinweg rufen. »Ja, sie ist dort drin, aber sie sagt nichts.« Und: »Nein, Sie können da jetzt nicht hineingehen.«

»Aber Sie muss Ihnen doch irgendeine Art von Hinweis gegeben haben?« Florence' Stimme übertönte alle anderen, während die kleine Schar Miss Ambrose und ihrem Smartphone durch die Eingangshalle folgte. »Sie muss doch irgendetwas gesagt haben.«

»Keinen Ton. Und nun entschuldigen Sie mich bitte, ich versuche gerade, einen ... ja – hallo!«

Miss Ambrose drehte sich zur Strukturtapete, und die Gruppe verlagerte ihre Aufmerksamkeit auf Simon, wie Schimpansen in der Serengeti.

»Sehen Sie mich nicht so an«, sagte er. »Ich weiß wahrscheinlich noch weniger als Sie.«

Der Arzt traf ein, und man führte ihn in den Raum mit dem riesigen Sessel. Simon versuchte, sich ihm anzuschließen, aber Miss Bissell schlug ihm die Tür mit solcher Wucht vor der Nase zu, dass er drei Schritte rückwärts machte und gegen Miss Ambrose prallte, die wohl eine ähnliche Taktik im Sinn gehabt hatte.

»Es handelt sich lediglich um eine Vorsichtsmaßnahme«, sagte Miss Ambrose, als sie ihr Gleichgewicht wiedergefunden hatte. »Meinem Eindruck nach ist sie quicklebendig.«

»Quicklebendig«, wiederholte Simon papageienhaft. Genau so habe seine Mutter laut seinem Vater kurz vor ihrem Herzschlag gewirkt. Sie hatte sich sogar noch etwas von dem Getränkewagen ausgesucht und das Nackenkissen aufgeblasen.

»Wir warten hier. Es ist besser, wenn wir nicht alle gleichzeitig um sie herumstehen.« Miss Ambrose widmete sich ihrerseits den Informationen bezüglich zusätzlicher Kissen, sodass Simon seinen Augen eine andere Beschäftigung suchen musste. Sie landeten schließlich an der Küchentür. Getäfelt. An den Ecken abgestoßen. Alle paar Minuten aufgerissen von der Hotelbesitzerin.

»Benötigen Sie noch irgendetwas für Ihre Reisegesellschaft?«, fragte Gail. »Eine kleine Erfrischung? Oder die wenigen noch verbliebenen Polizeibeamten von Yorkshire? Bewaffnete Leibwächter vielleicht?«

Miss Ambrose schüttelte den Kopf, und Simon starrte zu Boden. Die *Cherry-Tree*-Bewohner wanderten unentwegt die Treppe auf und ab und gaben vor, sich eine Broschüre von der Rezeption zu holen oder nachlesen zu wollen, wie man an zusätzliche Kissen kam. Miss Claybourne war schon mindestens viermal da gewesen, und von seinem Platz aus konnte Simon sehen, dass Jack auf dem Absatz stand und auf sie wartete. Nach einer gefühlten Ewigkeit ging der Arzt wieder, und Miss Ambrose stand mit in die Seiten gestemmten Armen an der Rezeption. Mrs Honeyman würde für einige Tage ins Krankenhaus gebracht werden. Eine reine Vorsichtsmaßnahme. Obwohl sie immer noch kein Wort darüber verloren hatte, wo sie gewesen war. Miss Bissell gab die offizielle Erklärung ab, dass sie nun mit ihren Nerven am Ende sei, sich auf die Suche nach einem Fläschchen Brandy begeben und anschließend hinlegen würde.

»Vielleicht sollten wir alle versuchen, uns etwas auszuruhen«, sagte Miss Ambrose. »Morgen Abend geht es zurück zu *Cherry Tree*, und das wird keine Vergnügungsfahrt.«

Simon zeigte seine Zustimmung, indem er aufstand. Er versuchte, die geeigneten Worte zu finden, aber er hatte im Laufe des Abends so viele verbraucht, dass keine mehr übrig zu sein schienen. Vielleicht hatte nicht nur Mrs Honeyman einen Schock und den Verlust ihrer Sprache erlitten. Als er die Stufen hochstieg, sah er zum nächsten Treppenabsatz hinauf. Er war sich nicht ganz sicher, aber er hätte schwören können, einen Absatz von Miss Claybournes Schnürschuhen und die Spitze eines Gehstocks um die Ecke verschwinden zu sehen.

FLORENCE

»Wo ist das Krankenhaus?«

Wir saßen Jack und zwei Rühreiern gegenüber. Er hatte die letzte halbe Stunde damit verbracht, sie von einer Seite des Tellers auf die andere zu schieben.

»Neben der Bücherei«, sagte Jack. »Es ist mir gestern zufällig aufgefallen, als wir ins Taxi stiegen.«

»Meinen Sie, dass sie uns hineinlassen?«, fragte ich. »Vielleicht haben sie einen Polizisten vor ihrer Tür postiert.«

»Sie ist doch keine Kriminelle«, sagte Elsie. »Und auch kein Popstar.«

»Wenn sie uns überhaupt sehen will«, sagte Jack. Er gab sich geschlagen und schob den Teller von sich weg.

In der gegenüberliegenden Ecke des Speisesaals saß Ronnie. Er frühstückte ebenfalls nicht. Stattdessen beobachtete er uns über eine Kanne Kaffee hinweg. In seinen Augen war ein Lächeln verborgen, ein Flimmern von Siegesgewissheit. Ich hatte nicht übel Lust, zu ihm hinüberzugehen, aber Elsie zog mich wieder auf meinen Stuhl.

»Damit machst du alles nur noch schlimmer, Florence.« Elsie hielt mich am Arm fest. »Beachte ihn einfach nicht.«

»Ich würde ihm gern meine Meinung sagen.« Ich schenkte mir noch etwas Tee nach und merkte, dass meine Hand zitterte. »Ich würde ihm zu gern sagen, wie viel Unglück er angerichtet hat.«

Ich wollte nicht schreien. Ich bemerkte es erst, als sich alle zu uns umdrehten und Miss Ambrose mir von der anderen Seite des Raums einen scharfen Blick zuwarf. »Versuch's mal so leise wie ein Vöglein«, hatte meine Mutter immer gesagt, wenn ich zu laut geworden war. Aber es gab Momente im Leben, in denen die Stimme eines Vögleins einfach nicht ausreichte.

»Lassen Sie uns ganz ruhig bleiben und erst mal sehen, was uns Mrs Honeyman zu berichten hat.« Jack erhob sich.

»Wenn Mrs Honeyman überhaupt etwas zu berichten hat«, meinte Elsie, und wir folgten ihm hinaus in die Sonne, wo uns Ferienlärm, Autoschlangen und Möwengeschrei erwarteten. Wir liefen das ganze West Cliff entlang, bis uns der Tumult des Sonntagmorgens verschluckt hatte.

Krankenhäuser deprimieren mich. Ich war noch nie gern dort, weil meinen Besuchen jedes Mal etwas Schreckliches vorausgegangen war. Meine Mutter. Mein Vater. Freunde, deren Leben im Laufe der Jahre lange vor dem meinen zu Fall gekommen war.

»Ich hasse Krankenhäuser«, sagte Elsie, als könnte sie Gedanken lesen.

Wir gingen den zentralen Korridor entlang, hinter einem gestärkten blauen Kittel mit Gürtel, der geschlagene fünfzehn Minuten mit uns diskutiert hatte, ehe er uns endlich hineinließ. Sogar Jack und sein Charme hatten alle Mühe gehabt, die Krankenschwester zu überzeugen.

»Es ist absolut gegen die Regeln«, hatte sie gesagt, »an einem Sonntag zu dieser Zeit jemanden zu besuchen.«

Schließlich waren uns zehn Minuten zugestanden worden. Vom Korridor aus betraten wir einen vom frühen Morgenlicht durchfluteten Nebenraum, in dem es ein wenig nach Seife roch. Mrs Honeyman lag in einem Bett und hatte denselben Gesichtsausdruck wie am Vorabend, nur dass sie möglicherweise etwas weniger müde aussah.

»Körperlich ist alles in Ordnung mit ihr«, sagte die Krankenschwester. »Aber im Kopf scheint sie etwas abbekommen zu haben. Das Problem ist nur, dass uns der Vergleich fehlt.«

»Vergleich?«, fragte Jack.

»Wie sie sonst so ist?« Die Antwort wurde als Frage gestellt, und mir fiel zum ersten Mal auf, dass ich mich während meiner ganzen Zeit in *Cherry Tree* nicht ein einziges Mal mit Mrs Honeyman unterhalten hatte.

»Für gewöhnlich ist sie sehr still«, sagte ich.

»Aber vermutlich nicht ganz so schweigsam wie jetzt?« Die Schwester strich die Bettdecke glatt und zog die Vorhänge noch etwas weiter auf.

»Nein«, sagte ich. »So schweigsam auch wieder nicht.«

»Sie schläft viel«, sagte Jack.

»Warum?«, fragte die Schwester.

Wir sahen Mrs Honeyman an und dann wieder die Schwester. Niemand antwortete.

»Weil sie alt ist?«, schlug ich schließlich vor.

»Verzeihen Sie«, sagte die Krankenschwester. »Ich vermute mal, Sie sind alle ungefähr gleich alt?« Wir nickten. »Schlafen Sie denn viel?«

»Nicht besonders«, sagte ich.

»Dann finde ich, wir sollten nach anderen Gründen für ihr Verhalten suchen als ihrem Alter.«

Wir stimmten ihr geschlossen zu und ernteten ein wässeriges Lächeln.

»Zehn Minuten.« Das war eindeutig keine Frage, sondern eine gestärkte, blaue Anweisung, und die Schwester ließ uns mit Mrs Honeyman in dem mit Licht und Seife gespülten Zimmer allein.

Mrs Honeyman. Mir wurde bewusst, dass ich ihren Vornamen nicht kannte, und ich sah auf der mit Filzstift beschriebenen Tafel über ihrem Bett nach. Ruth Honeyman. Ruth.

»Ruth?«, sagte ich. Sie zeigte nicht die Spur eines Wiedererkennens, die Augen auf etwas gerichtet, das nur sie sehen konnte, die Hände auf der Bettdecke zu Fäusten geballt.

»Ruth, ich bin es, Florence. Wir wohnen beide in *Cherry Tree*.«

Nichts.

»Wir sind gekommen, um nach Ihnen zu sehen. Um zu fragen, ob Sie vielleicht etwas brauchen?«

Ich hörte, wie Jack die Stille einatmete. Kein Laut war zu vernehmen außer einer Uhr auf der anderen Seite des Zimmers, die schnalzend die Sekunden zählte.

»Ruth, wir müssen mit Ihnen reden.« Ich zog mir einen Stuhl an ihre Bettkante und versuchte, eine ihrer Fäuste in die Hand zu nehmen. »Wir haben nicht viel Zeit. Wir müssen mit Ihnen über Gabriel sprechen.«

Schlagartig sah sie mich mit vor Angst weit aufgerissenen Augen an. »Er ist nicht *mein* Gabriel.«

»Das wissen wir«, sagte ich.

»Aber wir dürfen es niemandem sagen«, flüsterte sie und entrollte einen Finger, um ihn an ihre Lippen zu halten.

»Versuchen Sie, ganz ruhig zu bleiben«, sagte ich.

»Die Polizei wird kommen und nach ihm fragen, sagt er, und dann sollen wir behaupten, dass er es ist.«

Angst legte sich auf ihr Gesicht.

»Was hat er zu Ihnen gesagt? Was hat er getan, dass Sie so mir nichts, dir nichts verschwunden sind?«, fragte ich.

Mrs Honeyman verlor sich wieder in weiter Ferne. Ich konnte sie atmen hören. Zarte, klamme Atemzüge, die von einem Herzen kamen, das die ihm zugestandene Zeit bereits weit überschritten hatte.

»Es war nicht meine Schuld.« Mrs Honeyman sagte das nicht zu uns. Ich war nicht einmal sicher, ob sie überhaupt zu irgendjemandem sprach, denn offen gestanden weiß ich nur zu gut, dass manche Worte einfach hinausmüssen und es keine große Rolle spielt, wo sie landen. »Ich hatte nichts getrunken. Ich bin einfach so gefallen. Gabriel hat mich nicht verlassen, weil ich mein eigenes Kind getötet habe. Er ist einfach …« Sie suchte nach dem richtigen Wort. »… verschwunden«, sagte sie schließlich.

Sie sah mir in die Augen. Für jemanden, der immer still und abwesend war, hatte sie einen erstaunlich klaren, wachen Blick. Es waren Augen, die schon alles gesehen hatten.

»Ich bin gestolpert«, sagte sie. »Ich hatte mich verschätzt. Ich versuchte, mich irgendwo festzuhalten, aber da war nichts.«

Rückblickend glaube ich, dass das der Moment war, in dem mir wieder einfiel, was mit Ronnie geschehen war, in dem sich die Teile ineinanderfügten und alles endlich einen Sinn ergab.

»Er hat Sie nicht verlassen, Ruth«, sagte ich.

»Nicht?«

»Nein. Ganz bestimmt nicht. Ich kann es Ihnen jetzt nicht erklären, weil ich selbst gerade erst beginne, die Sache zu verstehen«, sagte ich. »Sie müssen mir einfach glauben. Er hat Sie nicht verlassen. Es war alles ganz anders.«

Ich griff nach ihrer Hand, und als sie sie nach meiner ausstreckte, fiel etwas zu Boden. Es war ein Fossil. Ein Ammonit. Eine Spirale der Vergangenheit, Zeugin einer lange zurückliegenden Zeit, eine Erinnerung an etwas, das einmal existiert hatte. Ich hob sie auf.

»Ich weiß jetzt, wo sie gewesen ist«, sagte ich.

Während wir das Krankenhaus verließen und die auf Hochglanz polierten Flure entlanggingen, hielt ich den Ammoniten in meiner Tasche fest umklammert. Mrs Honeyman hatte ihn nicht zurückhaben wollen. Vielleicht hatte er für sie seinen Zweck erfüllt, oder vielleicht hatte sie ihn mir gegeben, damit ich ihn für sie aufhob. So oder so, ich konnte ihn nicht mehr loslassen. Wir gingen langsam und sammelten mit jedem bedächtigen Schritt unsere Gedanken. Als wir endlich wieder draußen standen, wo das strahlende Sonnenlicht und der Geruch nach frischem Morgen wie eine Mauer vor dem Eingang warteten, hatten wir das Gefühl, von einer sehr langen Reise zurückgekehrt zu sein.

Wir setzten uns in den Speisesaal, ohne unsere Mäntel auszuziehen, und starrten auf den abgeräumten Tisch, auf dem nur noch ein dickes weißes Tischtuch lag. Ich legte den Ammoniten in die Mitte. Er sah so unbedeutend aus. So klein. Was für ein seltsamer Gedanke, dass etwas so Unscheinbares viele Tausend Jahre Geschichte in sich trug.

Simon ging an uns vorbei und kam gleich wieder zurück, als er sah, was vor uns lag.

»Ein Fossil«, sagte er überflüssigerweise. Er betrachtete es genauer. »Fossilien sind einfach faszinierend.«

»Das stimmt«, sagte ich.

»Manchmal sind sie der einzige Beweis, den wir haben, dass Sachen einmal existiert haben.«

»Glauben Sie wirklich?«, fragte ich.

Simon richtete sich wieder auf und verschränkte die Arme. »Das habe ich im *Geographical Scientist* gelesen.«

»Aber was ist mit Ihnen, Simon? Was denken Sie persönlich darüber? Wie ist Ihre Meinung dazu?«

Simon schluckte ein wenig Luft, um die Frage besser verdauen zu können. »Ehrlich gesagt, weiß ich es nicht«, sagte er nach einer Weile. »Ich habe nie darüber nachgedacht.«

»Und wenn Sie jetzt einmal darüber nachdenken?«, fragte Jack.

Simon verlagerte sein Gewicht und atmete tief durch. »Ich vermute«, sagte er, »dass etwas nicht sichtbar sein muss, um von Bedeutung zu sein.«

»Weiter«, sagte ich.

»Bevor jemand dieses Fossil gefunden hat« – sicherheitshalber sah er es sich noch einmal genauer an –, »hatte es wohl auch schon eine Wirkung auf die Welt, meinen Sie nicht? Es hat das Universum auch so beeinflusst. Wir wissen nur nicht, wie.«

Jack signalisierte ihm, nicht nachzulassen.

»Und alles, was es beeinflusst hat«, sagte Simon, »all diese Dinge verändern ihrerseits das Universum in irgendeiner Weise. Aber ich schätze mal, wir werden nie erfahren, welche Veränderungen das sind.«

»Nein, das glaube ich auch nicht«, sagte ich.

Simon trat einen Schritt zurück, als ob der Entdeckung, dass so ein kleiner Gegenstand so große Konsequenzen nach sich ziehen kann, ein bisschen mehr Raum in der Welt zustand.

Ich nahm den Ammoniten und hielt ihn in meiner Handfläche. »Es spielt keine Rolle, wie lang oder wie kurz wir hier sind, die Welt ist ein klein wenig anders, weil wir existiert haben. Obwohl ich nicht sicher bin, wie man das je beweisen soll.«

»Vielleicht ist das auch nicht notwendig«, sagte Simon. »Vielleicht genügt es ja schon, es zu wissen.«

Nachdem Simon und seine Sicht der Dinge den Raum verlassen hatten, saßen wir drei schweigend um den Tisch.

»Und nun?«, fragte ich, weil ich den Eindruck hatte, dass niemand sonst etwas sagen würde.

»Vielleicht«, sagte Jack, »vielleicht sollten wir Ronnie einfach wieder verschwinden lassen.«

»Wie können Sie so etwas nur sagen?« Für ihre Verhältnisse schrie Elsie beinahe.

»Das klingt aber gar nicht nach Ihnen, Jack.« Stirnrunzelnd sah ich ihn an. »Wo ist Ihr Kampfgeist geblieben?«

»Es hat sich ausgekämpft«, sagte er und versuchte ein Lächeln. »Die Polizei glaubt uns ganz offensichtlich nicht, Ronnie ist es gelungen, jeden einzuschüchtern, der ihn identifizieren könnte, und überhaupt – wer will schon hören, was wir zu sagen haben?«

»Wir dürfen uns nicht so einfach geschlagen geben.« Ich schaute auf den Ammoniten. »Wir können nicht zulassen, dass er die Welt so verändert, wie es ihm gerade passt.«

»Aber wie können wir ihn stoppen?« Jack stand auf und hielt sich an der Stuhllehne fest. »Der Bus fährt in zwei Stunden, Florence. Ich glaube, ich werde mich ein wenig hinlegen.«

Wir sahen ihm nach, wie er schlurfend aus dem Speisesaal ging, müde von den vielen Jahren und dem vielen Nachdenken. Vielleicht lag es an der Seeluft. Irgendwie machte sie müde, als entzöge das Salz unserem Körper alle Energie. Ich sah Elsie an.

»Sollen wir uns auch ein bisschen hinlegen?«, fragte ich.

»Das kommt überhaupt nicht infrage. Du wirst es doch nicht etwa vergessen haben?«

»Was meinst du?«

Sie zwinkerte mir verschwörerisch zu. »Wir müssen uns doch noch vom Meer verabschieden.«

Wir passierten Auslagen voll mit Whitby-Buttertoffees und dicken Zuckerstangen, und vorbei an Muscheln, Perlen und endlosen Ständern mit Postkarten steuerten wir auf die Stufen zur Abtei zu, wo sich die Geschäfte in kopfsteingepflasterten Gassen versteckten und darauf warteten, entdeckt zu werden.

»Weißt du noch«, sagte Elsie, »wie wir früher stundenlang überlegen mussten, was wir mit nach Hause nehmen sollen?«

»Seitdem hat sich nicht viel verändert.« Ich warf einen Blick auf meine Uhr. »Wir müssen allmählich zurück, sonst trifft Miss Ambrose der Schlag.«

Elsie schaute sich das Schaufenster einer Galerie an.

»Vielleicht kaufe ich mir ein Bild vom Hafen. Oder eines, auf dem Strandhütten drauf sind.«

Mir fiel der Container vor Nummer zwölf ein und das Knirschen von Glas auf Metall. »Lieber nicht«, sagte ich.

»Aber warum denn nicht? Strandhütten mag einfach jeder. Sie sind wie ein Lächeln aus Holz.«

»Vielleicht lieber eine Dose mit Keksen«, schlug ich vor. »Das ist zweckmäßiger.«

»Ferien sind nicht dazu da, zweckmäßig zu denken, Florence. Das kannst du dir für die übrigen Wochen des Jahres aufheben.«

Wir schlenderten noch ein bisschen weiter und kamen zu einem Schaufenster, das voll mit Gagat war, dem glatten, dunklen Schmuckstein, den man auch Jett nennt und der wie ein schwarzer Spiegel anmutet. Ringe und Halsketten, Armbänder und Ohrringe glänzten um die Wette.

»Ein wunderschöner Stein, findest du nicht?«, sagte Elsie. »Gagat aus Whitby.«

Wie gebannt starrte ich in die Auslage. »Es ist ein Fossil«, sagte ich.

»Tatsächlich?«

»Ja, fossiles Holz. Tausende Jahre existiert er schon, und heute schnitzen wir aus ihm Formen, die unserer Zeit angehören.«

»Woher weißt du das alles?«, fragte Elsie.

»Das habe ich gelesen«, sagte ich. »In einer Zeitschrift. In der viktorianischen Zeit wurde Gagat als Zeichen der Trauer getragen. Er symbolisierte den Verlust, den man erlitten hatte.« Ich zeigte auf eine Brosche, die ganz hinten im Schaufenster lag. »Obwohl ich nicht ganz nachvollziehen kann, wie etwas so Schönes mit Traurigkeit in Zusammenhang gebracht werden kann.«

»Vielleicht hat es den Trauernden ein wenig geholfen zu wissen, dass etwas, das schon so lange existierte, immer noch einen Platz in der Welt hatte.«

»Vielleicht«, sagte ich.

Die Brosche sah uns durch das Ladenfenster an. Der kreisrunde, makellose Stein glänzte wie schwarze Tinte und wurde für alle Ewigkeit von einer silbernen Kordel eingerahmt.

»Du könntest dir mal wieder etwas gönnen«, sagte Elsie. »Ein schönes Erinnerungsstück.«

»Nein, lieber nicht.«

»Und warum nicht? Ich sehe doch, wie sehr dir die Brosche gefällt.«

»Aber das ist ein Geschenk, das man für jemanden kauft, den man liebt, findest du nicht? Nichts, das man für sich selbst kauft. Außerdem trage ich keinen Schmuck.«

»Dann solltest du vielleicht damit anfangen«, sagte Elsie, aber ich war schon weitergegangen.

»Shortbread«, sagte ich. »Ich kaufe eine Dose Shortbread, und wenn ich es dann doch nicht esse, kann ich die Dose immer noch Miss Ambrose für die Tombola geben.«

Am Schluss nahmen wir beide das Shortbread, und während Elsie in Richtung Toilette verschwand, hörte ich eine Weile den Kirchenglocken zu und holte uns beiden ein Eis. Dann machten wir uns auf den langen Weg zurück zum Hotel.

»Da sind Sie ja.« Miss Ambrose und ihr Klemmbrett warteten bereits auf dem Gehsteig. »Ich wollte gerade anfangen, mir Sorgen zu machen.«

»Um uns müssen Sie sich keine Sorgen machen, Miss Ambrose.« Ich warf Eric ein strahlendes Lächeln zu, als ich in den Bus kletterte. »Wir haben uns nur noch kurz vom Meer verabschiedet.«

Miss Ambrose setzte zu einer Antwort an, überlegte es sich dann aber doch anders und schüttelte stattdessen den Kopf, während sie Simon ansah. Eric startete den Motor und sagte: »Na, dann wollen wir mal«, und die ganze Gesellschaft machte sich auf den Weg zurück nach *Cherry Tree*. Nur Mrs Honeyman fehlte natürlich. Wir sahen sie nie wieder. Ich machte mir manchmal Sorgen, dass sie sie nach *Greenbank* gebracht haben könnten, aber ich wollte lieber daran glauben, dass sie immer noch in jenem Zimmer war, das von Sonne, Seifenduft und der Leichtigkeit erfüllt war, die wir spüren, wenn wir uns nach langer Zeit endlich selbst verzeihen.

»Ich verstehe nicht, was ich dort soll.«

Seit zwanzig Minuten lief ich nun schon im Zimmer auf und ab. Für gewöhnlich bin ich nicht der Läufertyp – Elsie ist immer diejenige, die dauernd hin und her rennt, wenn sie nervös ist. Ich bin mehr die Händeringerin und Zappelliese, aber in diesem Fall hatte ich mich für das Auf-und-ab-Gehen entschieden, und ich würde so schnell nicht damit aufhören, da konnte Elsie sich auf den Kopf stellen. Wir waren noch keine vierundzwanzig Stunden wieder in *Cherry Tree*, und auf meinem Marsch durch das Zimmer musste ich auf den Koffer aufpassen, der unausgepackt in der Ecke stand.

»Ich habe nicht bestanden, stimmt's?«, sagte ich. »Ich war auf Bewährung und habe nicht bestanden. Und jetzt wollen sie mich loswerden.«

»Es handelt sich ganz bestimmt um eine reine Vorsichtsmaßnahme«, sagte Elsie. »Es kommt sicher jeder mal an die Reihe. Das hat nichts mit dir persönlich zu tun.«

Abrupt machte ich halt. »Und warum bin dann ausgerechnet ich die Erste, die gehen soll? Warum haben sie dann nicht erst dich geschickt? Das war es dann wohl, Elsie. Das ist der Anfang vom Ende.«

»Wir gehen zusammen«, sagte sie. »Du musst das nicht allein machen. Es hat bestimmt niemand etwas dagegen, wenn ich mitkomme.«

Ich ging langsam weiter. »Was ist, wenn ich den Test nicht bestehe?« Ich blieb endgültig stehen. »Was ist, wenn sie mich nach *Greenbank* schicken?«

»Natürlich bestehst du den Test. Stell dir das Ganze als ein nettes Gespräch vor. Da wird nur ein Arzt sein, der dir alberne Fragen stellt. Den steckst du locker in die Tasche.«

»Meinst du?«

»Aber sicher.« Anstatt mich anzuschauen, zeigte Elsie zum Fenster. »Sieh nur, was für ein schöner Tag heute ist. Wie kann an so einem Tag etwas Schlimmes passieren?«

Sie hatte recht. Es war einer dieser Tage im Oktober, an denen das Wetter vergisst, wer es ist, und winzige Wölkchen an den Rändern eines azurblauen Himmels leise flüstern. Sonnenlicht wärmt alle Farben und wischt den Regen vom Vortag auf, und alles sieht so strahlend und glücklich aus, als hätte der liebe Gott ein neues Set Filzmalstifte geschenkt bekommen.

Eine von Miss Bissells helfenden Händen begleitete uns im Taxi. Ihr Name war offensichtlich Natasha, obwohl sie sich nicht die Mühe gemacht hatte, sich vorzustellen. Lila Kasack. Abhängig von Telefonsignalen. Geruch nach Kaugummi. Wie der Taxifahrer hieß, kann ich beim besten Willen nicht sagen, weil er auf der ganzen Strecke zwischen *Cherry Tree* und dem Krankenhaus kein einziges Wort von sich gab, sondern lieber zu *Radio 2* summte und dazu im Takt auf sein Lenkrad klopfte. Elsie saß neben mir auf der Rückbank, und ich verbrachte die gesamte Fahrt damit, zu schlucken und darüber nachzudenken, was aus mir geworden war.

»Das wird schon gut gehen. Mach dir keine Sorgen«, sagte Elsie alle paar Minuten, als rezitierte sie den Text eines Schlafliedes. »Wir sind da ruckzuck wieder draußen, und dann gehen wir zu diesen netten Freiwilligen im Krankenhauscafé und essen Kuchen mit Vanillecreme.«

Ich blickte in den Himmel. Irgendwo zwischen dem Parkplatz von *Cherry Tree* und der Umgehungsstraße hatte er sich verändert. Es ist immer wieder erstaunlich. Kaum sieht man für einen Augenblick nicht hin, schon ist alles wieder ganz anders. Der Regen zog Streifen über das Glas und ließ die Welt ganz enttäuscht wirken.

»Oder ein Blätterteigteilchen mit Rosinen. Die magst du doch so gern«, sagte Elsie.

»Rosinen und ich verstehen uns nicht mehr so besonders.« Ich hielt meinen Blick auf den Himmel geheftet. »Sie sind mir einfach zu kompliziert.«

Die restliche Fahrt verlief schweigend. Der Taxifahrer hielt im Aussteigebereich, und wir kämpften uns aus dem Auto auf diese eigenartige, gelb schraffierte Fläche, die nass vom Oktoberregen war.

»Da wären wir also«, sagte ich. »Ich habe seit meiner Schulzeit keinen Test mehr machen müssen. Ich dachte, ich hätte alle Prüfungen hinter mir.«

»Sieh es nicht als Test, sondern einfach nur als Unterhaltung«, sagte Elsie. »Eine kleine Plauderstunde.«

Natasha ging hinter uns her und fuchtelte mit ihrem Mobiltelefon in Richtung Dächer. »Wenn ich Sie verliere, bin ich geliefert«, sagte sie.

Wir folgten den auf den Boden gemalten Linien. »Wenn man alt wird, hat man manchmal das Gefühl, dass das ganze Leben eine einzige große Prüfung ist.«

Das Wartezimmer war voller Menschen, und trotzdem herrschte eine seltsame Ruhe. Jedes Mal, wenn sich eine Tür öffnete, drehten sich alle um, in der Hoffnung, es wäre ein Arzt oder eine Krankenschwester oder irgendein Hinweis darauf, dass Bewegung in die Warteschlange kam. Es war der gemeinsame Wartebereich für alle möglichen Abteilungen, sodass wir uns den Weg an Rollatoren, Kinderwägen und Trauben kleiner Kinder vorbeibahnen mussten, bis wir endlich einen Platz am Rand fanden. Natasha marschierte schnurstracks zum Fenster, wo sie ihr Handy Richtung Decke hielt und eine Grimasse zog.

»Jetzt könnte ich einen Tee vertragen. Gibt es hier keinen Tee?«, sagte ich. »Beim Friseur bekommt man doch auch immer welchen.«

Auf der anderen Seite des Raums stand ein Automat, aber jemand hatte einen Zettel daran befestigt, auf dem man gebeten wurde, die Notaufnahme aufzusuchen.

»Irgendwo ganz unten in meiner Tasche müsste ich noch eine Pfefferminzpastille haben«, sagte Elsie.

Ich schüttelte den Kopf. »Ich wollte nur auf andere Gedanken kommen«, sagte ich. »Das gehört zu den Dingen, für die eine Tasse Tee gut ist.«

Ich betrachtete das Kreuz und Quer der Gehstöcke im Warteraum. Ich musterte die Leute, die alle in Braun- und Beigetönen gezeichnet waren und dort, wo früher ihr Haar war, einen Pinselstrich Weiß trugen, und Schuhe, die zu groß für ihre Füße waren. Mein Vater hatte immer gesagt, dass Ablenkung das beste Mittel gegen Nervosität sei, aber die Zeitschriften waren schon alle ausgeweidet und hatten sich ihrer Heftklammern entledigt, sodass ich schließlich zu einer Broschüre griff.

Leben mit Demenz, stand da.

Sie enthielt jede Menge Statistiken. Simon hätte seine wahre Freude daran gehabt. Ha, ich wusste seinen Namen noch! In dem Heftchen wurde erklärt, wie wahrscheinlich es war, dass man Demenz bekam, und in welchem Alter man ihr vermutlich zum ersten Mal begegnete. Es gab jede Menge Bilder von alten Menschen mit vollem Haar und rosigen Wangen und von Angehörigen, die gar nicht wussten, wohin vor lauter Geduld und Verständnis. Auf der zweiten Seite war eine Liste mit fett gedruckten Symptomen, um die ein Kasten gezogen war.

Elsie wühlte in den Tiefen ihrer Tasche nach ihrer Brille, aber dann gab sie auf. »Was steht da?«

»Probleme beim logischen Denken«, sagte ich. »Das war allerdings noch nie meine Stärke.«

»Was noch?«

»Kommunikationsprobleme.«

»Du hattest noch nie Schwierigkeiten zu kommunizieren.«

»Ganz im Gegenteil«, sagte ich.

»Und das Dritte?«

Ich guckte in den kleinen Kasten. »Stimmungsschwankungen.«

Elsie musste lachen, und ich lachte mit. Wir lachten so sehr, dass Natasha sich gezwungen sah, ihr Mobiltelefon für einen Moment zur Seite zu legen und sich zu erkundigen, ob alles in Ordnung sei.

»Danke, alles bestens. Haben Sie gelegentlich Stimmungsschwankungen, Natasha? Schwierigkeiten mit dem logischen Denken?« Ich schaute auf ihr Handy. »Oder vielleicht Probleme, mit anderen zu kommunizieren?«

Natasha sah mich finster an und verzog sich auf die andere Seite des Raums. Sie starrte uns immer noch über ihr Display hinweg an, als aus einem der Zimmer eine Krankenschwester auftauchte und uns hereinwinkte.

»Jetzt sind wir dran«, sagte ich und seufzte, so tief ich konnte.

Das Zimmer war eigentlich recht wohnlich, wenn man mal davon absah, dass sich ein Arzt darin befand. Auf dem Fensterbrett standen Blumen, obwohl ich den starken Verdacht hegte, dass sie unecht waren. Sie hatten hier die gleiche Broschüre, die ich eben gelesen hatte, allerdings war sie in Form eines Fächers auf einem Tischchen ausgelegt – wie Minzplättchen, die man nach dem Abendessen anbietet. Und anstatt der harten Plastikstühle gab es bequeme Sessel. Sogar mit Kissen, aber die beförderte ich gleich auf den Boden, weil sie Gift für Elsies Lendenwirbel sind.

Der Arzt empfing uns mit einem Lächeln. Er saß in dem Sessel uns gegenüber, hinter einem Stapel Unterlagen und mit einem Stethoskop, das vor seinem Hemd baumelte.

»Werde ich auch abgehört?«, fragte ich.

»Ich glaube nicht.« Nachdenklich betrachtete Elsie das

Stethoskop. »Ich denke, das hat er nur, damit alle wissen, wer er ist.«

Der Doktor lächelte schon wieder und fragte uns nach unseren persönlichen Angaben. Ich antwortete für uns beide, weil Elsie meinte, das sei eine gute Übung für mich.

»Und Sie?«

Der Mann sah uns überrascht an.

»Hallo, Mein Name Ist?«, sagte ich. »Ich gucke immer diese Arztserie, ich kenne mich also aus.«

Sein Name lautete Dr Andrews, und nachdem er sich die Hände gewaschen und seine Ärmel hochgekrempelt hatte, erklärte er uns, dass er uns eine Reihe von Fragen stellen würde.

»Gibt es ein Zeitlimit, in dem wir die Frage beantworten müssen?«, erkundigte ich mich.

Dr Andrews warf einen Blick auf die Wanduhr über unseren Köpfen und meinte nur, es würden noch jede Menge Patienten draußen warten.

»Der Mini-Mental-Status-Test geht normalerweise ganz schnell«, sagte er.

»Mini?« Verständnislos blickte ich ihn an.

Er informierte uns, dass der Test aus dreißig Fragen bestehe, was meiner Ansicht nach alles andere als »mini« war. Die Welt der Medizin scheint eine Vorliebe für Untertreibungen zu haben – unbedeutender Kratzer, leichtes Unwohlsein, winzige Abschürfung. Ich ließ ihm eine kleine Auswahl aus meinem nicht unerheblichen Erfahrungsschatz zuteilwerden – wobei ich darauf verzichtete, näher auf meine Verdauung einzugehen, sonst hätten wir noch den ganzen Tag dagesessen.

»Sollen wir dann loslegen?«, fragte Dr Andrews, und Elsie und ich saßen augenblicklich kerzengerade.

Es ist immer wieder erstaunlich, wie schnell man aus dem Konzept gebracht wird, wenn man unter Beobachtung steht. Wenn es ganz normale Fragen gewesen wären, die einem an der Bushaltestelle oder in der Schlange an der Supermarktkasse gestellt werden, hätte ich bestimmt keinen Moment überlegen müssen, aber wenn ein Dr Andrews einen erwartungsvoll ansieht und sein Stift wartend über dem Fragebogen schwebt, weiß man nicht einmal mehr, wie man heißt. Als Erstes erkundigte er sich nach dem Wochentag. Natürlich wusste ich, dass wir Dienstag hatten, aber durch unseren Ausflug nach Whitby war ich ein bisschen durcheinandergekommen und tippte auf Donnerstag, bevor wir richtig darüber nachgedacht hatten. Elsie meinte, es sei Dienstag, aber sie wolle lieber abwarten, was ich sagen würde. Die Sache mit den Wochentagen machte uns so konfus, dass wir, als wir zu Monat und Jahr kamen, das Erstbeste herausposaunten, was uns gerade einfiel. Natürlich war 1997 falsch. 1997 war das Jahr, in dem Diana starb. Das sagte ich dann auch Dr Andrews und wollte wissen, ob es dafür einen Bonuspunkt gebe, aber er schüttelte nur den Kopf.

»Der Test hat leider kein Kästchen für die Prinzessin von Wales«, sagte er.

Keine von uns hatte sich den Namen des Krankenhauses gemerkt. Wer achtet denn auch auf so etwas? Und Natasha war es gewesen, die den Knopf im Aufzug gedrückt hatte, sodass wir auch nicht sagen konnten, in welchem Stockwerk wir uns befanden. Ich meinte, da müsse er schon Natasha fragen und ob ich hinausgehen und sie holen solle, aber Dr Andrews ging einfach zur nächsten Frage über.

»Ziehen Sie sieben von hundert ab«, sagte er. »Dann ziehen Sie von der Zahl wieder sieben ab und immer so weiter, bis ich Stopp sage.«

Ich sah über das Tischchen auf sein Klemmbrett.

»Aber Sie haben die Antworten doch schon«, sagte ich und zeigte darauf. »Dort am Rand stehen sie ja.«

Dr Andrews legte seinen Arm über das Blatt Papier, wie

ein Schulkind. »Nun machen Sie sich mal keine Gedanken darüber, was ich weiß oder nicht weiß.«

»Ich finde schon, dass ich mir da Gedanken machen muss. Schließlich sind Sie derjenige, der darüber entscheidet, ob eine von uns nach *Greenbank* geschickt wird.« Ich reckte den Hals. »Buchstabieren Sie STUHL rückwärts. L-H-U...«

Wie ein Springteufelchen federte Dr Andrews aus seinem Sitz und führte den Rest der Befragung vom Fenster an der anderen Seite des Raums aus durch. Elsie hatte Mühe, ihn aus der Entfernung zu verstehen, vor allem weil er auf ihrer schlechten Seite stand, und ich musste jede einzelne Frage wiederholen, damit sie alles mitbekam. Ganz am Schluss hielt er ein Blatt Papier in die Höhe. Darauf stand *Schließen Sie die Augen*.

»Warum sollten wir?«, sagte ich.

»Weil ich Sie darum bitte.« Dr Andrews und das Blatt rückten ein Stück näher.

»Geht es um eine Überraschung?«, fragte ich.

Ich hörte, wie Dr Andrews aufseufzte. »Tun Sie eigentlich nie, was man Ihnen sagt?«

Ich runzelte die Stirn. »Nicht, wenn ich es irgendwie vermeiden kann.«

Als wir mit dem Test fertig waren, durften wir Dr Andrews dabei zusehen, wie er eine ganze DIN-A4-Seite beschrieb. Wir knöpften schon mal unsere Mäntel zu, und dann wandte ich mich an ihn und fragte, wie es gelaufen sei.

Ohne aufzusehen, sagte er, dass er die Ergebnisse nach erfolgter Auswertung an *Cherry Tree* übermitteln werde. Er blickte nicht mal hoch, als ich sagte: »Aber es handelt sich doch um unsere Ergebnisse? Halten Sie es nicht für nötig, uns zuerst zu informieren?«

Die Krankenschwester trieb uns wie Schafe vor sich her, bis wir wieder in der Obhut von Natasha und ihrem Mobiltelefon waren. Wir marschierten – am Café vorbei – wieder aus dem Krankenhaus und kämpften uns auf den Rücksitz eines Taxis. Ich blickte aus dem Fenster.

»Weißt du, Elsie, ich müsste lügen, wenn ich behaupten wollte, dass mir dieses Plauderstündchen besonders viel Freude bereitet hätte.«

Als das Taxi vor *Cherry Tree* vorfuhr, musste es eine mühsame Drei-Punkte-Wendung vollführen, weil in der Mitte des Parkplatzes ein Polizeiauto stand.

Zum ersten Mal seit zwanzig Minuten sah Natasha von ihrem Handy auf und guckte entgeistert.

Eigenartig, dass Polizei- oder Krankenwagen diese Wirkung auf uns haben. Wenn man eine Sirene hört, rennt man sofort zum Fenster, um sie vorbeirasen zu sehen, auch wenn man nicht den Schimmer einer Ahnung hat, wo sie hinfahren. Womöglich hat es etwas Beruhigendes, wenn die Sirene wieder in der Ferne verklingt und sicheren Abstand zu unserem eigenen Leben hält. Der Einsatzwagen vor *Cherry Tree* hatte die Sirene zwar ausgeschaltet, war aber seltsam quer geparkt – nur Polizisten kommen mit so etwas durch.

Selbstverständlich steuerten Elsie und ich sofort den Tagesraum an, um uns einen Überblick über die Situation zu verschaffen. Jack hatte bereits auf dem Sofa Posten bezogen und nickte uns zu, als wir hereinkamen.

»Irgendetwas ist im Busch«, sagte er. »Auch wenn alle sich in Schweigen hüllen.«

Im Büro von Miss Ambrose standen zwei Polizeibeamte, und ihre Uniformen schienen den ganzen Raum auszufüllen. Miss Ambrose selbst saß eingezwängt hinter ihrem Schreibtisch in der Ecke und musste mit ansehen, wie ihre Aktenschränke eingehend durchsucht wurden.

»Betrug vielleicht?«, mutmaßte Jack. »Ob da jemand die Bücher ein wenig frisiert hat?«

»Das sähe Miss Ambrose aber gar nicht ähnlich, meinen Sie nicht?«, sagte ich. »Sie kauft all ihre Kleidung bei *Marks & Spencer*.«

Jack schlenderte zur Infotafel hinüber und stellte sich so unauffällig wie möglich neben die Bürotür.

»Hat man so eine Art Persilschein, wenn man bei *Marks & Spencer* einkauft?«, fragte Elsie. »Denn wenn dem so ist, sind praktisch alle hier in *Cherry Tree* Heilige.«

Jack kam zurück. »Mist, nichts zu hören«, sagte er.

Wir saßen nebeneinander auf dem Sofa. Einige Minuten später erschien Simon durch die Doppeltür, ein Klemmbrett in der Hand, doch sobald er die Polizisten sah, machte er drei Schritte rückwärts und verschwand wieder.

»Vielleicht sind sie ja auch hinter dem Hausmeister her«, sagte ich. »Es ist doch meistens der Hausmeister, oder? Oder der Gärtner oder jemand anderes im Hintergrund, auf den nie jemand richtig achtet.«

Elsie sah mich verständnislos an. »Das Leben ist doch keine *Columbo*-Folge.«

»Manchmal schon«, sagte ich.

Zehn Minuten später setzten die Beamten ihre Mützen wieder auf und verließen das Büro mit einigen Umschlägen. Miss Ambrose beobachtete uns eine Weile durch ihr Schachbrettfenster. Zwischendurch hatte ich kurz den Eindruck, dass sie lächelte, aber ich kann mich geirrt haben. Als sie endlich aus ihrem Büro kam, schlug Jack die Augen auf und rief: »Was war denn da los?«, und Miss Ambrose antwortete: »Sagen Sie es mir, dann wären wir alle um einiges schlauer«, worüber ich erst einmal geschlagene fünfzehn Minuten nachdenken musste.

»Wenigstens hat uns das nach unserem Besuch im Krankenhaus auf andere Gedanken gebracht«, sagte ich.

Jack hörte auf, Miss Ambrose nachzusehen, wie sie sich über den Flur entfernte, und drehte sich zu mir um. »Und? Wie ist es gelaufen?«

»Man kann immer nur versuchen, sein Bestes zu geben«, sagte ich. »Meinen Sie nicht?«

Jack sah mich aufmerksam an, während seine Augen meine Worte abwogen. »Sie geben doch auf sich acht, Florence? Wir alle benötigen manchmal Hilfe. Sie müssen es nur sagen.«

»Ich glaube nicht, dass ich Hilfe verdiene«, sagte ich.

»Aber natürlich tun Sie das. Jeder verdient Hilfe. Wie, um alles in der Welt, kommen Sie denn darauf?«

Die Worte machten sich selbstständig und gaben mir keine Gelegenheit, sie vorher noch einmal durchzugehen.

»Ich war mir so sicher, dass es Ronnie war, der ertrunken ist, und nicht Gabriel Price. Ich hätte mein Leben darauf verwettet.«

Ich merkte, wie er stutzte. »Wie können Sie sich da so sicher sein, Florence?«, fragte er.

Ich sah ihm in die Augen. »Weil ich ihn selbst ins Wasser gestoßen habe.«

22:13 Uhr

Es war in Whitby, dass es mir wieder einfiel, aber ich verstaute die Erinnerung gleich wieder in einer der Schubladen in meinem Kopf und versuchte, nicht mehr daran zu denken.

Nachdem Hazel gestorben war, ging keiner von uns mehr zum Tanzen. Wir brachten es einfach nicht über uns. In der Nacht, als Ronnie starb, warf ich einen Blick durch die Tür im Bürgersaal, aber alles war viel zu bunt und grell und die Musik so laut, dass es geradezu obszön wirkte. Ich wollte gerade wieder gehen, als ich Ronnie entdeckte. An der Bar. Im Gespräch mit einem Mädchen, das ich noch nie gesehen hatte. Er flüsterte ihr etwas ins Ohr, ein winziges bisschen zu nah, einen Augenblick zu lang. Und dann lachte er. Er lachte, als hätte jemand die Tafel leer gewischt und er könnte einfach wieder von vorn anfangen.

Ich habe keine Erinnerung mehr daran, dass ich gegangen bin, dass ich mich umgedreht und die Tür hinter mir geschlossen habe, dass ich die Stufen hinuntergelaufen bin. Ich nahm meine Umgebung erst wieder wahr, als ich in Elsies Küche stürzte, auf der Suche nach jemandem, mit dem ich meine Empörung teilen konnte.

Im Haus war es still. Alle waren im Bett. Ich ging einige Minuten in der Küche auf und ab, und dann stellte ich mich an den Fuß der Treppe und lauschte nach oben. Für gewöhnlich konnte man Elsies Mutter zu jeder Tages- und Nachtzeit hin und her laufen hören, aber sogar sie war ruhig. Ich weiß noch, wie die Standuhr im Flur tickte, wie vollkommen still die Dielenbretter dalagen und wie ich dachte, dass das ganze Haus tief und fest schlief. Aber dann hörte ich es. Jemand weinte. Zuerst hielt ich es für das Weinen eines Kindes irgendwo, aber für ein Kind klang das Weinen zu vielschichtig, außerdem war es nicht die Art von Weinen, die etwas fordert. Es wollte nicht einmal gehört werden. Und dann verstand ich. Es war Elsie.

Ich wollte zu ihr gehen. Ich hatte sogar schon den Fuß auf der untersten Stufe. Doch irgendetwas hielt mich zurück. Es lag nicht daran, dass es schon spät war oder peinlich, jemanden beim Weinen überrascht zu haben. Es war Elsie, und bei Elsie war mir nichts peinlich. Vielmehr war mir klar geworden, dass nichts, was ich ihr sagen konnte, ihr helfen würde. Sosehr mir an ihr lag und sosehr ich sie gern getröstet hätte – meine Worte hätten nichts für sie tun können. Was mich wirklich an jenem Abend davon abhielt, zu ihr zu gehen, war, dass ich mich dann meiner eigenen Unzulänglichkeit hätte stellen müssen.

Zitternd kehrte ich wieder in die Küche zurück. Ich weiß nicht mehr, ob es aus Wut oder Enttäuschung war oder ob es an der kalten Novembernacht lag, aber ich erinnere mich, wie ich im Feuer herumstocherte und so lange in die Flammen starrte, bis meine Augen wehtaten. Das muss der Moment gewesen sein, in dem ich beschloss, etwas zu unternehmen. Wenn ich schon nicht die richtigen Worte finden konnte, konnte ich vielleicht wenigstens die Zwischenräume füllen, und wenn niemand es wagte, sich Ronnie Butler entgegenzustellen, dann müsste ich es vielleicht tun.

Ich atmete so tief ein, wie ich konnte, und verließ Elsies Haus. Ich knallte die Küchentür hinter mir zu, und der Lärm schien in der ganzen Straße widerzuhallen. Doch ich drehte mich nicht um. Im Gegenteil, ich lief geradewegs zum Bürgersaal zurück. In der Zwischenzeit waren natürlich längst alle gegangen. Ich sah durch die Fenster, und der Abend lag verlassen da. Die Bühne war leer, und der Holzboden übersät mit Papierschlangen, die leblosen Tische trugen den Abdruck von Gläsern. Es war niemand mehr da. Alle saßen wieder in ihrer warmen Küche oder lagen in ihrem weichen Bett. Sogar die Straßen waren leer. Dennoch machte ich mich auf die Suche. Ich wusste, dass Ronnie irgendwo da draußen war, und ich konnte Elsie nicht mehr unter die Augen treten, bevor ich ihn nicht gefunden hatte.

Ich weiß nicht, wie lange ich durch die Gegend lief. Eine Stunde. Vielleicht länger. Ich sah in allen Pubs nach, weil ich wusste, dass die Musiker dort oft noch in den Hinterzimmern zusammensaßen und den Abend hinter geschlossenen Türen ausklingen ließen, und weil ich es für möglich hielt, dass Ronnie sich irgendwie dazugemogelt hatte. Ich ging den ganzen langen Weg zu seiner Wohnung auf der anderen Seite des Flusses, aber hinter den Fenstern war alles dunkel. Ich war zweimal die ganze Stadt abgelaufen und wollte gerade zu einer dritten Runde ansetzen, als ich ihn entdeckte. Am Ende der Straße, fast genau an der Stelle, an der ich vor einer Stunde angefangen hatte zu suchen. Er stolperte den Gehweg entlang und lehnte sich an eine Hauswand, um nicht das Gleichgewicht zu verlieren.

Ich hatte keine Ahnung, wo er gewesen war. Vielleicht hatte er jemanden zum Reden in einer Bar seiner Wahl gefunden, oder eine Frau, die nicht so genau hinsah, oder er war einfach wie ich aufs Geratewohl durch die Stadt gezogen und hatte versucht, seinen Weg nach Hause zu finden. Ich holte Luft, um etwas zu rufen, doch meine Stimme versagte mir den Dienst. Ich weiß nicht, ob aus Angst oder weil ich ihn so lange gesucht hatte und nun das befriedigende Gefühl, ihn doch noch aufgespürt zu haben, etwas genießen wollte. Torkelnd ging er weiter und vollführte einen Slalomlauf zwischen Laternenpfählen und Zäunen hindurch. Ich folgte ihm mit einigem Abstand und wünschte, meine Füße wären nicht so laut und mein Mund würde keine Dampfwölkchen ausstoßen. Ronnie drehte sich nicht einmal um. Er war zu sehr damit beschäftigt, sich auf den Beinen zu halten, und im Schutz der Häuserwände wagte ich mich etwas näher.

Der Fluss schneidet einen Weg in die Stadt und teilt sie in Alt und Neu. Die Armenhäuser und die kleinen Häuschen der Arbeiter auf der Seite, auf der Elsie und ich wohnten und von der aus man über einen Brückenbogen hinweg Aussicht auf die Fabriken und Mietshäuser hatte, und die Fremdenhäuser auf der anderen Seite. Ronnie wohnte auf der neuen Seite. Da wo die Straßen breiter und die Leute Unbekannte waren. Fremde, die der Zufall in die Stadt geführt hatte und die nie lange genug blieben, dass man ihre Gesichter wiedererkannt hätte. Er hätte die Brücke nehmen können. Er hätte diesen kleinen Umweg machen können, doch er entschied sich dafür, dem Fluss zu folgen. Er hatte eine Entscheidung getroffen, während ich noch unschlüssig war. Der Strom war breit und reißend. Ebbe und Flut zerrten an der Flussmündung, weswegen er die Stadt mit großer Eile durchquerte – mein Vater hatte mich immer davor gewarnt, in der Dunkelheit allein am Ufer entlangzugehen. »Zu gefährlich«, sagte er. »Man kann dort viel zu leicht abrutschen.« Aber in dieser Nacht war es etwas anderes. Ich musste das Risiko eingehen, weil ich Ronnie jetzt nicht mehr verlieren durfte. Nicht, nachdem ich so lange gebraucht hatte, ihn zu finden.

Der Mond war dick und rund und hatte es sich am Himmel gemütlich gemacht, doch hin und wieder wanderten schwarze Wolkenfetzen über seine Oberfläche, und ich konnte die Gestalt vor mir nicht mehr ausmachen. Er war eine flüchtige Skizze in der Ferne. Eine vage Bewegung in der Nacht. Ich versuchte achtzugeben, wohin ich meine Füße setzte, streifte mit der Hand durch das Unkraut und wilde Gras zu meiner Linken und konnte nichts hören als das Tosen des Flusses, der nur darauf wartete, dass ich fiel. Also tat ich, was ich immer tat, wenn ich aufgeregt war, und was ich schon als Kind getan hatte. Ich zählte. Erst zählte ich meine Atemzüge, aber die gingen zu schnell, und ich wusste nicht, wo einer aufhörte und der nächste anfing, also zählte ich lieber meine Schritte. Ich versuchte, sie Ronnies Schritten anzupassen, indem ich auf das Geräusch hörte, das seine Stiefel machten. Doch dann bemerkte ich vor lauter Zählen nicht, dass er langsamer geworden war, und mit einem Mal stand er so nah vor mir, dass ich ihn fast berühren konnte. Ich hatte den Geruch von Bier und dem Leder seiner Stiefel in der Nase, und mein Kopf dröhnte von seinem Atem. Er beugte sich vor, stützte die Hände auf die Knie und übergab sich in das Gestrüpp des Flussufers.

Als er fertig war, richtete er sich unsicher auf und wischte sich den Mund mit dem Ärmel seines Mantels ab. Er war völlig arglos. Desorientiert. Vielleicht war ihm auch leicht schwindelig. Und genau in diesem Augenblick, als er gerade wieder den Kopf hob, gab ich ihm einen Stoß. Eigenartig – im Leben tut man manchmal Dinge, ohne zuvor auch nur einen Gedanken an sie verschwendet zu haben. Ich hatte die Entscheidung erst in dem Moment getroffen, in dem ich es schon tat. Ich war Ronnie gefolgt, um ihm meine Meinung zu sagen, ihn wissen zu lassen, was ich von ihm hielt, doch als ich dort am Ufer stand, hatte ich plötzlich das Gefühl, dass es meine Bestimmung war, ihn in den Fluss zu stoßen. Manche Augenblicke im Leben scheinen ganz von selbst zu passieren. Zuerst fiel er nur zögerlich, wie ein Teller, der erst die Tischkante suchen muss, oder ein kleines Kind, das laufen lernt. Ich hätte in der Dunkelheit noch die Hand nach ihm ausstrecken können. Ich hätte ihn noch festhalten können, aber da war diese Unvermeidlichkeit. Diese Gewissheit. Das Gefühl, dass geschah, was geschehen musste, und jeglicher Versuch, es aufzuhalten, zum Scheitern verurteilt wäre. Ich flüsterte. Ich flüsterte auf ihn ein, während er fiel. »Glaube ja nicht, dass ich dir helfe.« Und dann schrie ich es. Ich schrie es mit all der Luft, die ich aus meiner Lunge pressen konnte.

»Glaube ja nicht, dass ich dir helfen werde!«

Ich hörte ihn. Ich hörte ihn schreien, als er auf der Wasseroberfläche auftraf, und ich hörte, wie der Fluss seine Arme weit ausbreitete. Am lautesten war jedoch die Stille, die eintrat, nachdem das Wasser ihn verschluckt hatte. Ich blieb an der Stelle, an der er eben noch gestanden hatte, und lauschte. Ich wartete noch einige Minuten, um ganz sicher zu sein, und dann rannte ich. Ich rannte den ganzen Weg am Ufer entlang bis zur Brücke, und wie es mir gelungen ist, nicht selbst in den Fluss zu fallen, wird mir für immer ein Rätsel bleiben. Glück. Gottes Wille. Vorsehung. Alle jene Instanzen, denen wir danken, wenn wir nicht wissen, wohin mit unserer Dankbarkeit. Als ich die Straße erreicht hatte, hielt ich mich an der Brückenmauer fest und fragte mich, ob ich je wieder zu Atem kommen würde. Ich hatte den Eindruck, dass die Stadt nur auf mich gewartet hatte, darauf, dass ich zurückkam, von wo auch immer ich gewesen war. Von weiter her konnte ich Leute hören. Lachen, Abschiede, Gespräche. Vielleicht Leute vom Tanzabend. Leute, die nicht eben am Ufer gestanden und zugesehen hatten, wie ein Mann ertrank.

Ich hätte den Stimmen folgen können. Ich hätte um Hilfe rufen können. Ich hätte an die erste Tür hämmern können, an der ich vorbeikam. All das hätte ich tun können, aber ich entschied mich dagegen. Ich habe sechzig Jahre damit verbracht, den Weg zu suchen, der mich zu dieser Entscheidung geführt hatte, und ich vermute mal, dass ich ihn hier auf dem Boden in der Dunkelheit auch nicht finden werde. Aber ich habe nie aufgehört, nach ihm zu suchen. Ich habe nie aufgehört, den Menschen zu suchen, der ich in meiner Vorstellung einmal war, in der Hoffnung, mich eines Tages zurückholen zu können.

FLORENCE

Schweigend hatten sie mir zugehört. Jack hatte die Augen geschlossen, als wollte er alles ausblenden, um sich ganz auf meine Worte zu konzentrieren.

»Ich war mir so sicher, dass es Ronnie war«, sagte ich.

Jack streckte die Hand nach meiner aus. Sie war vor Alter ganz knotig. »Jeder von uns hat schon im Eifer des Gefechts aus dem Bauch heraus gehandelt«, sagte er. »Keiner von uns ist ohne Schuld.«

»Ich habe einen Menschen umgebracht«, sagte ich. »Ich habe Gabriel Price getötet.«

»Aber du dachtest, es sei Ronnie.«

Elsie sah mich an.

»Das macht es aber doch nicht besser. Dass es nicht der Mensch war, für den ich ihn hielt.«

Jacks Hand ruhte immer noch auf meiner. »Das hätte jedem von uns passieren können, Florence, es kommt immer auf die Umstände an.«

»Aber niemand verdient es zu sterben«, sagte ich.

»Hatten Sie denn vor, ihn umzubringen?«

»Nein«, sagte ich. »Natürlich nicht. Ich wollte ihm nur

wehtun, so wie er Elsie wehgetan hatte.« Ich sah sie an. »Wie er uns allen wehgetan hatte.«

»Na sehen Sie«, sagte er.

»Du musst lernen zu verzeihen, Florence«, sagte Elsie. »Bei anderen Leuten bist du immer so nachsichtig, warum ist es so schwer für dich, dir selbst zu vergeben?«

»Trotzdem – ich sollte es jemandem sagen. Ich sollte es der Polizei melden. Ich bin ein schlechter Mensch. Ich bin so voller Fehler, so voller Risse und Kerben.«

»Natürlich sind Sie das.«

Fragend sah ich ihn an.

»Das sind wir alle. Jeder von uns ist irgendwie versehrt. Aber wir brauchen unsere Fehler, all die Brüche und Risse.«

»Glauben Sie?«, fragte ich verblüfft.

»Aber natürlich. Wie soll denn sonst das Licht zu uns durchkommen?«

Ich sah, wie Elsie zu uns herüberlächelte.

»Das, was Sie ausmacht, wird nicht von einem einzelnen Augenblick bestimmt.« Jack hielt meine Hand immer noch fest in seiner. Ich konnte fühlen, wie er zitterte. »Jener kurze Moment sagt nichts darüber aus, wer Sie sind.«

»Aber was denn dann?«, fragte ich.

»O Florence. Alles andere natürlich«, sagte er. »Alles andere.«

MISS AMBROSE

Anthea Ambrose saß im Japanischen Garten und betrachtete ihre Fingernägel. Vor ihrem Wochenende in Whitby waren sie um einiges länger gewesen. Miss Ambrose hatte sich immer vorgestellt, sie würde eines Tages einen Job haben, der ihr genügend Spielraum für gepflegte Nägel ließe und in dem sie mit Füller schreiben würde statt mit einem angeknacksten Kugelschreiber. Ein Job mit einem Büro aus Glas und Chrom, in dem sie in der untersten Schublade des Aktenschranks immer ein zweites Paar High Heels aufbewahren würde. Das Vorstellungsgespräch, das sie verpasst hatte, hätte ihr so eine Stelle verschaffen können. Vielleicht sollte sie dort noch einmal anrufen. Vielleicht hatten sie inzwischen wieder eine freie Stelle.

»Was ist frei?«, fragte Jack.

Sie hatte gar nicht gemerkt, dass Jack direkt vor ihr stand, und auch nicht, dass sie laut gedacht hatte.

»Eine Stelle«, sagte sie. »Vor ein paar Jahren habe ich ein Vorstellungsgespräch verpasst, wegen eines Zwischenfalls hier, und ich dachte gerade darüber nach, ob es möglicherweise noch nicht zu spät ist, einen zweiten Anlauf zu machen.«

Er setzte sich neben sie auf die Bank. »Wollen Sie wirklich einen neuen Versuch wagen? Vielleicht hatte es ja einen tieferen Sinn, dass aus dem Gespräch nichts geworden ist.«

»Glauben Sie etwa all diesen Quatsch von wegen Schicksal und so?«

»Ich glaube an lange Sekunden«, sagte er. »Vielleicht wollte derjenige, der Sie von dem Termin abgehalten hat, Ihnen ja nur dabei behilflich sein, die richtige Version Ihrer Geschichte zu schreiben.«

Ihre Verwirrung schien ihn zu amüsieren. »Florence glaubt daran«, erklärte er. »Eine lange Sekunde entsteht, wenn die Uhr ganz kurz zögert, nur für einen winzigen Moment. Gerade lang genug, um Ihnen die nötige Zeit zu verschaffen, damit Sie die richtige Entscheidung treffen können.«

»Haben Sie denn Erfahrung mit diesen langen Sekunden?«, fragte sie.

Jack lehnte sich zurück. Sein Mantel war abgetragen, und an einem Knopf war schon der Faden lose. Sie musste ein Wort mit Chris sprechen. Jack brauchte einen neuen Mantel. Alte Menschen merkten nicht immer, wenn sie neue Kleidung brauchten. Sie wusste das. Von einer Fortbildung.

»Einmal habe ich so eine lange Sekunde erlebt«, sagte er. »Damals im Krieg. Ich habe zugesehen, wie ein Soldat das Schlachtfeld verließ. Ein älterer Mann, der mit seinen Kräften am Ende war. Er drehte sich einfach um und fing an zu gehen, immer weiter und weiter.«

»Ein Deserteur?«

»Es gab viele davon. Mehr, als die Leute denken. Männer, die umkamen vor Angst. Man macht sich keine Vorstellung von dem Grauen, das dort herrschte, wenn man es nicht selbst erlebt hat.«

»Und was haben Sie getan?«

»Ich bin ihm hinterher. Bin gerannt, bis ich ihn eingeholt hatte.«

»Haben Sie ihn gemeldet?«

»Nein«, sagte Jack. »Ich habe mit ihm geredet. Er hatte Todesangst. Die Erschöpfung, kaum etwas zu essen, ständig Wind und Wetter ausgesetzt. Nichts als Mord und Totschlag um uns herum. Man konnte nirgendwohin schauen, ohne dem Tod ins Auge zu sehen. Er vermisste seine Kinder. Nannte sie immer seine Klaviertasten, obwohl ich keine Ahnung habe, wieso.«

»Was ist dann passiert?«

»Ich konnte ihn überzeugen, wieder umzudrehen. Man sollte nicht glauben, dass mir das gelang, einem Jungspund wie mir, aber irgendwann sind wir beide zurückgegangen, und keiner von uns verlor je wieder ein Wort darüber.«

Miss Ambrose schüttelte den Kopf. »Sie hatten Glück, dass Sie heil aus dem Krieg zurückgekommen sind.«

»Um ein Haar wäre ich nicht zurückgekommen. Da war diese eine Nacht …«

Er zögerte, und Miss Ambrose sah zur Seite, um ihm ein Schlupfloch zu lassen, aber nach einer Weile fuhr er doch fort.

»… eine Nacht, in der wir seit Stunden unter Beschuss gestanden hatten. Wir dachten, es würde gar nicht mehr aufhören. Das Schlimmste war der Lärm, das ständige Dröhnen. Kein Raum, keine Stille. Wir überlegten zu bleiben, wo wir waren. Es auszusitzen. Aber dann erhielten wir den Marschbefehl.«

»Was ist dann geschehen?«

»Wir mussten ihn natürlich befolgen. Wir hatten keine Wahl. Das Problem waren die Landminen, die lagen da massenweise herum. Stellen Sie sich das vor, Sie laufen über ein Feld und wissen nicht, ob Ihr nächster Schritt Ihr letzter sein wird, und alles, was Sie hören, ist Ihr eigener Atem und die Granaten, die Ihnen um die Ohren fliegen. Wir waren fast auf der anderen Seite angekommen, hatten es fast geschafft, als mich der Kamerad neben mir zur Seite stieß. Er musste es kommen gesehen haben.«

»Und dann?«

»Hat es ihn erwischt«, sagte Jack. »Er wurde in tausend Stücke gerissen. Er ist einfach verschwunden, Miss Ambrose. Direkt vor meinen Augen. Als hätte er nie existiert.«

Sie schwiegen. Miss Ambrose sah einem Rotkehlchen dabei zu, wie es im Vogelhaus ein paar Körner aufpickte. Hellbraunes Federkleid mit einem Fleckchen Rot. Augen wie winzige Kohlestückchen. Sie hätte nicht sagen können, wie lange sie es anstarrte, und als sie sich später daran erinnerte, war sie sich nicht einmal sicher, ob sie es sich nicht bloß eingebildet hatte.

»Das muss dann Ihre lange Sekunde gewesen sein, nicht wahr?«, sagte sie schließlich.

Jack schüttelte den Kopf. »O nein, das war, als ich den Deserteur zum Umkehren überredet habe.«

»Meinen Sie wirklich? Nicht als der Mann Ihnen das Leben gerettet hat?«

Jack lächelte. »Und was denken Sie, wer das war?«, fragte er.

Miss Ambrose spürte, wie es in ihrer Kehle eng wurde.

»Machen Sie sich keine Sorgen«, sagte er. »Das hier ist der perfekte Ort, alten Erinnerungen nachzuhängen. Manchmal braucht man das einfach.«

»Der Japanische Garten? Ich dachte, niemand interessiert sich für ihn!«

»Oh, da täuschen Sie sich aber. Mrs Honeyman war ständig hier, und Florence liebt ihn ebenfalls. Sie sieht so gern den Vögeln zu und geht immer mit großem Vergnügen über diese schicke kleine Brücke. Das haben Sie richtig gut gemacht, Miss Ambrose.«

Miss Ambrose schluckte, in ihrer Kehle wurde es noch enger. »Jack?«, sagte sie.

»Hmm?«

»Wie spät ist es?«

Er tätschelte ihren Arm. »Zeit für mich zu gehen.« Er lächelte, und es war unmöglich, nicht zurückzulächeln, obwohl sein Lächeln hauchzart und unsicher war und an den Rändern zitterte.

Sie sah ihm nach, wie er den Weg entlangschlurfte und seinen Stock in den Kies stach, in einem Mantel, der am Saum schon ganz ausgefranst war. Vielleicht würde sie doch nicht mit Chris reden. Wenn sie es recht bedachte, war Jack genau richtig, so wie er war.

FLORENCE

Wir saßen im Tagesraum, und zwar vor dem Fernseher. Ich hatte gesagt, dass ich bleiben würde, unter der Bedingung, dass die Sendung nichts mit Kochen zu tun hätte, also haben sie für mich eine gefunden, in der Leute versuchten, kleine Spielmünzen über einen Rand zu schubsen, um damit Geld zu gewinnen. Mein Blick wanderte durch den Raum, und alles in allem war das immer noch besser, als ihn ständig auf mittlere Entfernung zu richten und ihm nichts zu tun zu geben.

»Ist das nicht aufregend?«, sagte Elsie und deutete auf den Bildschirm. »Die Postbotin aus Leighton Buzzard ist kurz davor, einhundertfünfzig Pfund zu gewinnen.«

»Eigentlich interessiert mich das überhaupt nicht«, sagte ich.

Jack griff neben das Sofa und zog eine Einkaufstüte hervor. »Dann habe ich, glaube ich, genau das Richtige, um uns alle ein wenig aufzuheitern.«

Ich sah hinüber. »Was haben Sie denn da?«

»Miss Ambrose hat sie für mich auf einem Flohmarkt in Whitby gekauft. Sagen Sie nicht, ich halte nicht, was ich verspreche. Also, welche sollen wir zuerst ansehen?«

Es war ein Stapel Harry-Potter-DVDs. Auf den hochglänzenden Hüllen wirbelten Schwerter herum, und auf jedem war ein Junge mit Brille abgebildet, der mit jeder DVD älter wurde.

»Vielleicht sollte man die in einer bestimmten Reihenfolge gucken.« Ich machte mich daran, sie zu sortieren, vom jüngsten Jungen bis zum ältesten.

»Typisch Florence«, sagte Elsie. »Alles im Leben muss seine Ordnung haben.«

Jack nahm die DVD, die ganz obenauf lag. »Ich finde, irgendwann ist die Zeit gekommen, da man sich nicht mehr den Kopf über Regeln zerbrechen muss, sondern sich darauf konzentrieren sollte, den Augenblick zu genießen.«

Wir machten uns also auf die Suche nach Simon, der die Scheibe in einen kleinen Schlitz steckte und eine Weile mit der Fernbedienung hantierte, und dann sahen wir uns gemeinsam den Film an. Sogar Simon, der anfangs noch an die Wand gelehnt dastand, bis er über seinen Schatten sprang und sich in einen der Sessel setzte. Und sogar Miss Ambrose kam aus ihrem Büro. Sie rief Simon nicht zur Ordnung, sondern setzte sich neben ihn und machte eine frische Pralinenschachtel auf. Wir ließen den Tagesraum und *Cherry Tree* hinter uns und tauchten ein in eine Welt der Zauberer und Besenstiele, in der normale Leute nicht normal waren, sondern sich am Ende als ganz außergewöhnlich herausstellten. Denn manchmal muss man flüchten. Man muss an etwas glauben, ohne einen Beweis zu verlangen. Man muss sich an etwas erfreuen, ohne sich zu fragen, ob es auch wertvoll ist. Man muss seinem gewohnten Leben entfliehen und sich auf etwas vollkommen Neues einlassen. Besonders wenn man so alt ist, dass man nur noch in seiner Fantasie davonlaufen kann.

Ich sah den Film vom Rand aus. Meine Augen folgten der Geschichte, und mein Mund folgte den Worten. Ich konnte mich an Zeiten erinnern, in denen sich unser ganzes Leben so angefühlt hatte. Ungelesene Kapitel. Geschichten, die nur auf uns warteten. Ich wünschte mir, der Film würde nie enden. Ich wünschte mir, er würde immer weitergehen, denn sobald der Abspann lief, würden meine Gedanken wieder zu Ronnie zurückkehren, und wenn ich die Macht gehabt hätte, uns für immer in diesem Raum zu halten, hätten wir alles, was jenseits der Tür lag, aus unserem Gedächtnis löschen können.

Am nächsten Morgen fanden sie ihn. Ich saß gerade mit Elsie zusammen, als sie es mir sagten. Simon meinte, er habe ganz friedlich ausgesehen, und Miss Ambrose erklärte, dass im Schlaf zu sterben die beste Art sei zu gehen.

»Aber ich hatte gar keine Gelegenheit, mich zu verabschieden.« Ich saß bei Miss Ambrose im Büro und hatte ein Glas Wasser in der Hand. »Er hat gar nicht Lebewohl gesagt.«

Obwohl – wenn ich recht darüber nachdachte, hatte er vielleicht doch Lebewohl gesagt. Ich hatte es nur nicht richtig verstanden.

Die nächsten Tage verbrachte ich damit, nach Jack Ausschau zu halten. Ich horchte nach dem Tock-tock seines Gehstocks und nach seiner Stimme, wie sie sich in die Unterhaltung anderer Leute drängte. Es fühlte sich an, als würde es sich um einen schrecklichen Irrtum handeln und jeden Moment käme jemand auf mich zugelaufen, um mir zu sagen, dass alles nur ein Fehlalarm gewesen sei. Ohne ihn schien die Welt so unvollständig. So unwirklich. Ich glaube, wenn wir jemanden verlieren, ist das Schlimmste dabei, in derselben Umgebung weiterleben zu müssen. Nur dass der Mensch, an den wir gewöhnt sind, auf einmal nicht mehr da ist und wir nur noch die Stellen wahrnehmen, wo er fehlt. Vielleicht müssen wir uns einfach genügend konzentrieren, dann können wir den Menschen in diesen Lücken finden. Und sehen, dass er auf uns wartet.

Ich hatte gehofft, sein Begräbnis würde uns helfen zu akzeptieren, dass Jack uns verlassen hatte, aber es ging viel zu schnell vorbei. Elsie und ich saßen ganz hinten, weil Elsie befürchtete, dass ich zwischendurch vielleicht mal an die frische Luft müsste. Miss Ambrose und Miss Bissell wechselten sich damit ab, sich über die Schulter nach uns umzusehen, und als Chris die Kirche verließ, blieb er kurz stehen und drückte meinen Arm.

Später standen wir an seinem Grab, Elsie und ich. Der Minibus wartete auf dem Parkplatz, und Miss Ambrose verzichtete ausnahmsweise darauf, uns zur Eile anzutreiben.

Ich konnte die Erde riechen, die schwer in der Oktoberluft hing, und den Regen, der auf der Plastikplane kleine Pfützen bildete. Es war einer dieser Friedhöfe, auf denen alles peinlich gepflegt und ordentlich ist. Alle Blumen steckten in den dafür vorgesehenen Vasen, und der Rasen war kurz geschoren. Sogar die Toten warteten in Reih und Glied, als ob das Leben nach dem Tod erforderte, in geordneter Warteschlange auszuharren, bis man dran war.

Nachdem wir eine Weile schweigend dort gestanden hatten, gingen wir langsam zum Parkplatz zurück, vorbei an Menschen, die in Stein gemeißelt und zurückgelassen worden waren und an die sich niemand mehr erinnerte.

»Glaubst du an ein Leben nach dem Tod?«, fragte ich.

Elsie antwortete sofort, ohne den Blick zu heben. »Natürlich«, sagte sie.

»Wie kannst du dir da so sicher sein?«

Sie lächelte. »Weil dann alles viel mehr Sinn macht, Florence.«

Wenigstens hatte Ronnie so viel Anstand besessen, nicht zu erscheinen. Am Morgen der Beerdigung fehlte von ihm jede Spur, und auch bei dem Imbiss, den Gloria später im Tagesraum von *Cherry Tree* servierte, ließ er sich nicht blicken. Ich hatte keinen besonderen Appetit und verbrachte die meiste

Zeit am Rand, von wo aus ich den anderen dabei zusah, wie sie den Raum einnahmen, den Jack immer ausgefüllt hatte.

»Sind Sie sicher, dass ich Ihnen nichts Gutes tun kann?«, erkundigte sich Miss Ambrose. »Ein Tellerchen mit einem kleinen Happen vielleicht?«

Ich schüttelte den Kopf. »Ich glaube, ich gehe lieber wieder zurück in meine Wohnung«, sagte ich. »Ich schaue nur kurz, wo Elsie steckt.«

Miss Ambrose nahm meine Hand. »Bleiben Sie noch ein bisschen«, sagte sie. »Nur so lange, bis ich sicher sein kann, dass es Ihnen auch wirklich gut geht.«

Als alle gegessen hatten, verstreuten sie sich im Tagesraum und setzten sich um den Fernseher, wo sie einander belauerten, um herauszufinden, wie sie sich weiter verhalten sollten. Miss Ambrose beschloss, dass es das Beste sein würde, uns abzulenken. Jedenfalls waren das die Worte, die sie an Simon richtete, als sie ihn aufforderte, die Spielesammlung vom Schrank im Tagesraum herunterzuholen.

»Wir bringen sie jetzt auf andere Gedanken«, sagte sie. Als ob man Gedanken beliebig aus unserem Kopf nehmen und durch andere ersetzen könnte.

Ich sah, dass Simon nicht ganz einverstanden war, doch er sagte nichts.

Die Wahl fiel schließlich auf Scrabble. Elsie war nicht da, und ich vermutete, dass sie nicht besonders traurig sein würde, nicht dabei gewesen zu sein. Wir waren zu viert, Leute, die ich nicht kannte und mit denen ich noch nie ein Wort gewechselt hatte, saßen um den großen Tisch herum und schauten die Buchstaben an, die auf kleinen Bänkchen vor ihnen aufgereiht waren. Simon, Miss Ambrose und Gloria gingen die ganze Zeit um den Tisch herum, beugten sich über unsere Schultern, sortierten die Buchstaben neu und machten Vorschläge. Ich verstand nicht ganz, weshalb sie das

Spiel nicht allein spielen und uns in Ruhe den Fernseher anstarren lassen konnten.

Es gab Auseinandersetzungen darüber, welche Worte erlaubt seien und welche nicht, und als die Frau aus Nummer sieben wissen wollte, weshalb manche Buchstaben mehr wert seien als andere, entbrannte eine fünfzehnminütige Diskussion. Ich beschränkte mich darauf, den Stuhl zu betrachten, auf dem Jack immer gesessen hatte. Niemand anderes hatte sich bisher darauf gesetzt. Es hätte sich wie Hausfriedensbruch angefühlt, obwohl jeder von uns wusste, dass er dort nie wieder sitzen würde. Wenn es irgendwann jemand tun würde, wäre damit vermutlich ein Kapitel abgeschlossen, weil es bedeutete, dass das Leben für uns weiterging und wir ihn in der Vergangenheit zurückließen.

»Sie haben da ein paar richtig gute Buchstaben, Florence.« Simon spähte über meine Schulter. »Haben Sie schon Wörter gefunden?«

Ich hatte noch nicht einmal einen Blick auf die Spielsteine geworfen.

»Rat, Star, Riss.«

Er griff über mich hinweg und veränderte die Reihenfolge der Steine. »Sie haben sogar zwei Fünfer, sehen Sie nur: Karst und Katar.«

Simon schien sehr zufrieden mit sich.

»Also, junger Mann, das können Sie aber besser.«

Ronnie. Ich konnte seinen Atem in meinem Nacken spüren. Ich hätte mich gern umgedreht, doch ich konnte nicht, weil er sonst die Angst in meinen Augen gesehen und sofort gewusst hätte, dass das Spiel aus war.

»Ich sehe kein Wort mit sechs oder sogar sieben Buchstaben«, sagte Simon. »Sehen Sie etwa eines?«

Ich konnte Ronnies Lächeln förmlich hören. »Allerdings, aber vielleicht sollte Florence das lieber allein herausfinden, meinen Sie nicht?«

Ich fühlte, wie Ronnie seine Hand auf meine Schulter legte.

»Glaube ja nicht, dass ich dir helfen werde«, sagte er.

»Was?« Ich sprach, ohne mich umzudrehen. »Was haben Sie da gesagt?«

»Ich sagte« – sein Atem kam näher, und seine Stimme war fast ein Flüstern –, »glaube ja nicht, dass ich dir helfen werde.«

Der Raum schien auf einmal ganz weit weg. Miss Ambrose, die mit jemandem redete, der Lärm des Fernsehers in der Ecke und Jacks leerer Stuhl, der darauf wartete, wieder benutzt zu werden. Ich hatte das Gefühl, alles von der Decke, einem anderen Zimmer oder der Zukunft aus zu beobachten. Ein Gewirr aus Licht und Farben, ein Durcheinander, das nichts mehr mit mir zu tun zu haben schien. Ich stand auf.

»Ich spiele nicht mehr mit«, sagte ich. »Ich habe es mir anders überlegt.«

»Aber Sie haben doch gerade erst angefangen«, hörte ich Ronnie sagen. »Geben Sie doch nicht auf, bevor es zu Ende ist.«

»Setzen Sie sich wieder, Flo.« Simon rückte die Spielsteine gerade. »Sie machen das wirklich gut.«

»Ich muss nicht mitmachen. Ich kann tun und lassen, was ich will, und ich will jetzt gehen.« Als ich mich abwandte, blieb ich am Spielbrett hängen, und alle Buchstaben fielen zu Boden.

»Jetzt sehen Sie nur, was Sie angestellt haben.« Simon kniete sich hin und sammelte sie wieder ein. »Sie sind im halben Raum verteilt.«

Ich sah auf und blickte Ronnie direkt in die Augen.

»Du warst es«, sagte ich. »Nicht wahr?«

Er antwortete nicht.

»Ich weiß, dass du es warst. Ich bin mir ganz sicher.« Ich glaube, dass ich schrie, denn Simon stand da und schaute uns beide ganz seltsam an.

»Du hast recht, Florence. Ich war es«, sagte Ronnie. »Ich bin am Tisch hängen geblieben und habe das Brett umgeworfen«, erklärte er Simon, der offenbar gar nichts mehr verstand.

»Alles klar.« Simon legte die Buchstaben auf den Tisch zurück. »Ich verstehe. Aber ich denke, Sie werden am Ende feststellen, dass es Florence war.«

»Auf den ersten Blick sieht das möglicherweise so aus.« Ronnie streckte die Hand aus und tätschelte meine Schulter. »Aber im Grunde ist es nur ein bedauerlicher Fall von Verwechslung«, sagte er. »Nicht wahr, Florence?«

»Mir wäre es wirklich lieber, wenn Sie noch etwas hierblieben, Florence.« Miss Ambrose hob den letzten heruntergefallenen Spielstein vom Teppichboden auf. »Ich wäre deutlich entspannter, wenn Sie noch etwas Zeit mit uns verbringen würden.«

»Ich will nach Hause. Ich will hier nicht mehr sein.« Ich zog meinen Mantel enger um die Schultern. »Mir reicht es.«

»Ich kann Sie nicht zwingen zu bleiben«, sagte sie. »Aber sollten Sie es sich anders überlegen – wir sind hier.«

Ich würde es mir ganz bestimmt nicht anders überlegen. Ich hatte die ganzen kleinen Gesprächshäppchen und Tellerchen und das ganze Scrabble gründlich satt. Auf dem Weg nach draußen sah ich mich nach Elsie um, aber ich konnte sie nicht entdecken, also überließ ich Miss Ambrose und die Geräuschkulisse der anderen sich selbst und ging den Flur zum Innenhof entlang.

Ich wusste, er war hinter mir.

Ich wusste es, ohne hinzusehen.

»Wie wäre es mit einem letzten Spielchen?«, rief er.

Ich blieb stehen. Ich drehte mich um. Ich ging zurück, bis ich so nahe vor ihm stand, dass ich keinen weiteren Schritt mehr hätte machen können.

»Du warst es, nicht wahr?«, sagte ich. »Du steckst hinter allem.«

Er lächelte, und die Narbe verschwand in seinem Mundwinkel. »Ach ja?«

»Das Fernglas. Die Schachbrettkuchen. Die bestellten Pizzas und Taxis. Das warst alles du.«

»Vergiss den Elefanten nicht, Florence. Das wäre zu komisch, wenn du am Schluss noch den Elefanten vergessen würdest.«

»Du hast Gabriel Price getötet. Du hast ihn ins Wasser gestoßen.«

»Du warst wirklich der letzte Mensch auf der Welt, mit dem ich damals am Ufer gerechnet hätte, Florence. Ich wartete auf Gabriel. Ich hatte einen Plan. Ich brauchte eine neue Identität, einen Namen, den ich stehlen konnte, ohne viel Wirbel zu verursachen.« Seine Miene blieb völlig ungerührt, während er sprach. »Ich hatte ein paar Probleme, und die Situation wurde brenzlig.«

»Du hast ihm aufgelauert?«

»Ich wusste, dass er die Abkürzung nehmen würde, wenn er zu seiner Bude zurückging. Und dann bist du aufgekreuzt. Perfektes Timing, Florence, das muss man dir lassen. Ironie des Schicksals – dank dir war es so viel einfacher, eine neue Identität anzunehmen. Wenn irgendjemand misstrauisch geworden wäre und angefangen hätte herumzuspionieren, wärst du das gewesen. Aber du konntest ja schlecht zur Polizei gehen, habe ich recht? Du hast völlig unterschätzt, dass es für mich ein Klacks war, wieder ans Ufer zu schwimmen und meinen Plan dann ungestört zu Ende zu bringen.«

»Und die Polizei hat keinen Verdacht geschöpft.«

»Ich wurde als vermisst gemeldet. Einige Wochen später wurde eine Leiche ans Ufer gespült. Ähnlicher Körperbau, ähnliches Alter. Ich wusste, dass ich damit rechnen musste, aber als sie ihn endlich fanden, war es unmöglich, Gabriel eindeutig zu identifizieren. Damals gab es diesen ganzen DNA-Quatsch noch nicht, die Polizei hat sich auf Schlussfolgerungen beschränkt. Glück für mich, dass sie die falschen gezogen haben.«

»Und Gabriel wurde von niemandem vermisst. Kam denn niemand auf den Gedanken, dass er es sein könnte?«

»Natürlich nicht. Er war auf der Durchreise. Ein Nomade. Die Leute nahmen an, er wäre weitergezogen. Um als vermisst zu gelten, muss sich jemand schon die Mühe machen zu bemerken, dass man nicht mehr da ist.«

»Und du bist einfach an seine Stelle getreten. Du hast seinen Ausweis gestohlen, und schon warst du jemand anders.«

Ronnie lächelte nur.

»Ich werde es sagen, ich werde alles sagen. Die ganze Geschichte, von Anfang an.«

»Glaubst du im Ernst, dass dir jemand zuhören wird?«

»Man hat mir immer zugehört. Mein ganzes Leben lang. Niemand hat je an meinen Worten gezweifelt.«

»Florence.« Er beugte sich vor, und seine Stimme fand auf Zehenspitzen den Weg in mein Ohr. »Wann wirst du es endlich begreifen? Du bist schon lange nicht mehr die Florence, die du einmal warst.«

Auch als ich schon wieder draußen war, konnte ich noch immer seinen Atem auf meinem Gesicht spüren.

Als ich in meine Wohnung zurückkam, saß Elsie am Tisch und wartete auf mich.

»Wo hast du denn gesteckt?« Ich wusste, ich hätte nicht schreien sollen. »Warum warst du nicht da?«

»Was ist denn passiert, Flo?« Elsie schrak zusammen und machte sich ganz klein. »Du siehst aus, als hättest du ein Gespenst gesehen.«

»Ronnie.« Ich ging zum Fenster und zog die Vorhänge zu. »Er hat Gabriel Price ins Wasser gestoßen. Er hat ihm am Fluss aufgelauert und ihn getötet. Er hat es mir gestanden, gerade eben, als wir Scrabble gespielt haben.«

»Scrabble?«

»Er ist zurück ans Ufer geschwommen und hat es wieder herausgeschafft. Er hatte dort gewartet, weil er Gabriel

Price ertränken wollte. Er sagte, ich habe ihm die Sache erleichtert, als ich dazukam, weil es bedeutete, dass ich keinen Ärger machen würde.«

Als ich mich umdrehte, war sie nicht mehr da.

»Wo bist du jetzt schon wieder?«, sagte ich. »Wo steckst du?«

»Ich bin hier. Du stehst unter Schock, ich mache dir einen Tee mit extra viel Zucker.«

Ich ging zu ihr in die Küche und stellte die Milch in den Kühlschrank zurück. »Ich will keinen Tee mit extra viel Zucker. Ich will, dass du mir zuhörst.«

Kaum hatte ich die Kühlschranktür geschlossen, da saß sie auch schon wieder am Tisch, einen Zettel in der Hand.

Ich riss ihn ihr aus den Händen. »Jetzt bleib doch einfach mal sitzen und lauf nicht dauernd durch die Gegend. Immer muss ich dich suchen.«

Elsie wurde ganz still und beobachtete mich von der Zimmerecke aus. »Ich weiß nicht, was du von mir erwartest«, sagte sie schließlich. »Sag mir, was ich tun soll.«

»Ich will nur, dass du zuhörst, das ist alles. Er hat mir alles gestanden, und jetzt musst du mir dabei helfen zu entscheiden, was ich tun soll. Jack hätte es gewusst. Wenn Jack hier wäre, hätte er einen Plan.«

»Aber er ist nicht hier«, sagte sie. »Wir sind allein, wir und all unsere Geheimnisse. Wer wird uns je glauben?«

»Irgendjemand muss uns einfach glauben! Wegen Mrs Honeyman! Wegen Hazel!«

Sie schwieg.

»Ich weiß gar nicht, weshalb du hier bist, wenn du mir nicht helfen willst.«

»Ich habe dir schon geholfen. Ich habe dir geholfen, die Wahrheit herauszufinden. Das ist der Grund, aus dem ich hier war«, sagte sie. »Hast du denn nicht zugehört?«

Als ich den Blick senkte, sah ich, dass meine Hände zitterten und ich das Papier in kleine Fetzen gerissen hatte.

»Ich glaube, du solltest dich etwas hinlegen, Florence.

Nur ein halbes Stündchen. Du musst erst einmal wieder zur Ruhe kommen.«

Ich weiß nicht mehr, wie ich ins Bett gekommen bin. Aber irgendwie habe ich es dorthin geschafft, und da lag ich dann bei geschlossenen Vorhängen und dachte an Ronnie.

Nachdem er ins Wasser gefallen war, hatte ich noch eine Zeit lang auf der Brücke gestanden. Statt Hilfe zu holen, entschied ich mich dafür, zu Elsie zu gehen. Sie war der einzige Mensch, der mich verstehen würde. Die Einzige, der ich es erzählen konnte. Mein Vater war viel zu verständnisvoll, er hätte mir sofort verziehen. Gwen hätte sich irgendeine Entschuldigung für mich einfallen lassen. Ich brauchte Elsie.

Elsie war meine beste Freundin.

Sie war die Einzige, die die richtigen Worte finden würde.

Weil Elsie immer wusste, was sie sagen musste, damit es mir wieder besser ging.

Ich rannte zu Elsies Haus zurück, über die Bürgersteige und das Kopfsteinpflaster und durch die dunklen Straßen. Ich weiß nicht mehr, was mir zuerst auffiel, aber ich glaube, es war der Geruch. Ich verstand gar nicht, warum ich husten musste, warum mir das Atmen auf einmal schwerfiel, doch als ich näher kam, war er überall. Schwarzer, beißender Rauch. Er quoll durch die Straßen. Schlängelte und wand sich durch die Nacht. Und dann hörte ich es. Das Knistern des Feuers. Die Flammen schlugen orange und rot gen Himmel. Ich wusste es. Ich wusste es, noch ehe ich um die Ecke gebogen war. Ich wusste es, weil mir wieder einfiel, wie ich in die glühenden Kohlen gestarrt hatte und vor lauter wilden Gedanken meinen gesunden Menschenverstand in dem Ofen verloren hatte. Ich hatte das Schutzgitter nicht wieder geschlossen. Ich hatte in den Kohlen gestochert und sie angeschürt. Ein Funke musste auf dem Teppich Feuer gefangen haben. Elsies Haus war dabei, bis auf den Grund niederzubrennen, und ich war schuld.

Der Feuerwehrmann konnte fast alle retten. Fast die ganze Familie.

Nur eine nicht.

Es war gegen meine Gewohnheit, am helllichten Tag zu schlafen, noch dazu vollständig angezogen, und als ich aufwachte, waren die Laken ganz unglücklich und durcheinander, und ein dünner Schweißfilm lag auf meiner Stirn. Elsie war fort. Ich wusste es sofort, weil meine Wohnung sich anders anfühlte ohne sie.

»Bist du da?«, rief ich sicherheitshalber. »Ich werde Miss Ambrose alles erzählen.«

Meine Stimme stieß auf Stille.

»Du musst mich begleiten.«

Als ich aus dem Bett stieg, stolperte ich über die Tagesdecke, die auf dem Boden lag, und ein heftiger Schmerz fuhr durch mein Bein. Aber es spielte keine Rolle. Ich musste Elsie finden, alles andere war gleichgültig. Ich ging auf den Hof und sah zu den Wohnungen hoch. Ich wollte bei Elsie klopfen, aber ich war mir nicht mehr sicher, welches ihre Wohnung war. Sie kam immer zu mir zu Besuch. Sie sagte immer, dass mein Fenster die bessere Aussicht habe. Meine Augen versuchten, ihren Weg durch die Fenster und Vorhänge zu finden, aber ich konnte nichts erkennen außer meinem Spiegelbild und auf den Fensterbrettern Topfpflanzen, Spülmittelflaschen und das leere Leben anderer Menschen. Jack hätte gewusst, welche Tür es war, und ich musste mich ständig daran erinnern, dass er nicht mehr da war und ich ihn nicht fragen konnte. Mein Kopf war immer noch nicht richtig wach, und es kostete schreckliche Mühe, jeden Gedanken einzeln aus dem Morast meines Hirns zu zerren.

Vielleicht war Elsie aber auch schon vorgegangen. Vielleicht hatte sie ausnahmsweise mal eine eigenständige Entscheidung getroffen und saß bereits bei Miss Ambrose. Vielleicht warteten beide schon auf mich.

SIMON

Simon hatte noch nie miterlebt, wie jemand verhaftet wurde. Es war überhaupt nicht wie im Fernsehen. Es waren keine Handschellen im Spiel, und auch das Wort »einlochen« fiel nicht. Es waren dieselben Polizisten wie einige Tage zuvor, nur dass sie dieses Mal ihre Mützen nicht abnahmen.

Ronald David Butler.

Er sah gar nicht aus wie ein Ronald Ronnie Butler. Allerdings sah er ehrlich gesagt auch nicht aus wie ein Gabriel Price.

»Es muss sich um einen Irrtum handeln«, stieß Miss Ambrose hervor, sobald sie ihren Unterkiefer wieder unter Kontrolle hatte.

Gabriel Price (oder möglicherweise Ronnie Butler) sprach kein Wort. Es wirkte fast, als wäre er nicht überrascht, obwohl das eigentlich nicht möglich war. Niemand hatte das kommen sehen. Simon und Miss Ambrose waren dabei gewesen, die Teller von Jacks Totenfeier wegzuräumen. Um der Wahrheit die Ehre zu geben, musste man sagen, dass alle geholfen hatten. Sogar Cheryl. Jedes Mal, wenn er sich umdrehte, stand sie da, und als er die Tassen und Untertassen aufeinanderstellte, kam sie zu ihm, und sie unterhielten sich lange darüber, wie traurig und was für ein Jammer es sei, dass man gar nicht wusste, was für ein interessantes Leben jemand gehabt hatte, bis der Pfarrer es einem von der Kanzel aus vorlas. Er wollte gerade mit den kleinen Tellern weitermachen, als sie ihn fragte, was er am Wochenende vorhabe.

»Nichts Besonderes«, sagte er, weil ihn das völlig unvorbereitet traf.

»Wie wäre es mit Kino?«, fragte sie.

Er antwortete, dass er das nicht unbedingt vorgehabt habe, und sie lachte nur und schüttelte den Kopf. »Also, ich hätte Lust«, sagte sie, »wie steht es mir dir?«

Ja, sagte er, warum nicht. Das sagte er ganz schnell, ehe sie es sich anders überlegen konnte.

»Du siehst viel fröhlicher aus als sonst«, stellte er fest. »Wie kommt das Lächeln in dein Gesicht?«

Sie überlegte einen Moment, dann sah sie ihn an und sagte: »Daran ist im Grunde genommen Florence schuld.«

»Florence?«

»Ja, Florence. Sie hat sich nach Alice erkundigt. Mich hat noch nie jemand nach Alice gefragt.«

Simon druckste ein wenig herum. »Wir wissen nicht, was wir sagen sollen, Cheryl. Niemand hier. Wir wollen dir nicht wehtun, und wir wissen nicht, welches die richtigen Worte sind.«

»Das liegt daran, dass es die richtigen Worte nicht gibt«, sagte sie. »Es wird sie auch nie geben. Und wenn man die richtigen Worte nicht findet, ist es manchmal eben besser, die Worte zu nehmen, die man hat. Das ist besser als nichts. Mir tut es viel mehr weh, nicht über sie zu sprechen, weil ich mich so immer mehr in der Vergangenheit verliere.«

Simon ging es über den Verstand, wie eine so kleine Person so viel Trauer in sich tragen konnte. »Du kannst mit mir jederzeit über Alice reden«, sagte er. »Ich würde wirklich gern mehr über sie erfahren.«

Cheryl stellte sich auf die Zehenspitzen und küsste ihn auf die Wange. »Ich glaube, du wirst ganz schön unterschätzt, Simon.«

Simon räumte gerade die letzten Teller weg und war in Gedanken bei Cheryl und dem zärtlichen Gefühl auf seinem Gesicht, als Gloria aus dem Fenster sah und sagte: »Da kommt das Auge des Gesetzes.« Simon versuchte, mit den Armen voller Geschirr in Richtung Küche zu entkommen, aber Gloria fing ihn ab und verlangte von ihm, zuerst die Krümel von einer Tischdecke zu entfernen. Er entschied, dass die beste Vorgehensweise sei, seine Aufmerksamkeit voll und ganz den Krümeln zu widmen, doch als sich die Polizisten nach Gabriel Price erkundigten, drehte er sich unwillkürlich um und starrte sie an. Er konnte einfach nicht anders.

»Gabriel Price?«, fragte Miss Ambrose. »Unser Gabriel Price?« Als wenn es eine ganze Armee davon gäbe, die nur auf ihren Einsatz wartete.

Der Polizist nickte.

Miss Ambrose schickte Gloria los, um ihn zu holen, und alle sahen einander ratlos an. Simon behalf sich, indem er Krümel vom Teppichboden aufsammelte, und Miss Ambrose studierte eine Ankündigung, die sie erst zehn Minuten zuvor selbst geschrieben hatte. Die Polizisten standen nur da und warteten. Sie waren offenbar daran gewöhnt zu schweigen, denn sie schienen nicht das Bedürfnis zu haben, die Stille mit Styroporwörtern zu füllen.

Als Gabriel Price (oder möglicherweise Ronnie Butler) endlich erschien, teilten sie ihm mit, dass ihm Brandstiftung zur Last gelegt wurde.

»Doch nicht etwa die Sache mit dem Bügelbrett in Miss Claybournes Flur?«, sagte Miss Ambrose, was eine zehnminütige Diskussion mit den Polizeibeamten und viel Konfusion bezüglich Sicherheitsbestimmungen nach sich zog.

Nein, nein, sagten sie. Es handele sich um einen Vorfall aus dem Jahr 1953. Ein Haus sei abgebrannt. Und eine Person getötet worden.

Simons Mund öffnete sich ganz leicht.

Ronnie Butler brachte das nicht aus der Ruhe. Er rückte lediglich seinen Filzhut zurecht und lächelte. Er wollte gerade mit den Polizisten das Haus verlassen, als Miss Claybourne durch die Doppeltür stürzte und völlig aufgelöst herumschrie. In den Händen hatte sie etwas, das an ein zerfetztes Notenblatt erinnerte.

»Endlich«, rief sie. »Endlich hat jemand zugehört.«

»Miss Claybourne. Florence ...« Miss Ambrose Beschwichtigungsversuch zeigte keine Wirkung, und einer der Polizisten führte Ronnie Butler aus dem Raum und auf den Parkplatz hinaus, weil es so aussah, als wollte Florence sich jeden Moment auf ihn stürzen.

»Er hat ihn hineingestoßen«, schrie sie ihnen hinterher. »ER HAT IHN HINEINGESTOSSEN.«

»Niemand hat irgendwen irgendwo hineingestoßen.« Miss Ambrose drückte Florence sanft auf einen Stuhl und hockte sich neben sie. »Hier geht es um ein Feuer, allerdings weiß ich nichts Genaueres.«

»Ein Feuer?« Florence wurde ganz still. »Welches Feuer?«

Miss Ambrose blickte zu dem anderen Polizisten auf, der seinem Kollegen nachsah und sich räusperte.

»Das Feuer hat sich vor langer Zeit ereignet, in den Fünfzigerjahren. Die Feuerwehr konnte alle retten, bis auf eine Person.«

Simon wollte etwas sagen, überlegte es sich dann aber anders.

»Wie kommen Sie dann nach all der Zeit darauf, jemanden zu verdächtigen?«, fragte Miss Ambrose.

»Oh, Ronnie Butler stand damals schon unter Verdacht. Man hatte den Brandbeschleuniger bei ihm gefunden.«

»Brandbeschleuniger?«, fragte Miss Ambrose.

»Benzin.« Simon trat von einem Fuß auf den anderen. »Das nehmen die meisten. Obwohl das 1953 bestimmt noch rationiert war.«

Der Polizeibeamte sah ihn mit neu erwachtem Interesse an. Er ließ seinen Blick lange auf Simon ruhen.

»Ich lese viel«, sagte Simon. »Ein Hobby von mir.«

»Zeugen wollen Ronnie Butler außerdem am Brandort gesehen haben.«

Simon sah zu Florence hinüber. Sie wirkte, als habe jemand den Pause-Knopf gedrückt. Sie war immer noch in heller Aufregung, aber die schien irgendwie in der Schwebe zu hängen und sich hinter ihren Augen und den Falten um ihren Mund zu sammeln.

»Ronnie hat das Feuer gelegt?«, fragte sie. »Ronnie war schuld und nicht ich?«

Der Polizist blickte sie ratlos an.

»Aber warum, um Himmels willen, hat man ihn denn nicht schon vor sechzig Jahren verhaftet?«, fragte Miss Ambrose.

»Weil ...« Der Beamte hüstelte erneut und konsultierte sein Notizbuch. »... er dem damaligen Erkenntnisstand zufolge tot war.«

»Tot?«

»Ertrunken«, sagte der Polizist. »Oder zumindest hatte man zu jener Zeit diesen Eindruck gewonnen.«

»Angeschwemmt bei Langley Beach«, wisperte Florence. »Die Fische hatten nicht viel von ihm übrig gelassen. Mein Fred wäre jetzt so stolz auf mich.«

Miss Ambrose runzelte die Stirn und wandte sich wieder an den Polizisten. »Aber wie haben Sie ihn hier gefunden, und wieso nennt er sich Gabriel Price?«

»Wir sind auf ihn aufmerksam geworden, als er Opfer eines Überfalls wurde, und uns fiel auf, dass Gabriel Price in unserer Datei noch immer als vermisst gilt. Wir haben ihn daraufhin befragt, aber wir hatten das Gefühl, dass irgendetwas nicht stimmt.«

»Ja«, sagte Miss Ambrose, »das Gefühl hatten wir hier auch.«

»Wir haben eine Reihe telefonischer Hinweise erhalten, unter anderem von einem pensionierten Kriminalbeamten. Jeder Hinweis für sich genommen hatte vielleicht nicht viel zu bedeuten, aber alle zusammen … außerdem bekamen wir noch eine interessante Information von der Polizei in North Yorkshire. Er hatte nämlich auch ein Motiv. Er wurde verdächtigt, Fahrerflucht begangen zu haben.«

»Fahrerflucht?« Miss Ambrose gelang es, die Augen noch etwas weiter aufzureißen.

Der Polizist warf erneut einen Blick in seine Unterlagen. »Das war ebenfalls in den Fünfzigerjahren. Eine junge Frau starb, als sie von einem Auto überfahren wurde, aber der Fahrer wurde nie gefunden. Es gab eine groß angelegte Untersuchung, doch außer Gerüchten und Mutmaßungen kam nichts dabei heraus.«

»Und Sie glauben, dass Gabri… Ronnie Butler dafür verantwortlich ist?«

»Es ist zumindest sehr wahrscheinlich«, sagte der Polizist. »Das ist der Grund, weshalb er kurz darauf das Haus in Brand setzte. Er vermutete dort Zeugen seiner Tat.«

»Er wollte auf Nummer sicher gehen«, sagte Florence. »Er wusste, dass ich nach dem Tanzen immer mit zu Elsie nach Hause ging. Ich war es, die er loswerden wollte, nur für den Fall, dass sie ihm vielleicht doch noch auf die Schliche kämen.«

Der Polizist runzelte die Stirn, sagte aber nichts, sondern kam auf Miss Ambrose' Fragen zurück. »Zumindest bei der Brandstiftung war sich die Polizei ganz sicher.«

»Aber er wurde nicht verhaftet, weil alle dachten, er sei ertrunken?«

»Ganz genau. Wenige Wochen später wurde eine Leiche angeschwemmt. Damals gab es natürlich noch keine exakte forensische Untersuchung, aber Größe und Alter stimmten in etwa überein, und als die Polizei das Gebiet entlang der Flussmündung absuchte, fand man am Ufer Ronnies Ausweis. Nachdem es keine andere Vermisstenanzeige gab, wurde angenommen, dass er der Ertrunkene sei, und der Fall wurde nicht weiter verfolgt.«

»Und niemand kam auf die Idee, dass es sich bei der Leiche um Gabriel Price handeln könnte?«

»Die Ehefrau von Gabriel Price ging erst Monate später zur Polizei, weil sie gedacht hatte, dass ihr Mann noch unterwegs sei. Als sie ihn dann schließlich oben in Yorkshire als vermisst meldete, sah niemand eine Verbindung zwischen ihm und dem Toten, der hier unten angeschwemmt worden war.«

»Bis Ronnie überfallen wurde«, sagte Florence. »Und durch eine gnädige Fügung des Schicksals der Name von Gabriel Price auf allen Titelseiten erschien.«

»Was ihn dazu veranlasste, alle aufzusuchen, die ihn womöglich identifizieren konnten. Er wollte ihnen Angst einjagen. Sie als unglaubwürdig darstellen.« Der Beamte klappte sein Notizbuch zu.

»Aber jetzt können Sie beweisen, dass er es ist?«, fragte Miss Ambrose.

»Wir sind da recht optimistisch. Insbesondere aufgrund seiner zahnärztlichen Unterlagen.«

»Zahnärztliche Unterlagen?«

Der Polizist deutete mit dem Kopf in Richtung Aktenschrank. »Die wurden erstellt, als er noch ein junger Mann war. Ist in einen Streit geraten, der in Tätlichkeiten ausartete.« Er gab ein kleines Polizistenlachen von sich. »Zum Glück für uns.«

»Das muss geröntgt werden. Und genäht. Mein Vater kann ihn hinbringen«, sagte Florence, und Simon war sich nicht sicher, mit wem sie sprach.

Er blickte zu Miss Ambrose hinüber. Sie hatte die Hand vor den Mund geschlagen.

Alle sahen von der Tür aus zu, wie Ronnie über den Parkplatz ging. Zuerst kam es Simon seltsam vor, dass es Ronnie und nicht Gabriel war, aber er gewöhnte sich erstaunlich schnell daran. Vielleicht war ein Name gar nicht von besonderer Bedeutung, überlegte Simon. Vielleicht war er nur eine Sache mehr, die man mit sich herumtrug, wie das Geburtsdatum oder die Versichertennummer. Vielleicht machte einen nur aus, wo man gerade war, wo man sein wollte und wie man dorthin gekommen war.

Als Ronnie in das Auto stieg, war es totenstill. Es schien ihm nichts auszumachen, festgenommen zu werden, was Simon sehr befremdlich fand. Ronnie fing sogar an, vor sich hin zu pfeifen, obwohl es keine Melodie war, die Simon erkannt hätte.

»Ronnie hat das Feuer gelegt. Ronnie.«

Das war alles, was Florence gesagt hatte, seit die Polizei weggefahren war. Sosehr sich auch alle bemühten, sie brachten sie nicht dazu, über ein anderes Thema zu sprechen. Miss Ambrose holte ihr erst ein Glas Wasser und dann einen kleinen Sherry, aber nichts half.

»Er befürchtete, dass ich meine Meinung ändern und zur Polizei gehen könnte«, sagte sie. »Er wusste, dass ich jeden Samstagabend bei Elsie übernachtete, und er wollte mich loswerden.«

»Das ergibt alles keinen Sinn«, sagte Miss Ambrose. »Was meint sie mit ›zur Polizei gehen‹?«

Simon zuckte mit den Achseln und kniete sich hin. »Sie haben da einen ganz schön dicken blauen Fleck, Florence. Sind Sie gestolpert? Da sollten wir Ihnen mal einen Umschlag machen.«

Er nickte Gloria zu, die in Richtung Küche verschwand.

Florence beugte sich zu ihm. »Ronnie hat das Feuer gelegt«, sagte sie. »All die Jahre habe ich gedacht, es sei mein Fehler gewesen, dabei war die ganze Zeit er der Schuldige.«

»Ich weiß, es war Ronnie, Flo. Aber das hat überhaupt

nichts mit Ihnen zu tun. Machen Sie sich darüber keine Gedanken.« Simon hielt ihre Hand.

»Ich muss Elsie Bescheid geben. Ich muss es ihr sagen.«

Miss Ambrose sah Simon an und machte eine vage Bewegung mit der Schulter.

»Was haben Sie mit ihr gemacht? Wo ist sie?« Florence versuchte aufzustehen, doch dann schien sie es sich anders zu überlegen. »Sie haben sie nach *Greenbank* geschickt, stimmt's? Hinter meinem Rücken!«

Simon sah zu Miss Ambrose hinüber, in der Hoffnung, etwas in ihrem Gesicht zu finden, das ihm weiterhalf.

»Niemand ist nach *Greenbank* geschickt worden.« Miss Ambrose kniete sich ebenfalls vor sie hin. »Versuchen Sie ruhig zu bleiben, Flo.«

»Wo ist sie denn dann? Wo ist Elsie? Sie kommt nicht gut allein zurecht, sie ist schnell verwirrt.«

Gloria kam mit einer Kompresse zurück, was Florence für einen kurzen Augenblick ablenkte. Sie starrte Gloria an.

»Sie haben so freundliche Augen, Gloria. Sie erinnern mich an jemanden, aber ich komme nicht darauf, an wen. Waren Sie schon einmal in Llandudno?«, fragte sie. »Sind Sie schon einmal Straßenbahn gefahren?«

Gloria schüttelte den Kopf.

Florence sah die drei an. »Elsie wüsste es. Wenn Elsie jetzt hier wäre, wüsste sie es sofort. Was haben Sie mit ihr gemacht? Wo ist sie? Elsie ist meine beste Freundin. Es gibt drei Dinge, die man über Elsie wissen sollte, und das ist eines davon.«

»Und was sollte man noch über Elsie wissen, Flo?« Simon nahm Gloria die Kompresse aus der Hand und legte sie sanft um den geschwollenen Knöchel.

»Dass sie immer weiß, was sie sagen muss. Damit es mir wieder besser geht.«

Simon begann, die Kompresse mit einer Mullbinde zu fixieren, die Gloria ihm gereicht hatte. »Und das Dritte?«

Florence sah ihn an. »Ich weiß es nicht«, sagte sie. »Das habe ich vergessen.«

»Nun ja«, sagte er. »Vielleicht war das Dritte dann gar nicht so wichtig. Womöglich spielt es am Ende keine besondere Rolle.«

»Aber ich muss unbedingt zu ihr.« Florence versuchte aufzustehen. »Ich muss nachsehen, wie es ihr geht.«

Simon nahm ihre Hände und blickte in blanke Panik. »Elsie ist im Moment nicht hier, aber das ist überhaupt kein Grund zur Beunruhigung. Ich glaube, es wäre am besten, wenn Sie versuchen würden, sich ein wenig auszuruhen. Das ist ein sehr langer, eigenartiger, trauriger Tag gewesen. Mein Großvater hat immer gesagt, dass die Welt gleich ganz anders aussieht, wenn man ein bisschen geschlafen hat. Und ich glaube, er könnte damit recht gehabt haben.«

Florence starrte ihn an. »Sie reden ganz anders.«

»Was meinen Sie?«

»In der ganzen langen Rede, die Sie gerade gehalten haben, haben Sie mich nicht ein Mal wie ein kleines Kind behandelt.«

»Nein«, sagte Simon. »Das wäre ja wohl auch ziemlich von oben herab, nicht wahr?«

Florence ließ sich wieder auf den Stuhl fallen und lächelte.

»Natasha kümmert sich um sie«, sagte Miss Ambrose. »Sie wird bei ihr bleiben, bis Florence wieder etwas zur Ruhe gekommen ist. Sie sagt, sie lässt ihr dann den Fernseher an. Florence guckt wohl gern Nachrichten. Es gibt ihr Gelegenheit, sich mit anderen Leuten anzulegen.«

Simon hatte gerade den letzten Teller abgeräumt.

»Ich wusste nicht, was ich sagen sollte.« Simon zog den Vorhang noch ein bisschen mehr zu. »Als sie nach Elsie fragte.«

»Das ging uns allen so. Ich weiß, dass Jack einige Male

versucht hat, das Thema anzusprechen, aber es ist sehr heikel. Sie haben sehr gut reagiert.«

Lob bekam Simon nicht besonders oft zu hören, und so behielt er die Worte einen kleinen Moment in seinen Ohren, bevor er sie weiterziehen ließ.

»Wer ist diese Elsie eigentlich?«, fragte er.

»Das weiß niemand so richtig.« Miss Ambrose griff in einen ihrer Büroschränke und holte eine Flasche Brandy heraus. »Wir haben versucht, es herauszufinden, als Florence zu uns kam, weil wir dachten, wir könnten mit ihr Kontakt aufnehmen. Aber dann stellte sich heraus, dass sie schon vor vielen Jahren gestorben war. Als beide noch jung waren, glaube ich. Sie ist auf dem Friedhof bei der Kirche begraben. In der Ecke auf Höhe des Altarraums.«

»Sie spricht die ganze Zeit mit ihr.«

»Ich weiß.« Miss Ambrose füllte zwei Plastikbecher mit Brandy. »Es scheint ihr aber Halt zu geben, und es tut schließlich niemandem weh. Manchmal denke ich, dass Elsie ein Teil von Florence ist. Der einzige Teil von ihr, der noch ganz bei sich ist. Und wir sind inzwischen alle daran gewöhnt.«

»Wie seltsam muss es sein, wenn man so völlig von etwas überzeugt ist und dann irgendwann erkennt, dass einem der Kopf nur einen Streich gespielt hat.«

»Dr Andrews sagt, dass sie den ganzen Test über nur mit Elsie geredet hat. Und wie sie in Whitby ganz allein getanzt hat ... Demenz ist eine furchtbare Sache.« Miss Ambrose sah ihn über ihren Becher hinweg an. »Sie haben sich sehr nett um ihren Knöchel gekümmert.«

»Apropos Knöchel.« Simon zögerte, weil er sich nicht sicher war, ob Miss Ambrose das interessierte, aber dann entschied er, es darauf ankommen zu lassen. »Wegen eines verstauchten Knöchels hat meine Mum meinen Dad kennengelernt.«

»Tatsächlich?«

»Im Bus. Jemand hat ihr seinen Sitzplatz überlassen. Sonst

hätten sie sich wohl nie kennengelernt. Das war ein verrückter Zufall.«

»Und wenn ihr dieser Jemand nicht den Platz überlassen hätte, gäbe es Sie jetzt nicht«, sagte Miss Ambrose.

»Das wäre vielleicht kein so großer Verlust«, sagte Simon.

»Unsinn. Ich bin übrigens der Meinung«, begann Miss Ambrose und schenkte noch einen Fingerbreit nach, »dass Sie darüber nachdenken sollten, ob Sie nicht noch einmal umschulen wollen.«

Simon dachte an seine verstopften Abflüsse. »Umschulen? Zu was?«

»Zum Altenpfleger. Sie haben so ein freundliches Wesen. Ich glaube, dass Sie das ganz großartig machen würden.«

»Meinen Sie? Ich habe mich gerade zu einem Tanzkurs angemeldet. Ich möchte wegen der Arbeit nicht auf meine Hobbys verzichten müssen.«

»Oh, ich bin mir sicher, dass sich das irgendwie einrichten lässt. Außerdem denke ich, dass wir so einige Neuerungen einführen sollten.«

»Nämlich?«

»Tai-Chi«, sagte sie. »Für unsere Bewohner. Und Tanzstunden.«

»Ich hatte schon an Computerkurse gedacht«, sagte Simon.

»Hervorragende Idee. Und ich finde, dass wir Kirschbäume pflanzen sollten. Eine ganze Reihe, gleich vor dem Haus.«

»Sie werden dann gar nicht mehr da sein, um sie wachsen zu sehen, nicht wahr?« Simon schnupperte an seinem Brandy und entschied, dass er genug davon gehabt hatte. »Wegen Ihres Lebenslaufs und so.«

Miss Ambrose hatte da offenbar keine Bedenken, denn sie gönnte sich einen weiteren Fingerbreit. »Ich hatte einen kleinen Sinneswandel. Oder vielleicht hat sich der Sinn nicht gewandelt, und es ist eher so, dass ich ihn wiederentdeckt habe.«

»Sie bleiben also?«

»Ja. Ich musste wohl nur meine lange Sekunde finden.«

Simon entschied, lieber nicht nachzufragen, weil Miss Ambrose auf einmal mindestens zehn Jahre jünger aussah und er diesen Moment nicht zerstören wollte.

»Haben Sie noch mehr Ideen?«

»O ja, jede Menge.« Miss Ambrose lächelte. »Gartenarbeit zum Beispiel.«

»Jack hat immer gesagt, dass es ein Zeichen von Optimismus ist, in seinem Alter noch Samen auszusäen.«

»Ich kann mir keinen besseren Grund dafür vorstellen«, sagte Miss Ambrose.

22:54 Uhr

Jetzt ist es zu spät. Alle, die mich hätten finden können, sind längst gegangen und zurück in ihrem eigenen Leben.

Jack fällt natürlich aus. Und irgendetwas sagt mir, dass auch Elsie nicht kommen wird. Elsie war meine beste Freundin. Das ist eines von den Dingen, die man über sie wissen sollte. Das Zweite ist, dass sie immer wusste, was sie sagen musste, damit es mir wieder besser ging. Und da war auch noch eine dritte Sache, aber die fällt mir gerade nicht ein, also kann es auch nicht so weltbewegend wichtig gewesen sein.

»Uns macht so viel mehr aus als das Allerschlimmste, das wir je getan haben.«

Das hat sie am Strand zu mir gesagt. Elsie hat immer die richtigen Worte gefunden. Ich weiß nicht, wie ich all die Jahre ohne sie zurechtgekommen wäre. Genau das Gleiche sagte sie zu mir in der Nacht, in der Hazel starb.

Als ich Hazel zum letzten Mal sah, drückten Elsie und ich unsere Gesichter an die Fensterscheibe. Wir sahen hinaus in die Dunkelheit und hielten unsere Hände schützend über die Augen, um das Licht auszublenden. Wir sahen zu, wie Hazel und Ronnie auf dem Parkplatz stritten, und versuchten zu verstehen, was sie sagten. Es war zwar nichts Besonderes, dass Hazel und Ronnie sich in den Haaren lagen, aber es bot ein wenig Abwechslung, als wir keine Lust mehr hatten, den Füßen der anderen zuzusehen. Genau genommen war es Hazel, die sich aufregte und schimpfte. Ronnie stand nur da und sah sie an.

»Kannst du etwas erkennen?« Ich drückte meine Hände noch etwas enger an das Fenster. »Kannst du verstehen, was sie sagen?«

Elsie schüttelte den Kopf.

»Und wenn er sie schlägt? Was sollen wir dann tun?«

»Cyril ist auch draußen.« Elsie atmete gegen die Scheibe, und ihre Worte trübten uns die Sicht. »Er wird sie nicht schlagen. Nicht, wenn jemand dabei ist.«

Wir sahen Hazel zu, wie sie wütend auf dem Asphalt hin und her lief. Vor und wieder zurück. Sie warf die Arme in die Luft und schrie ihm ins Gesicht. Ich sah, wie die Spitze seiner Zigarette hell aufglühte, als er einen tiefen Lungenzug nahm. Nach einigen Minuten hörte Hazel auf zu schreien. Ihre Augen waren nur wenige Zentimeter von seinen entfernt, und gerade als ich dachte, dass er doch noch zuschlagen würde, drehte sie sich auf dem Absatz um und lief auf die Felder zu.

»Er kann sie doch nicht einfach so gehen lassen«, sagte ich. »Es ist stockfinster dort draußen. Und sie hat keinen Mantel an.«

»Sie wird sicher gleich zurückkommen. Sie kehrt sicher bald wieder um«, sagte Elsie, aber sie wandte ihren Blick nicht ab.

Wir warteten, alle drei. Elsie und ich sahen durch das Fenster, und Ronnie stand auf dem Parkplatz und starrte in die Dunkelheit.

Sie kam nicht zurück.

»Ich gehe ihr nach«, sagte ich.

Elsie folgte mir zur Garderobe. »Sei nicht albern, Florence. Wenn irgendjemand gehen sollte, dann bin ich das.«

»Nein«, sagte ich. »Ihr werdet nur auch wieder anfangen zu streiten. Ich gehe. Ich hole sie für dich zurück.«

Ich zog mir meinen Mantel über, und meine Arme fochten einen kleinen Kampf mit den Ärmeln aus, weil sie es so eilig hatten.

»Warum tust du das, Florence? Weshalb setzt du dich so für mich ein?«

Ich gab mich geschlagen und ließ den Mantel sinken. Ich sah Elsie in die Augen, blickte vorbei an ihren Fragen. »Weil ich es nicht ertrage, wenn du verletzt wirst. Weil ich alles von dir fernhalten will, was dich traurig machen könnte.«

Ich hörte, wie mein Atem ging. Das ist alles, was ich von diesem Augenblick noch weiß, und wenn ich jetzt daran zurückdenke, wie wir dort standen, nur wir beide, ist es alles, was ich höre.

»Du wirst dir den Tod holen«, sagte sie.

Wahllos griff ich etwas von den Garderobehaken. Auch wenn es nicht mir gehörte. »Ich nehme das hier, dann geht es schon«, sagte ich. »Mach dir keine Sorgen.«

Und ich wickelte mir ihren roten Schal um den Hals und ging in die Nacht hinaus.

SIMON

Vom Brandy war Simon ganz warm geworden, doch als er in den Innenhof trat, fuhr ihm die Abendluft in die Glieder und kühlte sie wieder ab. Als gerade niemand so richtig hingesehen hatte, war aus September Oktober geworden. Simon fand, dass das immer der größte Sprung war. Alle anderen Monate gingen sanft ineinander über, nur zwischen diesen beiden machte die Jahreszeit einen Riesensatz, und jedermann verfiel in Panik und fing an, in dicken Mänteln herumzulaufen. Er überlegte, ob er kurz in den Personalraum zurückgehen und sich eine Jacke für den Nachhauseweg borgen sollte, aber beim Gehen würde ihm schon wieder warm werden.

Cherry Tree lag in völliger Dunkelheit. Um zehn waren alle im Bett. Seine Stiefel knirschten ihren Weg über den Kies. So still war es sonst nur am Weihnachtsmorgen. Er hatte schon die Hälfte des Parkplatzes überquert und dachte gerade darüber nach, dass es ihn um ein Haar vielleicht nicht gegeben hätte, als er etwas hörte. Einen Hund. Der so wild bellte, dass Simon wie angewurzelt stehen blieb. Ein eigenartiges Bellen irgendwie. Es klang ein wenig schief, und er hätte nicht sagen können, ob es sehr weit weg war oder gleich neben ihm. In *Cherry Tree* hatte niemand einen Hund. Miss Bissell hatte entschieden, dass Haustiere verboten waren. Obwohl es einmal eine sehr hitzige Debatte über einen Goldfisch gegeben hatte.

Er versuchte, dem Gebell zu folgen, was der Hund offenbar registrierte, denn das Bellen wurde heftiger. Er ging den Weg an den Gebäuden entlang und bog um die Ecke. Er stand unmittelbar unter Miss Claybournes Wohnung. Dort brannte noch Licht. Wenn es auch nur die kleine Lampe im Flur war, die ihren schwachen, gelborangen Schein auf den Asphalt warf. Das Bellen verstummte. Er ging zur Eingangstür, und der Bewegungsmelder tauchte den gesamten Innenhof in das grelle Licht der Außenlampe. Natasha musste schon vor einer ganzen Weile gegangen sein.

»Miss Claybourne?« Er klopfte sacht an das Glas. »Florence? Ich bin's, Simon. Alles in Ordnung bei Ihnen?«

23:12 Uhr

Wenn ich auf mein Leben zurückblicken und sagen sollte, welches die wichtigsten Momente waren, wäre ich nicht sicher, welche ich wählen würde. Während ich hier gelegen habe, hatte ich jede Menge Zeit, darüber nachzudenken, aber ich kann mich einfach nicht entscheiden.

Vielleicht als ich zu Ronnie Butler ins Auto stieg. Auf einmal erinnere ich mich wieder ganz genau. Die Sitze rochen nach Bier, und ich habe mich am Armaturenbrett festgehalten und ihn gebeten, nicht so schnell zu fahren. Ich habe ihm ins Lenkrad gegriffen und versucht, das Auto von ihr wegzusteuern. Ich habe getan, was ich konnte. Da bin ich mir ganz sicher.

»Du musst lernen zu verzeihen«, sagte Elsie. Ich hatte nur nicht verstanden, dass sie meinte, ich solle mir selbst verzeihen. Vielleicht war das der bedeutendste Augenblick. Nicht der, in dem man einen Fehler macht, sondern der, in dem man sich selbst vergibt.

»Als du dachtest, dass ich es war, die in dem Auto saß, konntest du verzeihen, Florence. Warum kannst du dann nicht auch dir verzeihen?«

Ich höre sie das sagen. Obwohl sie gar nicht mehr hier ist. Wie eigenartig, manchmal habe ich das Gefühl, sie wäre mir nie von der Seite gewichen.

Vielleicht stellen sich die Momente als die bedeutendsten heraus, die sang- und klanglos vorübergegangen sind, die wir für unwichtig und alltäglich gehalten haben. Ein Tag wie jeder andere, den wir überstehen müssen, bis etwas Interessanteres geschieht. Wir halten Geburtstage und Weihnachten und Urlaube für die Höhepunkte, doch vielleicht sollten wir den ganz normalen Tagen mehr Beachtung schenken. Die Tage, die einfach so vergehen und die wir kaum bemerken. Elsie hat einmal gesagt, dass man erst wissen kann, ob ein bestimmter Augenblick von Bedeutung ist, wenn man ihn rückblickend betrachtet, und ich denke, dass sie damit vielleicht recht hatte.

Ich denke, dass das jetzt womöglich der letzte von allen meinen Momenten ist. Ich denke, mein Für-immer-und-ewig könnte nun gekommen sein. Ich hätte nicht gedacht, dass es auf diese Weise passieren würde. Ganz allein auf dem Boden zu liegen und auf jemanden zu warten, der nie kommen wird. Ich dachte, dass es vielleicht Simon sein würde, der mich findet. Er wird noch mit Miss Ambrose das Geschirr von Jacks Trauertee abräumen, die Teller aufeinanderstapeln und die Krümel wegfegen. Dabei wird er die ganze Zeit reden, weil das typisch Simon ist. Wahrscheinlich wird er vor allem mit Cheryl reden. Ich glaube, sie hat ein Auge auf ihn geworfen, obwohl er wirklich ein begriffsstutziger junger Mann ist und das noch nicht bemerkt hat. Vielleicht gönnt er sich noch ein Gläschen Brandy, um sich gegen die Kälte draußen zu wappnen, und dann wird er über den Hof gehen, und unter seinen Stiefeln wird der Kies knirschen. Er wird überlegen, ob er sich für den Nachhauseweg nicht lieber noch eine Jacke leihen soll, aber dann wird er aus irgendeinem Grund an mich denken, und er wird beschließen, noch kurz bei mir nach dem Rechten zu sehen. Manchmal hat man einfach so eine Ahnung, nicht wahr? Ohne einen wirklichen Grund hat man das Gefühl, man müsse etwas Bestimmtes tun, auch wenn man nicht weiß, warum.

Ihm wird auffallen, dass im Flur noch Licht brennt, und er wird an die Tür klopfen und rufen: »Miss Claybourne? Florence? Ich bin's, Simon. Alles in Ordnung bei Ihnen?«

Er wird es wieder und wieder rufen.

»Florence?«

Immer und immer wieder.

Ich mache die Augen auf. Jemand hat den Bewegungsmelder ausgelöst, und es ist ganz hell geworden im Zimmer. Das plötzliche Licht blendet mich, und ich schließe die Augen wieder. Als ich sie erneut öffne, ist alles wieder da. Die Möbel und die Vorhänge und der Fernseher. Das Leben, das ich vor einigen Stunden verlassen habe, als ich gestürzt bin. Als Erstes fällt mein Blick jedoch auf das Sammelsurium unter der Anrichte. Kugelschreiber und Münzen, alles Sachen, die heruntergefallen sein müssen, ohne dass ich es bemerkt habe. Meine Augen brauchen einen Moment, um sie zu finden, aber da ist sie. Ganz hinten. An der Fußleiste.

»Florence?«

Eine Brosche.

Eine Brosche mit einem glatten, dunklen Stein, der wie ein Spiegel glänzt. Ein Fossil. Ein Gagat aus Whitby. Ein kreisrunder, makelloser Stein, wie schwarze Tinte, der für alle Ewigkeit von einer silbernen Kordel eingerahmt wird.

»Florence?«

Ein Geschenk, das man für jemanden kauft, den man liebt. Nichts, das man für sich selbst kauft.

»Miss Claybourne? Florence? Ich bin's, Simon. Alles in Ordnung bei Ihnen?«

Ich starrte die Brosche an.

»Mir geht es gut, Simon. Alles in Ordnung.«

Ich weiß nicht, was mir die Kraft gab, so laut zu rufen. Sie kam von einem Ort, von dem ich nicht gewusst hatte, dass es ihn gab.

»Sind Sie sicher? Brauchen Sie etwas?«

Die Brosche starrte mich an. Elsie hatte mich also doch wiedergefunden. Ich wollte nach ihr greifen, ließ es dann aber lieber bleiben, und plötzlich verstand ich, dass es gar nicht mehr nötig war.

»Nein«, sagte ich. »Ich brauche nichts. Ich habe alles, was ich brauche.«

Ich hörte, wie er sich zum Gehen wandte, hörte seine Schuhe auf dem Gehweg. »Dann wünsche ich Ihnen eine gute Nacht«, rief er.

Ich wartete einen Augenblick zu lang. Ich wusste, dass er mich nicht mehr hören konnte, aber ich rief trotzdem: »Bis dann, Simon. Bis dann.«

Das Licht machte ein klickendes Geräusch und verlosch, und im Zimmer herrschte wieder völlige Dunkelheit. Seltsamerweise hatte sie nun aber etwas Tröstliches. Sie fühlte sich an wie ein Freund. In der Stille wartete ich auf die Musik. Auf Al Bowlly. Auf einen Tanzsaal mit all den Leuten von damals, in dem wir uns drehten, in den zu engen Schuhen, die uns glücklich machten. Wo wir der Musik lauschten, die sich um vergessene Gedanken legte und uns das Gefühl gab, nicht so allein zu sein. Eine Zeit, von der wir nicht wollten, dass sie je vorbeiging.

Ich habe nie jemandem von meinem Geheimnis erzählt. Was eigenartig ist, weil ich doch alles andere erzählt habe. Sogar von Ronnie habe ich am Schluss erzählt. Aber das eine konnte ich niemandem sagen. Früher konnte man so etwas einfach nicht sagen, und irgendwann war es zu spät. Elsie hatte ihren Albert kennengelernt, und ich musste mich mit den Überbleibseln aus dem Leben anderer begnügen und mein eigenes, so gut es ging, damit verschönern. Ich kam eigentlich ganz gut damit zurecht, solange wir Freundinnen blieben. Solange sie mich nur nicht verließ. Es ist verrückt, nicht wahr? Die Liebe lässt ihre Papierflieger landen, wo es ihr beliebt. Sie sucht sich dafür die unwahrscheinlichsten Stellen aus, und wenn sie erst einmal ihr Ziel erreicht haben, muss man sehen, wie man für den Rest seines Lebens damit fertigwird.

Die Musik wird immer lauter. Ich weiß gar nicht, wo sie herkommt, aber ich glaube, ein Teil von mir beginnt zu verstehen. Es gab diesen Moment, in dem ich dachte, Simon wäre zurückgekommen, und ich dachte, ich höre, wie er noch einmal an die Tür klopft, aber das Klopfen war zu leise, zu sacht, und da wusste ich, dass nicht er es war.

Ich wusste, ich würde nicht mehr lange warten müssen.

Ich bin mir nicht sicher, ob mir genügend Zeit bleibt, mich noch einmal an alles zu erinnern, von Anfang an, weil da so vieles ist, was dazugehört.

Ich habe noch nie etwas besonders Bemerkenswertes vollbracht. Ich habe nie einen Berg bestiegen oder eine Medaille gewonnen. Ich habe noch nie auf einer Bühne gestanden und vor Publikum gesungen oder gesprochen, ich habe nie als Erste eine Ziellinie überquert.

Wie außergewöhnlich mein Leben doch gewesen ist.

Dank

Ich bin der festen Überzeugung, dass uns jeder Mensch, dem wir begegnen, in irgendeiner Weise verändert. Kurze Begegnungen und lebenslange Freundschaften drücken uns gleichermaßen ihren Stempel auf, selbst wenn diese Menschen uns nur ein kurzes Wegstück lang begleiten.

So betrachtet ist es fast ein Ding der Unmöglichkeit, mich zu bedanken. Es gibt viele Menschen, denen ich zutiefst zu Dank verpflichtet bin. Meiner fantastischen Agentin Sue Armstrong und dem gesamten Team bei *C&W*, vor allem Emma, Jake, Alexandra und Alexander. Meiner wundervollen Lektorin Suzie Dooré und einer ganzen Armee großartiger Mitarbeiter bei *HarperCollins* (allen voran Kate, Holly, Charlotte, Hannah, Tom und Fran). Der ganz wunderbaren und unverzichtbaren Ann Bissell, die verlässlich dafür sorgt, dass ich bei Verstand bleibe, und so viel mehr als nur Publicity Managerin ist. Ich empfinde es als großes Privileg, dass ich mit all diesen Leuten zusammenarbeiten durfte.

In den wenigen Jahren, in denen ich jetzt als Schriftstellerin arbeite, hatte ich das Glück, vielen großzügigen Menschen zu begegnen – anderen Autoren, Buchhändlern, Lesern und

Rezensenten. Ein großes Dankeschön an alle, die sich die Zeit genommen haben, meine Texte zu lesen, insbesondere an Simon Savidge, Hannah Beckerman, Leilah Skelton, John Fish, Nina Pottell und Anne Cater. Ich werde immer in ihrer Schuld stehen.

Diese Geschichte ist auch eine Liebeserklärung an Whitby. Zusammen mit meinen Eltern (denen ich für immer dankbar sein werde) habe ich dort als Kind meine Ferien verbracht und bin die Stufen zur Abtei hochgeklettert, habe mich bei *Woolworths* herumgetrieben und auf Geister-Touren gefürchtet (Harry hat immer – anders als Barry – die allerbesten Geschichten erzählt). Mit seinen *Botham's Tea Rooms* und dem Walfischknochen-Tor wird Whitby für immer mein Lieblingsort bleiben.

Doch auch dieses Buch wäre nie ohne meine Patienten entstanden. In Tamworth, Derby, Chesterfield und Burton hatte ich das große Glück, nicht nur mit unglaublichen Teams zusammenarbeiten zu dürfen, sondern auch viel Zeit mit Patienten zu verbringen, die ich nie vergessen werde. Meine Patienten haben mein Leben definitiv verändert, und was ich schreibe und denke, wird immer von dem kurzen Weg geprägt sein, den wir zusammen gegangen sind.